일러두기

1. 번역에 쓰인 원전은 2013년 중국 장강문예출판사에서 출간한 '이월하 문집' 제1판을 사용했다.
2. 맞춤법과 띄어쓰기는 한글 맞춤법과 외래어 표기법에 따랐다.
3. 한자는 우리말로 표기하고, 꼭 필요한 경우에만 괄호 속에 원음을 병기해 이해하기 쉽도록 했다.
   예 : 다이곤多爾袞(도르곤)
4. 인명과 지명은 우리말로 표기했다. 단, 이미 굳어진 표현은 원지음을 존중했다.
   예 : 나찰국羅刹國(러시아). 이후에는 '러시아'로 표기
5. 본문 중의 괄호 안에 뜻을 풀이한 것은 모두 옮긴이의 설명이다.

【제왕삼부곡 제1작】

중국 최고지도부가 선택한 최고의 역사소설

강희대제

6

얼웨허 역사소설

홍순도 옮김

더봄

康熙大帝

강희대제 6권

개정판 1판 1쇄 발행   2015년 6월 28일
개정판 1판 2쇄 발행   2015년 9월 30일

지은이   얼웨허(二月河)
옮긴이   홍순도
펴낸이   김덕문

펴낸곳   더봄
등록번호   제2015-000072호
주소   서울특별시 중구 을지로 12길 28, 207호(저동2가, 저동빌딩)
대표전화   02-2264-0148   **팩스** 02-2264-0149
전자우편   thebom21@naver.com
블로그   blog.naver.com/thebom21

ISBN 979-11-86589-06-9 04820
ISBN 979-11-86589-00-7 04820(전12권)

책값은 뒤표지에 있습니다.

색액도索額圖
순치제로부터 유훈遺勳을 받은 강희제의 네 명의
보정대신輔政大臣 중 한 명인 색니索尼의 둘째아들.
강희제의 황후인 효성인황후 혁사리씨의 숙부이다.

명주明珠

1635~1708. 성은 납란納蘭으로, 만주정황기滿洲正黃族 출신이다. 강희제 시대의 권신權臣으로,
내무부총관, 형부상서, 병부상서, 무영전대학사, 태자태부 등 요직을 지냈다. 친척인 혜비 납란씨의
아들인 강희제의 장황자 윤제胤禔를 태자로 옹립하려다 붕당朋黨과 축재 혐의로 1688년 퇴출당한 뒤
강희 47년인 1708년 병으로 사망하였다.

주배공周培公

1632~1701. 호북湖北 형문荊門 사람이다. 강희제의 모신謀臣
중의 한 사람으로, 삼번三藩의 난 때 왕보신王輔臣과 함께
평량平涼 대첩을 이끈 주역이다.

康熙大帝

2부 삼번三藩의 난

38장 | 운남雲南을 뒤덮은 먹구름   009

39장 | 반기를 드는 손연령   027

40장 | 목이 날아간 흠차대신   049

41장 | 살 길을 도모하는 오응웅   069

42장 | 반청叛淸의 깃발   089

43장 | 다시 만난 스승과 제자   106

44장 | 보리 대사와 오차우의 선문답   124

45장 | 주삼태자, 반란의 깃발을 올리다   146

46장 | 도주하는 양기륭   163

47장 | 저수궁의 비극   183

48장 | 배신과 투항   205

49장 | 천자검을 찬 주배공   223

50장 | 적이 되어 만난 형제   245

51장 | 주배공, 호랑이 언덕을 불사르다   266

52장 | 세 치 혀로 적을 죽이다   283

53장 | 오삼계의 최후   298

38장
운남雲南을 뒤덮은 먹구름

　조정의 철번 명령은 삼번의 왕들에게 잇따라 전해졌다. 그러나 오삼계는 그보다 먼저 아들 오응웅이 보낸 급보를 받았다.

　바로 그때 오삼계는 운귀 총독 감문혼을 오화산으로 초대해 자신의 왕부에서 소설《삼국연의》의 제갈량諸葛亮 관련 대목인 이른바〈실공참〉失空斬 연극을 관람하고 있었다. 오삼계의 부인인 복진 장씨와 첩들은 그 아래쪽에서 휘장을 드리운 채 다과를 먹으면서 구경을 하고 있었다.

　감문혼은 원래 운남 순무인 주국치와 만날 약속이 돼 있었다. 비밀리에 뭔가를 상의하기로 한 것이다. 때문에 약속 시간이 가까이 다가올수록 불안해서 안절부절 못한 것은 너무나 당연했다. 그와 오삼계는 툭 터놓고 얘기는 하지 않았으나 솔직한 서로의 속마음을 꿰뚫고 있었다. 특히 그는 더 그랬다. 심지어 웅사리가 보내온 비밀편지가 앞에 앉아 있는 이 대왕과 관련이 있는 일일 것이라는 생각까지 하고 있었다.

감문혼은 42세로, 총독들 중에서는 그래도 비교적 젊은 편에 속했다. 각지고 흰 얼굴과 앞으로 툭 튀어나온 아래턱이 약간 고집스럽다는 느낌을 주는 인물이었다. 오삼계 역시 그렇게 생각했다. 강희가 고집스러울 정도로 밀어붙이는 성격적 장점을 높이 사 복잡하기 이를 데 없는 이 곳의 총독으로 보냈을 것이라고 판단을 내렸다.

사실 감문혼은 강희에게 받은 지시대로 운남으로 오자마자 '밀어내기' 작전을 펼치기로 작정하고 있었다. 주국치와 힘을 합쳐 오삼계가 머리 아플 일을 만들어내려고 노력했다. 한마디로 모든 수단을 동원해 오삼계의 나날을 괴로움의 연속으로 만들기로 모질게 마음을 먹은 것이다. 조금 심하게 말하면 오삼계가 스스로 '더러워서 가버려야지' 하는 생각을 가지게 만들자는 전략이었다.

그러나 세상일이라는 것은 뜻한 대로만 되는 것이 아니었다. 감문혼으로서는 임자를 만났다고 해도 좋았다. 오삼계는 예상 외로 그의 작전에 좀처럼 말려들지 않았다. 감문혼이 자기 딴에는 이 정도면 충분히 악을 썼겠지 하면서 무식할 만큼 독단적으로 일을 벌여도 마냥 못 본 척 못 들은 척 외면해버렸다. 뿐만이 아니었다. 오히려 감문혼을 칭찬하느라 입에 침이 마를 때도 있었다.

그러나 오삼계는 주국치에게는 우호적이지 않았다. 만나는 사람마다 붙잡고는 비열하고 무능하다고 매도했다. 한마디로 그의 두 사람에 대한 태도는 감문혼이 난감할 정도로 판이했다. 결론적으로 '밀어내기' 작전이 먹혀들 조짐이 전혀 보이지 않았다. 감문혼은 도리 없이 넘어서는 안 되는 선을 그어놓고 서로 집적거리지 않는 범위 내에서 일정한 거리를 두고 지내기로 했다.

지난해 6월이었다. 오삼계는 어디에서 들었는지 묘족苗族이 현縣의 아문을 불태워 버렸다면서 감문혼에게 해결할 것을 요청했다. 군대를 인

솔하고 가서 상황을 파악하라고 한 것이다. 때는 장마철이었다. 또 무척이나 습했다. 떨어지지 않는 발걸음을 옮긴 감문혼으로서는 악전고투를 하지 않을 수 없었다. 300리도 채 가기 전에 녹영병의 3분의 1이 병으로 쓰러졌을 정도였다. 그는 어쩔 수 없이 오삼계에게 증원병을 요청했다. 그러나 오삼계의 반응은 엉뚱했다. 욕만 실컷 하면서 다시 돌아오라는 명령을 내린 것이다.

그들이 대리大理까지 돌아왔을 때였다. 다시 오삼계의 명령이 도착했다. 원래의 부대를 남겨두고 두 개 좌佐의 병력만을 이끌고 서장으로 가서 반란을 평정하라는 내용이었다. 감문혼은 어쩔 수 없이 명령에 따랐다. 고생고생하면서 겨우 서장 경내에 도착했더니, 오삼계는 다시 적들이 도주했다면서 바로 운남으로 돌아오라는 명령을 내렸다. 감문혼은 바로 이렇게 길에서 반년 동안이나 아무런 수확도 없이 헤매고 다녔다. 나중에는 과로로 몸져눕고 말았다. 그때 그는 비로소 얼굴에 늘 웃음을 띠고 다니는 '오 영감'이 그렇게 호락호락하지만은 않다는 사실을 처음으로 깨달았다. 물론 주국치 앞에서는 아무런 내색도 하지 않았다. 그래서 계속 경계는 하되 더 이상 건드리지 않기로 하는 결정을 내렸다.

연극을 보고 있기는 했지만 감문혼의 마음은 완전히 콩밭에 가 있었다. 억지로 앉아서 연극을 본다는 얘기였다. 그가 도저히 못 참겠는지 드디어 자리를 털고 일어났다.

"오늘 보니까 대왕의 연극단 단원들의 실력은 대단합니다. 하지만 아쉽게도 주 중승中丞(중승은 순무의 별칭. 주국치를 의미함)에게 급히 가봐야 할 일이 있습니다. 죄송하지만 이만 자리에서 일어나겠습니다. 그쪽에서 무거武擧(과거시험 무관 합격자나 준비하는 자)들에게 강의를 해주기로 약속했거든요. 안 그래도 늦은 마당에 코빼기조차 비치지 않으면 너무한다는 욕을 먹을 것 같아서 말입니다."

오삼계가 씩 하고 웃었다. 만류하겠다는 뜻인 듯했다. 그런데 마침 그 때 갑자기 무대 위에서 왁자지껄한 소리가 들려왔다. 밑에서 구경하던 장군들이 괴성을 지르면서 웃어대고 있었다. 알고 보니 무대 위에서 제 갈량 역할을 맡은 배우와 마속馬謖(제갈량이 아끼던 장군. 작전에 실패해 제갈량에게 죽임을 당함. '읍참마속'의 주인공) 배역의 배우가 한바탕 치고 박고 싸우고 있었던 것이다. 오삼계는 그 모습을 보고는 엄하게 꾸짖으면서 무대 위에서 내려오라는 명령을 내렸다.

싸움의 결과는 우스꽝스러웠다. 우선 제갈량 역할을 한 배우의 콧수염이 옷섶에 붙어 있었다. 마속 배역 배우의 팔소매와 옷깃은 거의 다 찢어져 너덜거렸다. 그래도 둘은 억울한지 약속이나 한 듯 한껏 울상을 짓고 있었다. 감문혼은 뜻밖에 찾아온 기회를 놓치지 않고 잽싸게 자리를 박차고 일어났다. 오삼계는 억지로 붙잡지도 못하고 아쉬운 대로 전송을 하는 수밖에 없었다.

소동의 발단은 오삼계의 첩들인 이른바 팔면관음이 제공했다. 그녀들이 제갈량 배역을 맡은 배우를 살살 꼬드기면서 충동질을 한 것이다. 아마 연극을 망치는 재미도 괜찮다고 생각한 모양이었다. 〈실공참〉의 한 대목인 '실가정'失街亭, 즉 마속이 전략적 요충지인 가정街亭의 방어에 실패하는 것을 그린 연극의 한 장면에는 제갈량이 마속에게 한 수 가르쳐주는 대목이 있었다. 때문에 제갈량 역할의 배우는 마속 배역의 배우에게 반말을 했다.

"마속, 이리로 가까이 와 보게!"

연극 속의 마속이 제갈량에게 가까이 다가가 귀를 댔다. 그러자 제갈량이 대본대로 하지 않고 팔면관음이 지시한 대로 엉뚱한 소리를 했다.

"너의 어머니한테 저녁에 열취헌列翠軒에서 기다리라고 해. 내가 가서 죽여 달라는 소리가 나올 때까지 아주 기가 막히게 잘해준다는 말도 전하고 말이야."

그런 말을 듣고 가만히 있을 마속이 아니었다. 급기야 두 사람은 무대에서 치고 박고 싸우게 된 것이다.

두 사람은 계속 울면서 각자의 억울함을 호소했다. 그러나 오삼계와 그의 첩들은 둘과는 달리 배꼽을 잡고 웃었다. 나중에는 한바탕 눈물까지 짜내고 말았다. 그러다 겨우 웃음이 그치면 밑에서 또 누군가가 키득거리고는 했다. 한번 터진 웃음은 결국 한동안 멈추지를 않았다. 그때 오삼계가 큰 소리로 지시를 내렸다.

"저자들에게 상을 줘라!"

오삼계의 말이 떨어지기 무섭게 즉각 웬 사람이 돈이 담긴 큰 바구니를 들고 들어왔다. 그런 다음 무대 아래로 그 돈을 몽땅 쏟아 부었다. 오삼계가 자체적으로 발행한 '이용'利用이라는 돈이었다. 삽시간에 이용은 여기저기에 두툼하게 깔렸다. 연극단 단원들은 마치 며칠 굶은 호랑이처럼 정신없이 '이용' 더미로 달려들었다. 그야말로 엎친 데 덮친 광경이 연출되기에 이르렀다.

단원들은 돈을 더 많이 가지기 위해 계속 짓밟고 짓밟혔다. 밀치고 넘어지는 것은 기본이었다. 그때 웬 교위 한 명이 그 모습을 흐뭇한 표정으로 지켜보고 있던 오삼계에게 다가가 귀엣말을 하는 동시에 편지 한 장을 건넸다. 오삼계가 편지를 뜯으면서 말했다.

"우리 운남에서 만든 이용이 지금 흑룡강에서까지 통용이 되고 있어. 절대로 우습게 볼 게 아니라고."

그런데, 편지를 읽어보던 오삼계의 표정이 바로 어두워졌다. 그가 한참 생각에 잠기더니 얼마 후 호국주 등을 바라보면서 말했다.

"자네들 몇몇은 나를 따라 열취헌으로 건너와. 나머지 사람은 계속 구경하고 있게."

오삼계가 열취헌에 자리를 잡자마자 단도직입적으로 말했다.

"황제가 드디어 철번 명령을 내렸어!"

오삼계는 말은 시원스럽게 하면서도 뼛속까지 오그라들게 하는 소름을 어쩌지는 못했다. 마치 얼음을 깨고 그 안에 들어가 있는 것만 같았다. 곧 그의 희고 부은 기운이 도는 얼굴이 축 늘어졌다. 탄력이라고는 조금도 없어 보였다.

"상가희 그 영감과 경정충 그 자식이 멋대가리 없이 설치더니 이 꼴을 만들었지 뭔가!"

좌중의 사람들은 불안한 듯 잠시 할 말을 잊었다. 호국주 역시 오삼계 옆에 멍하니 앉아 있는 왕영령을 불안한 시선으로 훔쳐봤다. 또 오삼계의 조카 오응기와 부도통副都統인 고대절高大節은 어쩌다 시선이 마주치자 계면쩍은 듯 황급히 고개를 돌렸다. 하국상도 곰방대만 뻑뻑 빨아대고 있었다. 그나마 맨 끝자리에 앉은 왕사영은 달랐다. 언제나 손에 들고 다니는 통소를 허리춤에 꽂고는 두 손으로 편지를 받쳐들고 있었다. 그러나 내용을 읽어보더니 역시 이맛살을 잔뜩 찌푸렸다. 오삼계는 저마다 정 맞는 모난 돌이 되지 않기 위해 일단은 딴청을 부리는 좌중의 사람들을 가만히 훑어봤다. 기가 막혔다. 자신도 모르게 한숨이 푹푹 터져나오고 있었다. 지난 겨울 병으로 세상을 떠난 유현초가 새삼 그립기까지 했다. 그가 마침내 화를 벌컥 냈다.

"뭐라고 말 좀 해보라고. 항복할 거야, 어쩔 거야?"

"결단을 내려야 할 때가 온 것 같습니다!"

하국상이 가장 먼저 입을 열었다. 마치 자기 자신에게 말하는 듯했다. 그러나 표정은 음울했다. 그는 그럼에도 자신이 나서지 않으면 안 된다는 사실을 절감하고 있었다. 오삼계의 최고 꾀주머니였던 유현초가 세상을 떠나기 전에 모든 계획과 계략에 대해 그에게 자세하게 털어놓은 적이 있었으니까. 한마디로 지금의 오삼계에게는 그가 제일의 모사였다. 그래서일까, 그는 유현초가 살아 있었을 때보다는 훨씬 더 존재감이 있어 보였다.

"대왕께서는 너무 조급해 하시지 마십시오. 우리 함께 완벽한 대책을 한번 고민해봅시다!"

"고민하고 말고 할 게 뭐 있다고 그래요. 무조건 저질러야죠!"

오웅기가 카랑카랑한 목소리로 말했다. 눈빛이 반짝거렸다. 하국상의 침착한 태도에 용기를 얻었는지 그가 다시 덧붙였다.

"우리 운귀는 지형이 전투를 하기에는 기가 막힌 곳입니다. 게다가 우리는 재력도 든든하고 수십만 명의 정예군이 있어요. 이번이 천고千古의 제업帝業을 이룰 절호의 기회입니다. 절대 놓쳐서는 안 됩니다!"

오웅기의 말은 마치 달달 외운 말을 내뱉는 것 같았다. 하기야 그에게 계산이 전혀 없는 것은 아니었다. 그는 전쟁이 벌어졌다 하면 바로 오웅웅의 머리도 함께 땅바닥에 떨어질 것이라는 사실을 미뤄 짐작하고 있었다. 아니 확신하고 있었다. 만약 그렇게만 된다면 자신이 어마어마한 가업을 이어받을 것이라는 계산을 자연스럽게 한 것이다.

오웅기의 말을 듣자마자 고대절이 이를 악물었다.

"세형의 판단이 틀림없습니다! 만주족 조정의 문무대신들과 천하의 훌륭한 장군들이 제아무리 많다고 해도 대왕의 상대가 될 만한 자들이 어디 있습니까?"

고대절의 말은 크게 틀린 것은 아니었다. 무엇보다 황제에게 정면으로 반기를 들었던 싸움꾼 오배가 여전히 감옥에 있었다. 또 알필륭은 나이가 많아 제 몸 하나도 건사하지 못하는 처지에 있었다. 산해관을 넘었을 때는 고작 젖비린내 나는 소년 병사에 불과했던 색액도 역시 다르지 않았다. 30년 동안 총칼 한 번 만져보지 않아 신경이 무딜 대로 무뎌진 상태일 것이 분명했다. 한마디로 조정에는 출병할 수 있는 인물이 없었다. 확실히 그것만큼은 분명했다. 반면 오삼계와 왕보신은 하루도 거르지 않고 용병술을 연마하고 준비를 해온 터였다. 조정과의 싸움에서 왕보신이 중립만 지켜준다면 강희 하나쯤은 우습게 봐도 괜찮을 듯했다. 오삼계는 그렇게 생각하고 승리를 자신했다.

"그러면 무슨 명분으로 의병을 일으켜야 하죠? 군대를 출병시키려면 그럴싸한 명분이 있어야 합니다. 당당한 이유가 있어야 하거든요!"

호국주가 곰방대를 내려놓으면서 입을 열었다. 그러자 하국상도 생각을 굳힌 듯 의자 등받이에 기댄 채 의견을 제시했다.

"주삼태자의 뜻을 받들어 대명 왕조를 복벽復辟(멸망한 왕조를 다시 복원시키는 것을 의미함)시키는 것보다 더 당당한 이유가 있을까요?"

하국상이 즉각 호국주의 말을 받았다.

"지금 급선무는 시기를 제대로 타는 겁니다! 흠차가 도착하면 우리는 일단 겉으로는 원만한 관계를 유지하면서 그들의 의심을 불식시켜야 합니다. 또 암암리에 철저히 준비를 해야 하죠. 병력과 군량미, 말을 충분히 준비해 놓고 왕보신과 손연령, 그리고 상가희와 경정충 두 왕에게 연락을 취해야 합니다. 그런 다음 전면전에 들어갈 태세로 대기하고 있어야 합니다. 물론 서장의 라마喇嘛와 면전緬甸(지금의 미얀마)에도 협조를 부탁……."

하국상의 말이 채 끝나기도 전이었다. 갑자기 밖에서 한바탕 소란이 일었다. 열취헌의 시위들이 누군가를 막아서고 있는 듯했다. 웬 여자가 악에 받쳐 소리를 지르고 있었다.

"나까지도 못 들어가게 하는 거야? 이제는 아주 미쳤구만!"

여자의 목소리와 동시에 찰싹! 하는 소리도 함께 들려왔다. 귀싸대기를 후려치는 소리였다. 그 여운이 채 사라지기도 전이었다. 오삼계의 부인인 장씨가 회오리바람을 몰고 들이닥치더니 어정쩡하게 앉아 있던 오삼계의 먹살을 대뜸 움켜잡았다. 그런 다음 마구 욕설을 퍼붓기 시작했다.

"이 미치고 환장한 재수 없는 놈아! 세상의 나쁜 짓이라는 나쁜 짓은 다 하고 다니더니, 이제는 더 저지를 짓이 없는 거야? 집안 말아먹고 자기 씨까지 말려버리려고 미쳐 날뛰지를 않나! 정말 그런 거야?"

"지금…… 무슨 말을 하는 거야?"

오삼계가 장씨의 폭언에 말을 더듬거렸다. 어지간히 놀란 모양이었다. 장씨는 오삼계의 말에는 대꾸조차 하지 않고 이리저리 두리번거렸다. 그러다 왕영령의 손에 들려 있던 편지를 와락 낚아챘다. 이어 경황없이 대충 훑어보고는 발작하듯 소리를 질렀다.

"증거가 있는데 모른 척하면 다야! 이 미친놈아, 이건 뭐야? 왜 나한테는 안 보여주는 거야?"

장씨는 점점 더 이성을 잃어갔다. 나중에는 오삼계를 할퀴고 때리면서까지 난리를 피웠다.

"이거 놓지 못하겠어!"

오삼계는 그렇지 않아도 머리가 복잡하고 짜증이 나 있던 참이었다. 큰일을 앞둔 상황에서 여자가 재수 없이 소란을 피운다는 생각이 들자 화가 머리끝까지 치밀었다. 그가 급기야 눈을 부라리면서 장씨를 힘껏 밀쳤다. 그런 다음 비틀거리면서 저만치 밀려 나간 그녀에게 고래고래 고함을 질렀다.

"하늘이 없으면 땅이 있나? 애비 없이 혼자 나온 아들이 어디 있냐고? 내 목숨도 위태로운 마당에 지금 누구를 신경 쓰라는 거야?"

"고정하세요, 큰어머니……."

오웅기가 더는 안 되겠다고 생각했는지 장씨를 말리고 나섰다. 그러나 그가 뭐라고 말을 붙이기도 전에 장씨가 내뱉은 침을 얼굴 가득 받아내는 수모를 당했다.

"너, 꿈 깨라, 꿈 깨! 저놈의 대왕이 내 아들을 죽이면 네가 세자가 될 줄 알고 그러지? 네가 깐죽거리면서 다니는 걸 다 알고 있다고. 흥! 내 눈에 흙이 들어가기 전에는 절대 그런 꼴 못 본다, 못 봐!"

장씨는 그야말로 온갖 독설을 퍼부었다. 금방이라도 오응기를 삼켜버릴 듯 으르렁거렸다. 그러다 설움이 북받치는지 대성통곡을 하기 시작했다.

"끌어내!"

오삼계가 짜증 섞인 얼굴을 한 채 손을 거칠게 저었다. 장씨는 그가 그처럼 적반하장으로 나올 줄 몰랐던 터라 잠시 어정쩡한 자세를 취할 수밖에 없었다. 그러나 곧 정신을 수습하더니 미친 듯이 그에게 달려들었다.

"날벼락 맞아 뒈질 놈! 갈기갈기 찢어 죽여도 속 시원하지 않을 미친 놈아! 처음에는 진원원의 치마에 휘둘려 해롱해롱하다 단물 다 빼먹으니까 싫어졌지? 그래서 사면관음인가 팔면관음인가 하는 년들을 꼬신 거고. 그 불여우 같은 년들은 요즘 나를 아주 거지 취급하고 있어. 그렇게 된 건 순전히 네놈이 나를 사람대접 해주지 않았기 때문이야! 그래도 나는 참았어. 그런데 이제는 별의별 꼴값을 떨다 못해 자식새끼까지 잡아먹으려고 하고 있어? 충성스러운 개새끼들이 우글거리니까 자식 같은 건 필요 없다 이거야? 조상들한테 죄 짓고 하늘이 대로大怒하는 것이 두렵지 않아? 네 놈이 한족이라고? 한족들 중에 너 같은 등신 머저리는 없어!"

좌중의 사람들은 어떻게든 장씨를 말려보려고 했다. 그러나 그녀가 모두를 싸잡아 욕설을 퍼붓는 바람에 곧바로 의욕을 상실하고 말았다.

하나같이 약속이나 한 듯 어이없는 표정을 짓다 슬그머니 제자리에 다시 앉아버렸다. 왕사영은 그런 장씨를 설득해 데려갈 사람은 진원원밖에 없다고 생각했다. 그래서 아무도 눈치 못 채게 슬그머니 사람을 보내 정자암靜慈庵에 머무르고 있는 그녀를 데려오도록 했다.

오삼계는 화가 머리 끝까지 치밀었다. 몸을 부르르 떨면서 연신 고개를 절레절레 저었다. 그러다 외마디 비명 같은 소리를 내질렀다.

"그만, 그만 해. 그만하라고! 내가 화병이 나서 죽기라도 해야 속이 시원하겠어?"

마침 그때 진원원이 머무르고 있는 암자의 관심觀心, 관성觀性 두 제자가 들이닥쳤다. 문관文官, 가관茄官, 보관寶官, 두관荳官 등의 배우들을 대동한 채였다. 그들은 바로 약속이나 한 듯 달려와서는 억지로 장씨를 끌어내 진원원에게 데리고 갔다.

"가문의 불행이 따로 없어! 응웅이만 아니었다면 진작에 확 그냥…… 에이!"

오삼계가 맥없이 주저앉으면서 한탄했다. 그러자 하국상이 위로의 말을 건넸다.

"복진께서 너무하기는 했으나 그러실 만도 합니다. 어쨌든 세자가 운남에 있지 않고 북경에 있다는 사실은 실로 심각한 일이에요."

하국상은 평소 오삼계의 뒤를 이을 후계자로는 오응웅밖에 없다는 생각을 하고 있었다. 오삼계의 자식과 조카들 중 제업帝業을 이을 수 있는 재략才略을 갖춘 인물이 그나마 그 외에는 없다고 해도 과언이 아닌 때문이었다. 그런데 공교롭게도 그 오응웅이 지금 호랑이굴에 잡혀 있으니……. 하국상이 이마를 툭툭 치면서 생각에 잠기더니 한참 후에야 입을 열었다.

"조금 전에 제가 암암리에 준비하자는 말을 하지 않았습니까. 또 겉으로는 원만한 관계를 유지하면서 의심을 불식시켜야 한다고도 했습니다. 솔직히 이 말은 다 세자를 염두에 두고 한 말이었습니다. 황보보주가 죽은 이후로 세자가 북경에서 보내야 하는 나날은 더욱 힘들 것이 뻔합니다. 그래서 이렇게 하는 것이 어떨까 생각합니다. 포독고에 있는 주보상과 유철성에게 먼저 연주부 일대를 한바탕 쑥대밭으로 만들어 버리라고 하는 거죠. 그러면 조정의 시선은 그쪽으로 향하게 됩니다. 그때 우리가 북경에 잠입해 세자를 빼내오는 겁니다. 아니면 세자가 양기륭을 잘 이용해 그의 도움으로 도주하는 수도 있고요."

하국상은 자신이 제안한 두 가지 방법이 다 쉬운 일은 아니라고 생각했다. 그러나 그 두 가지 외에는 달리 뚜렷한 대안이 없었다.

감문혼은 열취헌에서 한바탕 소란이 일어나고 있는 동안 주국치와 운남성 순무아문 밀실에서 대화를 나누고 있었다. 대화는 이미 본궤도에 진입하고 있었다. 감문혼은 만족스러운 듯 술잔을 입가에 대고 미소를 지으면서 주국치에게 물었다.

"화월華月 형, 그저 모태주茅台酒나 마시자고 이 아우를 부른 것은 아니겠죠?"

"술이나 마시자고 바쁜 사람을 불러낼 수야 있겠소?"

주국치가 의자 등받이에 팔을 걸친 채 대답했다. 한 손으로는 이마의 땀을 열심히 닦으면서 덧붙였다.

"웅사리 대인에게서 편지가 왔소. 철번 조서가 이달 안에 도착할 거라고 하는군. 우리 둘에게 준비를 잘 하고 있으라고 당부했소. 아우는 총독에다 운남과 귀주 두 성의 군무軍務를 총괄하는 자리에 있어요. 그래서 한 수 가르침을 받으려고 불렀소이다."

"내 처지를 뻔히 알면서도 그러십니까?"

감문혼이 술잔을 비운 다음 길게 한숨을 내쉬면서 반문했다. 그런 다음 자신의 신세에 대해서 솔직하게 털어놓았다.

"듣기 좋아 총독이지 실권 하나 없는 유명무실한 총독이잖아요! 이런 총독이라면 해봤자 뭐합니까? 이런 말은 형이니까 하는 거예요. 나는 지금 내 밑에 데리고 있는 애들도 완전히 믿을 수가 없어요. 다들 은 몇 냥에 매수당한 놈들이라! 생각하면 한숨밖에는 안 나와요. 폐하께서 오삼계의 발을 붙들어 매라고 보내주셨는데, 이 지경이 됐으니……."

주국치는 곧 상심과 걱정이 그득한 감문혼의 정서에 전염된 듯했다. 처연한 심정으로 술잔을 만지작거렸다. 그러다 창밖을 내다보면서 천천히 입을 열었다.

"최선을 다한 다음 천명을 기다리는 수밖에 없어요. 아들이 북경에 잡혀 있으니 오삼계도 막무가내로 밀어붙이지는 못할 거요! 쥐를 잡으려고 해도 그릇을 깨기가 아까워 내버려두는 것처럼 오삼계도 당분간은 이대로 있지 않을까? 올해 안에만 일이 터지지 않으면 우리 둘은 그럭저럭 괜찮을 거요. 평서왕이 요동으로 떠나기만 하면 이쪽 일은 더 이상 어려울 게 없으니까 말이오. 내 수중에 비록 병력은 없지만 백성들은 나를 따라줄 거라고 자신하오."

"화월 형, 그런 생각은 일찍이 접는 것이 나을 겁니다!"

감문혼이 즉각 반론을 폈다. 그는 자리에서 벌떡 일어나 창가로 다가가서 창밖을 내다봤다. 그런 다음 다시 제자리로 돌아와 목소리를 낮춰 덧붙였다.

"당장은 뾰족한 수가 없어요. 내가 입수한 정보에 의하면 대리에 주둔하고 있는 평서왕의 부대가 지금 밤길을 달려 운남부로 오고 있다고 해요. 그러면 아마 오삼계는 이들을 새로 배치하느라 정신이 없을 거예요. 바로 이 틈을 타서 형은 즉각 북경으로 가서 황제폐하께 모든 것을 자세하게 아뢰세요. 황제의 지의旨意가 도착한 다음에 가면 죄가 될 수도 있으니까요! 나는 군무를 책임지고 있기 때문에 당분간은 이곳을 떠날 수가 없어요!"

"그럴 수는 없네!"

주국치가 단호하게 말했다. 연신 손을 내젓는 그의 표정은 더욱 결연해지고 있었다.

"아우가 뭘 잘 몰라서 그러는데, 오삼계를 밀어내지 못하면 나는 운남을 한 발자국도 벗어날 수 없게 돼 있네. 이것도 특지特旨라네! 반면 아우는 운귀 총독이니 귀주로 가서 미리 준비를 좀 해두는 것이 좋을 것 같네. 비 오기 전에 우산을 준비해둬서 나쁠 것은 없지 않겠나!"

주국치의 제안은 나름 고려해볼 만한 것이었다. 임기응변치고는 꽤나 단수가 높았다. 감문혼이 한참 생각을 한 후에 대답했다.

"그렇게 하는 수밖에는 없겠네요. 나도 전혀 준비를 하지 않은 것은 아닙니다. 형은 조주潮州 지부를 지냈던 부굉렬이라는 사람을 혹시 아십니까?"

"한 번 만났었지. 아주 똑똑한 사람인 것 같았소. 지금은 창오蒼梧 지부로 있지 않나? 그런데 그 사람은 죽은 유현초와 지금의 왕사영하고 교분이 두텁다고 들었소!"

주국치가 바로 대답했다. 그러자 감문혼이 웃음을 지었다.

"옛 사람들은 사적인 일 때문에 공의公義를 저버리지 않았다고 했어요. 부굉렬이 바로 그런 사람입니다. 그는 그쪽에서 비밀리에 민병民兵을 키우고 있어요. 벌써 수천의 인마人馬를 확보해놓은 상태라고 하네요. 일단 위험한 사태가 닥치면 형과 흠차는 그쪽으로 피신하는 방법도 생각해둘 필요가 있어요. 그는 넷째 공주와 왕래가 있다고 하더라고요. 만약 손연령이 그 사이 사고만 치지 않는다면 든든할 거예요."

주국치가 감문혼의 말에 눈을 반짝였다. 그러나 이내 다시 어두운 표정으로 돌아갔다. 감문혼의 말에는 아무 대답도 하지 않았다. 그러다 뭔가 생각났는지 갑자기 자리에서 일어나 읍을 했다.

"아이고, 내 이 정신 좀 봐! 아우님에게 한 가지 부탁할 일이 있어 보자고 했는데, 깜빡 잊을 뻔했네. 빨리 보자고 한 내가 다 우습기만 하군. 부탁하기 전에 먼저 고맙다는 나의 인사를 받아주시게. 종영宗英아, 이리 오너라!"

감문혼이 무슨 영문인지를 몰라 얼떨떨해 있는 사이 열서너 살 정도 되어 보이는 소년이 후다닥 뛰어 들어왔다. 이어 주국치를 향해 꾸벅 절을 했다.

"아버지, 무슨 일이요?"

"이분은 너의 감 숙부님이시다. 인사 드려라!"

아이는 낯선 사람 앞이라 쑥스러운 모양이었다. 얼굴을 붉히면서 돌아서더니 감문혼을 향해 한쪽 무릎을 꿇었다.

"두 쪽 무릎을 다 꿇어야지!"

주국치가 그 모습을 보고는 준엄한 목소리로 꾸짖었다. 그런 다음 아들에게 자상하게 설명을 했다.

"이 분은 아버지하고 피를 나눈 형제 못지않게 친한 분이야. 앞으로 친 숙부처럼 모셔야 해! 감 숙부님이 곧 귀주로 가실 텐데, 너를 데리고 가주면 좋지 않⋯⋯겠니?"

주국치의 목소리는 끝 부분에 가서 살짝 떨렸다. 약간 울음기도 섞여 있었다. 그제야 감문혼은 주국치의 뜻을 알아차릴 수 있었다. 순간 시큼하고 뜨거운 그 무엇이 욱하고 그의 목까지 치솟아 오르더니 눈시울이 빨개지기 시작했다. 그는 자신의 감정을 숨기기 위해 황급히 주종영을 일으켜 세우면서 억지웃음을 지어 보였다.

"나에게도 아들이 하나 있다. 너한테는 형뻘이 될 거야. 고향에서 공부하지 않고 이쪽에 와 있거든. 화월 형, 아무 말도 하지 마세요. 나도 형처럼 가족은 곁에 없고 아들만 데리고 있습니다. 애들끼리 친하게 잘 지낼 겁니다!"

"잘 부탁하오!"

주국치가 그예 눈물을 보였다. 미소를 동반한 뜨거운 눈물이었다. 감문혼은 너무나 가슴이 아팠으나 특별하게 위로해줄 말이 더는 없었다. 그러자 주국치가 다시 입을 열었다.

"종영아, 이삼 개월 후에 아버지가 귀주로 너를 보러 갈게. 돌아가 준비하거라. 곧 떠나야 할 테니!"

주국치의 말에 아무것도 모르는 아들은 신이 나는 것 같았다. 콧노래를 부르면서 바로 짐을 챙기러 달려갔다. 주국치의 눈물은 더욱 굵어졌다. 더 이상 참을 수 없는 모양이었다.

감문혼은 주국치의 태도에서 그가 이미 사생결단의 결심을 굳혔다는 사실을 분명하게 알 수 있었다. 자신을 황급히 부른 것은 어린 아들을 부탁하기 위해서였다. 감문혼이 다시 한 번 이를 악물면서 말했다.

"귀주 역시 안전지대는 아닙니다! 순무인 조신길曹申吉과 제독 이본심李本深은 이미 평서왕에게 넘어간 자들이에요. 때문에 본의 아니게 형의 부탁을 끝까지 들어주지 못할 것 같아 걱정스럽네요. 그러나 내 아들이 살아 있는 한 종영이도 살아있을 거라는 약속은 분명히 드리겠습니다."

"그래도 나한테 있는 것보다는 낫지 않겠소. 여기는 오화산과 엎어지면 코 닿을 곳이오. 오삼계가 나를 잡아먹지 못해 안달이 난 것은 하루 이틀이 아니에요. 그 밑의 제독인 장국주張國柱도 마찬가지고! 만약 오삼계가 의병을 일으키면 가장 먼저 나를 죽일 것이 분명해요. 나는 죽고 사는 것은 하늘에 맡겼어요. 만약 아들이 무사하면 그것은 그 아이의 복이오. 설사 그렇지 못하더라도 나는 자네에게 고마워할 따름이오.
나는…… 더 이상 두려울 것이 없소."

주국치는 그새 마음의 평온을 회복한 듯했다. 담담하게 말을 이어나
갔다. 반면 감문혼은 감정이 정리가 안 되는지 멍하니 서 있었다. 그가
한참 후에야 물었다.

"웅 대인이 편지에서 또 뭐라고 그랬어요?"

주국치는 아들을 감문혼에게 맡기게 되자 조금은 안심이 되는 모양이
었다. 마음이 많이 홀가분해진 듯 웃으면서 말할 여유도 되찾고 있었다.

"그 외에도 몇 가지 급한 얘기가 있었소. 전에 뭘 잘못해서 조정에서
쫓겨난 하도河道라는 자가 앙심을 품고 반란을 일으켰다고 하오. 지금
산동 포독고에서 조정에 저항하고 있다고 해요. 게다가 다른 성에서도
반란의 움직임이 예사롭지 않다고 하오. 폐하의 말씀도 있어요. 지금 번
군藩軍이 북으로 철수하는 과정에서 문제가 생길 것을 걱정하고 계시다
고 하오. 우리에게 잘 준비하고 있으라고 지시를 내리기도 했어요. 오삼
계가 운남을 떠나자마자 이쪽 정세를 빨리 안정시켜야 한다고 말이오."

주국치의 말에 감문혼이 말했다.

"웅사리처럼 꽉 막힌 도학자가 어떻게 그렇게 치밀한 생각을 할 수가
있겠습니까. 다 폐하의 뜻이겠죠!"

"그렇소. 바로 폐하의 뜻이오. 내가 황급히 편지를 불태워버린 것도
그 때문이었소. 폐하께서 끝으로 부탁 말씀을 하셨소이다. 우리 둘에게
안전에 조심하고 부굉렬과 연락을 취할 방법을 강구하라고 말이오. 손
연령이 변절할 가능성이 우려되니 각별히 조심하라는 말씀도 하셨고요.
또 위급할 때에는 이곳을 잠시 빠져나와도 좋다고 하셨소."

감문혼은 그의 말에 용기와 자신감을 얻는 듯했다. 얼굴이 확 펴지
고 있었다.

"폐하께서 우리를 그토록 배려하시는데, 어찌 살아남겠다고 비굴하게 도망을 가겠습니까? 더구나 작년에 노모께서 병환에 계실 때에는 어의御醫까지 보내주셨어요. 범승모가 복건성에서 학질에 걸려 있을 때도 육백리 긴급전송으로 금계랍을 보내주셨어요! 성은이 망극하죠. 폐하께서 그렇게까지 성의를 다하시는데, 신하가 돼서 어찌 죽을 각오로 충성을 다하지 않을 수가 있겠습니까?"

주국치가 감문혼의 말에 고개를 끄덕였다. 전적으로 공감한다는 자세였다. 하기야 그럴 수밖에 없었다. 강희가 그의 부모를 이미 북경으로 데려가 호의호식을 시켜주고 있었으니 말이다. 그로서는 단순하게 걱정을 던 정도가 아니었다. 그가 감개무량한 표정을 지으면서 말했다.

"그대가 그렇게 굳은 결심을 다지니 나 역시 반갑기 그지없소이다. 그대는 정말 나의 둘도 없는 지기요. 물론 걱정하는 일들이 발생하지 않는다면 더할 나위 없이 좋겠죠. 그러나 지금 상태에서 우리는 최악의 경우를 대비하지 않을 수 없소. 절이긍과 부달례가 도착하면 다시 한 번 꼼꼼하게 따져봐야겠소. 아우는 귀주에서 내 편지를 기다리세요."

시간은 벌써 삼경이 다 돼 있었다. 하늘에는 어두운 구름이 짙어지고 있나 싶더니 어느새 그 무게를 이기지 못하고 번개가 쳤다. 동시에 저 멀리서 우렛소리가 들려왔다. 신음에 가까운 소리였다. 돌풍도 가만히 있지 않고 몰아치기 시작했다. 흙먼지를 있는 대로 휘감으면서 창문과 기와를 사정없이 후려갈겼다. 그런 가운데 주국치가 중얼거리는 소리가 들려왔다.

"산에 비가 내리려고 하니 누각에 바람이 그득하구나……."

39장
반기를 드는 손연령

절이궁 일행은 길에서 가다 쉬다를 반복했다. 그러다 보니 거의 한 달이나 지난 9월이 돼서야 비로소 살기등등한 기운이 도처에 산재한 운남부雲南府에 도착할 수 있었다.

절이궁과 오삼계는 오래 전부터 서로 잘 아는 사이였다. 둘이 안면을 익히기 시작한 것은 오삼계가 요동遼東에서 명나라의 주둔군으로 있으면서 청나라에 귀순하기 직전이었다. 절이궁이 중간에서 편지를 전달하는 역할을 한 것이다. 조정에서 이번에 그를 다시 운남으로 파견한 것은 이런 인연과 무관하지 않았다. 하지만 그는 약간 불안했다. 오랫동안 연락을 하지 않고 살아온 탓에 변덕이 죽 끓듯 하는 오삼계가 어떻게 나올지 몰라 은근히 걱정이 됐던 것이다. 때문에 그는 혹시 모를 오삼계의 변덕에 대비해 귀양貴陽을 지나면서는 동행하던 당무례와 살목합을 그곳에 남겨뒀다. 대외적으로는 북으로 철수할 오삼계의 의식주를 미리 준비한다는 명분이 있었기 때문에 의심을 사지는 않았다. 그러나 그가 그렇게 한 이유는 오삼계가 마수를 뻗칠 경우에 대비하기 위해서였다. 말하자면 세 사람이 한꺼번에 쥐도 새도 모르게 당하는 것보다는 두 사람이라도 남아서 북경으로 소식을 전할 수 있도록 하겠다는 생각이었다.

절이긍은 그런 세심한 부분까지 챙긴 다음 부달례와 함께 200여 명의 수행원들을 거느리고 위풍당당한 기세로 운남부로 들어왔다. 이어 바로 그날 저녁 역관에 투숙하자마자 밤새도록 주국치와 은밀한 모의를 했다. 이튿날에는 주국치의 안내를 받으면서 의장대를 앞세운 채 오화산으로 들어갔다.

사실 오삼계는 그들이 귀주 경내에 들어온 이후부터의 행적을 예의 주시하고 있었다. 거의 거울 보듯 하고 있다고 해도 좋았다. 그러나 모른 체하고 매일 주색에 빠져 아무런 생각도 없는 사람처럼 행동했다. 마치 꿈도 야망도 깡그리 버린 욕심 없는 사람이 그럴까 싶었다. 환골탈태라는 말도 과언이 아니었다. 그는 그렇게 하루하루를 보내다 흠차가 이미 오화산 자락에 도착했다는 소식을 접하자 일부러 몹시 당황하는 척하면서 다소 과분한 명령을 내렸다.

"예포를 울리고 중문中門을 열어 영접하라!"

오삼계의 말에 오화산이 부르르 떨 정도로 요란한 대포소리가 세 번이나 울렸다. 그 소리와 함께 위엄과 권력의 상징인 왕궁의 중문이 활짝 열렸다. 동시에 금의錦衣를 입은 수백 명의 의장대 교위들이 머리에 빨간 끈이 드리워진 모자를 쓰고 허리춤에는 칼을 꽂은 채 보무도 당당하게 몰려나왔다. 저마다 손에는 창, 도끼, 활, 장검, 깃발 등을 들고 있었다. 안에서는 은은한 북소리까지 흘러 나왔다.

흠차단의 정사正使인 절이긍은 강희의 칙서勅書를 공손하게 받쳐들었다. 그런 다음 태연자약하게 문밖에서 오삼계의 영접을 기다리고 있었다. 그의 옆에는 부사副使인 부달례가 서 있었다. 이윽고 평서왕 오삼계가 열 개의 동주東珠(중국 동북 지방에서 나는 진주)가 박혀 있는 친왕親王의 조관朝冠을 쓴 눈부신 모습을 한 채 희색이 만면한 얼굴로 걸어 나왔다. 몸에는 석청石靑 빛깔의 망포蟒袍(곤룡포와 같은 말)와 금룡金龍 보복補服을 입고 있었다. 그가 눈부시게 흰 팔소매를 쓱쓱 쓸어내리더니 한쪽 무릎을 꿇었다.

"노재 오삼계, 삼가 폐하의 안녕을 비옵니다!"

오삼계는 말을 마치자마자 북소리와 징소리가 요란한 가운데 삼궤구고의 대례를 올렸다.

"폐하께서는 옥체만강하십니다!"

절이긍이 칙서를 높이 쳐들어 보이면서 황제를 대신해 대례를 받았다. 오삼계가 성대한 격식을 차리고 맞아주자 어느 정도 마음이 놓이는 듯했다. 그는 조금 전의 위엄어린 모습과는 달리 해맑은 웃음을 지어 보였다. 그런 다음 칙서를 잠시 부달례에게 넘겨주고는 손을 내밀어 오삼계를 일으켜 세웠다. 그 다음에는 그가 오삼계 앞에 한쪽 무릎을 꿇으면서 인사를 올렸다.

"대왕, 소인의 인사를 받아주십시오. 축하드립니다. 구 년 전에 북경에서 뵐 때보다 훨씬 젊어지셨습니다. 대왕은 복을 타고 나셨나 봅니다!"

오삼계가 절이긍의 말에 껄껄 웃으면서 한 손으로 절이긍을 일으켜 세웠다. 또 다른 한 손으로는 두 사람을 안으로 안내했다.

"거짓말도 그렇게 감칠맛 나게 할 수 있군요. 역시 흠차다워요! 부 대인도 어서 오세요!"

오삼계의 속내는 누구도 알 수 없었다. 그러나 어쨌든 대단히 열정적으로 두 사람을 왕부의 정전으로 안내하는 성의를 보였다.

"두 분 대인!"

오삼계가 차를 한 모금 마시고 나서 입을 열었다. 절이긍과 부달례가 무슨 얘기가 나올지 궁금한 듯 그에게로 얼굴을 돌렸다.

"얼마 전 오단娛丹 어른이 운남에 오는 인편에 폐하께서 너무나도 많은 물건을 보내주셨어요. 얼마나 송구스러웠던지 혼이 났죠. 이 오삼계가 도대체 무슨 공로와 덕이 있다고 폐하께서 번번이 그런 배려를 해주시는지 모르겠어요! 사실 폐하께서 무슨 일이 있으실 때 나 같은 사람을 북경으로 부르시면 쏜살같이 달려갈 텐데요. 그런데도 매번 사람을 보내시니 얼마나 힘드시겠습니까!"

오삼계의 말은 낯간지러울 정도로 한없이 정중했다. 그가 잠시 숨을 고르고 나서 다시 말을 이었다.

"강희 삼 년에 폐하를 뵙고 구 년이 지나도록 한 번도 용안을 뵙지 못했어요. 늘 마음에 걸렸죠! 그러나 하는 일 없이 바쁜 터라 마음뿐이었어요. 삼 년 전 폐하께서 북경으로 부르셨을 때도 공교롭게 몸이 좋지 않아서 못 갔죠. 그저 주 중승에게 안부만 전해달라고 부탁을 했죠. 그때 들은 바로는 폐하께서는 불철주야 정사를 돌보시느라 많이 수척해지셨다고 하더군요. 지금은 어떠신지 모르겠네요. 아마 키도 많이 크셨을 거예요. 늙으면 사람이 자꾸 그리워진다고 하더니, 나도 그런 것 같아요. 외딴 곳에 혼자 있으니 더한지도 모르죠."

오삼계는 과거를 회상하자 스스로 감개무량한 기분에 젖어들었다. 듣는 입장에서도 감동을 느낄 만했다. 하기야 전혀 꾸며낸 흔적을 찾지 못할 정도로 완벽했으니 그럴 만도 했다. 때문에 부달례는 이처럼 인정이 넘치는 오삼계가 주국치의 말처럼 나쁜 짓만 일삼는 자는 아니라고 생각했다. 흡족한 얼굴로 맛을 음미해가면서 차도 마셨다. 그러나 절이긍은 달랐다. 오삼계의 카멜레온 같은 근성을 너무나 잘 알고 있었다. 보통 사람의 잣대로는 절대로 오삼계를 평가해서는 안 된다는 판단을 이미 내려놓고 있었다. 그럴싸한 오삼계의 고백이 끝나자 절이궁이 시원스레 말했다.

"대왕의 말씀은 구구절절 마음에 와 닿을 정도로 감동적입니다. 사실 폐하께서도 대왕을 자주 그리워하십니다. 첩첩의 산맥이 가로막고 있어도 한결같이 깊고 맑은 군신간의 정이 부럽습니다. 부 대인, 폐하의 수유手諭(친필 지시)를 대왕께 보여드리세요."

절이궁과 부달례는 오삼계와는 불필요한 격식을 생략하기로 이미 사전에 약속을 해둔 상태였다. 그가 조정의 명령을 받아들이느냐가 중요하지 그까짓 격식으로 사람을 지치게 할 필요가 있겠느냐는 판단을 한 것이다. 바로 이 때문에 수유를 주고받는 과정에서도 격식을 생략하려고 했다.

그러나 의외로 오삼계가 고집을 피웠다. 오히려 더 정중하게 예의를 갖추었다. 황급히 자리에서 일어나 저만치 걸어가더니 삼궤구고의 대례를 다시 올렸다. 그 바람에 수유를 받든 것은 한참 후가 될 수밖에 없었다. 오삼계는 수유를 받아들고서도 바로 본론으로 들어가지 않았다. 한참이나 멋진 필체라는 칭찬을 하고 난 다음에야 천천히 수유를 읽어 내려가기 시작했다.

오삼계는 내용에 대해서는 어느 정도 알고 있었다. 그럼에도 처음 보는 것인 양 열심히 읽었다. 한참 후 그가 수유를 내려놓고 말했다.

"폐하께서 평소에 베풀어 주신 은혜로 봤을 때 틀림없이 이번 청원을 허락해 주실 줄 알았어요. 나는 원래 북방 사람이라 이렇게 더운 곳에서 사는 것이 정말 죽을 맛이에요. 내가 나라에 공로가 많은 사람이라고 하셨으나 그것은 폐하께서 너무 과분한 칭찬을 하신 거예요. 속담에 '나뭇잎은 떨어져 뿌리로 돌아간다'고 했어요. 내가 밖에서 너무 오래 있다 보면 사악한 소인배들이 폐하께 가서 시시비비를 조작할 우려도 없지 않아요. 그러니 이번 기회에 고향에 돌아가 천수를 누리는 것도 좋을 것 같아요. 폐하께서는 노인들의 속마음도 너무나 잘 헤아려 주시는군요!"

"그러시다면 대왕께서는 언제쯤 떠나실 예정입니까?"

부달례는 오삼계의 말을 진지하게 받아들이는 듯했다. 허리를 앞으로 약간 숙이면서 정중하게 물었다. 주국치와 절이긍이 바라보는 것처럼 오삼계가 아주 형편없는 사람은 아니라고 생각하는 것이 분명했다. 심지어 친절하고 인정미 넘치는 사람이라고 믿는 눈치였다. 그가 다시 진지하게 말했다.

"폐하께서는 이미 북경에 대왕을 위한 왕부를 짓고 계십니다. 대왕께서 북경으로 오시기만을 학수고대하는 것이죠. 물론 세자도 더하면 더했지 덜하지는 않을 겁니다. 대왕께서 정확한 출발 일시와 노선을 말씀해주시면 제가 폐하께 즉각 상주를 올리겠습니다. 미리 준비하시도록 하는 것도 좋을 듯합니다."

"하하하, 오늘 이렇게 뵈니 부 대인은 대단히 명석하고 도리에 밝은 분인 것 같네요. 그야말로 나라의 기둥입니다."

오삼계는 계속 부달례를 치켜세우고 있었다. 그러더니 무슨 생각에서인지 쌀죽 그릇을 그의 앞으로 밀어놓았다. 동시에 이마를 찌푸리면서 한숨을 내쉬었다.

"나 혼자라면 지금 당장이라도 따라나설 수 있어요. 문제는 딸린 식솔들이 너무 많다는 겁니다. 어디 한번 떠나려면 시끄럽고 골치가 아파 환장할 정도예요. 최근에 집사람이 감기가 들었는데, 통 낫지를 않아요. 며칠은 더 걸리지 않을까 싶네요. 그나마 집안일은 그렇다 칠 수 있어요. 더욱 골치 아픈 것은 데리고 있던 병사들과 장군들이에요. 쉽사리 떠나주지를 않네요. 요즘 워낙 여러 가지 소문들이 무성해요. 그래서 이럴 때 잘 다독거려 돌려보내야 해요. 그렇지 않으면 저 무식한 것들이 바로 들고 일어날 수도 있어요. 그렇게 되면 상황이 심각해질 수도 있어요! 저 친구들을 설득해서 보내려면 시간이 더 걸리지 않을까 싶군요."

오삼계는 말을 마치고 슬쩍 부달례를 쳐다봤다. 역시 실망하는 기색이 역력했다. 그는 속으로 콧방귀를 뀌었다. 그러나 아주 진지하게 정확한 날짜를 꼽는 듯한 표정을 짓는 것은 잊지 않았다.

"글쎄, 못 돼도 시월 말은 돼야 하지 않나……."

오삼계의 말이 채 끝나기도 전이었다. 갑자기 밖에서 한바탕 소동이 벌어졌다. 곧이어 네모난 얼굴의 중년 장군이 거칠게 시위들을 밀치면서 성큼성큼 안으로 들어왔다. 신발바닥에 박힌 쇠굽이 대리석 바닥에 부딪치면서 유난히 크게 소리가 났다.

"마보馬寶 아닌가?"

오삼계가 얼굴을 일그러뜨리면서 물었다. 동시에 버럭 호통을 쳤다.

"손님이 계시는데, 여기가 어디라고 무엄하게 마구 뛰어 들어오고 그래? 두 분 천사天使들과 중요한 얘기를 나누고 있는 게 안 보이나?"

그러나 마보라고 불린 사내는 오삼계의 훈계조의 호통에도 아랑곳하지 않았다. 전혀 두려움 없는 표정으로 허리를 쭉 펴면서 오삼계에게 우선 읍을 했다. 그런 다음 몸을 홱 비틀어 절이긍과 부달례를 차가운 시선으로 째려보면서 물었다.

"두 분이 흠차시군요. 방금 들으니 우리 대왕에게 빨리 떠나라고 협박하시는 것 같던데요?"

"협박? 그렇게 말할 수는 없소."

절이긍이 싸늘한 어조로 대답했다. 그는 눈앞에서 벌어지는 현재 상황이 사전에 치밀하게 짜인 각본대로 돌아가고 있다는 사실을 모르지 않았다. 아니 단박에 알아차렸다. 또 이런 일이 벌어질 것을 예상하지 못한 것도 아니었다. 하지만 연극이 이처럼 빨리 막을 올릴 줄은 몰랐다. 그는 마보가 살기등등한 표정으로 처음부터 험악하게 나오자 냉정한 시선으로 찻잔을 든 채 멍하니 앉아 있는 오삼계를 힐끗 쳐다봤다. 그런 다음 대수롭지 않다는 듯 물 위에 떠 있는 찻잎을 후- 불어내면서 무표정하게 말을 이었다.

"폐하께서 대왕의 철번 요청을 들어주셨소. 우리는 대왕이 보다 안전하고도 편리하게 철번할 수 있도록 도와드리기 위해 수천 리 길도 마다하지 않고 왔소. 그런데 장군께서는 도대체 뭐가 불만이오?"

부달례도 지지 않겠다는 듯 거들고 나섰다.

"마 장군이라고 했소? 그대의 이름을 물어봐도 되겠소? 오화산에서는 손님에게 이런 식으로 인사를 하는 거요?"

"난 평서왕 휘하의 군사를 지휘하는 도통都統 마보라는 사람입니다!"

마보가 싸늘하게 대답했다. 눈에서는 결코 호의적이지 않은 빛이 반짝거리고 있었다. 그가 작심한 듯 말을 이었다.

"만약 흠차께서 말씀하신 대로 우리 대왕이 철번을 스스로 요청하셨다면 북상하는 일정과 노선 역시 스스로 정하게 하셔야 할 것 아닙니까? 그게 도리라고 보는데요? 그런데 두 분은 들어서자마자 숨돌릴 새도 없이 출발 날짜부터 다그쳐 물었습니다. 그게 도대체 무슨 의미입니까?"

"입 닥치지 못해?"

오삼계가 마치 준비라도 한 듯 얼굴을 붉히면서 탁자를 힘껏 내리쳤다. 그는 마보에게 손가락질을 하면서 고래고래 고함을 지르고 다시 준엄하게 꾸짖었다.

"어디에서 배운 못된 버르장머리야! 내가 사십 년 동안 병사들을 거느리고 전투를 했으나 너같이 구제불능인 놈은 처음 봤어! 여봐라!"

"예!"

오삼계의 명령에 정전 안팎의 시위들이 약속이나 한 것처럼 대답했다.

"쫓아내라!"

"하하하하……"

마보가 갑자기 미친 듯 웃어댔다. 절이궁과 부달례는 그 웃음소리를 듣자 오싹 소름이 돋았다. 오삼계 역시 그런 척했다. 두 눈을 무섭게 부릅뜨고 바로 삼켜버리기라도 할 듯 으르렁댔다.

"웃어? 좋아. 왕법王法의 호된 맛을 한번 보고 싶다 이거지?"

오삼계는 말을 마치자마자 바로 명령을 내렸다. 연극이 아니고 진짜 같은 느낌도 물씬 풍겼다.

"끌어내서 곤장 마흔 대를 쳐라! 반쯤 죽여 버려도 좋아!"

"예!"

오삼계의 명령이 내려지기 무섭게 시위들 몇 명이 몰려왔다. 그러나 마보는 순순히 굽히려 하지 않았다. 순식간에 몸을 홱 돌려 문가로 뒷걸음치더니 장검을 뽑아든 채 소리를 질렀다.

"누구든지 앞으로 한 발자국이라도 나오는 놈은 용서하지 않을 테다! 이 은안전銀安殿을 피바다로 만들어 버릴 거야!"

마보는 여전히 기세등등했다. 하지만 어투는 많이 누그러져 있었다. 사전 각본에 따른 할 말이 있는지 슬슬 오삼계를 곁눈질하고 있었다. 그가 드디어 오삼계에게 간곡히 아뢰었다.

"대왕께서 철번을 하시려면 하십시오. 그러나 구체적인 일시와 노선은 저 마보가 정하겠습니다. 제 신패信牌가 없으면 쥐새끼 한 마리도 빠져나갈 수 없습니다! 두 분 잘난 흠차도 예외는 아닙니다. 십 년이고 팔 년이고 여기 있다 대왕의 철번 준비가 깨끗하게 마무리되는 날에 같이 떠나도 늦지는 않을 거니까요! 하하하하!"

마보는 그 말을 던지고 냉소를 터뜨리면서 횡하니 밖으로 나가 버렸다. 제대로 연극을 끝냈다는 듯한 후련함이 행동에서 그대로 나타나고 있었다.

절이긍은 오삼계의 방조 내지 묵인하에 온갖 횡포를 다 부리고 멀어져가는 마보의 뒷모습을 오랫동안 노려봤다. 별 생각이 다 들었다. 그러나 무엇보다 급한 것은 대책 마련이었다. 그는 재빨리 머리를 굴렸다. 아무래도 자신이 생각했던 것보다 훨씬 어렵게 일이 전개될 듯했다. 이럴 때는 아예 사실대로 털어놓고 오삼계의 반응을 보는 것이 더 나을 것 같다는 생각이 들었다. 그는 바로 자리에서 일어나면서 정색을 하고 말했다.

"대왕, 우리는 삼십 년 동안 알고 지낸 사이입니다. 그런 만큼 대왕께서는 저를 잘 아실 겁니다. 대왕 생각에는 어떻게 하는 것이 좋을 것 같습니까? 말씀을 해 보십시오. 저희들이 경청하겠습니다."

"무슨 그런 말씀을!"

오삼계가 황급히 손을 내저었다. 오해라는 표정을 짓느라고 갖은 애를 쓰는 듯했다.

"대인께서 오해를 하셨나 보네요. 나 오삼계를 잘 알면서 왜 그러십니까? 방금 그 마보라는 자는 무식하고 거친 마적 출신이에요. 그렇지 않으면 그처럼 막 나갈 수가 없죠. 또 저것들은 무서운 구석도 없어요. 철번에 대해 온갖 이상한 소문이 나도니까 뭘 잘못 알고 저러는 것이기도 해요. 내가 아까 시간이 조금 걸릴 것 같다고 한 것도 저런 친구들이 너무 많아서 그랬던 거예요. 두 분 그만 화 푸세요. 운귀 두 성은 아직 내 손아귀에 있으니 마음 푹 놓고 기다리시다가 시월 말 무렵에 같이 떠나도록 하죠. 조정의 큰일이고 내 오랜 숙원이기도 한 만큼 이 일은 그 어느 누구도 발목을 잡을 수 없어요. 간다면 가야죠! 안 그렇습니까, 부 대인!"

오삼계가 마지막에는 부달례에게 시선을 고정시켰다. 완전히 병 주고 약 준다고 볼 수 있었다. 부달례는 오삼계에 의해 놀아나고 있다는 굴욕감이 들자 화가 치밀었다. 그러나 그렇다고 대판 싸움을 할 수도 없는 일이었다. 그저 마른침을 꿀꺽 삼키면서 상기된 얼굴로 대답할 수밖에 없었다.

"대왕의 마음은 충분히 이해가 갑니다. 왕비께서 건강이 좋지 않으시고 휘하 장군들이 저러니 조금 늦어지더라도 어떻게 하겠습니까. 제가 숙소로 돌아가서 폐하께 자세하게 상주上奏를 올리도록 하겠습니다."

"아니 왜요? 두 분은 여기에서 기다려 주시지 않을 겁니까?"

오삼계가 부달례의 말에 놀란 표정을 지었다. 동시에 머리를 돌려 절이긍을 쳐다봤다. 절이긍은 순간적으로 오삼계의 뜻을 간파했다. 자세를 고쳐 앉으면서 웃는 얼굴로 대답했다.

"미리 역관을 잡아놨기 때문에 어쩔 수 없습니다. 주 중승이 순무아문에 머물라고 한 것도 저희들은 사절했습니다. 손님이 가야 주인이 편하게 쉰다고 하지 않습니까. 저희들 역시 더 이상 폐를 끼쳐드릴 수는 없고요."

오삼계는 절이긍의 말에 바로 상황을 간파했다. 절이긍과 부달례가 주국치와 일정한 거리를 두고 있다는 사실을 애써 강조하려 한다는 사실을 말이다.

"솔직히 어디에서 자는 게 뭐가 그렇게 중요합니까. 두 분은 황제의 흠차이시니 정 그러시다면 편한 대로 하십시오. 여봐라! 빨리 연회를 베풀어 두 분 흠차 대인들을 모시도록 하라!"

오삼계의 명령이 떨어지자마자 현악기 소리가 실내에 메아리쳤다. 북소리도 떠들썩하게 울려 퍼졌다. 곧 교위 네 명이 미리 준비한 푸짐한

요리상을 하나씩 들고 들어왔다. 순식간에 정전 안은 향긋한 음식냄새로 그득하게 채워졌다. 오삼계 휘하의 무장과 문신들 역시 줄줄이 들어왔다. 그들은 저마다 자신의 이력이 적힌 종이를 두 흠차에게 건넸다. 두 흠차 역시 자리에서 일어나 일일이 인사를 했다. 절이긍이 가끔 손을 잡고 반가워한 것에서 보듯 그들 중에는 그와 안면이 있는 사람도 적지 않았다. 이처럼 연회석이 마련되자 조금 전에 있었던 일촉즉발의 위험 같은 것은 온데간데없이 사라졌다. 대신 화기애애한 분위기가 좌중을 감돌았다. 호국주는 연회석을 배치하느라 여념이 없는 와중에도 자신의 본분을 잊지 않았다. 어느새 들어와 자리를 잡으려는 왕사영에게 다가가 귀엣말로 뭔가를 속삭인 것이다.

"서안西安으로 간다고 하더니, 여기에는 왜 왔어요?"

"이 술 한잔 얻어먹고 가도 늦지는 않아요."

왕사영이 웃으면서 대답했다. 그런 다음 묘한 말을 덧붙였다.

"내 말 좀 들어봐요. 손연령과 김광조金光祖 등도 지금 이 순간 술상을 벌여놓고 있지 않을까 싶어요. 두고 보라고요. 앞으로 재미있는 일이 자꾸 터질 테니까요!"

"그러면 좋죠! 희소식을 기다립시다!"

호국주는 말을 마치자마자 상석에 앉은 오삼계의 자리로 향했다. 이어 큰 소리로 외쳤다.

"우리 폐하 만세! 만세! 만만세! 대왕 천세! 천세! 천천세! 두 분 흠차 대인 건강하시고 행복하십시오!"

좌중의 장군들은 호국주의 말에 술잔을 높이 쳐들었다. 그런 다음 진지하게 따라 외쳤다. 당연히 좌중에는 안하무인으로 천방지축 행동했던 마보는 보이지 않았다. 군중에 오삼계의 명령을 전하러 나간 것이다. 그 명령은 정말 단호하기 이를 데 없었다.

"운남과 귀주 두 성에서는 오늘부터 사람이 들어올 수는 있어도 절대로 나갈 수는 없다!"

왕사영의 말은 결코 괜한 것이 아니었다. 그의 말대로 천리 밖의 계림에 있는 손연령의 집에서는 이색적인 연회가 펼쳐질 조짐을 보이고 있었다.

손연령은 자존심이 대단히 강한 사람이었다. 때문에 공사정이 대량신을 굴복시킨 다음 자신의 중군 배치권을 빼앗아간 그날 이후부터 계속 우울한 나날을 보냈다. 당초 그의 계획은 현재 눈앞에 나타난 상황과는 완전히 달랐다. 그는 우선 북경에 가서 강희로부터 어느 정도 예우를 받은 다음 공주인 공사정과 결혼하고자 했다. 여기까지는 그래도 괜찮았다. 어쨌거나 공사정의 남편이 됐으니까. 하지만 액부의 신분으로 계림으로 돌아와 마웅과 왕영년을 누르고 명망 높은 명장名將이 되고자 한 목표는 조금씩 흔들리기 시작했다. 결국 공사정이라는 암탉이 울어대는 바람에 기가 확 꺾여버렸다. 오히려 위신이 전보다 더 떨어졌다고 해도 좋았다.

물론 대외적으로 명령을 내리고 결단을 하는 사람은 여전히 그였다. 그러나 사사건건 공사정의 눈치를 봐야 했다. 지시를 받지 않는 경우는 없었다. 급기야 내막을 아는 장군들은 뒤에서 노골적으로 그에게 손가락질을 하기 시작했다. "마누라 무서워서 쩔쩔맨다"느니 하는 소리도 들렸다. 심지어는 "저녁 잠자리에서도 시키는 대로만 한다"라는 말까지 돌았다. 사람들은 그러면서 입을 감싸 쥔 채 낄낄댄다고 했다.

손연령은 그런 말이 귀에 들어올 때마다 참을 수가 없었다. 나중에는 창피한 나머지 아예 군사 업무는 신경도 쓰지 않고 바둑판에나 끼어들었다. 여기저기 놀러 다닌 것도 다 그 때문이었다. 그러던 어느 날이었다. 그는 휘하의 교위 두 명과 함께 이강漓江 기슭으로 새를 잡으러 나갔다. 무성한 숲속에서 반나절이나 헤매고 다닌 결과는 좋지 않았다. 고작 꿩 두 마리밖에는 잡지 못한 것이다. 그가 기운이 한참 빠져 있을 때였다. 갑자기 강가에서 누군가의 노랫소리가 들려왔다.

이강이 아름다운 것은 봄바람에 너울대는 물결의 흐느적거림 때문이어라. 푸른 물결은 남으로 유유히 흐르고 산은 푸르러 사람이 늙지 않으니……
이강은 정말 좋구나…….

손연령은 그만 넋을 잃고 말았다. 자신도 모르게 입에서 감탄사가 터져 나왔다.

"이 목소리는 귀에 익은데? 노래솜씨도 좋지만 노櫓에 물살이 갈라지는 소리와 어우러지는 것이 정말 기가 막히군."

손연령이 말고삐를 교위에게 넘겨주고는 덧붙였다.

"새들도 내 꼴이 우스운지 당최 잡히지를 않는구만. 나는 여기에서 조금 있다 갈 테니까 자네들은 먼저 돌아가. 공주한테는 신경 쓰지 말라고 전해줘. 밖에서 모든 것을 해결할 거니까."

손연령은 곧바로 산비탈을 따라 하산하기 시작했다. 얼마 후 강기슭의 나무숲에 당도한 그는 시선을 저 멀리로 돌렸다. 머리에 갓을 쓴 뱃사공이 조그마한 배를 저으면서 오는 모습이 보였다. 그가 뱃사공을 보고 큰 소리로 외쳤다.

"이봐요! 나 좀 태워주실 수 있소?"

"당신은 《장자》를 읽어보지 않았는가. 서로 조금씩 돕고 사는 것보다는 통 크게 사는 것이 더 낫다는 말이 있잖아. 그렇지 않은가, 연령!"

"어쩐지 목소리가 귀에 익다 싶었어. 왕사영이군!"

손연령이 깜짝 놀라 소리쳤다. 그러나 그는 자신이 너무 호들갑을 떨었다고 생각했는지 바로 주위를 둘러봤다. 다행히 아무도 없었다. 그는 그제야 웃으면서 말을 이었다.

"치사하게 이렇게 좋은 곳에 혼자 나와 있다는 말이지! 그러지 말고 올라와서 같이 얘기나 하는 것이 어떤가?"

손연령의 말에 왕사영이 손에 들고 있던 노로 배를 고정시켰다. 그런 다음 뱃전에 선 채 말했다.

"그럴 거 뭐 있어? 하나는 산 위에서 하나는 물 위에서 문답을 즐기면 되지! 물은 물 나름대로의 아름다움이 있고, 산은 산 자체의 영험한 기운이 있잖은가!"

손연령 역시 지지 않았다. 일부러 발을 동동 굴렀다.

"남은 심각한데 당신은 한가롭게 알아듣지도 못할 말로 장난이나 치는가! 그런데 왜 운남으로 돌아가지 않은 건가?"

왕사영은 손연령의 말에 빙긋 웃어 보였다.

"나라고 왜 그리로 올라가서 자네와 같이 어깨를 나란히 하고 앉고 싶지 않겠는가. 하지만 연지 바른 호랑이가 어흥! 하고 덮칠 것 같아 겁이 나서 그렇다네. 천하의 대장군도 쫓겨나와 그러고 있는데, 나 같은 선비야 얻어터지면 한 방에 바로 가지 않겠는가!"

왕사영이 입에 올린 연지 바른 호랑이는 다른 사람이 아니라 바로 공사정을 의미했다. 왕사영이 자신의 기분을 족집게처럼 집어내자 손연령의 표정은 바로 어두워졌다. 그는 곧 주변의 깨끗한 바위를 찾아 걸터앉았다. 그리고는 금띠를 두른 것 같은 이강을 하염없이 바라봤다.

"조금 전에 나에게 왜 운남에 돌아가지 않았느냐고 물었지? 그런 질문에는 속이 뻥 뚫리게 대답해줄 수 있어. 계림에서의 일이 아직 끝나지 않아서 그래. 가서 급하게 할 일도 없는데 뭐! 나는 걸리적거리는 게 없는 자유인이잖아. 자네처럼 족쇄를 찬 채 코 꿰이거나 목이 매인 것이 아니잖아. 잔잔한 물결 찰랑대는 이강에서 물안개와 벗하면서 한가로운 낚시꾼이 되는 것도 나쁘지는 않은 것 같은데?"

왕사영이 별일 아니라는 듯 말했다. 그러나 그의 말은 비수가 되어 손연령의 가슴을 찔렀다. 손연령이 어색한 표정으로 열 손가락을 소리 나게 꺾으면서 물었다.

"아직 끝내지 못한 일이 뭔가? 내가 도와줄 수 있는 거야? 내가 볼 때 자네는 빨리 운남으로 돌아가는 것이 좋을 것 같아. 여기가 얼마나 위험한 곳이라고! 최근에 마웅과 왕영년 사이에 심한 의견충돌이 있었어. 그러자 마웅이 부대를 거느린 채 계림을 떠나 유주柳州로 가버렸어. 왕영년은 조정에 상주문을 올려놓고 마웅을 토벌하려고 준비 중에 있지. 곧 한바탕 붙을 거라고!"

손연령의 말은 진지했다. 그러나 왕사영은 대수롭지 않은 표정이었다.

"그건 자네 부인께서 군대를 지휘하는 재주가 만만치 않다는 사실을 증명하는 거야! 사실 이런 싸움 정도는 동네 조무래기들의 장난에 불과해. 지금 조정은 철번을 시작했잖아? 그 철번으로 인해 금수강산이 불바다가 될 수도 있어. 오늘과 같은 이런 한가로움도 영영 사라져 버릴지 모르고. 그게 더 큰일 아니겠냐고! 우리 한족들의 왕조를 회복할 진짜 영웅이 탄생하느냐의 여부가 이번 일에 달려 있어. 그런데 자네는 날개 묶인 독수리 꼴이야. 입 틀어막힌 호랑이라고 해도 과언이 아니지. 정말 개탄할 일이 아닐 수 없네!"

손연령은 욱! 하는 기분을 느꼈다. 속으로는 '불난 집에 부채질이라고, 저런 말이나 하려고 뱃전에 앉아 청승을 떨고 있었구나!' 하는 생각도 들었다. 그러나 겉으로는 애써 부드러운 미소를 지어 보였다.

"사영, 자네는 평서왕의 사람이고 나는 조정의 대신이야. 사적으로는 친구 사이지만 공적으로는 두 나라를 대표하는 적이라고. 그 좋은 머리를 가지고 너무 많은 장난은 치지 말게!"

"이것 좀 읽어보게!"

왕사영이 손연령의 말을 못 들은 척하면서 종이뭉치를 던졌다. 손연령은 경황없이 받아들었다가 그만 깜짝 놀라고 말았다. 자신이 며칠 전에 상지신에게 보낸 비밀 편지의 부본副本이었던 것이다. 자신이 어쩔 수 없이 묶여 있다는 고충을 털어놓은 편지였다. 또 비록 몸은 조조의 진영에 있으나 마음은 한나라의 조정에 있다는 솔직한 고백과 자신은 반드시 중립을 지키겠노라는 약속도 담고 있었다. 종이뭉치에는 조서 한 장도 함께 동봉돼 있었다. 간단하게 몇 글자 적혀 있는 조서였다.

대주大周 천자가 손연령을 임강왕臨江王으로 흠봉欽封한다. 또 천자의 명령을 하늘처럼 따를 것을 격려하는 바이다!

"이…… 이건 또 뭐야?"

손연령이 화들짝 놀라면서 떨리는 목소리로 반문했다. 그러자 왕사영이 무릎을 껴안은 채 뒤로 벌렁 드러누우면서 차가운 어조로 내뱉었다.

"뻔히 다 알면서 뭘 물어? 청나라 황실에 평생 충성해봐야 왕위 하나 얻어 가질 수 있을 것 같아? 지금 자네는 벌써 바짓가랑이가 젖은 사람이야. 삼번과 연락을 취해왔으니 조정에 당당할 수도 없는 입장이잖아. 아닌 척하지 말고 뺨 때려줄 때 울어버리라고! 잘 생각해봐!"

"그러면 공주는 어떻게 하고?"

손연령이 갑자기 엉뚱한 질문을 던졌다.

"명나라 때 척戚 대장군이라는 사람이 있었다고 하더군. 그 사람은 왜구와 싸울 때는 용맹하기 이를 데 없는 영웅이었어. 또 대만도 수복했어. 한마디로 백전백승을 자랑하는 대단한 무인이었어. 그러나 그런 사람도 평생 동안 마누라를 무서워했다고 하더군."

왕사영이 손연령을 쳐다보면서 느릿느릿 말했다. 손연령의 얼굴은 두려움과 흥분에 사로잡혀 창백해진 채 아무 대꾸도 하지 못했다.

"자네도 그 사람을 닮아보지 그러는가!"

왕사영은 말을 마치고는 손연령과 만나기 전에 던져놓았던 그물을 건져 올렸다. 그물 안에서 열 몇 마리는 족히 될 것 같은 물고기들이 펄쩍펄쩍 뛰고 있었다. 왕사영이 히히 하고 웃으면서 나지막한 목소리로 의미심장한 말을 토했다.

"열두 마리군. 한 번에 건져 올린 것치고는 적지도 많지도 않은 만족스러운 결과야! 이것들이 아무리 발광을 해도 도마 위에 올려놓고 칼만 대면 끝이야. 곧 입안에서 속살이 사르르 녹지 않겠어?"

왕사영이 다시 한 번 손연령을 힐끔 쳐다봤다. 그런 다음 작별 인사도 없이 노를 저어 떠나갔다. 그러나 그가 부르는 노래는 강기슭에 있는 손연령에게로 계속 울려퍼졌다.

이강은 정말 좋아, 입고 먹을 것을 해결해주는 이강은 나의 고향! 오랑캐의 바람이 휘몰아칠 때는 온 강에 수심이 그득하나, 그 바람이 지나가면 온 배에 고기가 그득해라…… 이강은 참으로 좋아라…….

"열두 마리!"

손연령은 왕사영의 의미심장한 말을 다시 한 번 떠올렸다. 그러다 '열두 마리'라는 숫자에 갑자기 정신이 번쩍 들었다.

"왕영년, 마웅진, 왕맹王孟, 채의홍蔡義虹…… 음, 적지도 많지도 않아. 딱 열두 명이야! 정말 머리 하나는 기가 막힌 친구야."

손연령은 왕사영의 모략에 정말 감탄하지 않을 수 없었다. 그대로 따라 하면 뭔가 될 것 같다는 생각이 들었다. 그는 바로 정신을 가다듬었다. 그런 다음 두루마기 자락을 바지춤에 집어넣고는 뒤로 돌아보지 않고 걸음을 옮겼다.

그날 저녁 손연령은 앞으로는 임강왕부臨江王府라고 불러도 좋을 자신의 안가安家에서 연회를 베풀었다. 당연히 순무인 마웅진을 가장 먼저 불렀다. 그런 다음 술잔을 내동댕이치면서 박살내는 것을 신호탄으로 왕영년을 비롯한 11명의 장군 및 측근들과 순무 마웅진을 한꺼번에 처치해 버렸다. 그럼에도 눈 하나 깜빡하지 않고 마치 아무 일도 없었다는 듯 집으로 돌아갔다.

공사정은 이런 엄청난 일이 벌어졌음에도 아무것도 모르고 있었다. 하지만 다른 곳에서 들려오는 급보는 접하고 있었다. 이를테면 상지신과 오삼계가 군대를 여기저기로 파병한다는 소식이 대표적이었다. 그녀는 본능적으로 불안한 예감에 휩싸였다. 더구나 손연령이 속과 겉이 다르게 놀기 시작했다는 사실을 이미 눈치채고 있었다. 때문에 그녀는 계림 주둔군의 반란을 막기 위해 대량신을 파견해 밤낮없이 장군들의 동향을 살피도록 했다. 또 매일 저녁 술시戌時에 그날의 행적을 보고받았다. 그러나 이날은 웬일인지 시간이 훨씬 지났는데도 그가 모습을 보이지 않았다. 그녀는 애써 불안한 생각을 떨쳐버리고 의자를 끌어다 앉았다. 그런 다음 문설주에 머리를 기대어 넋을 놓은 채 별이 빛나는 밤하늘을 바라보고 있었다.

그때 갑자기 군영 쪽에서 호루라기 소리가 희미하게 들려왔다. 곧이어 콩 볶는 듯한 말발굽소리도 황급하게 들려왔다. 밤늦은 시간에 들려오는 그 소리에 놀란 동네의 개들이 여기저기에서 요란하게 짖어대기 시작했다. 공사정은 자리에서 튕기듯 일어났다. 무슨 일인지 알아봐야겠다고 생각한 것이다. 그녀가 사람을 부르러 가려고 할 때였다. 갑자기 담벼락 위의 포도넝쿨이 크게 흔들렸다. 그녀는 깜짝 놀라 온몸의 신경을 곤두세웠다. 그런 다음 위엄어린 목소리로 물었다.

"누구냐?"

"저, 저예요……."

파란 원숭이가 희미한 음성과 함께 반 토막 난 장검을 든 채 비틀거리면서 들어왔다. 몸에서는 마치 양동이째 뒤집어 쓴 것처럼 피가 질편하게 흘러내리고 있었다. 바짓가랑이와 옷섶도 이미 시뻘겋게 물들어 있었다. 얼굴은 창백하기 그지없었다. 그가 문설주에 기댄 채 맥없이 입을 실룩거렸다.

"고모…… 반란이 일어났어요! 어서 도망가세요! 어서요!"

공사정이 대경실색한 표정으로 황급히 물었다.

"어떻게 된 거야? 어서 말해봐!"

"고모부가 변절했어요! 그자들이 쫓아오기 전에 어서 도망가요! 창오의 부 대인에게 가세요……."

파란 원숭이는 말을 채 마치지 못하고 그대로 쓰러지더니 다시는 일어나지 못했다.

"파란 원숭아!"

공사정이 처참하게 울부짖으면서 덮치듯 파란 원숭이에게 달려갔다. 동시에 그의 헝클어진 머리카락을 어루만지면서 마치 실성한 사람처럼 오열을 터뜨렸다.

"파란 원숭아, 이 고모가 너를 죽였구나! 네가 여기 오기 싫어하는 걸 억지로 데려와서……. 파란 원숭아!"

공사정은 땅을 치고 통곡하다 말고 갑자기 울음을 뚝 그쳤다. 이어 곧바로 돌아서서는 벽에 걸린 장검을 내리면서 큰 소리로 외쳤다.

"공씨 집안에서 잔뼈가 굵은 자들은 하나도 빠짐없이 다 나와!"

"그래봤자 소용없소!"

그때 밖에서 귀에 익은 목소리가 들려왔다. 손연령의 차가운 음성이었다. 그가 문어귀에서 서서히 굳어져가는 파란 원숭이의 몸을 힐끔 쳐다보고는 공사정에게 말했다.

"나는 한족 황실의 기업基業을 수복하기 위해 이미 임강왕이라는 봉호를 부여받았소. 지금 밖에는 장군들을 비롯한 천여 명의 군관들이 있소. 부인께서는 무모한 행동을 삼가는 것이 좋을 거요!"

손연령이 말을 마치기 무섭게 밖을 향해 고함을 냅다 질렀다.

"뒷길을 포위하라. 그러나 내 왕명이 없는 한 함부로 사람을 죽여서는 안 된다!"

"당신, 당신이 임강왕이라고?"

공사정은 극도의 분노와 놀라움에 치를 떨었다. 당장에라도 손연령의 뺨을 후려치고 싶은 생각이 들었다. 그러나 그런 감정은 오히려 그녀로 하여금 더 빨리 평정심을 되찾게 만들었다.

"오삼계가 봉해준 거겠죠?"

"그렇다고 봐야 하지 않겠소."

손연령이 냉정하게 대답했다. 그런 다음 은근한 어조로 공사정을 안심시키려는 말을 했다.

"하지만 우리 둘은 이미 화촉을 밝힌 부부가 아니오. 그러니 걱정하지 마시오. 내가 당신을 괴롭히기야 하겠소?"

공사정은 증오로 이글거리는 눈빛으로 손연령을 오랫동안 노려봤다. 이어 갑자기 미친 듯이 웃음을 터뜨렸다.

"하룻밤 부부의 인연을 소중히 생각해 나를 가만히 놔두는 것은 아닐 걸요? 나를 살려줘야 조정 쪽에 마지막 도피처라도 마련할 수 있지 않을까요?"

"사정, 당신……."

"저기 저 건물이 내 아버지 정남왕이 순절한 곳이에요. 우리가 그래도 한때는 한 이불을 덮고 자던 부부였다고 생각한다면 저 위에 올라가 죽을 수 있도록 배려를 좀 해주는 것은 어떻겠어요?"

공사정이 뒤를 돌아다보면서 마치 석고처럼 굳어진 얼굴로 말했다. 비장함이 가득했다. 그러나 손연령은 가볍게 머리를 흔들었다. 그 순간 두 명의 교위가 다가와서는 공사정의 손에 들려 있던 장검을 빼앗아 버렸다. 그제야 손연령이 입을 열었다.

"당신의 공씨 집안은 삼종사덕三從四德을 숭상하지 않소? 어찌 됐든 내가 이혼을 하지 않는 한 당신은 언제까지나 내 아내요. 자랄 때는 아버지를 따르고 결혼을 하면 남편에게 복종하면서 살아야 한다고 했소. 나는 당신이 죽기를 바라지 않소. 대신 오늘부터는 넷째 공주가 아닌 임강왕의 왕비로 거듭나기를 바라오! 내가 보기에 애신각라 현엽(강희)은 승리할 가능성이 거의 없소. 그나마 운이 좋아야 우리하고 강을 사이에 두고 천하를 나눠 통치하겠지! 또 그것은 알고 있소? 섬서의 왕보신도 이미 넘어왔다는 사실을 말이오. 게다가 조금 후면 오삼계를 비롯한 세 왕이 직예에서 회동할 것이라는 사실도 모르겠지? 그러면 천하는 바로 지각변동이 일어날 거요. 그 정도는 알아야 하지 않겠소?"

손연령은 말을 마치자마자 곧바로 측근들에게 지시했다.

"왕비를 잘 모셔!"

그런 다음 여유 있는 모습으로 자리를 떴다.

40장

목이 날아간 흠차대신

마보가 운귀의 변경을 봉쇄한 것은 왕사영에게는 아무런 걸림돌도 아니었다. 가볍게 계림으로 달려가는가 싶더니, 그 다음 날 밤낮을 쉬지 않고 계속 달려 사천四川을 거쳐 섬서陝西로 갔으니까 말이다. 그는 누구도 데려가지 않고 혼자 달렸다. 일이 너무 중요하고 화급했기 때문이었다. 그런 초인적인 능력은 하루에 800리는 가볍게 달리는 오삼계의 말이 있었기 때문에 가능했다. 그러나 그는 정작 서안 성내城內로 들어간 다음에는 곧바로 왕보신의 제독부로 들이닥치지 않았다. 그저 그 앞에서 한참을 서성거리기만 했다. 그러면서도 주변을 몰래 살피는 것은 잊지 않았다. 그의 시야에 가장 먼저 들어온 모습은 교위들이 이곳저곳에 꽃등을 걸고 송백나무가지에 꽃띠를 두르는 일사불란한 모습이었다. 가끔 의견이 맞지 않는지 소리소리 질러가면서 바삐 돌아가는 모습도 보였다. 그들은 누군가가 자신들을 지켜보고 있다는 사실도 모른 채 바삐기 그지없었다. 왕사영은 일부러 그들에게 다가가지 않고 그냥 돌아서서 나왔다. 먼저 왕보신을 만날 것인지 장건훈, 왕병번, 마일곤 또는 공영우를 만나 냄새를 맡아볼 것인지에 대한 판단이 서지 않았던 것이다. 사실 그가 확신할 수 있는 것은 거의 없었다고 해도 좋았다. 물론 서안이 꽃장식을 하면서 손님 맞을 준비에 여념이 없는 것을 보면 흠차가 곧 당도할 것이라는 사실은 의심의 여지가 없었다. 하지만 조정에서 누구를 흠차로 보냈는지에 대한 정보는 그 역시 알지 못하고 있었다.

"사영!"

갑자기 누군가가 뒤에서 부르는 소리가 들려왔다. 거의 동시에 웬 투박한 손 하나가 그의 어깨 위로 올라왔다.

"간이 배 밖으로 나온 사나이로군!"

왕사영이 깜짝 놀라 머리를 돌렸다. 그를 놀라게 만든 장본인은 장건훈이었다. 그는 병사들을 데리고 열몇 개는 충분히 될 것 같은 상자를 든 채 제독부 동쪽의 편문便門으로 나오고 있었다. 왕사영은 그를 보자 그제야 안심이 된다는 듯 웃음을 머금었다.

"자네군! 그런데 여기는 뭐 간 큰 사람만 오라는 곳인가? 나는 지금 자네와 함께 왕보신을 만나러 가려고 하던 참이야!"

왕사영의 둘러대는 말에 장건훈이 윽박질렀다.

"꼬투리 좀 잡은 거 가지고 너무 그러지 말라고. 아무려나 왕보신도 그렇게 호락호락하지만은 않다는 사실을 알아야 해! 그걸 알고 있었던 사람들은 이미 저쪽 세상으로 간 지 오래기는 하지만!"

왕사영은 장건훈이 엄포를 놓는다는 것을 모르지 않았다. 그러나 그 정도는 아무렇지도 않다는 듯 담담하게 대답했다.

"그뿐만이 아니지. 평서왕과의 교분이 몇십 년째 이어지고도 있지. 그렇게 호락호락하지 않은 정도가 아니지. 또 나보고 겁이 없다고 했는데,

자네와 마 그 친구가 있는데, 내가 두려울 것이 뭐가 있겠나?"

"음, 역시 마음에 드는 친구군!"

장건훈이 만족스럽게 웃었다. 곧 교위들에게 기분 좋은 어조로 지시를 내렸다.

"물건을 역관으로 옮겨. 왕 참장參將에게 잘 챙기라고 해. 조심해, 깨지는 수가 있어. 전부 옥그릇이야!"

장건훈이 다시 왕사영에게 눈길을 돌렸다. 그러더니 옆으로 끌고 가서는 나지막이 말했다.

"왕보신이 조정에서 보낸 흠차대신에게 속마음을 털어놓으려고 생각하는 것 같아. 자네는 죽는 것도 두렵지 않다고 했으나 무모한 희생을 할 필요는 없지 않겠어? 그러지 말고 나한테 와서 며칠 쉬어. 내가 운남으로 무사히 보내주기는 할게!"

장건훈이 거느린 3만 명에 이르는 병력은 서안의 북쪽에 주둔하고 있었다. 많은 병력을 지휘하는 장군답게 도통都統으로 봉해져 있었다. 왕보신과 같은 직급이었다. 때문에 그는 서안 성내에 임시 거처를 가지고 있었다. 두 사람은 장건훈의 말을 타지 않고 8인용 가마를 타고 그의 거처로 향했다.

"장 장군!"

왕사영이 장건훈을 부르다 말고 가볍게 기침을 두어 번 했다. 그러더니 가래를 뱉어냈다. 놀랍게도 피가 섞여 있었다. 그가 조금 놀라는 듯하더니 바로 다시 입을 열었다.

"요즘 잠을 통 못 잤어. 그랬더니 또 이러네. 그런데 내가 찾아온 이유를 알겠는가?"

장건훈은 왕사영의 맞은편에 앉은 채 가마의 흔들림에 몸을 맡기고 있었다. 그러다 눈을 반짝이면서 웃음 띤 얼굴로 대답했다.

"자네가 '다시 현신한 장량'이라는 별명을 가지고 있긴 하지만 나 역시 명청이는 아니네. 자네가 이번에 순수하게 여행을 하기 위해 서안에 왔다면 내가 왜 여기를 떠나도록 권유하겠나? 오히려 화청지華淸池를 구경하거나 화산華山에 오르라고 했겠지. 또 당릉唐陵(당나라 황제들의 능)을 둘러본 다음 그 유명한 양고기 만두와 칼국수도 실컷 대접해주지. 자네는 내 은인이잖아!"

장건훈의 말은 사실이었다. 그가 과거 오삼계 밑에 있을 때였다. 당시 그는 술에 취한 나머지 오삼계의 애첩인 진원원을 범하려 했다. 당연히 오삼계로부터 큰 경을 칠 뻔했다. 그러나 그때 왕사영이 적극적으로 나섰다. 이리저리 뛰어다니면서 오삼계를 설득한 것도 모자라 통사정을 했다. 결국 장건훈은 목숨을 건질 수 있었다. 그 후 그는 항상 왕사영에 대한 고마움을 잊지 않았다. 은인으로 생각했다. 왕사영이 그의 말에 웃으면서 토를 달았다.

"좋은 일이든 궂은 일이든 지나간 일을 다시 들추는 것은 무의미해. 이번에 내가 서안에 온 것은 자네를 다시 한 번 살려주기 위해서야. 좋은 일을 끝까지 철저하게 해내지 않으면 군자가 아니라고 하지 않나!"

장건훈은 "또 한 번 살려준다"라는 말의 뜻을 정확하게 알아들었다. 그러나……, 그는 눈을 반쯤 감고 막 깎은 탓에 까슬까슬한 머리를 매만지면서 한숨을 내쉬었다. 약간 걱정이 되는 모양이었다.

"흠차가 사흘 내에 서안에 도착한다는 걸 알고 있나? 손연령이 반란을 일으키자 황제는 바로 부굉렬을 광서 순무로 파견해 사태 수습에 들어갔다고 들었어. 망의도莽依圖는 이미 삼만 명의 녹영병을 거느리고 광서에 주둔한 상태이고. 그뿐만이 아니야. 상가희는 친왕親王, 상지신은 토구討寇장군으로 각각 승진을 했지. 그러나 오삼계는 아직 아무런 반응이 없어. 손연령이 일은 저질러 놓았어도 그 힘으로 언제까지 버틸 수 있을까?"

"강희가 발 하나는 기가 막히게 빠르군!"

왕사영이 눈을 깜빡였다. 잠시 뭔가를 생각하는 것 같았다. 그러다 갑자기 큰 소리로 웃기 시작했다.

"왜 그렇게 웃는가?"

"삼십 년 동안 군대 밥을 먹었다는 장 장군이 너무 순진한 것 같아서 웃었지!"

왕사영이 가마의 받침대에 몸을 기대면서 또박또박 한 글자씩 말을 이었다.

"부굉렬은 나하고는 둘도 없는 사이라고 할 수 있지. 다른 사람들은 몰라도 나는 그 사람을 잘 알아. 글과 관련해서는 당해 낼 사람이 없는 인물이라고 해도 과언이 아니야. 그러나 싸우는 재주는 없어! 상지신과 김광조가 손연령을 토벌한다는 것은 그야말로 웃다가 이빨 빠질 일이라고 해야지. 그들은 처음부터 한통속이니까 말이야! 오삼계가 침묵하고 있는 이유는 있어. 아직 운남과 귀주 두 성의 병력 배치가 끝나지 않은 때문이라고 봐야지. 내가 섬서로 달려온 것도 그 때문이야! 장 군문, 앞으로 두 달 사이에 큰 지각변동이 일어날 거야. 그렇지 않으면 내 머리를 선뜻 내놓지. 어느 정도로 큰 잔칫상이 차려질지는 모르겠으나 내 머리를 들고 가면 섭섭하게는 하지 않을 거야!"

"그러면 망의도는……."

"오삼계와 상가희의 병력은 최소한 칠십만 명은 돼. 그런데 고작 삼만 명 가지고 광서의 국면을 돌려세운다는 것은 백 번 죽었다 깨어나도 불가능한 일이라고 봐야지!"

왕사영이 알 듯 모를 듯한 미소를 지었다. 그러면서 창밖의 경치를 구경하는 것 같더니 갑자기 말머리를 돌려 물었다.

"그런데 이번에 섬서로 오는 흠차는 도대체 누구인가?"

"막락이야……"

"흥! 별 볼 일 없는 사람이 바람만 들어가지고! 그래도 조정의 안목이 대단하기는 하군!"

왕사영이 코웃음을 쳤다. 강희가 막락을 선택한 것이 차선책은 된다고 생각하는 것 같았다.

"비양고費揚古(만주 정백기 출신)가 봉천奉天으로 파견되다 보니까 평량을 잘 아는 사람은 막락밖에는 없었을 거야."

장건훈은 그렇게 말하면서도 왕사영의 속뜻을 곰곰이 되새겼다. 순간 어떤 감이 오는 것을 느꼈다.

'조정에서는 막락과 왕보신이 사이가 좋지 않다는 사실을 뻔히 알아. 그럼에도 막락을 파견한 것은 급하기는 급했다는 얘기가 되지. 왕사영이 거짓말을 하는 것은 아닌 것 같군!'

장건훈이 속으로 그런 생각을 하고 있을 때였다. 갑자기 왕사영이 흥분에 들떠 발갛게 달아오른 얼굴을 한 채 말했다.

"장 공, 자네는 그저 아무런 생각 없이 여기저기 빌붙어 사는 별 볼일 없는 사람은 아니야. 만약 그렇다면 나는 아무 말도 하지 않았을 거야. 그러나 명나라를 다시 일으켜 세우려는 커다란 꿈을 가지고 천고에 길이 빛날 영웅으로 남고 싶다면 달라져야 해. 아둔하고 멍청한 막락에게 어떻게든 현명하게 대처해야지!"

장건훈은 왕사영의 말을 오랫동안 곱씹었다. 뭔가 결단을 촉구하는 권고였다. 그가 한참 후 입을 열었다.

"워낙 중대한 일이니 내게 생각할 수 있는 시간을 주게. 일을 저지르기는 쉬워도 수습하는 것은 장난이 아니니까 말이야!"

막락은 서안에 도착한 지 사흘밖에 되지 않았는데도 거의 의욕을 상실했다. 경략대신經略大臣으로 군무를 총책임졌으나 일은 대충대충 했다. "일을 만들지 말라. 사람을 제대로 활용하라"고 한 강희의 신신당부도 그다지 대수롭지 않게 생각했다.

그는 서안에 대해서는 조정의 그 누구보다도 자신이 전문가라는 생각을 갖고 있었다. 하지만 강희는 달리 생각한 듯했다. 내몽고에서 오랫동안 주둔하고 있던 비양고가 흠차대신에 적임자라고 생각했다. 그러나 비양고는 그 직전에 봉천으로 파견됐다. 꿩 대신 닭이라고, 강희는 막락을 선택할 수밖에 없었다. 막락은 그것이 정말 불쾌했다. 순치 17년에 섬서로 온 이후 10년 동안이나 서안에 있었던 자신의 경력에 비춰보면 그럴 만도 했다. 실제로 그는 서안의 모든 것에 익숙했다. 저잣거리에서 칼국수를 파는 장사꾼들조차 그를 기억할 정도였다. 찻집에서 노래를 부르는 여자들 역시 예외는 아니었다. 그가 처음 서안에 왔을 때 악질분자 72명을 처단한 사실을 여전히 노래로 엮어 부르고 있었다. 강희는 그를 파견하면서 몇 번씩이나 서안이 아주 위험한 곳이라고 못을 박았다. 하지만 겉으로 보이는 모습은 그렇지 않았다. 위험하기는커녕 평화롭기 그지없었다.

"괜히 호들갑을 떨고 그래! 낮에는 물건을 사고파는 사람들로 장사진을 이뤄, 또 밤에는 어디나 할 것 없이 흥청망청대고 번화하기만 한데……. 하기야 아무리 훌륭한 군주라고 해도 신선은 아니니까!"

막락의 생각은 정말 단순했다.

서안에 도착한 지 사흘째 되는 날이었다. 막락은 왕보신과 함께 진시황릉을 구경하기 위해 길을 나섰다. 이것저것 꼼꼼하게 구경하느라 돌아오는 시간이 다소 늦었다. 저녁 해가 산 너머로 넘어갈 듯 말 듯 간신히 걸려 있을 때였다. 땅거미가 내려앉은 주변의 절 근처에서는 까마귀떼가 낮게 선회하고 있었다. 막락은 말 위에서 해가 지는 모습을 바라보다가 갑자기 물었다.

"보신, 군대를 지휘하는 것은 어떻소?"

"예?"

왕보신이 뭔가 깊은 생각을 하다 갑작스런 물음에 얼떨떨한 태도를 보였다. 그러나 이내 가볍게 한숨을 내쉬면서 대답했다.

"오랫동안 데리고 있던 부하들이라 그럭저럭 괜찮습니다. 말은 잘 듣는 편이라고 할 수 있습니다."

"요 며칠 쭉 생각하는 일이 있소. 말을 하지 않고 있으려니까 가시가 목에 걸려 있는 것 같소. 하지만 말을 하자니 그대가 이상하게 생각을 할 것 같고 말이오."

막락의 말에 왕보신이 이내 말고삐를 잡아 당겼다. 말을 세우려고 하는 듯했다. 곧 그가 막락을 경계하는 시선으로 쳐다봤다. 그러자 막락이 웃으면서 말을 이었다.

"그런 눈으로 나를 쳐다보지 마시오. 이제는 나도 옛날의 그 막락이 아니오. 살아오면서 깨달은 바가 많소. 그저 그대하고 가슴을 열어젖힌 채 솔직담백한 얘기나 나누고 싶을 뿐이오."

왕보신이 막락의 진심어린 어조에 약간 누그러진 듯한 자세를 보였다. 동시에 채찍을 들어 석양의 금빛에 물들어 있는 바위를 가리켰다.

"대인께서 사적으로 할 말이 있으시면 성안으로 들어가 얘기하는 것이 불편하실 수가 있을 것입니다. 우리 저기에서 잠깐 쉬어가는 것이 어떻겠습니까?"

막락이 머리를 끄덕였다. 왕보신은 곧 수행원에게 명령을 기다리고 있으라는 지시를 내렸다. 그런 다음 막락과 함께 빗물에 깨끗하게 씻겨진 바위 위에 자리를 잡고 앉았다.

"손연령이 변심했소. 그렇다고 너무 놀랄 필요는 없소. 더욱 우려스러운 것은 상지신 부자도 이상한 낌새를 풍긴다는 사실이오. 또 오삼계한 테 파견했던 흠차들은 두 달이 넘었는데도 감감무소식이오! 아무래도 삼번은 반란을 일으킬 게 분명한 것 같소. 한 차례의 큰 혼란이 눈앞에 닥친 것이 확실한 듯하오!"

막락은 진지했다. 며칠 동안 종잡을 수 없는 정세에 대해 혼자서 고민해 오던 왕보신은 그의 말을 듣는 순간 주체하기 어려운 긴장감에 휩싸였다. 급기야 가슴이 쿵쿵 뛰기 시작했다. 목소리 역시 심하게 떨렸다.

"그렇다면 폐하께서 대인을 이쪽으로 보내신 것은 혹시 모를 반란을 막기 위해서입니까?"

"아니라고 하기 어렵소. 그러나 폐하께서는 다른 사람은 몰라도 그대 만은 철석같이 믿고 계셨소. 내가 떠나올 때도 표미창豹尾槍(표범의 꼬리를 매달아 권위를 상징하는 창)을 어루만지면서 말씀하셨소. '왕보신은 절대로 의심하지 말고 손잡고 어려운 시기를 같이 이겨내라'고 말이오."

막락이 솔직하게 털어놓았다. 이어 자세를 고쳐 앉으면서 덧붙였다.

"하지만 그대의 부하들이 절대로 반란을 꾀하지 않는다는 보장은 없지 않은가?"

막락의 말에 왕보신이 잠시 생각하는 듯한 자세를 취했다. 그러더니 입술을 잘근잘근 씹으면서 대답했다.

"마일곤을 비롯해 왕병번과 공영우는 확실하게 손안에 휘어잡을 수 있습니다. 그러나 장건훈은 나하고 쭉 삐걱거리던 사이였기 때문에 장담할 수가 없습니다. 이자성의 부하로 있다가 막판에 어쩔 수 없이 투항한 친구라⋯⋯."

막락이 왕보신의 말을 잠자코 듣고 있다 입을 열었다.

"마일곤도 마냥 안심할 수는 없는 인물이오. 그 역시 장헌충張獻忠의 사람이었잖소. 지금 이자들이 삼번의 움직임에 대해 잘 몰라서 그렇지 소문이 퍼지는 날에는 어떻게 나올지 장담하기 어렵소!"

"그러면 어떻게 해두는 것이 좋을까요?"

왕보신이 한 손으로 무릎을 짚고 몸을 앞으로 숙이면서 물었다. 막락이 깊은 탄식을 내뱉었다.

"아무래도 그 문제를 가장 먼저 생각해야 할 거요. 이 사람들은 전부 서안에 뭉쳐 있소. 일단 일이 터졌다 하면 그대에게는 두 가지 길밖에는 없소. 그들과 함께 하느냐 아니면 총칼에 맞아죽느냐 하는 두 가지 길 말이오. 때문에 가장 시급한 것은 장건훈과 마일곤의 부대를 서안에서 내보내는 것인 듯하오. 하나는 서쪽, 다른 하나는 북으로 보내 삼번과 손을 못 잡게 해야 하오. 손뼉도 마주쳐야 소리가 나지 않겠소? 하지만 이렇게 갈라놓으면 반란을 일으키려고 해도 쉽지는 않을 거요!"

"그건 식은 죽 먹기라고 해도 좋습니다. 그 다음은요?"

왕보신이 두 번째 길에 대해 다그쳐 물었다. 조급해하고 있는 것이 분명했다.

"사람을 바꿔버려야 하오!"

왕보신은 막락의 단호함에 잠시 할 말을 찾지 못했다. 말할 것도 없이 휘하의 인물들에 대한 인사는 그의 권한이라고 할 수 있었다. 또 마음대로 하는 것도 별로 어려운 일이 아니었다. 그는 그러나 굳이 그래야 할 이유를 알지 못했다. 막락이 마치 그런 왕보신의 생각을 넘겨짚은 듯 덧붙였다.

"주요 지휘관들은 당연히 그대로 놔두는 것이 좋을 듯하오. 그러나 그 아래의 유격遊擊이나 천총千總들만은 모두 그대 사람으로 바꾸도록 하오!"

막락의 말에 왕보신이 머리를 번쩍 쳐들었다. 그가 놀란 표정으로 되물었다.

"제 사람으로 바꾸라고요? 제게 그렇게 많은 사람이 어디 있습니까?"

"내가 이번에 오면서 이백 명의 집안 식솔들을 데리고 왔소. 그들을 다 줄 테니 활용을 하시오."

막락이 말을 마치기 무섭게 장화 안에서 종이 한 장을 꺼냈다. 작은 글씨들이 적혀져 있는 종이였다.

"그대는 이제 한군정홍기漢軍正紅旗에 적을 두고 있지 않은가. 밑에 식솔 몇 명을 두는 것도 안 될 것은 없다고 생각하는데? 이건 내가 식솔들을 그대한테 넘겨준다는 양도문서요. 오늘부터 그대는 이들의 기주旗主로 생사대권을 장악하게 되는 거요. 이 친구들한테 책임을 줘서 앉혀 놓으면 일을 열심히 하지 않겠소? 그러면 그대의 제독 업무도 조금은 편해질 수가 있겠지."

"막 대인!"

왕보신은 막락의 배려에 감동을 받은 듯했다. 손이 떨리고 있었다. 양도문서를 받아 쥔 그는 어쩔 줄 몰라 했다.

'하기야 황금 만 냥을 준다고 한들 이보다 더 좋을 수가 있겠는가? 이제부터는 이들 기인旗人들이 나중에 잘 나가서 장군이 되고 왕이 된다고 하더라도 영원한 내 부하이고 식솔이 아닌가!'

왕보신의 생각은 한없이 이어졌다. 갑자기 세상이 너무나도 아름답게 보였다. 그는 막락을 미워했던 자신의 과거가 무척이나 후회스러웠다. 소인배의 치졸한 잣대로 군자의 넓은 마음을 재려고 했던 게 창피해졌다. 그제야 그는 서안의 백성들이 막락을 한결같이 '막청천'莫靑天이라고 부르면서 존경하는 이유를 알 듯했다.

다음 날 오후였다. 왕보신은 제독부에서 여러 장군들을 불러 모았다. 그런 다음 흠차이자 경략대신 막락의 명령을 바로 선포했다.

장건훈은 보계寶鷄로, 마일곤은 양가령楊家嶺으로 발령을 낸다. 토사도, 찰살극, 차신 등의 세 부족 내부 분쟁의 불길이 섬서로 옮겨붙는 것을 철저히 막을 것을 명령한다.

"이것으로 끝이오!"

왕보신이 단숨에 명령문을 읽었다. 그리고 나서 숨을 길게 내쉬면서 덧붙였다.

"왕병번 장군의 부대는 움직이지 말고 있다가 농남隴南으로 떠날 준비를 하면 되겠소. 또 서안에는 공영우의 중군中軍만 남아 있어도 충분하겠소. 우리 형제들은 잠시 헤어지는 거요. 북방이 조용해지면 다시 돌아올 수 있으니 너무 서운해 하지 말고……. 자, 술상 좀 차려와!"

왕보신은 기분이 좋은 듯했다. 그러나 인사의 당사자인 장건훈은 달랐다. 내내 얼굴이 붉으락푸르락한 채 앙앙불락하고 있었다. 결국에는 신경이 쓰인 왕보신이 그에게 다가가 물었다.

"장 장군, 무슨 일이 있소?"

"나 말입니까?"

장건훈이 애써 웃음을 지어 보이면서 퉁명스럽게 대꾸했다. 얼굴 표정에서도 화가 나 있다는 것이 드러났다. 그가 다시 자문자답하듯 입을 열었다.

"아무것도 아닙니다. 아무래도 멀리 떠나려니까 번화한 서안에 대한 아쉬움이 남아서 그럽니다."

장건훈은 말을 마치고는 바로 자리에서 일어났다. 이어 주변을 둘러보면서 말했다.

"어이, 거기 마 장군! 왕 장군! 하나같이 죽을상을 하고 그럴 거 뭐 있습니까. 얼굴 펴요! 그까짓 거 길어봤자 일 년 반이면 되지 않겠어요?

그런 다음 다시 만나면 되지 뭘 그래요? 자, 자, 술이나 마시자고요!"

좌중의 사람들은 바로 장건훈의 제안에 따랐다. 나중에는 저마다 자리를 찾아 앉느라 약간 소란을 피우기도 했다. 장건훈은 그 틈을 타 교위 한 명을 불러서 귀엣말을 건넸다. 그런 다음 태연스레 자리에 앉아 마일곤, 왕병번과 함께 웃고 떠들면서 술을 마셨다. 주흥이 오르면서부터는 가위바위보 놀이까지 벌어졌다.

술이 서너 순배 쯤 돌았을 때였다. 좌석은 완전히 아수라장이 돼 있었다. 어느새 술상에 술을 흘리고 쏟고 엎지르고 도무지 말이 아니었다. 바로 그때였다. 성문령인 공영우가 완전무장한 채 허둥지둥 달려 들어오는 모습이 보였다. 그가 왕보신의 귓가에 뭐라고 황급히 말하고는 한 걸음 물러났다. 좌중의 장군들은 한창 술기운이 올라 주정을 부리고 있다가 그 모습을 목도하고는 망연한 표정으로 서로를 번갈아 쳐다봤다. 무슨 영문인지 도통 모르겠다는 눈치였다.

"그런 일이 있었소?"

왕보신이 무섭게 눈을 부릅떴다. 좌중의 여러 장군들을 휙 하고 훑어봤다. 그러더니 준엄한 목소리로 물었다.

"누구의 부대가 성 안으로 들어온 거요?"

왕보신의 질문에 아무도 대답하는 사람이 없었다. 순간 대청 안은 물 뿌린 듯 조용해졌다. 숨 쉬는 소리까지 들릴 것 같은 적막감이 감돌았다. 저 멀리서 들리는 북소리는 제독부 쪽으로 가까워지고 있는 듯 점점 더 크게 들려왔다. 왕보신은 다급해지지 않을 수 없었다. 영전을 뽑아서는 공영우에게 주면서 지시했다.

"영우, 이 영전을 가지고 가서 내 명령을 전하시오. 병사들에게 전원 병영으로 돌아가 내 명령을 기다리고 있으라고!"

"소용이…… 없을 걸요?"

장건훈이 두 다리를 꼬고 앉은 채 비아냥거렸다. 의자에 몸을 기댄 모습이 몹시 건방져 보였다. 그러나 그의 다음 말은 그가 왜 그러는지를 확실하게 웅변해줬다.

"내가 병변兵變을 일으켰소이다!"

"병변이라고?"

왕보신이 장건훈의 느닷없는 날벼락 같은 말에 화들짝 놀랐다. 망연자실한 그가 다시 좌중의 여러 장군들을 둘러봤다. 하나같이 무표정하고 낯설게 느껴졌다. 그가 온몸을 덜덜 떨면서 짤막하게 물었다.

"왜?"

장건훈이 꼬고 있던 다리를 풀었다. 그런 다음 술잔을 들어 입안에 한꺼번에 털어넣었다.

"군문, 나는 아직 더 살고 싶소! 내 삼만 병사들이 이미 전부 입성을 했소. 지금쯤은 아마 그 거지 같은 흠차라는 인간도 머리를 제대로 보전하지 못하고 있을지도 모르지!"

"뭐야?"

왕보신은 순간 두 다리가 나른해지는 것 같은 기분을 느꼈다. 곧 허물어지듯 의자에 주저앉았다. 순간 옆에 세워두고 있었던 표미창이 맥없이 땅바닥에 쓰러졌다. 그는 너무나 놀라고 분노한 탓에 할 말을 못 찾고 약간 겁먹은 어조로 똑같은 말만 반복했다.

"누가 시킨 짓인가?"

"나요!"

그때였다. 왕사영이 손에 옥으로 만든 통소를 들고 등에 보검을 꽂은 채 미끄러지듯 들어섰다. 그런 다음 대청 한가운데 서서 머리를 한껏 쳐든 채 목소리를 높였다.

"나는 평서왕의 명령을 받고 여기 온 지 며칠 됐소. 왜 왔냐고요? 왕

장군처럼 아까운 사람이 후세에 두고두고 욕을 바가지로 얻어먹는 불운한 사람이 될 것 같아서요. 한족의 위업을 다시 일으켜 세우기 위해 함께 손을 잡고 강희를 토벌하자는 얘기요. 그래서 천리 길도 마다하지 않고 왔소!"

"이 자식 잡아 처넣어!"

왕보신이 마치 잡아먹을 것처럼 화를 벌컥 냈다. 그러자 중군의 교위들이 우레같이 대답했다.

"예!"

"어딜 감히!"

장건훈이 즉각 반발했다. 탁자를 힘껏 내리치면서 엄포를 놓았다.

"내 부대가 벌써 코앞까지 와 있어!"

장건훈의 말이 채 끝나기도 전이었다. 밖에서 무려 천여 명 이상은 되는 것 같은 병사들이 하늘이 떠나갈 듯 함성을 질렀다. 동시에 제독부 쪽으로 밀물처럼 밀려오기 시작했다. 그제야 장건훈도 천천히 자리에서 일어났다. 이어 문전에서 손을 내저었다. 그러자 병사들이 뚝 하고 입을 다물었다. 장건훈이 보란 듯 돌아서서 말했다.

"사전에 군문에게 통보를 하지 못한 것은 사과를 드리겠소. 그러나 걱정할 것은 없소. 나는 군문을 해칠 생각은 추호도 없으니까 말이오. 그저 군문이 우리와 사이좋게 손잡고 앞장서 주었으면 하고 바랄 뿐이오!"

왕보신은 그제야 사태가 보통 심각하지 않다는 사실을 깨달았다. 완전히 속수무책이었기에 그야말로 울고 싶어도 눈물도 나지 않았다. 그는 물에 빠진 사람은 지푸라기라도 잡는다는 말처럼 마일곤을 쳐다봤다. 하지만 마일곤은 눈앞에 벌어진 상황이 자신과는 무관하다는 듯 닭다리만 열심히 물어뜯고 있었다. 또 왕병번은 비죽비죽 터져 나오는 웃음을 참느라 안간힘을 쓰는 듯했다. 그들에게 일말의 기대감을 가진다는 것은 의미가 없어 보였다. 순간 왕보신은 굳은 결심을 한 듯 긴 한숨을 내쉬면서 땅바닥에 쓰러져 있던 표미창을 들었다. 그런 다음 자신의 목을 있는 힘껏 찌르려고 했다.

왕사영이 원하는 것은 왕보신의 죽음이 아니었다. 당연히 그냥 죽도록 놓아둘 리가 없었다. 그가 죽으면 섬서 서남쪽의 이른바 한중漢中의 군대는 마치 모래알처럼 사방으로 흩어질 가능성이 높았기 때문이다. 그럴 경우 나중에라도 다시 불러 모으기가 쉽지 않았다. 왕사영은 그 사실을 누구보다도 잘 알고 있었다. 때문에 그는 황급히 달려가 왕보신의 손목을 으스러지게 잡았다.

"이러지 마시오, 장군! 우리 길게 내다보고 살아야 하지 않겠소!"

공영우 역시 쏜살같이 달려가 창을 빼앗으면서 말했다.

"군문, 절대로 다른 생각을 하시면 안 됩니다!"

상황이 급박하게 돌아가자 딴청을 부리던 마일곤이 갑자기 분위기를 북돋우는 역할을 하기 시작했다. 손에 들고 있던 닭뼈를 바닥에 던지는가 싶더니 탁자보로 손을 닦으며 결연한 의지를 보였다.

"장건훈! 이 자식이 의리는 다 개한테 줘버렸나? 이렇게 좋은 일이 있을 것 같으면 미리미리 귀띔을 해줬어야지. 영 살 맛이 없어 하는 꼴을 봤으면서도 말이야. 나는 할 거야!"

마일곤의 말에 왕병번도 기다렸다는 듯 맞장구를 쳤다.

"신출귀몰하는 우리의 왕사영이로군. 정말 멋져!"

"그래 다 가라. 다 같이 가서 잘들 해먹어라!"

왕보신이 좌절감을 이기지 못하고 얼굴을 감싸 쥐었다. 손가락 사이로 눈물이 흘러내리고 있었다.

"나는 조정에 죗값을 치르러 가야겠어!"

"쉽지는 않을 거요!"

왕보신이 끝까지 협력하겠다는 의사를 밝히지 않자 왕사영이 비아냥거렸다. 그때 병사들이 뭔가가 담긴 큰 쟁반을 받쳐들고 들어왔다. 왕사영이 말했다.

"제독 대인, 이게 뭔지 알겠소이까?"

왕사영이 쟁반 앞으로 한 발자국 다가섰다. 그러더니 쟁반을 덮고 있던 빨간 천을 천천히 잡아당겼다.

그건 다름 아닌 피가 낭자한 사람의 머리였다. 왕보신은 자신이 악몽을 꾸고 있다고 생각했다. 머리채까지 딸려 나온 누군가의 잘린 머리를 멍하게 바라보았다. 틀림없었다. 어젯저녁 자신과 오래도록 대화를 나눈 흠차대신 막락이 분명했다. 왕보신의 얼굴은 창백해지더니 완전히 사색이 돼버렸다. 급기야 털썩 주저앉으면서 눈동자까지 풀려버리고 말았다. 마치 실성한 사람처럼 보였다.

"맞아……. 그 사람이…… 맞군……."

"맞소! 바로 그 사람이오!"

왕사영이 다시 빨간 천을 덮어씌웠다. 그러더니 이마를 찌푸린 채 실내를 서성이면서 천천히 입을 열었다.

"이자는 허영심이 강해 청백리로 불리는 것을 무척이나 좋아했소. 그래서 서안의 백성들은 이자가 둘도 없는 청렴한 관리라고 칭찬을 하기도 했소. 하지만 그 청렴한 관리라는 것이 어떻게 만들어진 것인지 아오? 강희 육 년에 장군의 군량미 가운데 이십만 냥을 떼어내 이재민들에게 나눠줬던 거요. 그때 백성들은 그 답례로 만인산萬人傘 십만 개를 만들어 이자한테 줬다고 하오. 장군의 삼만 병사들이 겨울옷이 변변찮아 천막 안에서 덜덜 떨고 있을 때는 또 어떻게 했소? 서안장군 와이격과 결탁해 장군의 부대를 전부 만리장성 이북으로 내몰려고 하지 않았소? 다행히 장군이 대학사인 명주에게 얘기를 해서 겨우 생지옥에 떨어지는 일은 면했지만 말이오. 내 말이 틀린 것 같소? 이번에도 장군의 부대를 여기저기 흩어놓게 함으로써 군사력을 약화시키려고 했소. 유격과 천총을 전부 바꿔치우라고 해놓고는 자신의 사람을 집어넣는 경우는 또 뭐요. 이번 기회에 장군을 완전히 박살내려고 작정을 한 거요. 입이 딱딱 벌어지는 일이라고 생각하지 않소? 자신의 수하들을 준다고 했는데, 그것도 다 거짓말이라고 해야 하오. 한족이 기주가 될 수 있다는 말을 들어봤소? 그건 말도 안 되는 소리요. 그런데 장군은 조금만 생각해봐도 알 수 있을 일을 가지고 한바탕 놀아났소. 황당하기 그지없지 않소?"

왕사영의 말은 일리가 있었다. 또 이치에도 맞았다. 왕보신은 천천히 얼룩진 두 눈을 들어 왕사영을 쳐다봤다.

"정말 기가 막히지 않소?"

왕사영은 자신의 생각을 미처 다 말로 쏟아내지 못한 것 같았다. 쇠뿔도 단김에 빼려는 듯 왕보신을 설득하기 위해 장광설을 계속 토했다.

"사람들은 수도 없이 친구를 만드오. 그러다 오히려 적이 되기도 하오. 또 좋아했다 미워하기도 하오. 증오했다가 사모하기도 하고 말이오. 그러나 모든 것이 다 인연인 것을 어떻게 하겠소! 강희는 표미창까지 내주면서 돈 한 푼 들이지 않고 당신의 충성심을 사들였소. 그리고 당신은 평서왕 밑에서 잘 나가다가 사소한 오해로 토라져 나왔소. 어디 그뿐인 줄 아시오? 전에는 청나라의 충신인 막락을 눈엣가시처럼 생각하더니, 지금은 죽었다고 슬퍼서 울고 있소. 나 역시 지난번 도망가지 않았더라면 당신의 칼에 맞아 죽은 귀신이 됐을 거요. 그러나 이 모든 것은 우리에게 진시황과 한나라 고조의 발상지에서 만나 평서왕과 함께 대업의 결의를 다지라고 하는 하늘의 계시가 아니고 뭐겠소? 하늘을 거스르면 천벌을 받는 법이오!"

"하늘의 뜻이라…… 하늘을 거스르면 천벌을 받는다?"

왕보신은 왕사영의 말을 곱씹었다. 그러면서 속으로 하나하나 되짚어 보았다. 그리고 나서는 갑자기 미친 듯 웃으면서 말했다.

"좋소! 하늘의 뜻이라면 따르겠소. 아, 안 될 말이야! 아예 나를 죽여 주시오. 나는 폐하께 실망을 안겨드릴 수 없소!"

좌중의 장군들은 서로 얼굴을 쳐다봤다. 정신착란 환자가 그럴까 싶을 정도로 갈팡질팡하는 왕보신의 행동이 예사롭지 않았던 탓이었다. 하기야 오죽했으면 왕병번이 황급히 의원을 불러오기 위해 휘하의 병사를 보내려고 했을까. 당연히 왕사영은 그런 왕병번을 재빨리 제지했다.

"저 사람은 아무렇지도 않소. 그냥 내버려 둬. 큰아들 왕길정王吉貞이 북경에 있어서 그러는 거요!"

왕보신은 정신 나간 사람처럼 계속 웃고 울고를 반복했다. 그러다 왕 사영의 말을 듣고는 갑자기 정신 나간 듯한 행동을 바로 멈췄다. 그러더니 입을 바보처럼 헤벌린 채 말을 하지 못했다. 그는 퀭한 눈으로 왕사영을 멍하니 바라보기만 했다. 모르는 게 없이 속속들이 다 알고 있는 왕사영이 사람이 아닌 귀신이라는 생각이 들었던 것이다. 그런 그를 향해 왕사영이 은근하게 달랬다.

"지금은 조급하게 생각해봐야 소용없소. 조정에서 길정을 괴롭히지는 않을 거라고 생각하오. 오응웅 액부 역시 북경에서 오랫동안 잘 살고 있지 않소? 두고 보시오. 강희는 군문을 함부로 하지 못할 거요!"

"왜 그렇게 생각하오?"

왕보신이 자신도 모르게 단도진입적으로 물었다. 그러나 왕사영은 입을 꼭 다문 채 대답하지 않았다.

솔직히 왕사영은 자신의 말과는 전혀 반대되는 상황을 걱정하고 있었다. 그것은 강희가 진짜로 왕길정을 죽이지 않고 놔두면 어떡할까 하는 것이었다. 만약 왕길정이 북경에서 변을 당하지 않고 무사할 경우 그렇지 않아도 억지로 코가 꿰인 왕보신이 또다시 강희에게 마음이 기울 수도 있다는 생각을 한 것이다.

장건훈은 얼른 사태를 마무리해야겠다는 생각을 했는지 왕보신을 아문으로 데리고 가도록 휘하의 교위들에게 지시했다. 그런 다음 왕사영을 향해 말했다.

"신호탄을 올렸으니까 이제는 밀고 나가는 수밖에 없소. 이제 나 몰라라 하면 절대 안 되오!"

"그거야 당연하지 않겠소! 내가 뒷마무리를 깨끗하게 해 주겠소. 하지만 나는 다시 돌아가 봐야 하오."

왕사영이 걱정하지 말라는 어조로 대답했다. 그의 얼굴에는 자신감이 넘치고 있었다. 이제 왕보신에 대한 우려는 깨끗하게 씻어냈다고 할 수 있었다. 다음 숙제는 부굉렬을 요리하는 대책을 본격적으로 강구하는 것, 바로 그것이었다.

41장
살 길을 도모하는 오응웅

아자와 황보보주가 의문의 자살을 한 이후 소모자의 정체 역시 드러
나게 됐다. 그렇게 되자 오응웅은 뼛속까지 스며드는 추위에 온몸이 오
그라드는 기분을 느끼지 않을 수 없었다. 마치 한겨울에 얼음구덩이에
빠지면 그럴까 싶었다. 생각지도 못한 너무나 뜻밖의 일을 겪다보니 뜬
눈으로 밤을 지새는 날이 많았다. 그야말로 잠 못 이루는 밤이 이어졌
다. 이후 그의 눈동자는 깊숙하게 꺼지고 눈두덩은 검푸른 색깔을 띠게
됐다. 물론 그는 소모자가 양기륭이 보낸 첩자가 아닐까 하는 생각을
해본 적은 있었다. 하지만 강희 쪽으로 연결이 돼 있을 줄은 꿈에도 생
각하지 못했다. 그는 그 사실을 왕진방이 보낸 편지를 읽고서야 알았다.
왕진방은 편지에서 황사촌이 자금성에서 찻물에 독약을 탄 그날 그와
양기륭이 모두 소모자에게 놀아났다는 사실을 알았노라고 전해왔다.

그날 이후로 오응웅은 갈수록 의심만 늘어갔다. 어느 누구도 믿지 못

하게 됐다. 오죽했으면 평소 믿어 의심치 않던 《주역》의 '팔괘'에 대한 관심까지 뜸해졌을까. 심지어 그것이 어떤 사이비 성인이 자신과 같은 어리석은 자들을 골탕 먹이려고 만들어낸 것이라는 생각을 하기에까지 이르렀다. 나중에는 세상 모든 사람들을 증오하기 시작했다. 강희를 비롯해 양기륭, 황보보주, 소모자에 이르기까지……. 극단적인 생각을 할 때는 아버지인 오삼계마저도 싫었다. 아니 원망했다. 자신은 오화산에서 호의호식하며 왕 노릇을 하면서도 아들은 귀신도 아니고 사람도 아닌 지경으로 만들어놓았다고 생각했으니까 말이다.

"옛사람이 말하기를, 인자한 아버지 밑에 효도하는 아들이 있다고 했어. 저 사람은 인자한 아버지의 발톱에 낀 때보다도 못해! 저런 사람을 어떻게 아버지라고 믿고 살았을까?"

오응웅은 호춘헌의 구석진 곳에 홀로 앉아 계속 불평만 쏟아내고 있었다. 때로는 깊은 상념에 잠기기도 했다. 그의 손에는 금패 영전이 쥐어져 있었다. 그러나 그는 이것도 말짱 헛것이 아닌가 하는 생각을 떨치지 못했다. 그러면서도 아쉬워서 버리지 못하는 데는 다 이유가 있었다. 조정에서 파병 등의 중요한 일이 있을 때면 여전히 그것을 이용한다는 말을 왕진방이 했기 때문이었다. 게다가 운남에 도착하려면 오천 리의 험산준령을 넘지 않으면 안 된다는 것은 분명한 사실이었다.

그는 가라앉기만 하는 기분을 전환하기 위해 잠시 아버지 오삼계의 친필 글씨로 눈을 돌렸다. 힘들 때면 쳐다보고 기운을 내던 글씨였다. 또 지나치게 흥분할 때면 읽어보면서 자신을 다잡은 글씨이기도 했다. 그러나 이제는 달랐다. 갑자기 평소 때와는 달리 화가 치밀어 올랐다. 급기야 그는 주체하기 어려운 분노에 글씨를 떼어 내서 찢어버리려고 했다. 바로 그때였다. 밖에서 장화 소리가 들려왔다. 소리는 점점 가까워지더니 곧이어 낭정추가 주렴을 걷고 들어왔다.

"무슨 일인가?"

오응웅이 손을 움츠리면서 물었다. 얼굴에는 평소의 부드러움과 후덕한 미소를 머금었다. 장화 소리를 듣는 순간부터 본능적으로 그렇게 됐다고 할 수 있었다.

"대왕께서 편지를 보내 오셨는가?"

오응웅은 원래 낭정추의 정체에 대해 크게 의심하지 않았었다. 그러나 황보보주가 숱한 의문을 남기고 죽어간 이후부터는 달라졌다. 낭정추에 대한 의심도 점점 짙어졌다. 심지어 강희가 왔다 간 이후로 몇 날 며칠을 마치 넋 나간 사람처럼 굴던 낭정추를 떠올렸을 때는 더했다. 의심이 심해져 경계심까지 품게 됐다. 나중에는 집에 보내는 편지를 대필하는 일까지 그만두도록 했다.

오응웅의 질문에 낭정추가 허리를 굽혔다. 그런 다음 장화 속에서 얇은 편지 한 통을 꺼내 건네주었다.

"포독고의 주보상과 유철성의 편지입니다."

"정추! 요즘 대왕께서는 통 편지가 없으셔. 무슨 조짐이라고 생각하나?"

오응웅이 편지를 뜯으면서 낭정추에게 물었다. 동시에 맞은편에 앉으라는 눈짓을 보냈다. 얼마 후 그가 편지를 대충 읽어보고는 옆으로 던져버리면서 말했다.

"주제 파악 못하는 것도 병이야, 병! 주보상 말이야, 장사는 아무나 하는 줄 아는 모양이지? 장사를 해보겠다면서 편지 보낼 때마다 만 냥씩 달라고 하는군! 마치 내가 자기한테 빚이라도 진 것처럼 굴고 있어!"

낭정추는 새카맣고 반짝이는 두 눈으로 엉뚱한 말을 하는 오응웅을 뚫어지게 쳐다봤다. 원래 그는 비빌 언덕조차 없던 가난한 선비 출신이었다. 그러다 어찌어찌 오응웅의 도움으로 황궁의 내무부에서 서무 자리 하나를 얻게 됐다. 나중에는 오응웅의 식객이 되었다. 그래서 황보 보주와 함께 강희에게 귀의하기로 약속했으면서도 한편으로는 양심의 가책을 느끼고 있었다. 그는 주보상의 편지가 어떤 내용을 담고 있는지 모르지 않았다. 군량미를 요구하는 편지였다. 그럼에도 오응웅은 그를 의식하고 거짓말을 하고 있었다. 자신의 행태를 감안하면 그럴 수 있었다. 때문에 그는 그 사실에 오히려 편안함을 느꼈다. 그가 담담하게 웃으면서 말했다.

"다 그럴 만한 사이니까 그러겠죠. 아무한테나 손을 내밀겠어요? 이렇게 말하면 어떨지 모르겠으나 지금 액부의 처지에 금은보화가 철철 넘치면 또 뭐하겠습니까? 이럴 때 푹푹 퍼주면서 인심이라도 얻는 것이 낫죠!"

오응웅이 낭정추의 말에 머리를 끄덕였다. 틀린 말은 아니라는 태도였다. 그러자 낭정추가 가까이 다가가 덧붙였다.

"방금 액부께서는 대왕께서 소식이 없다고 하셨죠? 제가 보기에는 뭔가가 있는 것 같습니다!"

"오, 그런가? 솔직히 말해보게!"

오응웅의 눈꺼풀이 갑자기 위로 치켜 올라갔다. 뭔가 기대하는 듯한 표정이었다.

"소식이 없다는 자체가 소식입니다! 격변이 눈앞에 다가오고 있습니다. 남쪽으로 돌아갈 계획을 구체화시켜야 합니다. 신속하게 추진하기도 해야 하고요!"

낭정추가 진지한 표정으로 대답했다.

"소식이 없는 것이 소식이라……."

오응웅은 낭정추의 말에 처음에는 안색이 변하면서 긴장하는 듯했다. 그러더니 갑자기 흥분을 하기 시작했다. 급기야는 껄껄 웃으면서 자리에서 일어나더니 술 한 병을 꺼내왔다.

"우리 이게 얼마만인가. 아주 좋은 얘기를 해줬어! 천천히 술이나 마시면서 얘기를 하는 게 어떨까?"

오응웅의 말이 막 끝났을 때였다. 갑자기 등 뒤에서 다급한 목소리가 들려왔다.

"세자, 한가롭게 술 드실 시간이 어디 있다고 그러십니까! 지금 떠나지 않으면 언제 떠나시려고요?"

"아이고, 나는 또 누구라고! 진방이구만!"

오응웅은 갑작스런 사람의 등장에 소스라치게 놀랐다. 하지만 이내 그가 왕진방이라는 것을 알고는 안심하는 표정을 지었다.

"이리로 와서 같이 앉지! 술 냄새가 거기까지 갔던가? 그래, 무슨 소식이라도 있는가?"

"세자께서는 그야말로 태산이 무너져도 표정 하나 변하지 않으실 것 같네요!"

왕진방이 의자 등받이에 몸을 기댔다. 그런 다음 다시 느릿느릿 입을 열었다.

"대왕께서는 이미 병사를 일으키셨어요! 운남과 귀주 두 성의 요새들을 물샐틈없이 막아버렸지요. 들어갈 수는 있어도 안에서 나올 수는 없게 됐죠! 그러자 폐하께서도 요즘 관심이 통주通州로 옮겨가서 정무를 보고 있어요. 통주 지부를 양필楊邲로 바꿔 앉히고, 그쪽 변방의 주둔관도 상관량上官亮으로 교체했죠. 태감들은 그쪽 소식에 대해 전혀 알아낼 수가 없게 됐어요!"

"그런 소식은 어디에서 들었나?"

오응웅이 자못 궁금한 태도를 보였다. 그러더니 갑자기 자리에서 일어났다. 그러자 낭정추가 먼저 단정을 지었다.

"당연히 종삼랑의 향당에서 전해들은 것이겠죠!"

그의 말을 부정하지 않은 왕진방이 닦달하듯 말했다.

"삼십육계 줄행랑이 상책이에요! 세자, 조금만 늦으면 영영 떠날 수 없게 된다고요!"

오응웅은 왕진방의 호들갑에 견디기 어려운 중압감을 느꼈다. 길고도 깊은 한숨을 토해냈다.

"솔직히 처음엔 주보상이 나를 수행해 주기를 기대했어. 그런데 그자는 엉뚱하게 산동에서만 맴돌고 있어. 연주부를 샅샅이 뒤져서라도 오차우를 찾아내겠다고 하더군! 자기 사적인 원수를 갚는 일에만 혈안이 돼 있으니……. 그래서 나는 지금 여기에 이렇게 갇혀 있고. 이런 처지에 내가 가기는 어디를 간다는 말인가?"

오응웅은 망연자실한 표정이었다. 희망이 없다는 생각을 하는 모양이었다. 그래서일까, 그는 불안한 표정을 한 채 경황없이 사방을 둘러보았다.

"가까운 곳에 해법이 있습니다! 이럴 때 주삼태자를 찾지 않고 언제 찾겠습니까? 그의 도움을 받아 북경만 빠져나가면 됩니다!"

낭정추가 자신감 넘치는 어조로 오응웅의 불안감을 잠재우려고 했다. 속으로는 나름의 계산도 하는 것 같았다. 그러자 오응웅이 연신 머리를 저으면서 씁쓸한 웃음을 지었다.

"그자도 믿을 만한 사람이 못 돼!"

왕진방은 낭정추를 경계하느라 오응웅이 속에도 없는 말을 하고 있다는 사실을 알 턱이 없었다. 때문에 그의 말이 끝나자마자 바로 진지한 표정으로 입을 열었다.

"소모자가 비밀을 빼돌릴 것 같아서 그러십니까? 괜찮아요. 초산과 주상현이 어제 소모자를 노하역潞河驛으로 불러냈어요. 또 병변에 적극적으로 대응하겠다는 사실을 선포하고 누구든 단 한 발자국도 못 뜨게 했다고요."

"그자식 때문에 그러는 것이 아니야. 그까짓 쥐방울만한 자식이 뭐라고! 그보다는 주삼태자인가 하는 자식이 나한테 호의적이지 않아서 그렇지!"

오응웅이 왕진방의 말허리를 뚝 자르면서 말했다. 그 순간 낭정추는 오응웅이나 왕진방과는 완전히 다른 생각을 하고 있었다. 빨리 이곳을 빠져나가 조정과 연락을 취해야겠다는 생각만이 뇌리 속에 간절했다. 황보보주의 죽음으로 인해 자신과 조정과의 연락이 끊긴 상태였기에 더욱 다급해졌다. 그가 입술을 씹으면서 뭔가를 생각하다 입을 열었다.

"제 생각에는 주삼태자가 세자께 쉽게 마수를 뻗치지는 않을 것 같습니다. 조정에서도 세자를 방패막이로 생각하는데, 그들이 설마 그렇게 하겠어요?"

오응웅이 그 말에 흠칫 놀랐다.

"아, 그런가! 나는 왜 그걸 생각하지 못했지? 당황하니까 머리가 안 돌아가나 봐!"

오응웅의 말에 왕진방이 푸! 하고 웃었다.

"조급하면 대책이 안 선다고 하잖아요! 아, 그리고 희소식이 또 하나 있습니다. 섬서의 왕보신이 병변을 일으켜 막락을 죽였다고 하네요. 대왕에게 호응하기로 결정한 거죠!"

"그래?"

순간 오응웅의 눈빛이 반짝거렸다. 어조에서도 변화를 알아차릴 수 있을 정도였다.

"그게 정…… 정말인가? 진짜 그렇다면 내 고난의 행군길은 반이나 단축될 수 있게 된 셈이네. ……믿을 만한 소식통인가? 장난을 치면 용서하지 않을 거야!"

오응웅의 말에 왕진방이 황급히 대답했다.

"당연히 믿을 만하죠!"

왕진방의 단호한 말에 오응웅의 눈빛은 더욱 활활 타올랐다. 그러나 한참 동안 타오르던 그의 눈동자의 불길은 금세 서서히 꺼져갔다. 그가 자리에서 일어서더니 몸을 쭉 펴면서 말했다.

"원래는 소모자로 하여금 주삼태자의 뒤통수를 치는 전략을 쓰려고 했었어. 그 틈에 나와 주보상이 빠져나가려고 했지. 그런데 안 되겠구만! 낭정추, 자네는 나하고 대왕 사이에 오갔던 모든 문서들을 당장 태워 없애버려. 자정이 되면 우리 액부부 전체 사람들이 노하역으로 가서 은혜를 원수로 갚는 자식하고 손을 한번 잡고 보자고!"

산적 출신답게 끈질긴 성격의 주보상은 어떻게든 오차우를 잡아 복수를 하려고 했다. 그러나 마음대로 되지 않았다. 악착같이 추격을 했지만 아무런 소득도 올리지 못했다. 그 와중에 제남과 연주부에서 대규모의 병력을 곡부 쪽으로 파병했다는 소식이 들려왔다. 그로서는 철수하는 것이 최선의 선택이었다. 오차우와 운낭은 그 혼란한 틈을 놓치지 않았다. 호랑이 입 같은 위험한 곳을 정신없이 빠져나와 살을 에는 강을 건넜다. 그런 다음 서쪽으로 달려 동틀 무렵에야 겨우 영양寧陽에 도착했다.

때는 입동立冬인 10월이었다. 그 절기에 딱 어울리는 거세고 차가운 운하의 물이 두 사람 앞에서 줄기차게 흐르고 있었다. 주변에는 어디나 할 것 없이 쓸쓸한 것이 사람 그림자 하나 보이지 않았다. 오차우는 머리를 들어 외로운 별 하나만 떠 있는 밤하늘을 바라봤다. 그러다 갑자기 중얼거렸다.

"오늘 장 외할머님께서 그자들을 유인해가지 않았더라면 우리는 큰일을 치를 뻔했어!"

오차우의 운낭에 대한 어투는 어느새 웃어른처럼 변해 있었다. 아무래도 오래 부대끼다 보니 자연스러워진 듯했다. 운낭이 그런 어투에는 이미 적응이 됐는지 아무런 부담감도 드러내지 않은 채 되물었다.

"이제 우리는 어디로 가죠?"

"북경으로 가야지! 용공자를 찾으러 가야 한다고!"

사실 오차우가 북경으로 가서 강희를 만나는 것은 전혀 문제될 것이 없었다. 그러나 운낭은 마음이 편치 않았다. 물론 그녀로서는 오차우를 따라 지옥 끝이라도 따라가고 싶었다. 두려울 것도 없었다. 아니 좀더 솔직히 말하면 그녀는 의남매의 연을 맺더라도 같이 지낼 수 있다는 사실만으로도 만족할 수 있을 것 같았다. 조용히 옆에만 있어도 마냥 행복해지는 것은 더 말할 나위가 없었다. 그러나 그녀는 왠지 북경만은 가고 싶지 않았다. 강희와 소마라고가 그를 통째로 빼앗아갈 것 같아서였다. 그럴 경우 둘은 얼굴도 자주 보지 못하게 될 것이고, 게다가 그녀는 그들 사이에서 부대끼며 살아갈 자신이 없었다. 운낭은 원망어린 시선으로 오차우를 힐끔 쳐다봤다. 그리고는 허리춤의 차가운 장검에 손을 갖다 대면서 나지막이 말했다.

"북경으로 가는 수밖에 없겠죠. 그래야 하고 말고요. 아, 저기 나룻배 한 척이 오네요."

운낭이 말을 마치자마자 손을 나팔 모양으로 만들었다. 그러더니 크게 고함을 내질렀다.

"뱃사공, 이리로 오세요!"

배는 금세 도착했다. 두 사람은 선실로 들어가 앉았다. 안으로 들어가니 비로소 밖의 날씨가 얼마나 추웠는지를 알 것 같았다. 오차우는 순간 자기가 운낭과 너무 가깝게 앉아 있다는 생각이 드는 모양이었다. 조금씩 엉덩이를 움직이는가 싶더니 어느새 한 뼘도 더 되는 거리를 뒀다. 그때 뱃사공이 선실로 들어서면서 물었다.

"두 분께서는 어디로 가시려고 하십니까?"

"예! 이쪽은 내 여동생이고요, 우리는 북경으로 가는 길입니다."

"이 배는 정자고丁字沽까지만 가는데요?"

뱃사공이 무뚝뚝하게 대답했다. 운낭이 말했다.

"그래도 돼요. 우리는 천진天津에서 내릴 거니까요."

뱃사공이 다시 두 사람을 쳐다봤다. 그러더니 비굴한 웃음을 지으면서 물었다.

"대인, 무례하게 이런 말부터 꺼내기가 조금 뭣하기는 하지만 뱃삯 열다섯 냥을 먼저 선불로 주셔야겠습니다. 저도 가는 길에 쓰고 해야 해서……."

뱃사공이 오차우를 빤히 쳐다봤다. 그러자 오차우가 얼굴 가득 씁쓸한 웃음을 떠올렸다. 그 모습에 운낭이 약간 화가 난 어조로 쏘아붙였다.

"알았어요. 어서 빨리 떠나기나 해요! 설마 뱃삯을 주지 않을까 봐 그러는 거예요?"

뱃사공도 지지 않았다.

"아가씨, 배에 탔으면 선불을 내는 것은 기본이에요. 탈 때는 다들 가서 준다고 해요. 그러나 정작 도착을 하면 밥 한 끼 값도 안 되는 돈을 던져주고는 하더라고요. 그런 경우가 한두 번이 아니에요. 그러면 이거 하나만 바라보고 사는 우리 가족들은 뭘 먹고 살겠어요?"

오차우는 너무나도 민망했다. 급기야 얼굴이 붉으락푸르락해졌다. 할 말도 딱히 없었다. 그러자 뱃사공은 오차우와 운낭이 뱃삯 낼 돈이 없다고 확신하는지 아예 노를 저을 생각도 하지 않았다.

"여기에서 기다리고 있을 테니 돈을 가지고 오세요."

운낭은 뱃사공의 고압적인 자세에 그예 분노가 폭발하고 말았다. 바로 그를 향해 삿대질을 하면서 욕을 퍼부었다.

"뭐 이런 게 다 있어? 우리가 우습게 보여?"

"그럴 리야 없죠. 나는 돈을 내고 타라고 정정당당하게 요구했을 뿐이에요. 우습다고 하지는 않았잖아요?"

뱃사공도 한 성질 하는 듯했다. 운낭의 서슬에도 목을 비틀면서 지지 않고 또박또박 대꾸했다.

"이 고모가 오늘은 공짜로 타고 싶어서 그런다, 어쩔래?"

막 나가는 운낭의 태도에 드디어 뱃사공도 화가 치미는 모양이었다. 바로 붉어진 얼굴로 정색을 하면서 반문했다.

"아가씨께 정확하게 말씀을 드리죠. 우리 아버지에게는 네 형제뿐이에요. 그런데 고모가 어디 있겠어요?"

운낭의 참을성은 결국 한계에 도달했다. 뱃사공의 말이 채 끝나기도 전에 그녀의 손이 잽싸게 날아가 그의 뺨을 휘갈겼다. 그녀의 입에서는 앙칼진 욕도 튀어나왔다.

"거지 같은 새끼가 어디서 재수 없게! 죽고 싶어? 내 손맛 좀 보고 싶은 거야?"

그러나 뱃사공도 쉽게 물러서지는 않았다. 그는 오차우가 자기 앞가림도 못할 것 같아 보이는 데다 여자가 물에 약할 것이라는 판단이 들었는지 노를 들어 운낭을 때려 물에 빠뜨리려고 했다. 오차우는 돈도 주지 못하면서 오히려 큰소리를 치는 운낭이 처음부터 못마땅했다. 그러나 그렇다고 해서 달리 뾰족한 수가 있는 것도 아니었다. 그저 한숨만 내쉴 수밖에 없었다. 하지만 두 사람이 위험하게 배 위에서 몸싸움까지 벌이자 마냥 가만히 있을 수는 없었다. 뜯어말릴 생각으로 자리에서 일어났다. 그 바람에 뱃사공이 운낭을 향해 휘두른 막대기가 빗나갔다. 대신 오차우가 순간적으로 어깨를 맞고 배 위에 주저앉고 말았다.

운낭은 뱃사공을 더 이상 괴롭힐 생각은 없었다. 그러나 오차우가 어깨를 만지면서 괴로워하자 터져 나오는 화를 주체하지 못했다. 급기야 악을 쓰면서 달려가 단박에 뱃사공을 물속에 처넣고 말았다.

"짐승보다 못한 자식 같으니라고. 또 까불 거야?"

운낭은 그래도 분이 풀리지 않는지 물에 빠진 뱃사공에게 냉소를 퍼부었다. 그리고는 자신이 직접 노를 저어나갔다. 그러다 오차우가 걱정스런 얼굴을 하며 뱃사공을 바라보자 힐끗 쳐다보면서 말했다.

"걱정하지 마세요. 죽어라고 하늘에 빌어도 죽지는 않게 생겼는데요? 수영하는 재주가 이만저만이 아니네요. 저기 보세요!"

"그렇다고 그러면 되나. 내가 입이 닳도록 말했잖아. 사람을 죽여서도 안 되지만 일을 저지르는 것도 곤란하다고. 더구나 오늘 일은 우리가 백 번 잘못한 거야!"

오차우가 이맛살을 찌푸리면서 운낭을 힐책했다. 그러자 운낭이 인정한다는 듯 웃었다. 동시에 젖 먹던 힘까지 다해 헤엄쳐 쫓아오는 뱃사공을 향해 소리를 질렀다.

"이제 그만 하고 올라 와! 오빠만 아니었으면 오늘 이 고모한테 무지하게 혼나는 건데 말이야……."

뱃사공은 즉각 뱃전을 잡고 갑판 위로 올라왔다. 그러더니 오차우를 향해 머리를 조아리면서 고마움을 표시했다.

"고맙습니다, 대인!"

"선장! 솔직히 우리는 지금 무일푼이오. 도착만 하면 어떻게 해서든 두 배로 갚겠소."

오차우가 뱃사공을 황급히 일으켜 세웠다. 뱃사공은 자신도 미안한지 어색한 웃음을 흘렸다.

드디어 배가 다시 움직이기 시작했다. 선실의 희미한 불빛은 각자 나름대로의 생각에 잠겨 있는 두 사람을 비쳤다. 한참 후 운낭이 갑자기 물었다.

"오빠, 무슨 생각을 그리 골똘히 하시는 거예요?"

오차우가 한숨을 내쉬면서 대답했다.

"우리는 천진에 아는 사람이 아무도 없어. 그런데 어디에서 뱃삯을 빌려서 낸다는 말인가?"

운낭은 오차우의 말에 바로 배를 감싸 쥔 채 웃었다. 그토록 심각한 얼굴로 생각하고 있었던 것이 고작 뱃삯 걱정이었다니! 그녀가 기가 막히다는 표정을 얼굴에 띄운 채 타박을 했다.

"그런 머리로 어떻게 황제의 스승이 되었는지 모르겠네요! 하늘이 무너져도 솟아날 구멍이 있다는 말도 몰라요? 저한테 천진에 먼 친척이 있어요. 가서 북경까지 가게 차비 좀 달라고 해서, 그 돈을 뱃삯으로 주죠. 우리는 북경까지 걸어가고. 좋죠?"

오차우는 그제야 마음이 놓이는 모양이었다. 얼굴빛이 환해졌다.

오차우와 운낭은 열흘 후 천진에 도착했다. 저녁 무렵이었다. 운낭은 배가 나루터에 도착하자마자 바로 뱃사공에게 말했다.

"잘 모시고 있어! 내가 돈을 빌려올 테니까!"

오차우는 혹시 운낭이 어디 가서 강도짓을 하지는 않을까 은근히 걱정됐다. 얼굴에도 그대로 나타나고 있었다. 그러지 말라고 신신당부하려고 했으나 운낭은 그냥 웃어 보이면서 먼저 떠나버렸다.

밤은 깊어갔다. 그러나 운낭은 오지 않았다. 오차우는 조급해졌다. 그야말로 입이 바싹바싹 타들어갔다. 그런 그의 마음을 아는지 모르는지 운하의 상류에서는 불빛이 반짝거리고 있었다. 어디서인지는 몰라도 노랫소리와 풍악소리가 흥겹게 들려왔다. 비록 여섯 왕조의 수도였던 남경의 번화함에는 미치지 못했지만 은근히 이색적인 멋을 풍기는 곳이었다. 그러나 오차우는 그런 번화함을 즐길 여유가 없었다. 그저 멍하니 생각에 잠겨 있을 뿐이었다.

'곧 북경에 들어갈 텐데 어느 곳이 우리를 반겨줄까? 건청궁? 아니면 열붕점? 그도 아니면…… 산고재? 또 나를 좋아라 따라다니는 이 여자는 도대체 어떻게 해야 하나?'

오차우는 얼마 후 도저히 감당할 수 없는 피곤함을 느꼈다. 곧 스르르 잠에 빠져들었다.

운낭이 돌아온 때는 밤 열 시가 넘어서였다. 그녀는 기분이 좋은지 들어서자마자 환히 웃으면서 말했다.

"나 오늘 완전 횡재했어요!"

오차우는 인기척에 깜짝 놀라서 잠을 깼다. 눈을 비비고 운낭을 바라다봤다. 우려와는 달리 그녀의 옷매무새는 전혀 흐트러짐이 없었다. 옷에는 핏자국도 보이지 않았다. 그제야 그는 안심을 하고 물었다.

"돈은 빌렸어?"

"못 빌릴 게 뭐 있다고요! 친척이 짜게 굴지만 않았어도 진작에 돌아올 수 있었는데!"

운낭이 등에 지고 있던 보자기를 내려놓더니 등불 밑에서 풀었다. 순간 오차우는 할 말을 잃고 말았다. 속에 주먹만 한 금덩어리가 여섯 개나 들어 있었던 것이다! 운낭은 아무렇지도 않다는 듯 눈이 뒤집혀진 뱃사공에게 그중 한 개를 던져주었다.

"어때? 이 정도라면 얻어맞을 만도 하지 않아?"

운낭의 말에 뱃사공이 죽어라 머리를 조아렸다.

"고모께서 이렇게 은혜를 베풀어주신 덕분에 우리 식구는 더 이상 배를 곯지 않게 됐네요!"

오차우 역시 흐뭇한 표정이었다.

"삼백 냥 가까이나 되는 황금을 빌려줬는데도 짜게 굴었다고 얘기를 하다니! 나는 하도 안 오기에 또 강도짓이라도 하는 줄 알았지 뭐야!"

"강도짓을 하지 않으면 어떻게 이 황금들을 가져올 수 있겠어요? 또 누가 이렇게 큰 돈을 빌려주겠어요?"

운낭이 히죽 웃으면서 대답했다. 그녀의 말에 오차우의 얼굴이 갑자기 굳어졌다. 그녀가 서둘러 해명을 했다.

"천진 이쪽의 관아에서는 화모은자를 육 전씩이나 받는다고 하네요? 그래서 제가 금고를 지키는 자들을 없애버렸어요. 물론 황금을 가져오면서 차용증은 써놓고 왔죠. 아무래도 황금은 깨끗한 게 아니니까요!"

뱃사공은 운낭의 말을 듣고서야 비로소 그녀가 만만치 않은 대도大盜라는 사실을 알 수 있었다. 바로 얼굴이 사색이 돼버렸다.

"그 사람들이 탐관오리라면 국법에 의해 처벌을 하면 돼! 자네가 이렇게 마구 일을 저지르고 다니면 안 되지. 나중에 어떻게 하려고? 나는 이 돈을 쓸 수 없어!"

오차우는 운낭을 혹독하게 몰아세웠다. 황금을 받지 못하겠다는 뜻을 강력하게 피력했다. 그는 평소 운낭의 솔직담백하고 남자를 능가하는 호쾌함이라든가 예의범절에 얽매이지 않는 성격을 나쁘게 생각하지 않았다. 오히려 자신과 잘 맞는다고 생각했다. 그러나 사람 목숨을 가볍게 여기는 행동이나 법을 지키지 않는 것에 대해서는 정말 곤란하다는 생각을 하지 않을 수 없었다. 어려서부터 난세를 헤쳐오면서 산 속에서 잔뼈가 굵었기 때문이라고 이해를 했음에도 그랬다. 절대로 간과해서는 안 될 일이었다. 때문에 그는 지난번 연주부에서 그녀를 크게 혼낸 적이 있었다. 또 장 외할머니 댁에서는 사람 목숨을 중요하게 여겨야 하는 도리에 대해 자세히 설명을 해 줬다. 그럼에도 이런 짓을 저지르다니! 그는 운낭은 정말 구제불능이라는 생각을 했다. 급기야 너무나도 화가 난 나머지 언성을 높이면서 다시 혼을 내기 시작했다.

"이런 일만 하는 것을 보면 자네는 소마라고의 발뒤꿈치도 따라갈 수 없어!"

바로 그 말에 운낭의 얼굴은 순식간에 창백해지고 말았다. 그녀는 어릴 때부터 하고 싶은 대로 하면서 살아왔다. 그러나 오차우를 알게 되면서부터는 많이 달라졌다. 악습도 고치려고 노력했다. 그에게 잘 보이려고 무진 애를 쓴 것은 더 말할 필요가 없었다. 그를 위하는 일이라면 무엇이든 서슴지 않았다. 운낭은 그런 오차우가 다른 사람도 아닌 소마라고를 들먹이면서 자신의 마지막 자존심을 마구 짓이겨 버리자 너무나도 가슴이 아팠다. 억울하고 분한 것은 말할 나위도 없었다. 심지어 야속하기까지 했다. 그녀가 이를 악문 채 떨리는 목소리로 입을 열었다.

"지당하신 말씀입니다. 저는 그 사람의 발뒤꿈치에도 못 미치는……."

운낭은 오차우의 질책에 의외로 고분고분하게 대응했다. 그러나 금세 달라졌다. 갑자기 목소리를 높이더니 머리까지 번쩍 쳐들고 대들었다.

"오 선생님! 선생님도 저한테 지치고 실망하셨을 겁니다. 저 역시 이제는 피곤해요. 그러니 우리 그만 헤어지도록 해요. 선생님은 티 없이 깨끗하신 분이에요. 곧 조정에 들어가 대단한 관리가 되실 거라고 생각합니다. 그런데 나같이 무식하고 막무가내인 강도가 어찌 소마라고 언니에게 비할 수 있겠어요?"

운낭의 오차우에 대한 호칭은 어느새 원래대로 돌아가 있었다. 거리를 두고 대하겠다는 뜻이었다. 그녀가 처연한 표정으로 말을 이었다.

"사람은 누구나 자기 자신에 대한 미화에는 인색하지 않다고 하더군요. 저 역시 그래요. 마음 가는 대로 행동해 왔지만 사람들에게 그렇게 큰 잘못은 하지 않았다고 생각해요. 지금 이 순간부터는 길을 가다가 어깨를 부딪친 인연쯤으로 생각할게요!"

운낭의 어투는 싸늘했다. 이제 모든 인연을 끊자고 했다. 불과 조금 전까지 오차우의 말이라면 팥으로 메주를 쑨다고 해도 믿어주고 따라주던 여자가 아니었다. 오차우는 처음에는 다른 생각은 하지 못했다. 그저 너무 화가 난 탓에 쏟아낸 다소 심한 말이 운낭에게 상처를 입힌 사실만 후회했을 뿐이었다. 그러나 운낭의 말을 듣다 보니 운낭을 만난 이후 처음으로 진지하게 자신과 그녀의 사이를 생각하게 되었다. 그제야 자신이 줄곧 운낭을 자신과 동등한 위치에 올려놓지 않았다는 사실을 뼈저리게 느낄 수 있었다. 더불어 인간적인 평등 역시 고려하지 않았다는 생각이 들었다.

'세상에! 어쩌다 이렇게 됐지? 오차우, 너도 하나도 잘난 것 없어! 이제 보니 간사한 소인배보다도 못해!'

오차우는 생각을 하면 할수록 가슴속에서 불길이 치솟아 오르는 것을 느꼈다. 오장육부가 타들어가는 듯한 아픔은 더해만 갔다. 역시 자신이 옳지 않았다는 사실이 확연해졌다.

오차우는 끊임없이 스스로를 학대하듯 반성을 했다. 그러자 모든 인연을 무 자르듯 싹둑 잘라버리고 돌아서려는 운낭에게 다가갈 수 있는 용기가 생겼다. 그러나 그는 더는 앞으로 나아가지 못했다. 머리가 어지러운 나머지 비틀거리면서 그 자리에 멈춰섰다. 간신히 자신의 몸을 지탱하던 그가 곧 나지막하고 떨리는 목소리로 말했다.

"자네 말이 다 맞는 말이야! 나는…… 정말, 자네를…… 붙잡을 자격이 없어. 그러나 나에게서 떠나간다고 해도 한 가지만은 명심해 줘. 세상에는 가해자이면서도 피해자인 척하는 경우가 없지 않지. 또 가진 자들의 횡포도 합리화 돼 있어. 한마디로 이치에 맞지 않는 일이 수도 없이 많아. 그런 것을 자네 혼자 힘으로 해결할 수는 없을 거야. 나는 정말…… 후회스러워."

오차우가 겨우 말을 마쳤다. 운낭과의 이별을 예감해서 그런지 눈에서는 눈물이 흘러내리고 있었다.

"오빠가 사람 죽이는 것을 끔찍하게 생각한다는 사실을 저는 모르지 않아요."

운낭의 오차우에 대한 호칭이 다소 부드럽게 바뀌었다. 상심에 떠는 그의 모습에 본능적으로 측은함을 느낀 모양이었다. 그래선지 목소리에서도 울음기가 묻어나고 있었다.

"제가 도착했을 때 창고를 지키고 있던 네 명은 짐승처럼 한 여자아이를 깔아뭉개고 있었어요. 저는…… 순간적으로 그만……."

오차우는 그제야 모든 것을 알 것 같았다. 운낭의 의협심에 새삼 감탄이 터져 나왔다. 자신의 속 좁은 처사를 반성하는 표정이 얼굴에 어렸다. 운낭이 어둠 속에서 길고 깊은 한숨을 내쉬는 오차우를 눈물 젖은 시선으로 바라보면서 말을 이었다.

"다 알아요, 오빠 마음을 말이에요. 깨끗한 몸과 마음으로 폐하를 만나고 싶어한다는 사실을 제가 어찌 모르겠어요. 좋아요. 쓸모없는 것들은 다 버릴게요!"

운낭은 그 말과 동시에 금덩이가 담겨 있는 보자기를 통째로 뱃전의 물속으로 던져 버렸다.

잠시 후 두 사람은 나룻배에서 내렸다. 그리고는 언덕을 향해 올라가기 시작했다. 그러나 둘 모두 말은 없었다. 운낭은 살인도 강도짓도 용납하지 않겠다는 오차우의 말에 수긍했다. 그러나 또다시 무일푼 빈털터리 신세가 됐다는 걱정이 전혀 없지는 않았다. 결국 대책을 논의하기 위해 조심스럽게 운을 뗐다.

"이제 어떻게 하죠? 북경까지 동냥이라도 하면서 가야 한다는 말인가요? 아니면 오빠가 천진도天津道(천진을 일컬음. 천진은 직예 직속의 6도道 중 하나) 지부에게 가서 여비를 좀 빌리는 것은 어떨까요?"

"운낭 말대로 그렇게 더러운 돈이라면 내가 왜 손을 벌리겠는가? 걸식하는 것도 나쁠 것은 없지. 전에 북경에서 구문제독으로 있었던 오육일도 거지 출신이었어."

오차우는 아무리 생각해도 뾰족한 수가 생각나지 않았다. 도리 없이 최악의 상황을 각오한 듯 대답했다.

"그렇다면 글씨를 써서 파는 것은 어떨까요? 주위로부터 인정을 받는 글씨잖아요? 천한 일도 아닌 데다 돈도 되고. 게다가 취미에 딱 맞는 일 아닌가요?"

운낭이 꽤나 신선한 묘안을 짜냈다. 축 가라앉았던 기분이 서서히 회복되는 것 같았다. 그러자 오차우가 잠시 생각한 다음 대답했다.

"명절 때가 아니라서 글씨를 써도 팔리지 않을 거야."

오차우의 말은 핑계에 지나지 않았다. 솔직히 그의 글씨는 쓰기만 하면 충분히 팔 수 있는 수준이었다. 그러나 그는 무슨 일이 있더라도 더 이상 글씨를 써서 팔고 싶지는 않았다. 그로서는 글씨를 산 사람들이 하나같이 선비 오차우가 아닌 '강희 황제의 스승 오차우'에게 샀다고 말할 것을 우려했던 것이다.

"그러면 우리 노래나 팔죠. 오빠는 목소리가 따라주지 않으니 노랫말이나 만들어 줘요. 그러면 내가 노래를 부를게요."

운낭이 웃으면서 엉뚱한 제의를 했다. 오차우가 약간 의외라는 듯 반문했다.

"되겠어? 지난번 파란 원숭이가 '하늘 역할을 하지 못할 거라면 무너져 내리세요!'라고 불렀던 것처럼 그렇게?"

운낭이 즉각 대답했다.

"나는 어릴 때부터 종남산에서 살았잖아요. 그쪽 사람들은 노래를 대충 만들어서 잘 부르거든요. 아무튼 할 수 있어요. 잘 부를지의 여부는 모르겠지만 말이에요."

이어 운낭은 잠시 침묵을 지켰다. 갑자기 자신의 불행했던 과거와 어디에서 어떻게 살고 있는지 모를 파란 원숭이가 떠올랐던 것이다. 그러자 운낭의 눈에서 이내 눈물이 방울방울 흘러내렸다. 오차우 역시 마음 한구석이 몹시 아렸다.

42장

반청叛淸의 깃발

　오화산은 살기와 공포에 휩싸여 있었다. 운남성雲南城에서부터 오삼계의 왕부에 이르는 황토길 위에는 끝도 보이지 않는 병사들의 행렬이 이어지고 있었다. 그들은 빠르고도 질서정연하게 교외로 빠져나가고 있었다. 하지만 유격 이상의 장군들 수백 명은 왕부의 궁전 앞 잔디밭에 새카맣게 집결해 있었다. 저마다 부동자세로 숙연하게 서 있는 모습이 상당히 긴장한 듯했다. 그들은 오삼계가 무슨 일로 갑자기 장군들을 불렀는지 몰랐기에 긴장과 불안에 가득차 있었다.

　오전 9시 정각이 됐다. 하국상을 비롯한 호국주, 왕영녕王永寧, 왕영청王永淸, 오응기, 마보, 고대절 등의 측근 장군들과 모신謀臣, 왕손인 오세번이 저마다 굳은 표정을 한 채 의문儀門 쪽에서 걸어 나오고 있었다. 곧이어 300여 개의 큰 상자가 교위들에 의해 들려나와 차례로 장군들 앞에 놓여졌다. 사람들은 난데없이 어마어마한 수량의 상자들이 들려나

오자 하나같이 영문을 몰라서 너 나 없이 무슨 일인가 궁금해했다. 그 사이 오삼계가 전과는 달리 푸른 두루마기 차림으로 걸어 나왔다. 아무 장식도 없는 간단한 차림이었다. 그 모습은 금빛 반짝이는 복장을 한 시위들 사이에서 초라해 보이기까지 했다. 하지만 오삼계는 차림새에는 전혀 관심이 없는 듯했다. 그저 사람들을 죽 훑어보더니 어두운 표정으로 지시만 내렸다.

"상자를 전부 열어라!"

오삼계의 명령이 떨어지자 교위들은 그를 향해 한쪽 무릎을 꿇었다. 명령에 따르겠다는 뜻이었다. 드디어 300개의 상자가 일제히 열렸다. 교위들은 순간 눈이 부셨는지 뒤로 한 발자국씩 물러났다. 상자 안에는 금과 은, 진주를 비롯해 마노, 옥 등 이름조차 알 수 없는 수많은 종류의 온갖 금은보화가 가득 담겨 있었다.

"그대들은 모두…… 수십 년 동안 변함없는 충성심으로 나를 따라준 사람들이야. 죽은 시체더미와 무너진 집 속에서 간신히 살아남았지. 어떻게 보면 저승과 이승을 모두 경험했다고 볼 수 있어. 이 물건들은 그런 형제 여러분들의 생활에 보탬이 되게 하기 위해 내가 마련해뒀던 것들이야. 먼 훗날에 늙거나 병들면 처량해지잖아. 그때를 대비하게 해준다는 최소한의 배려 차원에서……."

미리 준비한 듯한 오삼계의 연설은 의외로 낮고 천천히 이어졌다. 그러더니 마지막에 가서는 흐지부지됐다. 그래서일까, 그의 얼굴은 파리할 만큼 창백했다. 기운도 없어 보였다. 숨도 가쁘게 몰아쉬었다. 건강이 좋지 않은 느낌이 확연했다. 그가 한참 말없이 좌중을 바라보다 한없이 안쓰럽고 절절한 어투로 말을 이었다.

"나는 수전노가 아니야. 빈손으로 왔다가 빈손으로 가는 세상에 내가 탐욕스럽게 이런 것들을 껴안고 있어서 뭐 하겠나? 다른 귀와 눈도 있고 해서 가급적 눈에 띄지 않게 조금씩 몇 번에 걸쳐 나눠주려고 했을 뿐이야. 그러나 정세가 급변하니 어쩔 수 없이 한꺼번에 줄 수밖에 없게 됐어."

오삼계의 말이 끝나자 장군들 사이에서는 가벼운 소동이 일었다. 그중 키가 작은 참장 한 명이 머리를 번쩍 쳐들더니 큰 소리로 물었다.

"대왕께서는 무슨 고민이 있으십니까? 주저하지 마시고 말씀해주십시오. 저희들이 대왕의 짐을 덜어드리겠습니다!"

"조용趙勇인가?"

오삼계가 발언의 주인공을 찾아내 쳐다보면서 물었다. 그런 다음 다시 말을 이어갔다.

"전에 보경寶慶을 공략했을 때 자네가 아니었다면 나는 화살 세례를 받고 죽었을 거야. 자네는 아마 그때 군관으로 승진했었지? 그런데 나는 자네들을 더 이상 보살펴줄 수 없게 됐어! 현재 조정에서는 절이궁 대인과 부달례 대인을 이곳으로 보냈어. 그리고는 매일같이 나에게 요동으로 떠나라고 재촉을 하고 있어. 첩첩산중 험난한 길을 또 얼마나 가야 할지 몰라. 또 이번에 가면 길흉화복을 점치기가 어려울 것이야. 내가 보기에는 나쁜 일이 더 많을 것 같네. 오늘 이 자리가 자네와 이승에서 함께 보내는 마지막이 될지도 모르겠어!"

오삼계의 말은 너무나 감상적이었다. 수백 명의 장군들이 사이에서는 어느새 흐느끼는 소리가 심심치 않게 들려오고 있었다. 그러자 조용이 욱하는 성질을 참지 못하고 한 발 앞으로 나서면서 두 눈을 부릅 뜬 채 물었다.

"조정에서는 왜 갑자기 아무 이유도 없이 철번을 하라는 겁니까?"

"그러게 말이네. 뭐라고 꼭 집어 말할 수는 없어."

오삼계가 조용의 질문에 맞장구를 쳤다. 동시에 자신의 신세를 하소

연하기 시작했다.

"황제의 뜻은 감히 점칠 수가 없는 법이지. 아마도 새를 다 잡고 나니까 활을 감추려는 것이 아닌가 싶어. 토끼사냥이 끝난 다음 개를 잡아먹는 것처럼 말이야. 이건 만고불변의 진리 아닌가! 그러나 나 오삼계는 그 누구도 원망하지 않아. 일시적인 실책으로 호랑이를 침실로 끌어들인 주인공은 바로 나 자신이니까 나를 원망해야지! 그래도 풍전등화 같은 삶의 끝자락에 서 보니까 돌을 들어 제 발등을 찍은 지금의 신세가 처량하기 그지없게 느껴져! 게다가 주군을 잘못 만나 숱한 공로가 하루아침에 이슬처럼 사라지는 불운을 겪게 된 자네들을 생각하면 내 마음은 더욱 무너져!"

오삼계는 말을 마치자마자 눈물을 주르륵 흘렸다. 자신의 말에 스스로 감동한 듯했다. 한참 후 그가 콧물을 닦고 금은보화들을 가리키면서 처량한 목소리로 덧붙였다.

"나는 더 이상 이런 물건들이 필요하지 않아. 그러니 자네들이 나눠가지게. 땅이나 농장을 마련하든 장사 밑천으로 쓰든 마음대로 하게. 내 성의가 조금이라도 전달된다면 나는 그것으로 만족하네. 내가 잘못 되면 여러분들은 이 돈으로 마련한 땅뙈기를 바라보면서 내 생각을 하겠지. 자, 자! 빨리 한 사람씩 나와. 내가 직접 나눠줄 테니까!"

좌중의 여러 장군들은 마치 마지막이 될 것처럼 말하는 오삼계의 말에 약속이나 한 듯 눈물을 흘렸다. 땅에 꿇어앉아 머리를 조아리기도 했다. 그러자 오삼계가 당황하는 척했다.

"아…… 이럴 것까지는 없어! 이러고 있을 시간도 없고! 흠차 대인들의 재촉이 성화같아. 더 이상 지체하면 나의 죄가 더 커지는 거야. 그런데 자네들이 이렇게 시간을 끌면 오히려 나를 해치는 격이 되지 않나!"

오삼계가 억지로 감정을 추스르는 체했다. 그러더니 얼굴을 가리고는 드디어 소리내어 울음을 터뜨리고 말았다.

"어떤 새끼들이 감히 우리 대왕을 협박하는 거야?"

마보가 갑자기 펄펄 날뛰기 시작했다. 자리에서 뛰쳐나와 고함을 치면서 선동하기 시작했다.

"나는 흠차니 뭐니 하는 그런 새끼들은 모릅니다. 내 눈에는 오로지 대왕밖에는 보이지 않습니다! 대왕을 계속 무례하게 협박한다면 나는 그것들을 죽여버릴 겁니다!"

"마보, 지난번에도 나를 그렇게 힘들게 하더니, 왜 또 이러는가?"

오삼계가 짐짓 괴로운 표정을 지은 채 마보를 힐난했다. 그런 다음 동정심을 유발하는 마음 약한 말을 내뱉었다.

"누가 뭐라고 해도 그 사람들은 흠차야. 흠차를 죽이면 나는 어떻게 된다는 말인가?"

"대왕이 계시지 않았더라면 어떻게 오늘의 청 왕조가 있었겠습니까?"

오삼계가 약한 모습을 보이자 좌중의 장군들이 저마다 흥분한 얼굴로 합창을 하듯 외쳤다. 그중에서도 하국상이 가장 적극적이었다. 크게 소리를 지르며 외쳤다.

"재주는 누가 부리고 호사는 누가 누리는 거야? 젖내도 가시지 않은 오랑캐 새끼가 염치도 없이 떡하니 앉아가지고 천자의 지위를 차지하고 있으니, 억울해서 어찌 살겠는가?"

하국상은 완전히 막 나갔다. 입에서 터져 나오는 대로 아무 말이나 뱉어내고 있었다. 오삼계가 그런 그를 보면서 대경실색했다.

"국상, 자네는 어려서부터 공부도 많이 했다면서 왜 말을 함부로 하고 그러는가? '군주가 죽으라고 하면 신하는 죽지 않을 수 없다'라는 옛 교훈도 있지 않은가!"

그러자 하국상이 바로 토를 달았다.

"옛 교훈에는 이런 말도 있습니다. '군주가 대신에게 국사國士 대접을 하면 대신은 국사로서 보답한다. 또 군주가 대신을 길 가는 행인 취급하면 대신 역시 그 정도로 보답한다. 군주가 대신을 초개처럼 취급할 경우는 원수로 갚는다'라는 말도 있죠."

오삼계가 할 말이 없는지 오랫동안 생각에 잠기는 것 같았다. 그러더니 한숨을 길게 내쉬었다.

"나는 반평생을 명나라의 신하로 살았네. 그러다가 외적들이 쳐들어와서 횡포를 부리는 바람에 복수를 하려고 조정에 귀순했어. 그런데 이제 와서 입을 마구 놀려서야 되겠나? 자네는 아무 말도 하지 말게! 지금 나는 오로지 한 가지 생각밖에는 없어. 강희 원년에 영력황제가 운남에 왔을 때야. 나는 당시 최선을 다해 그 분을 보호했어. 그러나 조정에서는 비밀리에 명령을 내려 죽이라고 강요했지. 나는 어쩔 수 없이 시신을 완벽하게 보존하는 식으로 처리해 잘 묻어줬어. 그게 벌써 십이 년전의 일이군! 나는 요동으로 가기 전에 그 무덤에 갔다 오고 싶어. 자네들도 같이 가겠는가?"

"대왕을 따라가겠습니다!"

좌중의 장군들이 여기저기에서 눈물을 흘리면서 오삼계의 떨리는 목소리에 화답했다.

오삼계가 말없이 다시 안으로 들어갔다. 그리고는 다른 옷으로 갈아입고 나왔다. 순간 장군들은 깜짝 놀라 일제히 숨을 들이마셨다. 그가 머리끝부터 발끝까지 완전히 명나라 신하의 복장을 하고 나타난 탓이었다. 한마디로 그는 청나라 신하의 때를 깨끗하게 벗어던지고 부하들 앞에 모습을 보인 것이다. 길게 땋아 내린 흰 머리채는 틀어 올린 다음 모자 안으로 집어넣은 모습이었다.

"여러분!"

오삼계가 좌중의 장군들을 불렀다. 얼굴은 더욱 창백해져 있었다. 그는 관복을 매만지면서 다시 말을 이었다.

"상자 속에 삼십 년 동안 넣어뒀던 옷을 마침내 다시 입고 나왔어! 역시 우리 옷이 멋있어! 이걸 입고 선제先帝의 무덤에 엎드려 실컷 울겠네. 선제께서 저승에서 내리는 벌을 기꺼이 받을 거야!"

오삼계가 눈물어린 두 눈을 들었다. 그런 다음 하늘을 쳐다봤다. 그리고는 바로 명령을 내렸다.

"가마를 준비하라!"

절이긍은 오삼계가 영력황제의 능으로 출발했다는 사실을 그날 저녁이 되어서야 알았다. 긴급대책회의가 열렸다. 밤을 꼬박 새운 이 회의에서 주국치는 자신이 혼자 산에 올라가 오삼계를 만나겠다는 주장을 강력하게 펼쳤다. 반면 절이긍과 부달례는 번고藩庫에 얼마 남지 않은 돈을 전부 털어 귀주로 가고자 했다. 감문혼과 합류하기 위해서였다. 둘은 순무부 아문의 친병들에게 자신들을 호위하도록 하겠다는 생각도 하는 듯했다.

다음 날 주국치는 관복을 제대로 차려 입은 채 8인 가마에 올랐다. 말을 뱉은 대로 일단 오화산으로 가기로 한 것이다. 그는 가마에 앉은 채 휘장을 들었다. 이상하게 오화산으로 향하는 길가에 초소가 너무나도 많았다. 거의 몇 발자국마다 초소가 하나씩 있었다. 임시 검문소들역시 수없이 많았다. 그는 절이긍 등이 이런 물샐틈없는 삼엄한 경계망을 뚫고 귀주로 빠져나갈 수 있을지 걱정이 됐다! 산 아래에 이르자 경계망은 더욱 삼엄해졌다. 교위들이 장검을 든 채 빽빽하게 늘어서 있었다. 그들은 호시탐탐 주국치가 탄 8인 가마를 노려보고 있었다. 궁 앞에도착했을 때는 천총 한 명이 길을 막고 나서기까지 했다.

"여기부터는 왕부의 금지禁地입니다. 대인께서는 그만 내려서 걸어가셔야겠습니다!"

"웃기는군! 나는 자금성에서도 말을 타고 다니는 천자의 중신이야! 그런데 누가 감히 내 가마를 막아? 신경 쓰지 않고 들어가겠다. 들어가!"

주국치가 창밖을 내다보면서 소리쳤다. 가마꾼들과 앞에서 길을 인도하는 아역들은 그의 말이 떨어지자 바로 오화산이 떠나갈 듯 호응하면서 의문儀門으로 들어갔다. 주국치가 몇 년 동안 엄선해 수하로 삼은 심복들다웠다. 가마는 정전 앞에 가서야 멈춰 섰다.

주국치가 몸을 낮춰 가마에서 내렸다. 정전 앞에는 백여 명의 병사들이 마치 석고상처럼 꼼짝 않고 서 있었다. 주국치는 잠깐 생각을 하다 정전 앞에서 걸음을 멈췄다. 이어 큰 소리로 외쳤다.

"흠명태자태보 겸 상서인 운남순무 주국치가 평서왕을 만나뵈러 왔습니다!"

주국치는 말을 마치고는 바로 계단을 올라가 궁전 안으로 들어갔다. 궁 안의 광경은 바깥보다 더욱 삼엄했다. 오삼계는 높다란 용무늬의 은교의銀交椅에 앉아 있었다. 상당한 위엄이 엿보였다. 그러나 얼굴에 웃음기라고는 전혀 찾을 수가 없었다. 그의 주위로는 호국주 등을 비롯한 몇 명의 문신과 무장들이 기러기 날개처럼 팔자 모양으로 쭉 늘어서 있었다. 그들은 저마다 눈에 힘을 준 채 기세등등한 모습을 하고 있었다. 반면 하국상과 오세번은 양 옆에 앉아 엉뚱한 곳을 쳐다보고 있었다.

"주국치! 힘없는 나를 또 협박하러 왔소?"

주국치가 세 번 절을 하자 오삼계가 말했다. 어투에 냉소가 잔뜩 묻어났다.

"감히 협박이라고 할 수는 없습니다. 흠차의 명령을 받고 대왕의 출발 일시를 알아보러 왔습니다. 이 일은 조정의 대사입니다. 그런데 내가 어찌 감히 사사롭게 협박 행각을 일삼을 수 있겠습니까?"

주국치가 카랑카랑한 목소리로 대답했다.

"당신도 못하는 것이 있소? 할 수 있소! 암, 그렇고말고! 당신은 몇 년 동안이나 나를 협박해 왔소! 도대체 내가 못해준 게 뭐가 있소!"

오삼계가 차갑게 내뱉었다. 그러자 주국치가 도전적인 시선으로 오삼계를 쳐다봤다. 이어 담담하게 입을 열었다.

"대왕은 그 이름도 유명한 중번重藩이십니다. 반면 나 주국치는 일개 선비에 지나지 않습니다. 그런데 누가 누구를 협박한다는 말입니까! 나는 닭의 목을 비틀 힘도 없습니다. 허리춤에는 새총 하나도 없습니다. 그럼에도 대왕처럼 중무장한 분을 내가 무슨 수로 협박을 한다는 말입니까?"

"이자가 건방지게!"

오삼계가 버럭 화를 냈다. 궁전 안에는 그의 목소리가 메아리쳤다. 평소 그는 주국치에게 불만이 많았다. 때문에 오늘 일을 벌이려고 어제 영력황제의 능 앞에서 결정을 한 바 있었다. 그런데 그 주국치가 제 발로 찾아온 것이었다. 그럼에도 주국치는 여전히 뻣뻣하고 꼿꼿했다. 오삼계로서는 더욱 화가 치밀 수밖에 없었다. 목소리가 자연스럽게 커졌다.

"말단 탐관오리인 주제에 같은 한족이라고 오냐오냐 봐줬더니, 이제는 아주 기어오르려고 하는구만!"

"내가 무슨 뇌물을 받기라도 했다는 말입니까? 그렇다면 누구한테 받았나요? 증인이 누구입니까? 얼마나 받았나요?"

주국치가 조목조목 따져 물었다. 그러면서도 눈은 오삼계를 계속 노려보고 있었다.

"또 내가 탐관오리라면 왜 대왕께서는 탄핵을 하지 않았나요?"

"정말 같잖은 소리만 하는군! 매년 천만 냥씩 나에게 보내주기로 돼 있었어. 그러나 구백만 냥만 주지 않았나? 나머지 백만 냥은 누가 먹은 거야?"

오삼계의 질책은 거의 포효 같았다. 그러자 주국치가 조소하면서 대꾸했다.

"그 문제라면……. 뭘 모르시는군요! 조정에서 매년 내 손에 들어오는 돈은 이천만 냥입니다. 그러나 그것은 대왕께 다 드리는 것이 아닙니다. 삼번에게 고루 나눠 주는 겁니다. 그렇다면 가장 많이 가져간 것이 됩니다. 무슨 욕심이 그토록 많습니까!"

그의 말이 미처 끝나기도 전이었다. 호국주가 옆에서 눈을 부라리면서 소리를 질렀다.

"거지 같은 유생인 주제에 이제 좀 괜찮게 나가니까 하늘 높은 줄 모르고 까부는군! 별 볼 일 없는 소인배 같으니라고!"

"내가 왜 소인배야? 내가 군주나 아버지를 배신하기라도 했다는 말인가?"

주국치가 금방이라도 불똥이 떨어질 것 같은 두 눈을 부릅떴다. 머리를 홱 돌려 호국주를 노려보았다. 호국주는 그 모습에 기가 질려 황급히 옆으로 물러났다.

"호국주의 말이 맞소. 당신은 소인배요! 당신이 처음에 어떻게 관리 생활을 시작했는지 생각이 나지 않소? 원래 당신은 아무나 발길로 툭툭 걷어찰 수 있는 오품의 당관이었지. 그러다 선대 황비皇妃가 세상을 뜬 것을 기회로 삼아 황제에게 미인 그림을 한 장 가져다 바쳤지. 그러면서 아부를 떨고 승진을 한 것이 아니었소? 왜? 내가 틀린 말 했소? 나는 지금 일이 잘 안 풀리고 있소. 그러나 설사 그렇다 하더라도 당신 얼굴보다는 무좀이 심한 내 발바닥이 훨씬 더 깨끗할 거요!"

오삼계가 비아냥거렸다. 그는 눈엣가시 같은 주국치를 이번 기회에 제거하기로 작정을 한 터였다. 그러나 그러기 전에 한껏 골려주고도 싶었다.

"뭐요?"

주국치는 기가 막힌 모양이었다. 잠시 멍한 표정을 짓더니 이내 크게 웃으면서 적극적으로 반론을 제기했다.

"엉뚱한 말을 그럴싸하게 하는 대왕의 재주는 역시 따라갈 사람이 없군요! 하늘과 땅, 군주, 부모, 스승은 지고지순합니다. 이런 지존들에게 아부가 통한다고 생각하십니까? 선제께서는 동악씨의 죽음으로 인해 굉장히 괴로워하셨습니다. 그래서 내가 보다 못해 화가를 불러 그림 한 장을 그리게 해서 올린 적은 있습니다. 그러나 그것은 바로 선제의 증세에 딱 맞는 약이었죠. 뭐가 잘못됐다는 겁니까? 또 대왕의 발이 깨끗하니 어쩌니 하는데, 그것은 백성들이 더 잘 알죠. 요즘 민간에서 유행하는 말을 못 들어봤습니까? '천하에 나를 모르는 사람이 없다고 말하지 말라. 이 땅에 그대를 모를 사람이 어디 있겠는가?' 하는 말, 들어보셨겠죠?"

주국치는 모든 것을 다 까밝히지는 않았다. 그러나 오삼계의 비열한 과거사를 들춘 것은 분명했다. 먼저 이자성에게 무릎을 꿇은 다음 여자(오삼계의 애첩 진원원을 의미함. 오삼계는 진원원을 이자성의 휘하 부장에게 빼앗기자 청나라에 투항했음) 때문에 아버지를 속이고 청나라에 기어들어온 사실을 다시 들춰낸 것이다. 오삼계는 온몸을 부르르 떨었다. 결국 참지 못하고 소리를 내질렀다.

"이 오랑캐의 앞잡이를 끌어내라!"

"예!"

명령이 떨어지기 무섭게 궁전 안팎에서 우레와 같은 대답이 쏟아졌다. 동시에 교위 몇 명이 주국치를 덮쳤다. 주국치는 순식간에 온몸이 꽁꽁 묶이는 신세가 돼버렸다.

"이상한 일이로군!"

오삼계가 비아냥거리는 어투로 말했다. 그러더니 본론을 꺼냈다.

"감문혼은 귀주로 줄행랑을 놓은 지 옛날이오. 절이궁과 부달례도 도망갈 준비를 하고 있는 것 같고. 그런데 당신은 왜 가지 않는 거요? 운이 대단히 나쁜 사람인 것도 같소. 다른 때도 아니고 내가 살인제기殺人祭旗(전장에 나가기 전 전의를 다지기 위해 사람을 제물로 죽이고 제사를 지내는 것)를 하려는 시점에 제 발로 찾아들다니 말이오! 의병을 일으켜 오랑캐를 쫓아내려는 결정적인 시기에 말이오!"

"이상할 것 없소. 폐하께서 나를 국사國士로 대접해주시니 나 역시 국사답게 은혜를 갚으려는 거요. 당신이 앙심을 품고 있다는 사실을 모르는 것은 아니었소. 하지만 이럴 때일수록 자신의 자리를 굳건히 지켜야 하는 것 아니겠소? 명색이 삼조원로三朝元老(3대에 걸친 원로)라는 사람이 그런 도리도 모르오?"

주국치가 거의 반말조로 반박했다. 너무 힘을 줘서 그런지 얼굴에 시뻘게지고 있었다.

"주국치!"

하국상이 말없이 오삼계와 주국치의 대화를 지켜보다 도저히 못 봐주겠는지 마침내 자리에서 일어났다. 전혀 굽히려는 기색이 없는 주국치를 괘씸하게 생각하는 듯했다.

"죽어도 제대로 알고 죽어야 하지 않겠소? 대왕께서는 망해버린 명나라의 치욕을 떨쳐버릴 수가 없어서 의병을 일으키기로 결정했소. 북경으로 쳐들어가서는 주삼태자의 복위를 도울 거요. 현엽은 이제 좋은 날이 며칠 남지 않았소!"

"오삼계! 하늘의 뜻을 거스르고 백성들을 짓밟는 원흉 같으니라고! 개돼지보다도 못한 놈! 두고 봐라. 백성들이 너의 고기를 뜯어먹고 껍질을 발라서는 베고 잘지도……"

주국치가 다짜고짜 욕설을 퍼부었다. 여전히 당당한 모습이었다. 하지만 그의 말이 채 끝나기도 전에 마보가 달려들더니 주먹으로 입을 강타했다. 그럼에도 주국치는 알아듣지 못할 말로 계속 중얼거렸다.

"저놈을 죽여서 살인제기 의식을 실시하라!"

오삼계가 명령을 내리고는 의자로 돌아와 앉았다. 분노와 절망, 피곤과 곤혹감 등에 휩싸인 얼굴이었다.

하늘을 가르는 대포소리가 세 번 울렸다. 이어서 나팔소리가 저 멀리로 울려 퍼졌다. 처량한 울음소리를 연상하게 하는 그 소리는 산간의 계곡까지 메아리쳤다. 얼마 후 명나라의 황룡黃龍 깃발이 창백한 햇빛 아래에서 바람을 안은 채 펄럭이면서 게양되었다. 찬바람에 진저리를 치면서 올라가는 깃발에는 '황주천하도초토병마대원수오'皇周天下都招討兵馬大元帥吳라는 열세 글자가 수놓여 있었다.

그와 동시에 수천 명의 병사들이 흰 갑옷으로 바꿔 입었다. 또 한결같이 머리를 풀어 위로 감아올렸다. 명나라 때의 전형적인 머리 모양이었다. 그러나 이마 위에 면도질을 한 부분의 머리는 하루아침에 자라는 것이 아니었던 만큼 그대로 둘 수밖에 없었다.

오삼계는 전당에서 밖으로 나왔다. 교대校臺에 올라가서는 삼군의 의장을 검열하였다. 그런 다음 주국치를 깃발 아래로 끌어다 놓게 했다. 모든 준비는 완료됐다. 오삼계가 하국상을 향해 머리를 끄덕여 보였다.

하국상은 오삼계의 명령을 받고는 엄숙하고 장중한 분위기 속에서 단상에 올라갔다. 이어 사형집행관에게 큰 소리로 명령을 내렸다.

"개開─도刀─제祭─기旗!"

그의 말이 끝나자 또다시 요란한 대포 소리가 세 번 울렸다. 이어 주국치의 피 묻은 머리가 툭 하고 풀밭 위에 떨어졌다. 순간 호국상이 소리 높여 외쳤다.

"장병 여러분! 이제부터 대원수의 토청격문討淸檄文을 경청하기 바랍니다!"

호국상이 목소리를 가다듬은 다음 격문을 두 손에 받쳐들었다. 그리고는 오삼계에게 다가가 공손하게 허리를 굽혀 인사를 올렸다. 그러자 오삼계도 황급히 자리에서 일어나 맞절을 하고는 옆으로 물러섰다.

> 대원수의 격문을 천하에 고함 :
> 본인은 명나라의 세작世爵을 지니면서 산해관을 다스려왔다. 그러나 이자성의 난에 백만의 무리가 천하를 누비고 다녀 곧 경사京師(북경)의 함락으로 이어졌다. 통탄스럽구나, 의열황후義烈皇后(숭정황제의 정비)의 비참한 죽음과 세자 및 주삼태자의 횡액이여……

오삼계는 머리를 숙이고 격문의 내용을 귀담아 들었다. 이어 향이 피어오르는 명렬황明烈皇 숭정황제의 위패 앞으로 다가갔다. 그런 다음 세 번 무릎을 꿇고 아홉 번 머리를 조아리는 삼궤구고의 대례를 올렸다. 또 술잔을 조심스레 받쳐들고 숙연한 표정으로 하늘을 향해 올렸다가 다시 내린 다음 땅에 골고루 뿌리며 큰 소리로 말했다.

"도리에 어긋나는 일을 하는 사람에게는 도와주는 사람이 없다. 또 대세를 따라가는 사람에게는 도움이 잇따른다. 삼군의 병사들은 잘 들어라. 복건의 경정충, 광동의 상지신, 광서의 손연령, 섬서의 왕보신 등 근왕勤王의 의로운 장군들이 이미 깃발을 올려 결의를 다졌다. 며칠 내에 양자강의 기슭에서 군대를 합칠 것이다!"

오삼계의 연설이 끝나자 환호성이 진동했다. 군사들은 창을 높이 치켜들면서 소리 높이 외쳤다.

"만세! 우리 대원수 천세! 천천세!"

오삼계는 흥분에 떨었다. 그 흥분은 열취헌으로 돌아와서도 가시지 않았다. 그러나 그곳에서는 찬물을 끼얹는 일이 그를 기다리고 있었다.

"대왕!"

고대절이 서류뭉치를 들고 있다가 오삼계가 들어서자 한 장씩 넘겨주면서 아뢰었다.

"이것은 손연령의 급보입니다. 부굉렬의 칠천 병력이 창오에서 집결해 곧 계림으로 기습해올 것 같다고 합니다."

"음! 상지신에게 알려 빨리 대응책을 마련하라고 전하게."

오삼계가 가볍게 받아들였다. 그러자 고대절이 다른 종이를 빼내 들었다.

"대만 정경鄭經의 병력은 바다를 건너와 경정충의 세 개 현을 공략했답니다. 경정충은 발등에 떨어진 불부터 끈 다음에야 북으로 올 수 있다고 합니다."

오삼계는 말없이 머리를 끄덕였다. 약속을 철석같이 해놓고서도 각자 자신의 이익에만 급급한 삼번이었다. 고대절의 보고가 이어졌다.

"이건 누산관燮山關(사천과 귀주 경계에 있는 요충지)에서 보낸 보고입니다. 귀주에 있던 당무례와 살목합이 감문혼과 주국치의 아들을 데리고 이미 사천으로 도망을 갔다고 합니다!"

"병신 같은 자식들! 루산관은 진흙만 살짝 발라놔도 누구도 빠져나갈 수 없는 곳이야. 그런데도 그것들을 놓쳐?"

오삼계가 드디어 참지 못하고 버럭 화를 냈다. 고대절이 다시 덧붙였다.

"원수께 아룁니다. 그곳을 지키고 있던 수비대장인 추명鄒明은 감문혼의 옛 부하였습니다. 감문혼은 그 앞에서 자결을 하면서 두 아이들만은 살려달라고 애걸복걸했다고 합니다."

"당무례 그자들은 어떻게 됐나?"

"당무례 등은 하인 차림으로 변장을 하고 따라갔다는 사실이 나중에 밝혀졌습니다. 추명은 이미 귀양貴陽으로 압송했습니다. 대원수께서 명령을 내려 주십시오."

고대절이 계속 말을 이었다. 오삼계가 차가운 어조로 대답했다.

"물어보고 자시고 할 게 뭐 있다고 그래? 죽여버려!"

"또 한 가지가 있습니다……. 절이궁과 부달례도 어제 저녁에 어디론가 사라졌습니다."

오삼계가 고대절의 이어지는 말에 눈을 부릅떴다. 그러더니 휙 낚아채듯 첩보 문서들을 빼앗아 움켜쥐고는 재빨리 훑어봤다. 그는 순식간에 풀이 죽고 말았다.

"순무부에서 서른두 명이 자살을 했다고? 하하하하!"

오삼계는 마치 실성한 사람처럼 웃기 시작했다. 그러나 그 웃음은 울음이라고 하는 것이 더 나았다.

"대원수! 왜 이러십니까? 절이궁 그 사람들이 날개가 돋기라도 했습니까? 절대 도망칠 수는 없습니다."

마침 그때 호국주가 들어오면서 말했다. 오삼계가 바로 대답했다.

"여기는 귀주가 아닌 운남이야. 그자들이 도망갈 수 없다는 사실을 내가 모르는 것은 아니야. 그러나 이해가 안 되는 것이 하나 있어. 겨우 열아홉 살밖에 안 된 코흘리개 강희가 도대체 어떻게 구워삶았기에 그것들이 목숨을 걸고 설치느냐 이런 얘기지, 내 말은!"

하국상은 군사를 일으킨 첫날부터 실의에 빠져 있는 오삼계의 모습에서 왠지 모를 불길한 느낌을 받았다. 그건 어쩔 수 없는 본능적인 감이었다. 또 왕보신과 손연령 모두 믿을 만한 사람이 아니라는 사실 역시 그를 불안하게 만들었다. 그럼에도 당장은 오삼계를 위로하지 않으면 안 됐다.

"도망을 가려면 가라고 하죠, 뭐! 그래봐야 강희가 우리의 계획을 하루 이틀 정도 먼저 아는 효과밖에는 없어요. 문제 될 게 뭐 있다고요. 더구나 왕보신이 반청叛淸의 깃발을 들었기 때문에 우리하고는 앞뒤에서 잘 맞물리게 됐어요. 지금 급선무는 하루라도 빨리 호남湖南을 공략해 기세를 몰아가는 거죠. 그러면 다른 곳에서도 호응하게 돼 있어요!"

"맞아! 왕보신이 따라와 줬기 때문에 큰 걱정 하나는 덜었어. 그러면 서쪽은 문제가 없어. 마음 편하게 동진東進을 하면 돼! 왕보신은 그나마 의리가 있는 것 같아. 아들이 북경에 인질로 잡혀 있는데도 마음 변하지 않고 예정대로 추진해나가는 걸 보면 말이야!"

오삼계가 이를 악물었다. 순간 그는 역시 북경에 있는 자신의 아들 오응웅을 떠올렸다. 순간적으로 상심에 젖지 않을 수 없었다. 그러나 마음속에서는 여전히 희망의 끈을 우악스레 움켜쥐고 있었다. 또 강희의 타협 요청으로 강을 사이에 두고 천하를 양분하는 최종 방안에 도장을 찍을 수 있기를 기대하고 있었다.

43장
다시 만난 스승과 제자

　운남으로 보낸 사신들은 약속이나 한 듯 하나도 돌아오지 않았다. 통주 행궁行宮으로 옮겨 일을 보던 강희는 갈수록 불안해졌다. 자기도 모르게 초조해지는 것을 어쩌지 못했다. 때문에 주위에 고요가 깃들면 소리 없는 공포에 몸을 떨기도 했다. 그런 불안은 하루가 다르게 더해만 갔다. 때때로 불안의 무게에 깔려 질식할 것만 같은 기분이 엄습하기도 했다.

　태황태후는 그런 강희의 심정을 모르지 않았다. 심지어는 그가 불안을 이겨내지 못할까봐 소마라고를 통주로 보내기까지 했다. 아마 강희가 커가는 모습을 가까이에서 지켜보면서 진심으로 보살펴온 소마라고가 옆에 있어 주는 것이 제격이라고 생각한 듯했다. 그녀는 또 강희의 성격에 대해 누구보다 잘 아는 소마라고가 재미있는 얘기도 해주고 불교의 선禪에 깃든 삶의 지혜 같은 것도 말해주기 기대했다. 강희의 불안과 갑갑증을 다소나마 해소하려면 그런 세심한 배려가 필요했다.

행궁은 통주 북쪽에 자리 잡은 오래된 관제묘 안에 마련돼 있었다. 소마라고가 도착하자 강희는 이루 말할 수 없을 정도로 기뻐했다. 특별히 조용한 방 한 칸을 내줘 그녀가 참선을 할 수 있도록 도와주기도 했다. 또 매일 정무가 끝나면 그녀에게 찾아가 함께 얘기꽃을 피웠다.

"혜진 대사!"

강희는 소마라고를 부르면서 방구들 모서리에 걸터앉았다. 부지깽이로는 이글거리는 숯불을 조심스레 뒤적이면서 미소를 지었다.

"대사는 출가인이기는 하나 짐은 늘 큰누나처럼 느껴지는구려. 사실 짐은 요즘 무척이나 불안하오. 대사가 보기에 서남쪽은 도대체 무슨 징후가 있는 것 같소?"

소마라고는 강희의 질문에 당장 대답을 하지 않았다. 그저 난롯불을 쬐기만 했다. 그럼에도 추운지 몸을 움츠렸다. 아마도 강희 8년에 출가한 이후 고기와 기름기를 전혀 입에 대지 않은 탓인 모양이었다. 그래서일까, 그녀의 몸은 전에 비해 두드러지게 마른 듯했다. 그녀가 뼈밖에 남지 않은 듯한 앙상한 손을 내밀어 불을 쬐면서 다소 엉뚱한 말을 입에 올렸다.

"날씨가 많이 추워졌사옵니다. 게다가 눈도 내렸고요. 정월이면 운하가 꽁꽁 얼어붙을 텐데, 소모자는 간 지가 언제인데 아직 소식이 없네요. 폐하께서도 이곳에 너무 오래 계시지 말고 궁으로 돌아가시는 것이 나을 것 같사옵니다."

사실 강희 역시 같은 생각을 하고 있는 중이었다. 무엇보다 행궁이 은밀해서 좋기는 하나 대신들을 만나는 것이 불편했다. 더구나 서남쪽이 무사하면 진즉에 소식이 있었을 터였다. 또 격변이 일어나면 비밀에 부칠 필요가 없었다. 그는 이 모든 뜻이 내포돼 있는 소마라고의 말을 재빨리 알아들었다.

"그래, 짐도 돌아가야겠다고 생각은 했소. 그런데 양기륭은 도대체 무슨 일로 소모자를 부른 거야. 무엇 때문에 통 얼굴을 내밀지 않는 거요? 양기륭 쪽에서 이상한 낌새를 눈치챈 것이오?"

"어떤 일이든 일어날 수 있다는 사실을 고려해야 하옵니다. 지금은 비상시기이옵니다."

소마라고의 흰 머리카락이 가늘게 떨렸다. 뭔가 심상치 않은 낌새를 챈 듯했다. 소마라고의 말에 강희가 감회에 젖었다.

"그러게 말이오. 짐은 요즘 잠자리가 영 뒤숭숭하오. 아무래도 불길한 예감이 많이 드오. 손연령에 이어 왕보신도 협박을 받아 배신했지 않소. 범승모는 거의 매일이다시피 육백리 긴급서찰을 보내와 복건의 상황을 보고하고 있으나 뭐가 뭔지 설명을 제대로 못하고 있소. 또 이광지는 가더니 소식도 없고 말이오. 그밖에 진몽뢰는 경耿씨 집안에 들어가 일하고 있는데, 어떻게 하고 있는지 모르겠소. 왕보신의 변절도 그렇소. 그의 아들 왕길정을 어떻게 처리해야 할지 모르겠소. 오삼계가 반란을 일으키는 날에는 그 아들 오응웅은 또 어떻게 조치를 취해야 할지 모르겠고. 정말 골치 아픈 일이 한두 가지가 아니오!"

강희가 길게 한숨을 내쉬었다. 그러나 마음속의 더 큰 우려는 그것들이 아니었다. 11월 이후로 북경의 조정 관료들이 무더기로 휴가를 간 것이야말로 더욱 큰일이라고 할 수 있었다. 물론 이유는 제각각 다 있었다. "부모님 상을 당했다"는 것이 대체로 표면적인 이유였다. 결코 간과할 일이 아니었다. 소마라고가 강희의 초조한 마음을 헤아린 듯 위로를 해주었다.

"그렇다고 무조건 의심부터 하고 보는 것도 바람직하지는 않사옵니다. 저는 속세에 관심을 끊은 지 오래 됐사오나 냉정하게 보면 이광지와 진몽뢰는 그래도 양심은 있는 사람들인 것 같사옵니다."

"문인들은 원래 행실이 좋지 않소. 게다가 그들은 모두 한족이오. 그들의 말 중에 '나와 동족이 아니면 그 마음 역시 반드시 다르다!'라는 것이 있소! 대사, 짐은 언제나 이 말이 잊혀지지 않소. 또 잊어서도 안 된다고 생각하오. 그러니 짐이 이 자리에 앉아 있기가 얼마나 힘이 들겠소!"

강희가 허탈하게 웃었다. 그가 언급한 한족은 말할 것도 없이 일반적인 한족이었다. 그러나 듣는 소마라고의 입장에서는 바로 오차우를 떠올리지 않을 수 없었다. 그녀는 왠지 강희의 그 말에 마음이 불편해졌다. 화제를 돌린 것도 그 때문이었다.

"밖에 설경이 참 보기 좋사옵니다. 나가서 바람이나 좀 쐬고 오는 것이 어떻겠사옵니까? 하계주가 폐하께 조정의 공무 관련 서류를 보내올 때도 됐사옵니다. 내일 또 궁으로 돌아가야 할지 모르는데, 언제 이런 기회가 올까 싶사옵니다."

"그것도 좋겠소."

강희가 먼저 자리에서 일어섰다. 그런 다음 가죽옷을 꺼내 입고 소마라고를 따라 나섰다. 그러나 아무도 부르지는 않았다. 하지만 처마 밑에서 있던 위동정은 낭심과 목자후에게 눈짓을 보냈다. 세 사람은 먼발치에서 뒤를 따라 갔다.

날씨는 무척이나 흐렸다. 또 눈도 조금씩 내리고 있었다. 쌀알 같은 눈이었다. 너무나도 천천히 내려 땅에 조금씩 쌓이고 있었다. 강희는 두 손을 이마에 얹고 멀리 강가에 모여 뭔가를 구경하는 사람들을 바라봤다.

"대사, 오늘만큼은 잠시 세속으로 돌아가는 것이 어떻겠소. 저기 한 번 구경이나 가 볼까?"

소마라고는 강희의 제안을 재미있게 받아들였다. 빙그레 웃으면서 대답했다.

"스님이라도 마음이 평화롭지 못하면 세속적인 사람들보다 못하옵니다. 또 세속의 사람일지라도 마음만 고요하면 스님들보다 더 낫사옵니다. 폐하의 뜻이 그러시다면 명에 따르겠사옵니다."

두 사람은 삭풍을 가르며 언 땅을 밟으면서 남쪽으로 걸었다. 그렇게 얼마 가지 않았을 때였다. 하계주가 10여 명의 부하들을 거느리고 말을 달려오는 모습이 보였다. 그는 강희를 발견하자마자 말에서 미끄러지듯 내려 땅에 엎드렸다. 그의 입에서는 하얀 입김이 연신 뿜어져 나오고 있었다.

"소인 하계주가 폐하께 상주문을 전해드리러 왔사옵니다!"

하계주의 수염과 눈썹에는 하얀 눈이 수북이 내려 앉아 있었다. 그 모습을 본 강희가 소마라고에게 말했다.

"우리는 집안에서 난롯불을 쬐고 옷도 많이 입고 있었던 탓에 추운 줄 몰랐소. 그런데 이 사람들은 먼 길을 달려오느라 추운 모양이오."

강희가 다시 하계주에게 눈을 돌렸다.

"일어나게. 사람을 시켜 상주문을 가져다 놓게 하고 자네는 우리를 따라가자고."

하계주가 일어서면서 동동 발을 굴렀다. 여전히 추운 모양이었다. 이어 손을 비비면서 아뢰었다.

"추위가 장난이 아니옵니다! 오늘이 벌써 동지 초열흘이옵니다. 설날도 얼마 남지 않았사옵니다."

세 사람은 얼마 후 인파가 몰려 있는 곳에 이르렀다. 그곳에는 두 명의 예인藝人이 연주에 맞춰 노래를 하고 있었다. 사람들은 그 모습을 구경하느라 목을 한껏 빼들고 있었다. 그러나 강희는 별 흥미를 느끼지 못하는 듯했다. 또 사람들 속을 비집고 들어갈 자신도 없는 것 같았다. 그가 말했다.

"저쪽 강가에 가서 돌아다니는 것이 더 낫겠네!"

마침 그때였다. 악기소리와 함께 웬 여자의 노랫소리가 더욱 크게 울려 퍼졌다.

노랫말은 알아듣기가 쉽지 않았다. 그러나 어쩐지 슬프고도 처량하게 느껴졌다. 하계주가 그예 호기심을 이기지 못하고 안으로 비집고 들어갔다. 사람들은 관복을 입은 그를 보고는 알아서 길을 비켜줬다. 그러자 강희 역시 잠시 걸음을 멈추고 하계주가 나오기를 기다렸다.

하계주는 맨 앞으로 나아갔다. 그런 다음 우는 듯한 목소리로 노래를 부르는 여자와 그 옆에서 악기로 반주를 하고 있는 남자를 눈여겨봤다. 순간 그는 깜짝 놀랐다. 아니 거의 기절할 것만 같았다. 머리를 반쯤 숙인 채 연주에만 열을 올리고 있는 남자는 바로 둘째도련님 오차우와 비슷해 보였던 것이다!

하계주는 여러 번 눈을 비비고 다시 그를 쳐다봤다. 남자는 반백이 된 머리카락을 늘어뜨리고 머리를 숙이고 있었다. 그래서 자세히 볼 수는 없었으나 여자의 노랫말은 눈물을 자아내기에 충분했다.

소슬한 바람이 이 운하를 지나가니,
마음이 괴로운 것은 여전하구나.
꽃신이 닳아 떨어진 눈 덮인 방랑길,
끝없는 고생 속에 바람은 드세네.
날마다 노랫소리 파는 것은 이어지고,
얻은 것 없이 굴욕어린 시선에 고개를 들 수가 없네.
다시 돌아가려고 해도 돌아갈 수 없는 처지,
석양길에는 눈물만 그득하구나.

구경꾼들은 어느새 눈물을 흘리고 있었다. 코를 훌쩍이는 소리도 여기저기에서 들려왔다. 하계주 역시 코끝이 찡해져 눈물을 훔쳤다. 그런 다음 다시 남자를 쳐다봤다. 순간 두 사람의 시선이 허공에서 부딪쳤다. 틀림없었다. 반백이 된 머리카락을 바람에 날리면서 연주에 몰두해 있던 사람은 다름 아닌 강희의 스승 오차우였다! 하계주는 갑자기 명치까지 치솟아 오르는 뜨거운 무언가를 가까스로 삼키면서 울먹였다.

"도련님! 이게 어떻게 된 겁니까, 도련님!"

하계주가 어정쩡한 표정을 짓는 사람들을 밀치고 정신없이 달려 나가 오차우 앞에 털썩 무릎을 꿇었다. 이어 차가운 돌 위에 앉아 있던 오차우를 끌어안고 대성통곡을 터뜨렸다.

"둘째 도련님! 어쩌다…… 이렇게까지 되었습니까……. 제가 죄인입니다. 제가 죽일 놈이라고요!"

좌중의 사람들이 그 모습을 보고 술렁거리기 시작했다. 안에서 뿐만이 아니었다. 밖에서도 큰 소동이 일었다. 소마라고가 얼굴이 백지장처럼 질린 채 기절을 한 것이다. 강희는 그런 그녀를 간신히 부축하고 있었다. 장내에는 더욱 크게 소란이 일었다. 노래를 부르던 운낭마저 눈이 휘둥그레져 소마라고를 쳐다봤다.

강희 역시 마음이 갈기갈기 찢어지기는 크게 다를 바 없었다. 만감이 교차한다는 표현이 과언이 아닐 정도였다. 급기야 그는 소마라고를 목자후에게 맡기고 위동정과 함께 안으로 들어갔다. 낭심이 더 큰 구경거리를 기대하고 한사코 달라붙는 사람들에게 채찍을 뽑아들면서 소리를 내질렀다.

"자자, 가라고! 뭐 구경할 것이 있다고 그래요? 채찍 맞고 싶지 않으면 좋게 말할 때 해산하세요!"

"오 선생님! 이 용공자가 나쁜 사람입니다. 제가 스승님을 이런 고통

속으로 내몰았어요. 이리 험하게 고생을 시키다니……."

강희가 시리고 아픈 뜨거운 마음을 부여안고 오차우에게 다가갔다. 그러더니 결국 감정을 주체하지 못하고 눈물을 흘렸다.

오차우는 자신의 눈앞에서 벌어진 일이 꿈만 같았다. 처음에는 당혹스러웠다. 강희를 보는 순간 화들짝 놀라기도 했다. 그가 자리에서 엉거주춤 일어서면서 말했다.

"용…… 용공자! 여기는 어쩐 일입니까? 밖의 제후들은 반란의 징후를 보이지 않고 있습니까? 궁내에는 내분의 조짐이 보이지 않고요?"

"없습니다."

강희는 밀려드는 감동의 물결에 몸을 떨었다. 오차우는 언제 봐도 부모 같고 친형 같은 스승이었다. 더구나 그는 만나자마자 춘추시대 제齊나라의 군사이론가인 사마양저司馬穰苴의 말을 인용해 넌지시 강희가 궁을 비운 잘못을 힐책했다. 아무려나 수많은 속사정을 저잣거리에서 어찌 한두 마디로 다할 수 있겠는가? 강희가 눈물을 닦아냈다.

"스승님 말씀 잘 듣겠습니다. 바로 돌아가겠습니다. 여기는 너무 추우니까 우선 저쪽 관제묘에 들어가서 얘기를 나누기로 하죠."

운낭은 눈앞에 벌어진 광경을 보고는 몰래 사라져 버리고 싶은 충동을 강하게 느꼈다. 그러나 소마라고가 혼절해 있고 목자후 혼자 그녀를 부축하는 안쓰러운 상황에서 차마 떠나지 못했다. 급기야 마지못해 강희에게 다가와서 인사를 올렸다. 이어 혼자서 소마라고를 부축해 함께 관제묘로 향했다. 강희는 운낭을 보는 순간 사하보에서 있었던 일을 떠올렸다. 쓸쓸한 기분이 들었다. 그러나 억지로 웃음을 지어 보였다.

"오늘 여기서 다시 만났으니 과거의 유감은 떨쳐버려야지. 다 같이 만나니 이렇게 좋구만!"

소마라고는 한참 후에야 정신을 차렸다. 밖에서 강희가 사람을 통주로 보내 술상을 봐오라고 지시하는 소리에 겨우 깨어난 것이다. 그녀는 운낭의 부축을 받으면서 밖으로 나왔다.

그녀로서는 무려 3년 만에 만나는 오차우였다. 어느 날 느닷없이 나타나 자신의 삶을 완전히 바꿔버린 바로 그 사람이 아니던가! 그런데 그 남자가 3년 만에 홀연히 나타나 손을 뻗으면 닿을 수 있는 곳에 있었다. 그는 지저분하게 찢어진 청포를 입고 있었다. 또 그녀가 만들어준 신발을 신고 있었다. 닳고 닳아 발가락이 삐죽 나온 신발이었다. 그녀가 심혈을 기울여 한 땀 한 땀 기워 만든 신발이었다. 오차우의 겉모습도 신발과 크게 다르지 않았다. 헝클어진 머리, 초췌한 얼굴은 과거의 멋스러움과 풍류와는 완전히 동떨어져 있었다. 그러나 그는 그런 것에는 아랑곳하지 않은 채 강희의 조끼를 걸치고 앉아 담소를 나누고 있었다. 그녀는 창백한 미소를 지으면서 머리를 가볍게 끄덕여 보이는 것으로 인사를 대신했다. 그런 다음 운낭의 손을 살며시 뿌리치고 신안神案(불상 등을 놓는 책상) 앞의 부들방석에 앉아 눈을 감았다.

하계주는 두 사람이 어서 빨리 마주 앉았으면 하는 생각을 했다. 나중에는 초조한 나머지 손을 비비면서 강희와 오차우가 얘기를 나누는 주위에서 왔다갔다 하기를 반복했다.

"스승님! 지금 정세는 이렇게 대략 말씀드린 대로입니다. 다음은 어떻게 해야 하죠?"

강희가 두 손을 무릎에 얹고 몸을 앞으로 숙이면서 물었다. 오차우가 공손하게 대답했다.

"폐하! 철번을 결정했으면 전쟁을 비켜갈 수 없습니다. 전쟁 준비를 철저히 해야 합니다. 또 장군들을 적재적소에 투입하는 것이 급선무입니다. 더 이상 미룰 수 없는 급박한 일입니다."

강희가 머리를 끄덕였다. 오차우의 말이 이어졌다.

"소인은 군사를 잘 모릅니다. 주배공이 결전지로 호남을 선택했다면 폐하께서는 빠른 시일 내에 대군을 형양荊襄, 한양漢陽, 남경에 배치 완료해야 합니다. 또 북경과 직예에 있는 모든 반대 세력들과 반도들을 빠른 시일 내에 모조리 섬멸해야 합니다. 한마디로 우리의 진영을 안정시켜야 합니다."

"스승님 말씀이 맞아요. 짐은 안친왕安親王 악락岳樂, 간친왕簡親王 라포喇布에게 중부 지방의 총체적인 책임을 맡겼어요. 또 도해와 주배공에게는 서쪽의 왕보신을 상대하게 할 생각입니다. 그 외에 강친왕康親王 걸서에게는 복건성을 견제하도록 할 겁니다. 만약 오삼계가 반란을 일으키면 그의 증원군을 깡그리 섬멸할 겁니다!"

오차우가 찬탄을 터뜨렸다. 그동안 피력한 자신의 우려가 기우였음을 확인한 것이다.

"그게 좋겠습니다! 폐하께서는 정말 철저하게 대비하고 계시고 실책이 하나도 없습니다! 솔직히 소인이 몇 년 동안 폐하를 대신해 전체적인 구상을 해보기는 했습니다. 그 결과 여덟 글자의 결론을 얻었습니다. 그게 어떨지……."

강희가 눈을 반짝이면서 다그치듯 물었다.

"어떤 여덟 글자입니까?"

"선감동남先勘東南, 재정서북再定西北입니다! 우선 동남쪽을 면밀하게 살피고, 그런 다음 서북쪽에 대한 대응책을 결정하는 겁니다!"

"그렇죠! 정말 짐을 일깨워 주는 계몽 스승이 되기에 손색이 없어요. 짐을 아는 사람은 스승님밖에는 없네요!"

강희가 자리에서 일어나더니 기분 좋은 웃음을 터트렸다. 그러자 오차우 역시 자리에서 일어나 허리를 굽히면서 대답했다.

"소인 생각에 이 여덟 글자에 담긴 의미만 제대로 소화해내도 우리 청나라의 만세萬世 기반은 충분히 다질 수 있을 것이라고 생각합니다. 폐하께서는 정말 유례없는 성군이십니다. 천하의 당 태종唐太宗과 한 무제漢武帝도 따를 수 없는 영명한 군주이십니다."

강희가 입을 열어 뭔가를 말하려고 할 때였다. 갑자기 하계주가 희색이 만면한 얼굴을 한 채 들어왔다.

"연회석이 마련됐사옵니다."

그러자 강희가 말했다.

"나중에 천천히 얘기를 나누죠. 보니까 여기 이李 아가씨만 빼고는 전부가 열붕점 옛 손님들이군요. 명주가 없어서 그렇지."

하계주 역시 동의한다는 표정으로 맞장구를 쳤다.

"그렇사옵니다! 이런 만남이야말로 하늘의 조화가 아니고 뭐겠습니까. 인과의 인연이 아닌가 싶네요. 소인은 아무래도 폐하와 여러분을 위해 없는 재주라도 부려봐야겠사옵니다."

하계주가 자신의 말대로 정신없이 바쁘게 자리를 마련했다. 음식을 멋들어지게 배치하느라 여념이 없었다. 강희는 기분이 날아갈 듯한 모양이었다. 마냥 즐거운 표정을 지었다. 그러다 갑자기 이마를 살짝 찌푸렸다.

"자금성은 다 좋아요. 그러나 너무 격식에 얽매여야 한다는 것이 조금은 그래요. 하다못해 술을 마시면서 주령을 할 때도 언제나 짐이 이기게 돼 있잖아요. 짐은 그게 너무 싫거든요. 여기도 전에 열붕점에서처럼 제비뽑기를 하는 대나무 조각이 있으면 좋을 텐데!"

그의 말에 오차우가 뜬금없이 엉뚱한 제안을 했다.

"꼭 그걸 해야 된다는 법도 없지 않습니까? 저하고 운낭은 천진에서부터 노래를 팔면서 왔습니다. 그러니 저희들의 실력으로 배불리 먹을 수 있는지를 한번 봐주십시오!"

오차우의 엉뚱한 제안은 분위기를 띄우는 데는 그만이었다. 강희는 말할 것도 없고 위동정 등도 박수를 치면서 운낭과 오차우에게 격려를 아끼지 않았다. 용기를 얻은 오차우가 의자를 당겨 운낭에게 가까이 다가갔다.

"우리 이제 고생 끝이야. 한번 불러 봐!"

"선생님!"

갑자기 운낭이 호칭을 바꿨다. 말끝도 흐렸다. 그런 다음 마치 마른 나뭇가지를 방불케 하는 모습으로 염주를 돌리고 있는 소마라고를 힐끔 쳐다봤다. 순간 아프고 시리면서도 저리는 등 이루 말할 수 없는 착잡한 감정이 그녀의 뇌리를 스치고 지나갔다. 마침내 그녀가 노래를 부르기 위해 자리에서 일어났다.

"우리는 몇 년 동안 수천 리 길을 같이 동행했어요. 오늘 같은 날을 위해 이 악물고 참아오지 않았나요? 그런 의미에서 대단원의 노래 한 단락만 부를게요."

좌중의 사람들은 좋아라고 박수를 쳤다. 노래가 흘러나오기만을 기대하고 있었다. 그러나 강희는 운낭의 처연한 표정과 비감어린 말투가 어째 예사롭지 않게 들렸다. 그야말로 뭔가 끝마무리를 지으려고 하는 것 같은 자세였다. 그는 불길함을 느꼈으나 굳이 내색하지는 않았다. 마침 그때 오차우가 농담조로 말했다.

"아니 지금껏 계속 오빠라고 부르더니, 갑자기 웬 선생님이야? 어쨌든 좋아. 무슨 곡을 연주할까?"

"〈깊은 밤〉이 좋을 것 같네요."

운낭이 미리 준비를 한 듯 단번에 노래를 선택했다. 이어 목청을 가다듬고 노래를 부르기 시작했다.

금마金馬와 옥당玉堂에 만금의 녹봉은 몇몇 사람들의 환락일 뿐,

군주와 백성들은 무엇을 가졌는가?

금비녀가 눈부시고 진수성찬 그득한데,

이게 어찌 조상의 영광靈光이라고 할 수 있을까?

흡혈귀의 비린내를 풍기면서

저승에 간들 신神이 받아 주기나 하겠는가?

"오, 좋아! 천하의 몹쓸 탐관오리들을 한꺼번에 속 시원히 호통치는 노래구만!"

강희가 박수를 치면서 흡족한 듯 칭찬을 했다. 운낭은 잠깐 쉬더니 전혀 다른 색깔의 노래를 부르기 시작했다.

……어제의 오빠로 인해 오늘 밤은 쓸쓸한 여자가 돼 있네. 내일부터 관리가 될 그대, 처량함은 없나요? 관직은 멀리 하는 것이 좋아! 정말 그래! 그대는 거적문에 기댄 채 저녁놀에 눈물짓는 부모님과 사랑하는 처자의 때 아닌 귀밑머리의 서리를 봤나요! 허유許由가 왕이 되라는 말에 귀를 씻고, 도연명陶淵明이 국화 아래 누워 망망한 하늘을 쳐다본 것 역시 나쁘지는 않았으리!

노랫소리가 갑자기 뚝 멈췄다. 대신 관제묘 밖의 바람소리는 계속 을씨년스럽게 들려왔다.

"이 노랫말은 누가 썼나요?"

강희가 오차우에게 물었다. 노랫말이 마음에 드는 눈치였다. 오차우가 지체없이 대답했다.

"태의원에 있던 호궁산이 운낭에게 써준 것으로 알고 있습니다."

강희가 오차우의 대답에 한숨을 내쉬었다.

"호궁산은 정말 아까운 사람이에요. 이제 보니 글도 제법 잘 썼군요. 운낭 아가씨의 감정이 북받칠 만도 하네요."

강희의 말에 소마라고가 눈을 뜨고 운낭을 힐끔 쳐다봤다. 왜 그토록 상심에 젖어 있는지 이유를 모르겠다는 표정이 얼굴에 어려 있었다.

좌중의 분위기는 웃고 떠들면서 한껏 들떠 있다가 서서히 가라앉기 시작했다. 그러자 강희가 억지로 살리려고 했다.

"괜히 노래를 시켜서 이렇게 된 것 같습니다. 우리가 이처럼 오랜만에 만났는데 즐겁게 보내야 하지 않겠습니까. 짐이 한 가지 제안을 할 것이 있습니다. 곧 닥칠 격변을 앞두고 이번 기회에 오 선생님의 일을 좀 마무리지을까 합니다. 짐이 보기에는 운낭 아가씨가 참하고 영리한 모습이 꼭 과거의 혜진 대사 같아요. 오 선생님과 잘 어울릴 것 같은데!"

위동정이 순간 소마라고와 운낭을 번갈아 바라보았다. 둘은 약속이나 한 듯 머리를 숙인 채 어쩔 줄 몰라 하고 있었다. 한참 후 위동정이 천천히 머리를 끄덕이면서 찬성의 입장을 표했다.

"소인이 보기에도 두 분은 천생연분인 것 같습니다."

"오 선생님! 스승님 생각에는……."

강희가 몸을 앞으로 기울이며 물었다. 오차우는 얼굴을 붉히면서 뭐라고 입장을 밝히려고 했다. 순간 자신도 모르게 소마라고에게 눈길이 가는 것을 어쩌지 못했다. 뼈만 앙상하게 남은 그녀는 눈을 감은 채 꼼짝도 하지 않고 앉아 있었다. 담담한 표정이었다. 그러나 손에 든 염주는 평소보다 훨씬 빨리 돌아가고 있었다. 마음이 흔들리고 있다는 얘기였다. 오차우는 가슴 가득 밀려오는 섬뜩함에 할 말을 잃고 말았다.

"저는 오 선생님 같은 분이 오빠로 영원히 남아주는 것만으로도 만족하옵니다."

운낭이 좌중의 사람들이 전혀 예상 못한 말을 입에 올렸다. 아마도 오차우와 소마라고 사이의 미세한 감정 변화를 감지한 듯했다. 그녀는 소마라고와는 이번이 두 번째 만남이었다. 그런데 그녀의 눈에 비친 소마라고는 처음 볼 때에 비해 훨씬 쇠약해져 있었다. 그녀는 그런 소마라고가 더 없이 측은하게 느껴졌다. 뿐만이 아니었다. 그는 소마라고를 향한 오차우의 마음도 누구보다 잘 알고 있었다. 그녀의 맑은 두 눈이 곧 오차우와 마주쳤다. 아픔이 가득한 눈이었다. 그녀가 의미심장하게 웃으면서 말했다.

"폐하와 위 대인의 호의는 고맙게 받겠사옵니다. 하지만 오 선생님은 나라를 위해 할 일이 많으신 분이옵니다. 남녀 사이의 사사로운 감정으로 인해 큰일에 영향을 끼칠 수는 없사옵니다. 저는 살아오면서 두 가지 소원이 있었사옵니다. 하나는 폐하께서 하루라도 빨리 오삼계를 토벌하는 것이옵니다. 그럼으로써 피로 얼룩진 원수를 갚는 것이옵니다. 다른 하나는 온 천하의 사랑하는 남녀가 모두 열매를 맺었으면 하는 것이옵니다. 노비가 보기에는 폐하께서는 이 두 가지를 다 성공시킬 수 있을 것 같사옵니다. 오빠, 아니 선생님은 '그대를 향한 나의 사랑은 영원하오. 나를 향한 그대의 사랑이 영원한 것처럼'이라는 말을 늘 입에 달고 지냈사옵니다. 저는 배운 것이 없는 사람이옵니다. 그러나 생각나는 대로 만들어서 노래를 하나 지어 봤사옵니다. 폐하께서는 우습더라도 한 번 들어봐 주셨으면 감사하겠사옵니다."

넝쿨이 오래 된 가지에 감기니, 뿌리와 잎이 서로 의지하는구나.
그러다 둘 모두 사라지면 날아온 새는 어디에 가서 쉴까?

사람들은 운낭이 부르는 노래의 깊은 뜻을 알 길이 없다는 표정을 지었다. 고개를 갸웃거렸다. 그러나 운낭이 노랫말에 어울리는 행동을 하기 시작했다. 그녀는 위동정을 향해 천천히 다가갔다. 위동정은 뭔가 이상한 낌새에 황급히 몸을 빼려고 했다. 하지만 이미 어깨에서부터 기운이 쭉 빠지고 있었다. 운낭의 기습적인 권법에 급소를 정통으로 맞은 것이다. 그가 다급해졌는지 비틀거리면서도 대경실색을 한 채 물었다.

"뭐하는 거요?"

위동정의 행동은 확실히 운낭보다 한 박자 늦었다. 그의 장검은 어느새 운낭의 손에 들려 있었다. 좌중의 사람들은 갑작스런 돌발 상황에 기절할 듯 놀랐다. 또 어느 누구도 그녀가 무슨 일을 벌이려는지 짐작조차 하지 못했다. 그 순간 그녀가 말했다.

"걱정하지 마세요. 제가 어떻게 오 선생님의 하늘 같은 폐하를 찌르겠어요? 그저 오늘이 제 이승에서의 마지막이라고 생각하세요!"

소마라고가 운낭의 돌발적인 행동에 당황한 표정을 지었다. 눈을 크게 뜬 채 소리를 질렀다.

"동생, 잠깐만 내 말 좀 들어줘!"

그러나 소용이 없었다. 운낭은 이미 결심을 굳힌 듯 가볍게 웃어 보이면서 칼을 목에 대고 힘껏 그었다. 그와 동시에 시뻘건 피가 사방으로 튕겼다. 핏방울은 사방으로 뿜어져 서서히 굳어가기 시작했다. ……비틀거리면서 땅바닥에 쓰러진 운낭은 더 이상 움직일 줄을 몰랐다.

"운낭!"

오차우는 오장육부가 찢겨져 나가는 아픔에 울부짖었다. 그러더니 운낭의 시신 위로 쓰러졌다. 기절한 것이었다.

강희를 비롯한 위동정, 낭심, 목자후, 하계주 역시 마찬가지였다. 너무나도 갑작스런 비극에 놀란 나머지 아무 말도 못하고 있었다.

한참 후 오차우가 겨우 정신을 차려 운낭의 몸에서 떨어졌다. 하지만 그는 이미 제정신이 아니었다. 갑자기 모든 사람들이 낯설게 보였다. 분명히 모두들 고통에 일그러진 얼굴들인데도 마치 웃고 있는 것 같은 느낌을 받았다. 그가 천천히 운낭을 들어 품에 안았다. 이어 다시 내려놓더니 갑자기 미친 듯 웃음을 터트렸다.

"다들 웃기는 왜 웃는 거야? 하기야 용공자도 웃을 수 있기는 하지. 위동정과 소마라고도 모두 웃는데, 스승인 이 오차우가 웃지 못할 게 뭐 있나? 하하하하……!"

"당연하죠, 당연히 웃을 수 있죠!"

강희가 실성한 오차우를 다독거려 안정을 시키려고 안간힘을 다했다.

"학생이 웃는데 스승님이 왜 못 웃겠어요? 하지만 오늘은 너무 지치신 것 같네요. 위 군문, 자네는 스승님을 안으로 모시고 태의를 불러서 진맥을 하도록 조치하게……."

"나는 아픈 게 아니야. 나는 진맥이 필요 없다고!"

오차우가 발을 버둥거리면서 주변의 팔을 뿌리치려고 했다. 그러나 곧 위동정과 목자후에 의해 꼼짝도 못하고 제압당하고 말았다.

경황이 없고 애절하기는 강희 역시 크게 다르지 않았다. 다만 감정을 자제하고 있을 뿐이었다. 그는 천천히 문어귀로 걸어갔다. 그리고 한동안 침묵에 잠겼다. 그저 황토색의 가느다란 눈이 광풍에 진저리치는 모습만 멍하니 바라볼 뿐이었다.

"폐하, 일이 이렇게 된 이상 다시는 이에 대해서는 생각하지 마시옵소서. 가급적 빨리 북경으로 돌아가시는 것이 좋을 듯하옵니다. 할 일이 태산 같사옵니다."

낭심이 조심스럽게 강희에게 아뢰었다.

"그렇지!"

강희가 중얼거리듯이 대답했다. 하지만 그 역시 아직 완전히 평상심으로 돌아온 것 같지는 않았다.

"할 일이 많지. 우리가 돌아가서 할 일 말이야……."

강희는 눈물인지 침인지 모를 그 무엇을 꿀꺽 목안으로 삼켰다. 쓰고 시큼한 맛이었다. 이어 깊은 한숨을 내쉬고는 가마를 향해 터벅터벅 걸어갔다.

44장
보리 대사와 오차우의 선문답

　왕보신의 뜻밖의 배신 행보와 소모자의 실종은 강희에게 커다란 충격을 주었다. 그럴 수밖에 없었다. 예컨대 왕보신의 행보는 서부 전선의 정세에 막중한 영향을 미칠 수 있었다. 한편 소모자의 실종은 궁중의 안전을 위협하는 중대한 일이라고 해도 좋았다. 그는 안팎으로 들이닥친 이 위험들을 결코 좌시해서는 안 된다고 생각했다. 때문에 통주에서 북경으로 돌아온 날 저녁 즉각 웅사리와 색액도, 명주를 불렀다. 그들에게서 대책 마련에 관한 소중한 제안을 기대했던 것이다. 그러나 그들은 만나기 무섭게 설전부터 벌였다. 색액도가 먼저 입을 열었다.

　"폐하, 강희 구년에 섬서로 발령이 나서 갔던 명주 대인이 돌아와 왕보신의 칭찬을 입에 침이 마르게 한 걸로 기억하옵니다. 그처럼 충성심이 강하고 인간성이 좋다던 그가 오늘날에는 사사롭게 조정의 대신을 죽이고 반란을 꿈꾸고 있사옵니다. 그 사실에 대해 명주 대인이 어떻게 생각하는지 묻고 싶사옵니다!"

명주는 색액도의 비난에 온몸이 땀투성이가 되었다. 그러나 그는 아무리 상황이 돌변해도 쉽게 당황하지 않는 장점을 가지고 있었다. 곧 마음을 진정하고 당당하게 말했다.

"그 일은 폐하께서 처음부터 끝까지 다 알고 계시는 일입니다."

명주의 변명에 웅사리가 차갑게 웃으면서 반박했다.

"폐하께서 모르고 계시는 일도 있습니다."

"동원東園(웅사리의 자字) 공! 이른바 유명한 이학理學 대신이라는 사람이 이런 식으로 정인군자正人君子를 모함해도 되는 겁니까?"

명주가 세게 나갔다. 그러자 바로 웅사리의 얼굴이 붉어졌다. 명주가 다시 입을 열었다.

"강희 구년에 내가 죄를 지었다고 칩시다. 그러면 왜 이제야 나를 탄핵하려 드는 겁니까? 폐하의 면전에서 솔직하게 털어놔야 되는 것 아닙니까? 당신들이 사사롭게 어떤 마음을 품고 있는지는 모르겠으나……지금 나를 떠보는 겁니까? 아니면 군주를 기만하려고 드는 겁니까? 나를 어떻게 하려고 했다면 여기에서 이럴 게 아닙니다. 우리 집으로 가서 한번 해봅시다. 내가 욕 먹을 일이 있으면 먹으면 되죠. 그까짓 거 안 될 게 뭐가 있다고! 하지만 군주를 기만하려 했다면 그 죄가 어떤 것인지는 알겠죠?"

"다들 조용히 하라!"

강희는 처음부터 입씨름을 하는 대신들이 못마땅했다. 그예 발끈 화를 내고 말았다. 그리고는 세 사람을 무섭게 노려보면서 말했다.

"뭣들 하는 거야! 짐은 왕보신과 오삼계의 일을 상의하려고 자네들을 불렀어. 싸울 장소를 제공하기 위해 부른 것이 아니야!"

강희는 그래도 화가 풀리지 않는지 책상 위에 놓여 있던 서류뭉치를

힘껏 들었다 놓았다. 그 바람에 밖에 있던 위동정마저 무슨 일이 일어
난 줄 알고 깜짝 놀랐다. 한참 후 강희가 명령을 내렸다.

"왕길정을 들여보내도록 하라!"

색액도는 강희가 무섭도록 화를 냈음에도 전혀 두려운 기색을 보이
지 않았다. 오히려 황급히 무릎을 꿇으면서 자신이 하고 싶은 말을 마
저 했다.

"소인도 바로 그 왕보신 얘기를 했던 것이옵니다. 명주 대인은 섬서에
있을 때 왕보신에게서 뇌물을 받아 챙겼사옵니다. 그런 다음 돌아와 폐
하를 기만했사옵니다. 궁극적으로는 아까운 봉강대리의 목숨을 앗아가
게 한 것이옵니다. 또 철번을 극구 주장해 절이궁 등이 돌아오지 못하
게 만들었사옵니다. 완전히 나라를 말아먹는 엉터리 대신이옵니다. 이
런 대신은 굶주린 호랑이에게 먹이로 던져줘야 하옵니다. 그래야 이 나
라가 평온할 것이옵니다."

"진짜 그런 일이 있었어? 자네, 뇌물을 받아 챙겼나?"

"그런 적 없사옵니다. 색 대인은 지금 철번에 관해 저하고 의견이 상
충되기 때문에 그걸 트집 잡는 것이옵니다. 저를 해코지한다고 보시면
되옵니다. 그것도 남의 칼을 빌려서 말이옵니다. 폐하께서 소인의 억울
함을 풀어주시기 바라옵니다."

명주가 무릎을 꿇으면서 항변했다. 당연히 강희로서는 그의 뇌물 수
수 여부를 알 길이 없었다. 또 당장 조사한다는 것도 사실상 불가능했
다. 강희가 한참 침묵하면서 뭔가 생각하는 것 같더니 갑자기 웃음을
터뜨렸다.

"정말 뜻밖이야. 자네들 세 사람이 이렇게 물고 뜯고 싸우는데 어떻
게 합심이 되겠나? 철번은 짐의 주장이지 명주와 무슨 관계가 있나? 또
철번을 반대하는 입장을 보였더라도 짐은 계획대로 했을 거야! 그렇다

면 철번을 주창한 장본인인 짐도 자네들의 단두대에 올라가야겠군?"

강희의 말은 너무나도 노골적이고 원색적이었다. 웅사리와 색액도는 황급히 머리를 조아리면서 잘못을 빌었다. 그러자 강희가 말했다.

"짐이 왜 철번의 어려움을 모르겠나? 짐은 이미 최악의 경우에는 자결할 생각까지 하고 있어. 짐의 깊은 근심을 그대들은 알기나 하는가?"

세 명의 대신들은 겁을 집어먹은 얼굴을 한 채 서로를 번갈아 바라보았다. 강희의 고백이 상당히 충격적이었던 것이다.

"놀랐는가?"

강희가 아무렇지 않다는 듯 말했다. 그런 다음 바로 평소의 철학적 생사관까지 피력했다.

"죽음 앞에서는 누구나 평등하지. 짐도 결코 죽음에서 자유로울 수는 없어. 그러나 아무리 그래도 천하의 대권이 다른 사람의 손에 넘어가는 것을 볼 수는 없어! 막아야지! 짐은 당 태종이나 한 무제처럼 대업을 위해 죽으면 죽었지, 동진東晉이나 남송南宋의 군주들처럼 비굴하게 살고 싶지는 않아!"

"예, 폐하! 소인…… 잘 알겠사옵니다! 소인들이 큰 흐름을 보지 못하고 눈앞의 이익에만 급급했사옵니다. 폐하께서 죄를 물어주시옵소서!"

강희의 말에 웅사리가 황급히 머리를 조아렸다. 색액도와 명주 역시 분위기에 휩쓸려 연신 머리를 조아렸다.

"그러면 그렇지! 진작에 이렇게 나왔어야지. 적들이 눈앞에서 온갖 재롱을 다 떨고 있는 마당에 조정의 군신들이 똘똘 뭉쳐야 하지 않겠나. 그런데 그렇게는 못할망정 집안 식구끼리 물고 뜯고 하면 되겠어? 개망신이지! 사내대장부의 입덕立德, 입언立言, 입공立功이 이번 일에 달려 있어! 짐이 화해를 시켰으니까 다시는 이런 일이 없어야 하네. 웅사리, 색액도 두 사람은 어떻게 생각하나? 짐의 말이 맞는가?"

"예, 폐하!"

"자네는 어떻게 생각해?"

강희가 고개를 돌려 명주에게 물었다.

"소인은 처음부터 싸우려고 하지 않았사옵니다. 사실 두 분도 모두 이 나라를 위해 노심초사한 나머지 흥분을 했을 거라고 생각하옵니다. 소인의 머리가 진정 천하의 태평성대에 큰 도움을 준다면 떨어져 나간다 하더라도 여한이 없사옵니다. 두 분 걱정하지 마세요. 나 명주는 속에 꽁하게 담아두는 성격이 아닙니다!"

명주가 진짜 뒤끝이 없다는 듯 히죽 웃기까지 했다.

"그게 바로 진정한 대신의 아량이야!"

강희는 화가 많이 풀린 듯했다. 얼굴도 다시 평온해졌다. 그가 곧 화제를 바꿨다.

"왕길정은 어떻게 하나? 죽여 버릴까, 아니면 감옥에 가둬 놓을까?"

"죽이시옵소서!"

명주가 거침없이 대답했다. 그가 그렇게 독하게 나온 것에는 이유가 있었다. 조금 전 색액도가 자신에게 왕보신으로부터 뇌물을 받았다고 했기 때문이었다. 말하자면 그는 자신이 강경한 태도를 보임으로써 뇌물을 받지 않았다는 사실을 강조했다고 할 수 있었다. 그가 덧붙였다.

"왕보신, 이 몰지각한 인간이 조정의 은혜를 저버리고 이런 천벌 받을 짓을 했사옵니다. 그랬으니 밖의 신하들도 다 뒤집어졌죠. 조정은 이 마당에 절대 약한 모습을 보여서는 아니 되옵니다."

색액도 역시 거들고 나섰다.

"반란을 일으킨 죄는 무슨 일이 있어도 용서해서는 아니 되옵니다! 법률에 '지위고하를 막론하고 일률적으로 능지처참형에 처한다!'고 명시돼 있사옵니다."

강희가 머리를 끄덕였다. 그러면서 웅사리를 쳐다봤다. 웅사리가 바로 입을 열었다.

"지금 조야에서는 왕길정을 죽여야 한다고 입을 모으고 있사옵니다. 그러나 소신의 어리석은 생각으로는 당분간 감금해 두는 것이 어떨까 하옵니다. 그렇게 해서 왕보신이 마음 놓고 전쟁에 임하지 못하면 그 효과는 대단할 것이옵니다. 그걸 노려야 하옵니다."

강희가 웅사리의 말을 듣고는 자리에서 일어났다. 이어 실내를 몇 번 왔다 갔다 한 다음 입을 열었다.

"짐이 어제 오 선생께 여쭤봤어. 그랬더니 오 선생은 오히려 풀어주는 것이 낫다고 하더군!"

웅사리는 뜻밖이라는 표정을 지었다. 머리를 들어 강희를 쳐다봤다. 뭔가를 물을 듯한 눈빛이었다. 하기야 오차우는 늘 법의 추상 같은 권위와 원칙을 표방해온 사람이 아니던가. 그런 사람이 갑자기 측은지심이 발동한 것처럼 말을 했다고 하니 웅사리로서도 이상했던 것이다. 그 점에 있어서는 강희 역시 크게 다르지 않았다. 웅사리의 눈빛을 보고 웃음을 짓는 것을 보면 그런 것 같았다. 사실 강희 자신 역시 딱히 왕길정의 처리와 관련해서는 용단을 내리지 못했다. 결국에는 일단 왕길정을 만나 본 다음 상황을 고려해 판단을 내리기로 최종 결정을 내렸다. 강희가 밖에 있는 위동정에게 물었다.

"왕길정이 왔는가?"

사실 왕길정은 이미 도착해 있었다. 그러나 안에서 강희가 세 대신들과 국사를 논의하는 상황에서 무작정 들어갈 수가 없었다. 노새는 그를 잠시 수화문 밖에 대기시켜 놓고 있었다. 얼마 후 안에서 부르는 소리가 들려왔다. 왕길정이 황급히 대답하면서 들어가 옷소매를 쓱쓱 쓸어내리면서 무릎을 꿇었다.

"노재 왕길정, 폐하께 문안을 올리옵니다!"

강희는 대답이 없었다. 왕길정은 이상한 기분에 고개를 들었다. 강희가 말없이 서성이는 모습이 보였다. 또 옆에는 몇 사람이 있는 것 같았으나 감히 머리를 돌리지는 못했다. 양심전은 쥐 죽은 듯 고요했다. 오직 강희의 신발과 시계 소리만 단조롭게 들리고 있었다.

"자네 아버지가 반란을 일으켰네!"

강희가 단도직입적으로 말했다.

"자네는 알고 있었나?"

"예?"

왕길정은 깜짝 놀란 표정이었다. 그야말로 외마디 비명을 질렀다. 눈이 곧 튀어나올 것만 같았다. 그러나 여전히 강희에게 고정시키고 있었다. 어느새 이빨을 덜덜 떨고 있었다. 그가 모기만한 목소리로 대답했다.

"소인…… 소인…… 소인은 모르고 있었사옵니다. 그런 소문이 돌기는 했사옵니다만……."

또다시 침묵이 이어졌다. 곧 몇 장의 종이가 왕길정의 앞으로 날아와 떨어졌다. 그는 종이들을 두 손으로 받쳐들고 읽으면서 연신 식은땀을 줄줄 흘렸다. 얼마 후 그가 땀범벅인 얼굴을 들고 명주를 바라보더니 종이들을 건네줬다.

그의 몸은 금방이라도 발작을 일으킬 것처럼 심하게 떨렸다. 이빨 부딪치는 소리가 다듬이질 소리처럼 크게 들렸다. 그가 한참 후에 입을 벌려 뭔가를 말하려고 했다. 그러나 결국 한마디도 하지 못하고 말았다.

"자네는 어떻게 생각하나?"

강희의 눈빛이 갑자기 매섭게 변했다.

"폐하께서…… 죄를…… 물으시는 대로…… 달게…… 받겠……."

왕길정은 정말 위태위태해 보였다. 금방이라도 쓰러질 것만 같았다. 순간 강희 역시 빠르게 머리를 굴리고 있었다. 눈앞의 이 불쌍한 인간을 죽이는 것은 개미 한 마리 짓뭉개 죽이는 것보다 쉬울 터였다. 그러나 오차우는 왕보신이 반란의 의지를 강하게 가지고 있는 것은 아니라고 분석했다. 그렇다면 아들을 죽이는 것은 왕보신이 조정과의 완전한 결별을 결심하게 만드는 촉진제가 될 수 있었다. 일리가 있었다.

강희가 왕길정을 본 다음에 결정을 내리려고 했던 데는 다른 이유도 있었다. 재주가 뛰어나고 머리가 명석해보이면 당연히 죽이는 쪽으로 생각을 하겠으나 그렇지 않으면 풀어주려고 생각한 때문이었다. 그런데 왕길정이 처음부터 보인 태도는 그라는 인간이 별 볼 일 없는 인물이라고 판단하기에 충분했다. 강희는 그제야 안심을 했다. 그러나 이대로 풀어주기에는 어쩐지 왕보신이 너무 괘씸했다.

"왕 독수리 큰도련님의 간이 콩알만 해서야 되겠는가?"

강희가 농담을 던졌다. 손에 피를 묻히지 않기로 이미 생각을 굳힌 듯했다.

"머리를 들고 짐의 말을 들어보게! 세상 모든 사람들이 짐을 배신한다고 해도 자네 아버지만은 절대 그러지 않을 것이라고 생각하네. 만약 자네 아버지가 정말로 짐을 배신했다면 짐이 용서해주더라도 하늘이 천벌을 내릴 거야! 막락 그 사람은 워낙 좀 잘난 척을 하고 허영심이 많은 사람이었어. 게다가 자네 아버지 부하들 중에는 마적 출신이 많아 다루기가 힘들지. 자네 아버지가 그것 때문에 고민을 많이 했다네. 당연히 그 부하들은 막락의 안하무인을 참고 넘어갈 여유들이 없었겠지. 욱하는 성미 때문에 일을 저질렀을 것이라고 봐!"

"이 모든 것은 조정의 은혜이옵니다. 또 폐하의 명석한 판단 덕분이기도 하옵니다!"

왕길정은 꿈만 같았다. 강희가 이토록 부드럽게 나올 줄은 전혀 예상치 못했던 것이다. 그로서는 연신 머리를 조아릴 수밖에 없었다. 그런 그를 향해 강희가 다시 고민스런 표정을 지은 다음 입을 열었다.

"짐이 자네를 부른 이유는…… 자네는 오늘 밤새 달려서라도 빨리 짐의 명령을 전하게. 자네 아버지의 잘못은 너무 경솔했다는 거야. 부하들이 자네 아버지를 속이고 저지른 짓이라는 사실을 짐은 다 알고 있어. 그러니 괜히 자격지심을 가지지 말고 마음의 부담을 훌훌 털어버리라고 해. 짐을 위해 평량을 잘 지켜줬으면 좋겠다고 전하게. 다른 사람의 간계나 꾐에 빠지지 말고 자기 주장을 내세우라고 하게. 공로만 인정되면 막락의 사건은 없던 것으로 하겠네!"

"예, 예, 예!"

"짐이 사탕발림 소리를 한다고 생각하나?"

"예…… 아니옵니다!

왕길정이 더듬거렸다. 어떻게 대답하는 것이 좋을지 도무지 판단이 서지 않은 탓이었다. 강희는 더 많은 대답은 들을 필요가 없다고 단정했다.

"자네 아버지가 정말로 반란을 일으켰다면 짐이 자네를 죽이지 않을 수가 있겠나? 전에 짐은 자네 아버지에게 표미창을 선물하면서 많은 얘기를 나눈 적이 있었어. 이번에 가면 그걸 꺼내보면서 짐과 같이 했던 순간들을 떠올려 보라고 하게. 그래서 정신을 차리고 신발 끈을 동여매고 다시 짐을 위해 일해 준다면 업고 다녀도 시원찮을 거야. 그런데 어찌 죽인다는 말을 할 수가 있겠나?"

"예, 폐하!"

"그만 가 보게!"

강희가 손을 내저었다. 동시에 궁전 입구에 서 있던 낭심에게 명령을 내렸다.

"병부에 말해 통행증을 만들어 주라고 하게!"

왕길정은 그제야 땀으로 흥건한 몸을 제대로 건사할 수 있었다. 이어 연신 머리를 조아리면서 고마움을 표하고는 물러났다.

"폐하! 그냥 풀어주시는 것이옵니까?"

그가 자리를 뜬 다음 색액도가 황급히 강희에게 물었다. 이해가 잘 안 되는 모양이었다. 그러자 웅사리도 한마디 덧붙였다.

"폐하, 그냥 풀어주게 되면 왕보신으로서는 걸릴 것이 없게 되옵니다. 다시 한 번 심사숙고해보시는 것이 좋을 듯하옵니다."

그러나 명주는 색액도나 웅사리와는 반대되는 입장을 피력했다.

"소인은 폐하께서 지극히 현명하신 판단을 내리셨다고 생각하옵니다. 왕보신이 진짜 반란을 일으키고 싶다면 아들이고 뭐고 눈에 보이겠사옵니까? 왕길정이 가서 설득을 해낸다면 두말할 필요 없는 대단히 기쁜 일이 될 것이옵니다. 하지만 그렇지 않다고 해도 두려울 것은 없사옵니다. 저런 덜 떨어진 녀석을 어느 짝에 쓰겠사옵니까!"

명주는 강희의 속마음을 한 치의 오차도 없이 정확히 읽고 있었다. 강희는 자신도 모르게 이맛살을 찌푸렸다.

"오늘은 그만 하지. 자네들은 오 선생을 찾아가 보게. 아직 심기가 불편할 거야. 그러니 우르르 몰려가지 말고 한 사람씩 갔다가 오게. 참으로 복도 없는 사람이야!"

오차우는 서서히 원기를 회복해가고 있었다. 그러나 정신상태는 여전히 온전하지 못했다. 하루 종일 멍하니 앉아 있기 일쑤였다. 강희는 태의太醫의 말에 따라 그를 하계주의 집으로 보내 요양을 하게 했다. 옛날의 열붕점, 지금은 하계주의 소유가 된 집에서 요양을 하면 빨리 회복할 수 있을 것이라고 생각한 것이다. 사실 세월이 많이 흘러 그렇지 하계주의 집은 변한 것이 거의 없었다. 그때 그 시절의 추억을 돌이키도록 하면서 적당한 자극을 주기에는 너무나도 좋은 환경이었다.

아니나 다를까, 오차우는 하루가 다르게 좋아지고 있었다. 그 사이 웅사리, 명주, 색액도를 비롯해 위동정과 그의 수하들까지 많은 사람들이 여러 차례 다녀갔다. 그들은 오차우가 겉으로 보기에는 완전히 회복된 것 같다는 생각을 하고는 다들 마음을 놓았다. 하기야 오차우가 주배공을 만나러가야겠다고 나서기까지 했으니, 병이 낫지 않았다고 생각하는 것은 오히려 이상했다.

그러나 운낭의 49재 즈음에 이르자 상황은 달라졌다. 며칠 동안 물 한 방울 마시지 않은 채 향을 사르면서 꼼짝 않고 앉아 있기만 했다. 하계주가 아무리 말리고 위로해도 소용이 없었다. 그저 웃기만 할 뿐 도통 입을 열지 않았다. 그제야 하계주는 그가 스스로 생을 마감하려 한다는 사실을 눈치챘다. 부랴부랴 입궁해 강희를 찾은 것은 그 때문이었다.

강희는 뜨거운 물이 담긴 고무주머니를 껴안은 채 멍하니 앉아 있었다. 도해와 주배공은 두 손을 공손히 드리우고 서 있었다. 또 탁자 주위에는 북경 외 나머지 지역의 병영 배치도가 놓여 있었다. 강희는 하계주가 허겁지겁 들어서자 소모자의 소식을 가지고 온 줄 알았다. 인사가 끝나기를 기다렸다가 고무주머니를 내려놓으면서 천천히 물었다.

"왕진방을 만났는가?"

"폐하께 아룁니다. 지난번 만난 뒤로는 못 만났사옵니다. 소모자가 어디 있는지 모른다고 했사옵니다. 오응웅에게도 두 번이나 찾아갔으나 건강이 안 좋다는 이유로 문 밖에서 면담을 거절당했사옵니다."

하계주가 잠시 머뭇거리다가 대답했다. 강희가 잠시 생각을 하더니 다시 물었다.

"오 선생께서는 좀 어떠신가?"

하계주가 우물쭈물하다 아뢰었다.

"바로 그 일 때문에 왔사옵니다. 몸은 그런대로 좋아지는 것 같사옵니다. 그런데 통 음식을 드시지 않사옵니다. 나쁜 생각을 하고 계신 것 같사옵니다. 폐하께서 한번 말씀을 해주시면 좋아지지 않을까 싶사옵니다."

"그 병은 짐 때문에 얻은 거니까 한두 마디 말로 간단하게 해결될 일이 아닐 것 같네. 정말 걱정이네. 그러나 짐이 시간을 내서 한번 다녀오기는 할 거야. 에이 참, 하필이면 이럴 때……. 바쁠 때일수록 일이 더 많이 생긴다니까!"

강희가 길게 탄식했다. 마침 그때 도해가 입을 열었다.

"오 아무개의 병은 다 나은 것이 아니었사옵니까? 폐하께서 가시지 말고 이리로 오라고 하면 될 것이 아니옵니까?"

그러자 강희가 바로 힐난조로 윽박질렀다.

"자네가 지금 감히 '오 아무개'라고 했나? 간이 크다고 해야 하나 뭐라고 해야 하나! 그 분은 자네하고는 달라. 자네는 짐의 노재이나 그분은 짐의 스승이자 친구야!"

주배공은 옆에 앉아서 듣고 있다 강희의 말뜻을 바로 알아차렸다. 강희가 오차우를 관직에 앉힐 생각이 없다는 사실을 간파한 것이다. 그는 허리를 굽히면서 약간 비굴한 웃음을 지었다.

"오 선생님은 소인의 대 은인이십니다. 이번에 북경에 오셨는데, 한 번도 찾아뵙지 못하였사옵니다. 소인이 찾아뵈어도 되겠사옵니까?"

"마음의 병이어서 치료하기 힘든 거야!"

강희가 약간 난색을 표했다. 하지만 주배공은 쉽게 물러서지 않았다. 바로 철학적인 화두를 끄집어냈다.

"불법佛法은 무변無邊하옵니다."

순간 강희는 뇌리를 치는 그 무엇을 깨달았다. 눈을 반짝이더니 웃음을 머금었다.

"역시 자네는 다르군!"

강희는 묘안이 떠올랐다. 바로 장황하게 말을 이어갔다.

"오대산의 보리菩提 대사께서 북경에 오셔서 지금 대각사大覺寺에 계시네. 태황태후마마와 짐이 몇 번 만나 뵈었는데, 대단한 고승이더군. 그러니 자네가 하계주와 함께 오 선생을 모시고 다녀오게. 대사의 삼승三乘(부처의 교법教法이 중생을 실어 열반의 피안에 이르게 하는 것을 일컬음. 세 가지 교법, 즉 성문승聲聞乘, 연각승緣覺乘, 보살승菩薩乘을 이름)의 교의教義가 어떤 깨달음을 줄지 모르잖소. 적어도 자살을 기도하지는 않을 것 아닌가! 자네들은 준비해서 빨리 떠나도록 하게. 나머지는 짐이 다 알아서 해놓을 테니까!"

주배공과 하계주는 명주를 불러 함께 열붕점으로 향했다. 오전 9시 경이었다. 명주는 열붕점으로 들어서자마자 바로 하인에게 물었다.

"선생님은 어디 계신가?"

"오 대인께서는 글을 쓰고 계십니다!"

글이라고? 세 사람은 약속이나 한 듯 의아한 표정을 서로 교환한 다음 후당의 처마 밑으로 향했다. 그런 다음 까치발을 하고 창문 안을 들여다봤다. 순간 그들은 그 자리에서 바로 굳어지고 말았다. 안에는 우선 향을 태우는 탁자가 마련돼 있었다. 또 그 위에는 네 개의 접시가 놓여 있었다. 간단한 음식이 차려진 접시들이었다. 향불은 모락모락 피어오르면서 실내를 감돌고 있었다. 숙연하고 무거운 분위기였다. 얼마 후 오차우가 큰절을 하고 일어서더니 맑은 목소리로 조문弔文을 읽어 내려가기 시작했다.

강희 12년 섣달 17일, 천하제일의 무정하고 의리 없는 남자이자 양심 없고 어리석은 양주 선비 오차우는 변변치 못하지만 술 한 잔이나마 아름

답고 영리했던 착한 동생 운낭 영전에 바친다. 나는 끝없는 자책과 회한을 안고 죽을 때까지 슬픔 속에서 살겠노라. 그대는 정말 여류 호걸이었다. 장검 하나로 정열을 불태운 의리의 협객이었다. 종남산 봉우리와 태항산太行山의 고도古道를 누비면서 악한 자들의 간담을 서늘하게 만들기도 했다. 그러나 나에게는 마냥 잘해준 착한 동생이었다. 잊을 수가 없다. 이 못난 사내는 이제 따라 가고 싶다. 저 세상에서라도 외로운 초행길에 동행자가 되고 싶다……

"멋진 글이네요, 형님!"

명주가 감탄을 했다. 그러나 오차우는 그의 말을 못 들은 듯 하염없이 눈물만 흘렸다. 명주가 두 사람을 데리고 황급히 안으로 들어가면서 덧붙였다.

"좋기는 한데 너무 상서롭지 못한 뜻이 내포돼 있는 것 같습니다. 듣기가 좀 그랬어요."

오차우가 세 사람에게 눈길을 돌렸다. 그러더니 담담하게 말했다.

"배공도 왔군. 그렇지 않아도 보고 싶었는데! 다들 앉게. 계주도 함께 해."

하계주는 오씨 가문에서 태어난 노복이었다. 예의범절을 따지면 오차우의 허락 없이는 자리에 앉을 수가 없었다. 그러나 오차우는 아무런 거리낌 없이 앉으라고 했다. 하계주가 자리에 앉더니 바로 입을 열었다.

"둘째 도련님도 귀신을 믿기 시작하신 것 같네요. 양주의 어르신이 아시면 혼나지 않겠습니까?"

오차우가 하계주의 농담에 빙그레 웃으면서 대답했다.

"믿고 안 믿고, 상서롭고 상서롭지 못하고가 어디 있는가. 나는 그런 것에는 신경 쓰고 싶지 않아. 성인이 이르기를 '육합지외 존이불론'六合

之外 存而不論이라고 했어. 우주에 있는 모든 존재는 마음대로 논하지 말라고 했지. 내가 보기에는 귀신에 대해서도 마찬가지야! 운명의 장난에 놀아나고 보니 저절로 크게 깨닫게 되더군. 예전의 나는 귀신에 대해서 믿지 않고 역병처럼 싫어했어. 그러나 이제는 있다고 믿으면 믿었지 없다고는 생각하지 않아."

명주는 뭐라고 입에 올릴 말이 딱히 생각나지가 않았다. 그저 차만 홀짝거리면서 다른 생각에 젖어들었다. 그 잠깐의 침묵을 대신 깨뜨린 사람은 다름 아닌 주배공이었다. 오차우의 학문에 대해서 경외감을 가지지 않은 것은 아니었으나 한참 생각한 후에 조심스레 자신의 입장을 개진했다.

"선생님, 신이라는 것은 마음의 새싹이나 마찬가지입니다. 믿으면 존재하나 믿지 않으면 없는 것입니다. 저는 선생님이 세상 돌아가는 이치에 대해서는 통달을 하셨다고 생각합니다. 그러나 불교 선종禪宗의 오묘한 뜻에 대해서는 아직 미흡한 면이 있지 않나 생각합니다. 제 말이 무례했다면 용서해 주십시오."

오차우는 뭐라고 일격을 가하려고 했다. 그러자 하계주가 그를 황급히 가로막고 나섰다.

"두 분께서 말씀하시는 것을 저는 하나도 모르겠습니다. 그러나 폐하께서 그렇게 불철주야 바쁘신 와중에도 늘 둘째 도련님의 건강 걱정을 하고 계신다는 것은 압니다. 흥분하시지 말고 먼저 건강부터 챙기셔야 할 것 같네요."

명주 역시 기회를 틈타 살짝 끼어들었다.

"며칠 동안 조용한 곳에서 휴양을 취하시는 게 어떨까 싶네요. 대각사에 유명한 생불이 오셨다고 해요. 오대산에서 불경을 가르치시는 보리 대사님인데, 삼세三世(전세와 현세 및 내세)의 인연에 대해 곧잘 말씀을 하신다는군요. 지금은 이른 시간이라 사람들도 별로 없을 텐데, 우리 한번 가보도록 할까요?"

"대각사는 숭정황제 때 이미 훼손됐잖아. 그러나 좋아. 어떤 스님인지는 모르겠지만 신도들이 많이 몰리는 곳으로 가지 않고 그런 피폐한 곳으로 찾아온 것을 보니 고승이기는 한 것 같네. 별일 없으면 한번 가보는 것도 나쁘지는 않겠지."

오차우는 기억을 더듬으면서 조금은 기대를 하는 것 같았다.

대각사는 북경 서북쪽의 양대산暘臺山에 자리 잡고 있었다. 서산西山과는 아주 가까웠다. 금金나라와 원元나라 때는 신도들이 많이 몰렸으나 나중에는 전쟁 통에 폐허가 되고 말았던 곳이었다. 한겨울인 탓에 절 주위는 정말 볼썽사나웠다. 담벼락은 무너지고 깨진 기왓장들이 주위의 고목들 사이에 널브러져 있었다. 또 한때는 장관이었을 법한 우뚝 솟은 정전正殿은 먼지가 뒤덮인 채 여기저기 구멍이 숭숭 뚫려 있었다. 잠시라도 서 있기가 꺼려지는 을씨년스러운 광경이었다. 그나마 다행인 것은 남쪽에 한 줄로 늘어선 부속 건물들은 누군가 대충이나마 손을 본 것 같다는 사실이었다. 을씨년스러움 속에서도 조금의 활기가 느껴지는 것은 바로 그 때문이라고 할 수 있었다. 네 사람은 절 앞에 이르러 말에서 내렸다. 이어 계단을 걸어 올라갔다.

오차우는 하루 종일 아무 것도 먹지 않은 상태였다. 얼마 못 올라가서 숨이 턱까지 차오르는지 연신 헉헉거렸다. 그는 명주에게 불평을 터뜨렸다.

"이런 사기꾼 같으니라고! 생불이 있기는 어디 있다고 그래!"

주배공이 오차우의 말에 먼 곳을 가리켰다.

"저기 스님 한 분이 계시잖아요."

"나무아미타불!"

주배공의 말대로 정전의 한 부속 건물에서 중년의 스님이 걸어 나오고 있었다. 몹시 수척한 얼굴을 한 40세 안팎의 스님으로, 솜으로 누빈 가사를 걸치고 있었다. 안에 입은 누런 승복도 허름해 보였다. 스님이 오차우 일행에게 두 손을 합장하더니 옥란玉蘭나무 아래에서 말했다.

"거사들과는 인연이 있군요! 저는 보리라는 중입니다. 거사들을 자비의 바다로 이끌도록 하겠습니다!"

오차우는 보리 대사의 말에 즉각적인 반응을 보이지는 않았으나 속으로는 냉소를 흘렸다. 생각보다 너무 젊었기 때문이었다. 한참 후 그가 조심스럽게 입을 열었다.

"큰스님, 혹시 선禪을 멀리 하는 대사님은 아니십니까?"

오차우의 당돌한 질문에 명주와 하계주가 깜짝 놀랐다. 동시에 눈을 크게 뜨고 번갈아 쳐다보았다. 그러나 주배공은 오차우가 보리 대사의 선기禪機(선승禪僧의 역량을 일컫는 말로, 예리하고 격식을 떠난 선승의 말이나 동작)를 캐묻고 있다는 사실을 알아챘다. 그래서 일부러 아무 말도 하지 않은 채 옆에서 조용히 지켜보기만 했다.

"거사들께서는 이상하게 생각하실 필요 없습니다. 보아하니 이 거사님은 상당히 박식하신 것 같네요. 아마도 빈승을 시험해 보려는 것 같습니다."

보리 대사가 미소를 지으면서 나머지 세 사람을 바라보면서 말했다. 이어 다시 오차우에게 시선을 돌렸다.

"거사께서는 선에 대해 물어보려면 불佛에 대해 물을 필요는 없습니다. 불에 대해 물을 것이라면 선을 묻지 마십시오! '상하천광 일벽만경' 上下千光 一碧萬頃, 하늘과 물이 온통 푸르고, 넓은 호수가 한없이 펼쳐져 있네."

"좋았어요!"

오차우가 밝게 웃었다. 상대가 결코 만만치 않은 상대라는 사실을 확실하게 느낀 듯했다. 그가 가부좌를 틀고 앉았다.

"그것은 유가의 불이지 결코 서방 정토세계의 불이 아닙니다."

"동방인들은 서방으로 불경을 구하러 갔습니다. 그러나 서방인들은 불교는 동방에 있다고 했습니다."

오차우가 가부좌를 틀자 보리 대사 역시 같은 자세를 취했다. 그런 다음 단壇 아래에 앉아 합장하고 나서 말을 이었다.

"불교는 중생 사이에 살아 있습니다. 명심明心이 바로 견불見佛입니다."

"저는 유가의 불이 싫습니다."

오차우는 보리 대사가 자신에게 중생 속으로 들어가라고 유도한다는 사실을 모르지 않았다. 하지만 단호하게 거부했다. 이유도 선문답으로 밝혔다.

"사람은 어디로 갔는지 보이지 않으나 복숭아꽃은 여전히 동풍을 향해 웃는다."

보리 대사는 오차우의 말을 듣더니 그저 빙긋 웃기만 했다. 그리고는 아무 말도 하지 않았다. 그때 명주는 눈앞의 보리 대사를 자세히 쳐다보고 있었다. 왠지 그가 낯이 익었다. 분명 어딘가에서 만나 본 것 같았다. 그러나 딱히 생각나는 것은 없었다. 그때 대사의 목소리가 들려왔다.

"서방의 보수寶樹(극락정토에 일곱 줄로 벌여 놓은 보물 나무)는 무성합니다. 그러나 장생과長生果 열매를 맺기는 어렵습니다."

오차우도 지체 없이 대꾸했다.

"열매가 없어도 좋습니다."

오차우가 길게 숨을 들이마셨다. 강적을 만났다고 생각하는 것이 분명했다. 그는 한참을 생각하다 다시 입을 열었다.

"옛날에 농담조의 역설적인 말을 하기를 좋아하는 어떤 소년이 있었습니다. 그 소년이 어느 날 우연히 말을 탄 채 옆집 노인의 집에 들러 술을 달라고 했습니다. 그러자 노인이 '안주가 없네'라고 말했답니다. 그러자 소년이 '제 말을 잡아요' 하고 말했죠. 그 말에 노인이 '그러면 자네는 뭘 타고?' 하고 물었습니다. 소년은 뜰에 있는 닭을 가리키면서 '저걸 타죠'라고 말했습니다. 노인이 다시 '닭은 있는데 장작이 없네'라고 말했습니다. 소년은 지체 없이 '제 적삼을 벗어드리겠습니다'라고 받아쳤습니다. 노인이 다시 '그러면 자네는 뭘 입나?' 하고 물었습니다. 소년은 울타리를 가리키면서 '저걸 입죠'라고 말했습니다!"

보리 대사는 오차우의 한바탕 날카로운 선문답을 듣고도 기분이 나쁘지 않은 모양이었다. 도리어 허허 하고 웃으면서 즉각 선문답으로 대응했다.

"닭을 가리키면서 말을 언급하고, 울타리를 가리키면서 적삼을 말하니 무엇을 삶고 무엇을 입는 것인가? 또 누가 죽이고, 누가 타는가? 자신의 본래 모습도 모르면서 무슨 도를 논한다는 말인가?"

오차우가 다시 뭐라고 입을 열려고 했다. 그러나 한발 늦었다. 보리 대사의 반격이 곧바로 이어진 것이다.

"어떤 도학道學 선생이 있었습니다. 그가 제자에게 공자의 말 한두 마디만 제대로 알아듣고 실천해도 평생 도움이 된다고 말했답니다. 그러자 한 제자가 앞으로 나오면서 말했죠. '학생은 성인의 한마디를 깨닫는 순간 마음이 그렇게 편할 수가 없고 몸도 튼튼해졌습니다'라고 말입니다. 선생이 그래서 그게 뭐냐고 물었습니다. 학생이 '밥은 정미精米한 쌀밥을 싫어하지 않으셨고, 회는 가늘게 썬 것을 싫어하지 않으셨다는 말입니다'라고 말했습니다. 음식을 먹을 때 이것저것 가리지 않고 잘 먹는 것을 말하는 것이죠!"

주배공은 오차우와 보리 대사가 주고받는 선문답을 통해 많은 것을 깨달을 수 있었다. 무엇보다 참선하는 사람의 심경에 따라 영향을 미친다는 사실을 알 수 있었다. 또 둘이서 뭔가 서로 밀고 당기고 한다는 것도 어렴풋이 알 것 같았다. 물론 명주와 하계주는 느끼는 바가 없는지 계속 멍하니 있었다. 바로 그때 오차우가 다시 입을 열었다.

"불경의 기묘한 이치는 화려함에 있지 않습니다. 이런 이치는 스님께서 굳이 가르쳐주시지 않아도 됩니다. 대신 다른 것을 여쭤보고 싶네요. 대머리에 대해 묻고 싶습니다. 대머리를 의미하는 독禿자는 어떻게 써야 합니까?"

세 사람은 오차우의 악의 가득한 농담조의 질문에 잔뜩 긴장했다. 보리 대사가 화를 낼 것으로 지레짐작한 것이다. 그러나 기우였다. 보리 대사는 합장을 하면서 천천히 대답했다.

"대머리의 독자는 뛰어날 수秀자와 비슷합니다. 마지막 획을 쭉 잡아 끌면 됩니다."

"그렇다면 스님께서 자신을 빈승이라고 말씀하셨는데, 그 빈貧자는 또 어떻게 씁니까?"

"그거야 간단하죠! 탐욕스러운 탐貪자와 비슷하니까 말입니다!"

오차우는 그제야 감복을 한 듯 합장을 했다. 불교에 마음을 두겠다는 뜻이기도 했다. 이어 공손하게 자신의 생각을 피력했다.

"무지몽매한 탓에 큰스님을 못 알아 뵈었습니다. 큰스님의 가르치심에 깨달은 바가 큽니다. 스승으로 모시고 싶습니다!"

명주는 느닷없는 오차우의 반응에 깜짝 놀랐다. 마침 그때 보리 대사가 입을 열었다.

"거사의 말뜻을 알겠습니다. 하지만 부처님께 구할 것이 있어 중이 된다면 평생 가도 성불成佛을 할 수가 없습니다. 거사는 밝은 마음으로 견불견佛할 수 없기 때문에 스승의 제자가 될 자격이 없습니다."

그러자 오차우가 자존심이 무척이나 상했는지 몸을 떨었다. 그러면서 곧장 반박에 나섰다.

"스님도 세상 사람에게서 다시 태어났습니다. 그런데도 그렇게 사람을 무시할 수가 있습니까? 첩첩산중에 칩거하면서 인간세상의 모든 소리를 멀리하고 벽을 마주하고 앉아 있기만 하면 최고의 보리菩提(깨달음)인가요? 명주, 배공, 계주 다들 일어나게. 그만 가자고!"

오차우가 말을 마치자마자 바로 일어나려고 했다. 그 순간 대사가 자애로운 표정을 지으며 말했다.

"거사, 잠깐만 참으세요! 납자衲子(스님이 자신을 낮춰서 이르는 말)가 실언을 했습니다."

보리 대사는 말을 마치자마자 바로 불진拂塵(불교에서 수행자가 번뇌를 털어내기 위해 사용하는 상징적 의미의 도구로, 먼지털이처럼 생겼음)을 살짝 흔들어 보였다. 그러자 두 줄로 나뉘어 서 있던 12명의 비구니들이 사뿐사뿐 미끄러지듯 걸어 나오는 것이 아닌가! 하나같이 살짝 분단장을 한 해맑은 얼굴의 미인들이었다. 오차우는 순간 정신이 아찔해졌다.

오차우가 영문을 몰라 눈을 휘둥그레 뜬 채 멍하니 비구니들을 바라보았다. 그때 더욱 놀라운 일이 일어났다. 소마라고가 두 명의 부인과 함께 비구니들 뒤에서 걸어 나오고 있었던 것이다. 명주와 하계주는 뭔가 이상한 생각에 그들을 자세히 살펴보았다. 두 명의 부인은 다름 아닌 태황태후와 황태후였다!

소마라고와 태황태후, 황태후는 미소를 지으면서 말없이 부처님을 모신 제단 앞에 서 있었다. 명주와 하계주, 주배공은 너무나 큰 충격에 빠진 나머지 정신없이 무릎을 꿇은 채 머리를 조아렸다.

"자네들은 잘못한 게 없으니 일어나게!"

태황태후가 담담하게 말했다. 그런 다음 오차우에게 보리 대사를 소개했다.

"오 선생, 이 스님이 바로 선제先帝인 순치황제시네! 그래도 선생의 사부가 될 자격이 없겠는가?"

오차우는 뭐가 뭔지 도무지 알 수가 없었다. 정신을 차리지 못했다. 그저 얼굴이 창백해진 채 황급하게 대답할 수밖에 없었다.

"아닙니다. 소인은 오늘 이미 깨끗하게 패했습니다."

"황제가 아낄 수밖에 없는 사람이로군요."

보리 대사가 빙그레 웃으면서 태황태후를 향해서 말했다.

"생각이 민첩하고 머리가 대단히 똑똑한 사람입니다. 불학 공부 이십 년 만에 하마터면 크게 망신을 당할 뻔했습니다! 거사, 납자를 따라 이곳 구경이나 합시다!"

45장
주삼태자, 반란의 깃발을 올리다

소모자는 음력 12월 초엿새 날 실종된 이후 계속 소식이 없었다. 사람들은 그가 잘못된 줄로만 알았다. 그러나 그렇지 않았다. 소모자는 멀쩡하게 살아 있었다. 그는 양기륭을 따라 노하역으로 옮겨 가 있었다. 양기륭은 휘하의 병사들을 보내 옥황묘玉皇廟로 숨어 들어간 오응웅도 지켜주고 있었다. 그런 상황은 오응웅이 소모자가 주삼태자를 해코지 할 수 있도록 하기 위해 그의 정체를 밝히지 않았기 때문에 가능할 수 있었다.

노하역으로 자리를 옮긴 양기륭은 부하들에게 자신의 수유手諭가 없으면 절대 밖으로 나가지 못하도록 하라는 명령을 내렸다. 천하의 소모자로서도 꼼짝달싹 하기가 쉽지 않았다. 그러나 그는 그곳에 몇 날 며칠을 머무르면서 적지 않은 소득을 올렸다. 연일 밤을 새는 회의를 통해 속속들이 그곳의 모든 것을 알아낼 수 있었던 것이다. 그는 모든 기밀을 손에 넣자 하루라도 빨리 강희를 만나고 싶었다. 그러나 사방이 꽉 막혀 밖으로는 한 발자국도 움직이지 못했다.

음력 12월 23일 양기륭은 노하역의 정당正堂에서 연회를 마련했다. 그리고는 각 성의 당주堂主와 자신의 모사, 장군, 도통, 제독들을 모두 불렀다. 술이 서너 순배 돌아가자 그의 얼굴에는 붉은 빛이 피어올랐다. 얼마 후 그가 흥분한 듯 자리에서 일어났다.

"여러분, 몇 가지 희소식을 알려줄까 하오. 오삼계가 드디어 일을 저질렀소! 또 경정충은 복건성 순무인 범승모를 없애버렸소. 상지신 역시 자신의 아버지인 상가희를 가둬 버리고 광동, 광서 순무들과 연합해 청나라 토벌에 나섰소. 지금 상강湘江 이남은 더 이상 만주족 오랑캐들의 관할 지역이 아니오!"

양기륭의 말에 장내에 떠나갈 듯한 박수소리가 터져 나왔다. 그러자 양기륭이 더욱 고무된 듯 숙연한 기색으로 결심을 피력했다.

"우리도 곧 일을 벌이기로 결정을 했소! 그래서 오늘 이 자리에서 몇 가지 상의할 일이 있소. 이 장군이 먼저 시작하지."

양기륭의 지목을 받은 이주가 바로 자리에서 일어났다. 그런 다음 좌중을 훑어보면서 말했다.

"국호는 여전히 대명大明이라고 하고, 선제 숭정황제의 직통 혈족인 삼태자 주자형을 황제로 추대합니다!"

좌중의 사람들은 난데없는 '주자형'朱慈炯이라는 이름에 의심스러운 시선을 보냈다. 그러자 이주가 양기륭을 향해 허리를 굽혀 보이면서 말을 이었다.

"이 일에 대해서는 여러분도 모를 법합니다. 그러나 알아둘 것은 주자형이 바로 지금 우리의 주군입니다. 숭정황제가 스스로 목숨을 버리신 갑신甲申사변 이후에 계략상 양기륭이라고 개명한 지가 이미 삼십 년입니다. 오늘 행동개시를 선포하기에 앞서 우선 바른 이름부터 찾는 바입니다!"

사람들은 그제야 양기륭에게 그런 과거가 있다는 사실을 알게 됐다. 굳게 믿는 것도 같았다.

"연호는 광덕廣德으로 하고, 갑인甲寅년 원단元旦에 정식으로 정하겠습니다!"

이주가 잠시 말을 멈췄다. 그리고는 한참 뜸을 들이다 다시 말을 이었다.

"행동개시는 불을 올리는 것을 신호탄으로 하겠습니다. 내정內廷, 대불사大佛寺, 묘응사妙應寺, 문천상文天祥의 사당, 공묘孔廟, 경산景山의 동쪽, 고루鼓樓, 종루鐘樓, 이탁오李卓吾의 묘, 대종사大鐘寺, 와불사臥佛寺, 난면爛麵 골목과 진강탑鎭崗塔 등 열세 곳에서 자시子時를 기해 봉기할 겁니다. 일제히 대포를 쏘고 불을 붙여 전면적인 공격을 감행한다는 계획입니다. 곧바로 황궁으로 쳐들어갑니다!"

이주의 말을 듣고 있던 좌중의 사람들은 하나같이 얼굴이 빨갛게 상기되기 시작했다. 소모자의 눈빛 역시 반짝거렸다. 양기륭은 분위기에 고무된 듯 자신감 넘치는 목소리로 이주의 말에 살을 덧붙였다.

"우리는 이미 이만 개의 빨간 모자도 만들었소. 황궁의 쉰일곱 명 태감들에게는 이미 그것들을 나눠줬소. 때가 되면 모자를 쓰고, 머리채는 위로 올려 모자 속에 넣어야 할 것이오."

"그런데 왜 하필이면 빨간 색입니까?"

누군가가 의아하다는 듯 물었다. 또 자신의 의견도 개진했다.

"우리는 선제를 위해 복수를 해야 합니다. 그러려면 하얀 옷에 하얀 갑옷을 통일해서 입어야 하지 않겠습니까?"

이주가 즉각 반박하고 나섰다. 대단히 느릿느릿한 말투였다.

"북방의 오랑캐들인 만주족이 중화를 덮쳐서 국호를 청淸이라고 했습니다. 오행五行의 관점에서 볼 때 수水를 택한 겁니다. 반면 우리 대명大明은 글자 그대로 일월日明이 창창한 나라입니다. 화덕火德을 지향한다고 봐야죠. 따라서 우리는 화로 수를 극복하는 것이 됩니다!"

일반적으로 물이 불을 끄는 것으로 알려져 있다. 하지만 불길이 강렬하면 물도 태워 말릴 수 있다. 젖은 장작이 타는 이치도 바로 여기에 있다.

"그렇다면 내일 당장 행동을 개시합시다!"

콧수염을 묘하게 기른 한 향당의 당주가 벌떡 일어서더니 큰 소리로 외쳤다. 소모자는 그 어느 때보다 긴장을 한 채 귀를 기울였다. 한마디라도 빠트릴까 봐 걱정하는 모습이 역력했다. 더욱 정신을 바짝 차리고 들었다. 향주의 발언에 대한 좌중의 의견은 반으로 나뉘었다. 일부는 너무 서두른다고 했다. 또 다른 일부는 쇠뿔도 단김에 빼야 한다고 호응했다. 삽시간에 정당正堂 안은 무척이나 소란스러워졌다. 그때 소모자가 마른기침을 하면서 목청을 가다듬었다. 그러더니 자리에서 일어나 큰 소리로 물었다.

"태자마마, 언제 행동개시할 건가요?"

"그걸 상의하려고 모인 것 아닌가! 그러나 내일은 너무 빠른 것 같아. 몇 년씩이나 준비해 왔는데, 너무 서두를 것은 없다고 봐."

그러자 소모자가 다시 큰 소리로 말했다.

"제 생각을 얘기해 보죠. 좋기는 오늘이 최고의 길일이었어요. 그러나 아쉽게도 오늘은 지나가 버렸습니다. 그러니 앞으로 길일을 잘 택해야겠습니다. 머리가 달아나고 피를 보는 큰일인 만큼 신중에 신중을 기해야 합니다. 특히 이십사 일은 대청소를 하는 날이라 나쁜 기운이 떠돌아다니는 만큼 피해야 하고요!"

소모자가 손가락을 꼽으면서 신중하게 계산을 하는 척했다. 아무튼 날짜를 최대한 뒤로 미루게 하는 것이 상책이었다. 그가 다시 말을 이어갔다.

"이십오 일은 두부를 만들어 먹는 날입니다. 맷돌 돌아가듯 우리 일이 핵심은 못 찌르고 겉만 돌면 곤란하겠죠? 이십육 일은 고기를 먹는 날이라 피가 낭자할 것입니다. 그것 역시 불길한 징조라고 할 수 있겠네요."

원래 양기륭 세력이 내부적으로 정한 기일은 26일이었다. 그러나 소모자의 말은 그럴 듯했다. 좌중의 사람들은 일리가 있다고 생각하는 듯 대부분 고개를 끄덕였다. 양기륭은 소모자가 장황하게 피와 불길한 조짐에 대해 설명하지 않을까 우려한 듯 황급히 말했다.

"그렇다면 이십칠 일로 하지!"

"이십칠 일은 닭을 잡아먹는 날이잖아요. 닭이 홰를 쳐 날이 밝았다는 사실을 알리는데, 그 닭을 잡아먹으면 어떻게 하겠어요. 좋은 날이 아닌 것 같네요!"

소모자는 침까지 튕겨가면서 흥분했다. 이쯤 되자 사람들은 저마다 불안한 듯 서로를 번갈아 쳐다봤다. 쭉 소모자를 의심해왔던 초산의 얼굴 역시 심하게 구겨졌다. 주상현도 화가 난 나머지 얼굴이 하얗게 질렸다. 그러나 소모자는 그에 아랑곳하지 않고 말을 이어갔다.

"제가 보기에는 이십구 일이 제일 좋을 것 같네요. 그날은 술을 마시는 날입니다. 술기운이 영웅의 담력을 키워줄 것이라고 생각합니다!"

양기륭은 순간 이주를 힐끔 쳐다봤다. 거사 날짜를 미루자는 소모자가 의심스럽다는 눈빛이었다. 이주 역시 소모자에 대한 의심을 떨칠 수가 없었다. 그러나 별로 내색하지는 않았다.

'이 자식이 첩자라고 할지라도 아무 소용 없어. 아무리 많은 비밀을

캐냈어도 마찬가지야. 밖으로 나가지 못하면 아무짝에도 쓸모가 없지.'

이주의 생각은 크게 틀린 것은 아니었다. 더구나 큰 이득을 얻기 위해서는 작은 것은 과감하게 포기한다는 옛말도 있지 않은가. 소모자가 만약 진짜 첩자라면 당장 죽여 버리거나 잡아 가두는 것보다는 가만히 놔두는 것이 오히려 더 좋을 수 있었다. 그는 그런 생각을 머릿속에 꽉꽉 눌러 놓으면서 조용히 입을 열었다.

"소모자의 말이 똑 떨어집니다. 기가 막히네요. 이왕 늦은 바에야 아예 철저히 점검을 한 다음에 백전백승을 노리는 것이 좋습니다. 이십구일도 좋기는 하나 설날보다는 못합니다. 그러니 다들 설을 쇠느라 정신이 없을 때 느닷없이 들이닥치는 것이 좋겠습니다. 그날은 천하의 강희도 물만두 먹느라 볼이 미어터질 것 아니겠습니까!"

이주의 말에 사람들이 웃음보를 터뜨렸다. 소모자 역시 겉으로는 흐느적거리면서 웃었다. 그러나 속으로는 이를 빠드득 갈았다.

'네놈이 제 아무리 간사하기 이를 데 없어도 내가 발 닦은 물을 마시지 않고 배기나 보자!'

그때 밖에서 오응웅이 도착했다는 소식을 알려왔다. 곧이어 오응웅이 팔자걸음으로 들어섰다. 그의 뒤에서는 낭정추가 따라 들어오고 있었다. 그러나 그는 뭔가 불안한 듯 소모자를 힐끔 쳐다봤다.

"오, 큰세자! 옥황묘가 살기에는 괜찮습니까? 마음에 안 들면 과수원 저쪽에도 집 한 채가 있으니, 그리로 가셔도 괜찮습니다. 어떠십니까? 자유가 없는 것이 흠이나 그래도 세자의 그 석호 골목의 집보다는 낫지 않습니까? 그런데 이 시간에 무슨 가르침을 주려고 오셨습니까?"

양기륭이 다소 비아냥거리는 어조로 물었다. 그러나 오응웅은 그런 대접에는 관심이 없는 듯 가볍게 웃어 넘겼다.

"솔직히 말씀드리면 오늘에야 나는 비로소 석호 골목에 있는 나의 집이 강희한테 철저하게 수색당했다는 사실을 알게 됐습니다. 기분이 이상하네요! 이런 비상 시기에는 우리는 정말이지 진심으로 대하고 서로를 위해야 합니다. 일단은 잘 보살펴줘서 고맙습니다!"

"진짜 그렇게 생각하십니까?"

"우리 둘이 천하를 놓고 다투느냐 마느냐의 여부는 나중의 일입니다. 주삼태자는 명석한 두뇌를 가졌으니 잘 알 것입니다. 오늘 내가 태자를 위해 우환을 제거해주지 않으면 미래에 우리 둘의 다툼은 있을 수 없습니다!"

양기륭이 오응웅의 말에 안색을 바꾸면서 진지하게 대꾸했다.

"역시 통쾌하고 자극적인 맛이 일품인 세자다운 말이었습니다. 우리 둘 사이의 일은 당연히 서두를 일이 아닙니다. 하지만 궁금한 것이 있네요. 우환이라는 말은 무슨 뜻입니까?"

"우선 이걸 좀 보십시오! 이것은 아버님께서 보내오신 것입니다. 내가 직접 받은 것은 아니고, 태자 측 사람에 의해 내 손에 전해졌으니까 가짜는 아니겠죠?"

오응웅이 안주머니에서 종이 두 장을 꺼냈다. 양기륭은 담담한 표정으로 종이를 넘겨받았다. 한 장은 오삼계의 청나라 토벌 격문, 다른 한 장은 오삼계가 주삼태자 주자형, 즉 양기륭에게 보내는 편지였다. 양기륭이 이마를 약간 찌푸린 채 자세하게 읽어보고 난 다음 갑자기 기분 좋은 표정을 지었다. 오삼계가 마침내 자신의 태자 신분을 인정한 것이 기쁜 모양이었다. 그는 흥분을 가라앉힐 수 없었던지 자리에서 일어나 큰 소리로 외쳤다.

"우리 대명 사직의 광복은 반드시 성공할 것이오! 평서백이 한마음 한뜻으로 전력을 다해 협력하기로 마음을 굳혔소!"

장내에는 또다시 환호성이 터져 나왔다. 감동의 물결이 넘실거렸다.

"전희신!"

갑자기 오응웅이 날카로운 시선으로 소모자를 노려보더니 웬일로 그의 본명을 불렀다. 이어 차가운 어조로 덧붙였다.

"이리로 와 보게!"

소모자는 예사롭지 않은 분위기를 느꼈다. 그러나 애써 용기를 내서 자리에서 일어나 앞으로 걸어갔다. 하지만 두 다리가 주체할 수 없이 떨리는 것은 어떻게 할 수가 없었다. 안색 또한 긴장으로 인해 창백해졌다. 좌중의 사람들의 시선이 일제히 그에게로 몰렸다.

"위로는 주삼태자가 있다. 또 아래로는 나 오응웅이 있다. 좌우전후로는 왕진방과 아삼을 비롯해 대명의 여러 충신들이 있다. 또 하늘에는 숭정황제의 영, 땅속에는 황사촌의 혼이 있다. 묻겠다! 자네는 주삼태자의 사람인가, 아니면 나 오응웅의 사람인가? 그도 아니라면 강희의 사람인가?"

소모자는 영악하기로 둘째가라면 서러울 사람이었다. 그러나 오응웅의 갑작스런 공격에는 당황하지 않을 수 없었다. 그럼에도 그는 순간적으로 자신이 나아가야 할 방향을 순식간에 결정했다. 그것은 바로 거짓말을 하지 않고, 죽더라도 당당하게 죽겠다는 결심이었다. 나이는 어려도 누구보다 많은 경험이 있었기 때문에 가능한 일이었다. 그가 이를 악물며 대답했다.

"이 할아버지는 강희황제를 섬기는 사람이다! 그래 어쩔래?"

좌중의 사람들은 하나같이 자신들의 귀를 의심했다. 이주와 주상현 역시 다르지 않았다. 소모자의 정체를 의심은 하고 있었으나 사실이라는 말을 당사자로부터 직접 들었으니 그럴 만도 했다. 양기륭은 더하면 더했지 못하지 않았다. 얼굴이 하얗게 변했다.

"좋아. 사나이답군!"

오옹웅이 냉소를 터트리면서 덧붙였다.

"보기와는 다르게 패기가 있군!"

"당신은 벌써부터 알고 있었소? 그런데 왜 진작 까발리지 않았소? 너무 결단성이 없는 거요, 아니면 내가 누구든 다른 사람을 해치기를 고대했던 거요?"

소모자가 천연덕스럽게 의자를 끌어당겨 앉으면서 되물었다. 무서운 도발이자 반격이었다. 그러나 양기륭은 그의 그런 의연함에 신경을 쓸 여유가 없었다. 그가 차갑게 웃으면서 말했다.

"우리는 이미 합의를 본 상태야. 우리 둘의 일은 나중으로 미루기로 말이야. 네가 나타나서 이간질을 해도 먹히지 않는다고! 너무 똑똑해서 탈이구만!"

"끌어내!"

양기륭은 오옹웅의 말이 끝나자 즉시 손짓을 하면서 명령을 내렸다. 목을 치라는 뜻이었다.

"잠깐!"

소모자가 외마디 소리를 질렀다. 죽으면 죽었지 혹독한 형벌은 참을 자신이 없는 모양이었다. 그의 입에서는 자신도 모르게 웅사리가 늘 입버릇처럼 하던 말이 튀어나왔다.

"자고로 대부大夫한테는 형벌을 가하지 않는다는 말이 있소!"

소모자의 말에 왕진방이 콧방귀를 뀌었다. 그가 소모자에게 다가가더니 히히 웃으면서 비아냥거렸다.

"소모자, 황사촌이 어떻게 죽었는지 알지? 나는 그렇게 해주지는 않겠어. 다른 방법으로 할거야. 생매장을 해줄게. 어때?"

왕진방은 평소부터 소모자에게 대한 원한이 이루 말할 수 없이 많았다. 발 벗고 나서서 없애버리려고도 했다. 따라서 매장 얘기도 불쑥 튀어 나온 것은 아니었다.

"생매장?"

소모자가 몸을 부르르 떨었다. 어찌 두렵지 않겠는가. 그가 잠시 후에 애원조로 말했다.

"그건 너무 숨이 막히잖아!"

사람들은 터져 나오려는 웃음을 겨우 참았다. 소모자의 언행이 전혀 죽음을 앞에 둔 사람 같지 않았던 것이다. 양기룡은 솔직히 왕진방과는 달리 평소에 소모자를 굉장히 좋아한 터였다. 당연히 죽어가는 마당에도 천진난만한 악동 같은 모습을 보이는 그에 대한 측은지심이 발동했다. 그가 한숨을 내쉬었다.

"왕진방, 그대가 저 친구를 뒤편에 데리고 가서 일단 술이나 몇 잔 마시게 하게. 술에 취해 정신이 없을 때 손을 써도 늦는 것은 아니니까!"

소모자는 순간적으로 양기룡이 제안한 방법이 그 어떤 혹형보다 좋을 것이라고 판단했다. 아니 의식불명인 상태에서 죽어가는 것이 최선이라고 생각했다. 그는 혹여라도 양기룡의 마음이 바뀌지 않을까 하는 생각에 황급히 일어나 후원을 향해 앞장서 걸어갔다.

"여기는 내가 있을 테니까 자네들은 가서 술이나 마시게! 이미 푹 삶긴 오리가 어디 도망가기야 하겠어?"

왕진방이 후원에 있던 대여섯 명의 간수들에게 말했다. 이어 술상을 봐오도록 지시했다. 모든 조치가 끝나자 그가 소모자를 압송해온 두 명의 홍의시위들에게 가서 단단히 일렀다.

"주삼태자께서 당부를 하셨네. 오늘 일은 절대 밖에 나가 말하지 말라고. 무슨 말인지 알겠나?"

왕진방은 그들로부터 다짐을 받은 후에 다시 돌아왔다. 그런 다음 술상 앞에 멍하니 앉아 있는 소모자를 향해 입을 열었다.

"나는 조금만 마실 테니 자네 혼자서 마실 수 있는 데까지 마시라고. 다시 돌아오지 못하는 길로 가는 마당에 시간을 넉넉히 주도록 하지. 실컷 마시게."

소모자의 얼굴은 창백했다. 그는 길지 않은 자신의 인생을 돌아봤다. 슬픔도 많았으나 좋은 날도 적지는 않았다. 그 와중에도 남에게 뒤처지지 않고 앞서 가기 위해 엄청난 노력을 기울여왔다. 그 결과 팔자에도 없는 양심전 총관태감의 자리까지 오를 수 있었다. 하지만 그게 운명의 끝자락이 될 줄이야!

'여기에서 소리 소문 없이 죽어간다면 아마 황제폐하께서도 이 사실을 모를 것이 분명해. 또 밖에서 무덤을 파는 사람들조차도 내가 누군지를 모를 거야!'

소모자는 자신의 죽음 이후를 생각하자 정말 기가 막혔다. 눈물조차 나오지 않았다. 그는 괴로움을 잊기 위해 술잔을 들어 입에 털어 넣었다. 그런 다음 허탈한 웃음을 지으면서 말했다.

"오가놈한테 내가 이처럼 처참하게 당하다니! 제기랄! 씨를 말려 죽일 놈!"

"욕하고 싶으면 실컷 해! 괜찮으니까."

왕진방은 관용을 베풀고 있었다. 소모자의 입을 막을 생각은 전혀 하지 않았다. 그가 덧붙였다.

"각자 섬기는 사람은 달랐으나 우리는 인연이 있어서 만났던 거야. 자네가 적적하지 않게 내가 마지막 가는 길에 이렇게 친구가 돼 주잖아."

소모자는 억지로 정신을 가다듬었다. 술 주전자를 흔들더니 술 두 잔을 따랐다. 이어 한 잔을 왕진방에게 넘겨주었다.

"이렇게 된 마당에 어떻게 하겠습니까. 그래도 나를 생각해주는 사람이 있다는 것이 진짜 고맙네요. 자, 그런 뜻에서 한잔 합시다!"

"솔직히 자네는 이렇게 가도 별로 아쉬울 것도 없을 것 같은데, 뭘 그렇게 애를 태우는가. 어린 나이에 남들이 평생 가도 못해보는 양심전 총관태감까지 했잖아. 그때는 자네가 발을 한번 구르면 자금성이 흔들렸잖아."

왕진방이 징그럽게 미소를 지으면서 말했다. 마음껏 야유하고 실컷 조소하겠다는 심산이었다.

소모자는 이판사판이라는 생각이 들었다. 이렇게 당하고만 있을 것이 아니라 한번 일을 저질러보고 싶은 욕구를 강하게 느꼈다. 실패한다고 해도 이보다 더 나빠지지는 않을 테니까. 그런 생각이 들자 그는 일부러 젓가락을 떨어뜨리고는 줍는 척하는 연극을 했다. 그런 다음 땅바닥의 흙을 한 줌 집어서 안주머니에 넣었다. 눈앞에 있는 거구의 사나이 왕진방이 심한 심장병을 앓고 있다는 사실을 잘 알고 있었기 때문이었다. 그가 곧바로 의도적으로 이마를 찌푸리면서 말했다.

"하기야 나는 지금 죽어도 여한이 없어요. 형님보다 나이는 어려도 더 많은 것을 누려왔다고 할 수 있죠."

왕진방이 머리를 끄덕이면서 물었다.

"또 할 말이 있는가?"

"우리 어머니는 늘그막에 운수대통해서 금은보화 속에 묻혀 살잖아요. 그런데 형님 어머니는 어때요?"

왕진방의 주위 사람들 중에는 그의 어머니가 청상과부로 살다 서른 살도 되지 않은 아까운 나이에 생활고에 찌들어 불귀의 객이 됐다는 사실을 모르는 사람이 없었다. 소모자 역시 모를 리가 만무했다. 그럼에도 소모자는 그의 어머니를 들먹였다. 다분히 고의적이었다. 그의 상처에 소금을 뿌리려는 시도였다. 그는 화가 단단히 날 수밖에 없었고,

소모자에 대한 살의는 더욱 끓어 올랐다. 그러나 꾹 참으면서 소모자의 약을 올렸다.

"금은보화 속에 묻혀 있다는 말은 거짓이 아닐 거야. 하지만 늘그막에 운수대통했다는 말은 좀 그래. 아들의 시체를 딛고 주삼태자가 올라서는데……."

"그래요. 그렇기는 하겠죠. 하지만 나 역시 악질분자들을 꽤나 많이 저 세상으로 보냈죠. 듣고 싶지 않나요?"

"당연히 듣고 싶지. 어떤 일은 대충 쉬쉬 하는 것만 들어서 꽤 궁금했거든!"

왕진방이 귀가 솔깃해지는 모양이었다. 소모자가 길게 한숨을 내쉬면서 말을 늘어놓았다.

"어쩔 수 없었어요. 맨 처음은 갈저합이었어요. 그때 혜진 대사를 강간하려고 하는 것을 내가 막고 나섰죠. 때문에 사람들은 내가 때려죽인 줄로 알고 있어요. 그러나 사실은 그게 아니에요. 독을 탄 찻물을 마시고 죽었어요. 물론 아무리 생각해도 화가 풀리지 않아 뼈가 물러터지도록 패기는 했죠. 혜진 대사는 나의 은인이니까요!"

왕진방은 소모자의 말이 맞다고 생각했다. 갈저합은 용맹한 장군이었다. 소모자에게 맞아 대뇌가 터져 나올 정도로 허약한 사람이 절대 아니었다. 소모자가 재미있다는 듯 바짝 다가앉는 왕진방을 보면서 말을 이었다.

"그때 갈저합은 혜진 대사를 정신없이 뒤쫓아 왔어요. 곧 혜진 대사를 땅바닥에 눕혀 놓고 그 짓을 하려 들더라고요. 그래서 내가 웃으면서 귀띔을 해 줬죠. '며칠 전 길림吉林에서 올라온 녹용차가 좋은 것이 있습니다. 그 짓 할 때 먹으면 정말 좋습니다'라고 말이에요. 그랬더니 그 자가 혹하는 거예요! 잘 됐다는 생각이 들어 재빨리 주방으로 돌아와 쥐

약 한 봉지를 뜯어 몰래 물에 타서 줬어요. 그때 죽어가는 모습이 얼마나 처참했는지 몰라요. 입술과 머리 등이 시퍼렇게 변해가지고……. 아무튼 구멍이 뚫린 곳에서는 모두 피가 흘러나왔으니까요!"

소모자는 되도록 무섭게 그날의 장면을 자세하게 설명했다. 건성으로 듣기만 해도 참혹한 광경이 눈앞에 떠오를 정도였다.

"두 번째는 넷째라는 자였어요. 형님은 잘 모르시죠? 위동정 형의 의형제였죠."

소모자가 쉬지 않고 얘기하다 말고 잠깐 한숨을 돌렸다. 그 틈을 참지 못한 왕진방이 다그쳐 물었다.

"그건 또 어떻게 된 건데?"

"그건 명령을 받고 한 거예요. 넷째가 오배하고 결탁했었잖아요? 그게 들통이 났죠. 그래서 내가 죽여버린 거죠. 위동정 형의 체면을 고려해 그렇게 심한 방법으로 죽이지는 않았어요. 그냥 비소를 타서 먹였는데, 금방 죽더라고요!"

왕진방은 사람 죽이는 것이 취미인 듯 말하는 소모자에게 약간 겁을 집어먹은 것 같았다. 처음의 위풍당당한 기세와는 달리 어느새 기가 죽은 모습이었다. 다시 소모자의 말이 이어졌다.

"세 번째 내 손에 죽은 자는 양심전에 있던 기생오라비 같은 희아_{喜兒}라는 놈이었죠. 명주 대인과 친했다고 그러더라고요."

소모자는 갈수록 그럴 듯하게 얘기를 꾸며대고 있었다. 왕진방은 완전히 그의 계획에 걸려들고 있었다.

"그 자식은 툭하면 나를 골탕 먹이지 못해 안달을 하고는 했어요. 그러던 어느 날이었죠. 내가 사귀던 묵국이라는 여자를 어떻게 해보려고 간족거렸어요. 당연히 나한테 잘못 걸렸다고 봐야 하지 않겠어요? 반포이선 어른이 만든 기가 막힌 극약이 있었는데, 그자에게는 그걸 먹여버렸죠."

왕진방은 반포이선이 제조한 약에 대한 소문은 익히 들은 바 있었다. 깜짝 놀라지 않았다면 이상할 일이었다. 아니나 다를까, 숨을 크게 들이마시면서 기어들어가는 목소리로 말했다.

"추혼탈명단追魂奪命丹이라는 약이지?"

"그럴 거예요. 네 번째는 황사촌이에요. 알죠? 황사촌!"

소모자는 웃으면서 계속해서 얘기를 꾸며냈다. 그러면서도 가능한 한 무서운 생각이 들 정도로 잔인하게 과장했다. 왕진방은 가슴이 오그라드는 듯 몸을 움츠렸다. 급기야 소리까지 질렀다.

"됐어. 그만 해! 밖에 구덩이도 다 파가는데, 빨리 마시기나 해!"

"그 사람들 보고 구덩이를 조금 더 크게 파라고 하지 그래요? 아니면 조금 있다 들어갈 때 너무 비좁을 텐데……."

소모자가 이상야릇한 웃음을 흘렸다. 왕진방이 화들짝 놀라면서 물었다.

"너…… 그게 무슨 뜻이야?"

"별 다른 뜻은 없어요."

소모자가 말을 마치고는 안주머니에 넣었던 흙을 꺼내 보였다. 그런 다음 땅바닥에 던지고 손을 탈탈 털었다.

"내가 뭐 하는 사람인지는 잘 알죠? 이런 일 하는 사람은 항상 뭐 좀 준비해 놓고 다니지 않으면 불안하거든요. 방금 술상이 들어오자마자 형님이 밖에 나간 틈을 이용해 양념 삼아 조금 넣었어요. 심심해서 혼자 가기 싫었거든요. 생각해 봐요. 나 혼자 가기에는 그 길이 얼마나 적적하겠어요!"

"그게……."

"내 말은 우리 둘 다 같은 약을 먹었다는 거죠. 형님이 술에 걸신 들려서 더 많이 마셔서 그렇지."

"너…… 너……."

왕진방은 부들부들 떨었다. 순식간에 안색이 파랗게 질렸다. 급기야 화로 위에 올려놓은 오징어처럼 몸이 오그라들기 시작했다. 심장을 칼로 도려내는 듯이 아프기 시작했다. 그는 거구를 가까스로 끌면서 비틀거렸다. 그럼에도 한 발자국씩 소모자에게 다가가는 것은 잊지 않았다. 하지만 입만 실룩거릴 뿐 말은 한 마디도 하지 못했다.

소모자는 자신의 혀를 깨물었다. 이어 입가로 피를 흘려보냈다. 그리고는 일부러 왕진방을 가리키면서 실성한 듯 웃었다.

"됐네, 됐어요! 드디어 발작하기 시작했네요. 역시 좋은 친구예요. 이게 바로 흔히 말하는 삶과 죽음을 함께 나누는 우정이 아닐까요? 형님은 심장병이 있으니까 나보다 먼저 가겠죠? 하지만 괜찮아요. 사람이 죽는 것은 등불이 꺼지거나 새털이 날아가는 것처럼 가벼운 일이에요. 숨이 꼴깍 넘어가면 고통도 사라져요. 조금만 기다려요……."

왕진방은 공포에 떨면서 눈을 한껏 치켜떴다. 어느새 그의 눈에서는 피가 흘러나오고 있었다. 그는 의자를 붙잡은 채 간신히 서서 소모자를 노려봤다. 소모자는 밑져야 본전이라는 생각으로 입 하나만으로 왕진방을 노린 터였다. 그럼에도 왕진방이 이처럼 쉽게 맥을 못 쓰고 자신의 심리전에 말려들 줄은 정말 꿈에도 생각하지 못했다. 드디어 왕진방이 하늘과 땅이 빙빙 돈다고 생각했는지 안면 근육을 부들부들 떨었다. 곧이어 동공마저 풀리기 시작했다.

왕진방은 정말 어이없이 죽었다. 소모자는 자신의 몇 마디 거짓말이 어느 정도 먹힐 것이라는 믿음이 없지는 않았다. 하지만 왕진방이 정말로 심장병 발작해 곧바로 생명을 잃을 것이라고는 생각하지 않았다. 그러니 더욱 놀랄 수밖에 없었다. 그는 온몸에 흘러내리는 식은땀을 닦을 생각도 하지 못한 채 눈을 뜨고 죽은 왕진방을 애처롭게 내려다봤다.

소모자는 마치 얼이 나간 듯 왕진방의 얼굴을 한참이나 바라보고 있었다. 한참 후에야 그는 제정신이 번쩍 들었다. 어떻게든 도망을 쳐야 한다는 생각이 든 것이다. 그는 술을 항아리째 들이마시고는 딱딱하게 굳어가는 왕진방의 시신을 뒤로 한 채 살며시 문을 열었다.

날은 이미 어둑어둑해지고 있었다. 낑낑거리면서 구덩이를 파는 간수들은 아직 언 땅과 씨름을 하고 있었다. 소모자가 그들에게 다가갔다.

"날도 추운데 들어가서 술이라도 마시고 나오지……."

소모자는 말을 마치자마자 발끝을 들고 마구간으로 살금살금 다가갔다. 곧 말 한 필을 가볍게 끌어내 잽싸게 올라탔다. 이제 두 번째 문만 통과하면 무사하리라는 생각이 들자 그는 더욱 초조해졌다. 누구에게 꼭 걸릴 것 같다는 생각이 들었던 것이다. 예상은 적중했다. 밖에 나와 소변을 보고 있던 주상현이 그를 발견한 것이다.

"누가 정원에서 말을 타는 거야? 당장 내려오지 못해? 술도 죽을 정도로 퍼마셨구만!"

소모자는 주상현이 가까이 다가와 자신을 알아보기 전에 있는 힘껏 채찍을 날렸다. 말은 순식간에 두 번째 문까지 통과했다. 그 문 앞에서는 종삼랑의 신도들이 한담을 나누고 있었지만 무슨 일이 벌어지는지 전혀 갈피를 잡지 못했다. 소모자는 그들이 그렇게 어리둥절해 있는 틈을 이용해 죽기 살기로 내달렸다. 잠시 후 그의 모습은 순식간에 어둠 속으로 사라졌다.

46장
도주하는 양기륭

　황궁 안의 금군들은 모두 낯선 사람으로 바뀌어 있었다. 때문에 소모자가 황궁 안으로 들어가는 것은 쉽지 않았다. 그러나 최종적으로는 선박영의 수비군을 설득해 내무부 당관을 어렵사리 만날 수 있었다. 또 내무부 당관에게 그동안의 사정을 얘기하고 겨우 입궁할 수가 있었다. 하지만 그는 입궁해서도 마음이 편치 않았다. 악몽에 쫓기는 듯한 괴로움이 계속 뒤따랐다. 이유는 없지 않았다. 무엇보다 궁 안의 1000여 명 태감 가운데 종삼랑 신도들이 무려 300명이나 있었다. 게다가 그들 중 50여 명은 '빨간 모자'까지 보유하고 있었다. 소모자는 그들 세력을 생각하면 순간순간 소름이 끼쳤다!

　"소인 소모자가 폐하께 문안을 올립니다!"

　시간은 밤 11시가 넘어 막 자정을 향해 치닫고 있었다. 강희는 그 시각까지도 양심전에서 상주문을 읽고 있었다. 그가 소모자를 발견한 것은 몸이 뻐근한 느낌이 들어 머리를 들고 어깨를 좌우로 흔들던 순간이었다. 소모자가 어느새 들어와 그의 앞에 무릎을 꿇었다. 그의 놀라움과 기쁨은 이루 말할 수가 없었다.

"자네 돌아왔구만! 일어나게. 저쪽에 가서 앉게. 무슨 일이 있었던 것은 아니지? 이제야 돌아오다니! 그런데 얼굴이 많이 안 됐어. 왜 그러는가?"

"별일 없사옵니다. 폐하께서 특별히 휴가를 주셔서 집에 잘 다녀왔사옵니다. 어머님은 집에서 폐하를 향해 큰절을 올렸사옵니다. 폐하께서 배려해주신 덕분에 어머니의 병세는 많이 호전됐사옵니다."

소모자가 어색하게 웃으면서 대답했다. 입에서 토해내는 내용도 엉뚱했다. 강희가 그런 소모자를 뚫어져라 쳐다봤다. 왜 소모자가 그런 말로 대충 얼버무리려 하는지를 분석하는 것 같았다. 소모자는 강희가 또다시 추궁할 것이 부담스러워 자리에서 바로 일어났다. 그런 다음 강희의 흰 여우털 조끼를 받쳐들고 말했다.

"오랜만에 왔더니 궁 안이 굉장히 낯설게 느껴지옵니다. 달라진 것도 많고요. 건청궁 저쪽에는 등불도 없네요. 위 대인 등도 여기 안 계시네요. 밖이 춥사옵니다. 폐하께서 저수궁으로 가시려면 이걸 입으셔야 할 것 같사옵니다."

강희의 눈에 비친 소모자는 진짜 뭔가 모르게 이상했다. 급기야 그가 한참을 생각하는 것 같더니 실소를 터트렸다.

"뭘 겁내는 거야! 짐도 멍청이가 아니야! 여기 좀 보라고."

강희가 말을 마치자마자 자신의 뒤에 있는 휘장을 가리켰다. 그런 다음 뒤에 사람이 있는 것처럼 덧붙였다.

"위 군문, 어서 나오게. 소모자가 자네들이 보고 싶은 모양이군."

강희의 말이 떨어지기 무섭게 휘장이 열렸다. 안에는 나무의자가 줄

줄이 놓여 있었다. 그곳에는 도해를 비롯해 위동정, 낭심, 목자후, 노새 등의 일등 시위들이 제복을 차려 입고 장검을 허리에 찬 채 위엄 있게 앉아 있었다. 주배공 역시 함께 있었다. 그는 팔자눈썹 밑의 새까만 눈을 반짝이면서 앉아 있었다. 언제 봐도 선비 기질이 다분한 평소의 그대로였다.

"나는 또!"

소모자는 그제야 한시름을 놓았는지 긴장이 풀린 모습을 보였다. 그리고는 힘이 풀린 두 다리를 지탱하지 못하고 풀썩 그 자리에 주저앉고 말았다. 곧 그의 가슴에서 뜨거운 그 무엇이 욱하고 치미는 듯했다. 아니나 다를까, 어느새 그의 입에서는 피가 흥건하게 고였다. 강희가 황급히 노새에게 소모자를 일으켜 세우게 했다.

"왜 그러는가?"

강희의 말에 소모자가 겨우 정신을 차리고 대답했다.

"궁 안은 정말 너무 무섭사옵니다. 폐하의 어전 시위들이 여기 있지 않았다면 소인은 폐하를 황후마마께 모시고 가서야 입을 열 뻔했사옵니다. 저쪽에서 신호만 떨어지면 궁전 안에서는 대란이 일어날 것이옵니다!"

소모자는 자신이 겪은 모든 것을 띄엄띄엄 하나도 빠뜨리지 않고 강희에게 그대로 아뢰었다. 한 부분이라도 빠질세라 외워뒀던 양기륭의 작전 전략에 대해서도 자세하게 털어놨다.

"폐하께서는 결단을 내리셔야 하옵니다! 사태는 이미 일촉즉발의 상태에 와 있사옵니다!"

소모자의 말을 다 들은 주배공이 황급히 무릎을 꿇으면서 진언을 올렸다. 강희 역시 사태가 심각하다는 사실을 모르지 않았다. 더구나 소모자의 탈출로 위기감을 느낀 양기륭이 거사 시간을 앞당길 가능성이

상당히 높았다. 그러나 북경 인근의 팔기八旗, 녹영綠營, 예건영銳健營 등의 병사들은 이미 명령을 받고 태원太原, 섬주陝州, 낙양洛陽 등지로 출발한 뒤였기 때문에 북경에는 가동할 병력이 별로 많지 않았다. 고작해봐야 위동정과 도해가 지휘할 5000명 정도만 성 안팎에 흩어져 있을 뿐이었다. 이대로라면 2만 명에 이를 '빨간 모자'들을 상대하는 것은 무리라고 할 수 있었다.

"도해!"

강희가 갑자기 큰 소리로 불렀다.

"예, 폐하!"

"누군가를 공격하는 사람은 지혜를 감추고 있는 법이야. 그래서 비수가 날아와도 태연할 수 있지! 열세 곳 전략 지점과 오응웅, 양기륭을 잡아들이는 책임은 자네와 주배공이 맡게!"

이를 악문 강희의 눈에서는 준엄하고 독한 빛이 흘러나왔다. 그야말로 반란세력을 일거에 타도하려는 의지가 불끓어올랐다.

"예, 폐하!"

"자네들의 모든 수단과 능력을 총동원하게!"

"알겠사옵니다, 폐하!"

두 사람은 다시 한 번 이구동성으로 대답했다. 두 사람이 나가자 강희가 얼굴을 돌려 위동정에게 지시했다.

"자네는 융종문 북쪽으로 가게. 웅사리, 색액도, 알필륭, 그리고 미한사, 명주 등이 모두 거기에서 당직을 서고 있네. 모두 아무런 무기도 없는 선비들이야. 그쪽에서 누구 한 사람이라도 다치는 날에는 자네도 각오해야 할 걸세!"

"예, 명심하겠사옵니다! 그런데 폐하께서는……?"

"설마, 황궁 내에서 한꺼번에 일어나기야 하겠어? 짐은 충분히 대처

할 마음의 자세가 돼 있네. 많아봐야 삼백 명일 텐데, 겁날 것이 뭐가 있겠나!"

강희가 냉정하게 대답했다. 그런 다음 시선을 낭심에게 돌렸다.

"저수궁 황후, 귀비 유호록, 혜비 등에게 황자皇子들을 데리고 즉각 자녕궁으로 가서 태황태후를 모시고 떠날 준비를 하라고 전하게. 또 자녕궁의 태감들은 전부 가둬버리게. 그런 다음 각 궁전의 주사主事태감들에게 궁문을 전부 닫아걸고 어떤 경우에라도 출입을 못하게 막으라고 이르게. 자네는 짐과 함께 자녕궁을 지키는 것만으로도 공로를 세우는 것이네!"

강희의 명령을 받은 낭심이 바로 머리를 조아리면서 대답했다.

"예, 폐하!"

낭심이 시선을 돌려 목자후와 노새를 향해 입을 열었다.

"목 형, 노새 형! 두 분들도 애써 주셔야 할 거요!"

목자후가 낭심의 당부에 무겁게 머리를 끄덕였다. 그러자 노새가 손을 비비면서 말했다.

"어서 가서 자네 일이나 하라고! 우리 동정 큰형님처럼 장황하게 말을 늘어놓지 말고. 우리는 알아서 잘 할 거야!"

"자네 정말 고생 많았네!"

강희가 이곳저곳에 대한 수습책을 대충 정리한 다음에야 소모자에게 눈을 돌렸다. 고마움이 눈에 그득했다.

"자네는 먼저 좀 쉬고 있게. 일이 끝나면 짐이 반 년 동안 휴가를 줄 테니 푹 몸조리도 하고 원기를 북돋우게. 여봐라! 소모자를 부축해 방에 가서 푹 쉬게 하라. 촛불도 열 개 더 가져오고!"

"폐하께 아뢰옵니다!"

그때 양심전의 부관사副管事인 태감 후문侯文이 다가왔다. 그가 무릎을 꿇은 채 말을 이었다.

"십이월 십오일 폐하께서 등불을 엄격하게 관리하라는 명령이 계신 이후로 각 궁과 전에서는 촛불을 쓸 만큼만 가져다 놓사옵니다. 여기에도 여분이 없사옵니다. 촛불 열 개를 더 붙이면 두 시간 후 양심전은 어둠에 파묻힐 것이옵니다."

"무슨 개떡 같은 소리를 하는 거야! 등불을 엄격하게 관리하라고 한 것은 불이 나지 않을까 그런 것이야. 짐이 그런 것까지 꼬치꼬치 설명을 해야겠어? 즉각 사람을 보내서 가져오도록!"

강희가 마치 호랑이가 포효하듯 대로했다. 그러자 후문이 황급히 무릎을 꿇으면서 아뢰었다.

"소인이 어찌 감히 폐하를 속이겠사옵니까! 촉유고燭油庫의 유붕劉朋이 오늘 저녁 궁에 없어서 당장 찾아올 수가 없사옵니다."

강희는 화가 치밀었다. 그러나 더 이상 말은 하지 않았다. 솔직히 할 말도 없었다. 그가 귀찮다는 듯 손사래를 쳤다.

"나가! 양심전을 다 뒤져서 태감들 방에 있는 양초라도 가져오라고! 내일 더 받아다 놓는 것도 잊지 말고!"

강희가 다시 자리에 앉아 상주문을 뒤적거리기 시작했다. 그러나 마음이 복잡한 듯 이내 도로 덮어버리고 말았다. 얼마 후에는 아예 베개에 기댄 채 눈을 감고 명상에 잠겼다. 목자후와 노새는 부리부리한 두 눈으로 여기저기 살피면서 그런 강희를 지키고 있었다.

새벽 3시 무렵이 됐다. 갑자기 불길이 치솟아 올랐다. 우선 동북쪽에서 폭죽소리가 울려 퍼지더니 고요한 북경성 안을 뒤흔들어 놓았다. 이어 서쪽에서 커다란 불덩어리가 마치 폭탄이 터지듯 치솟아 올랐다. 어렴풋이 잠이 들려고 하던 강희는 두 눈을 번쩍 뜬 채 성큼성큼 궁전을 걸어 나와 돌계단 위에 섰다. 불길은 금방 눈에 들어왔다. 연기가 유난히도 짙게 피어오르는 곳은 바로 와불사 방향이었다. 불빛이 사방을 시뻘겋게 비추고 있었다. 강희가 미처 깊이 생각하기도 전에 이번에는 서남쪽 고루에서도 불길이 치솟았다. 지진의 진동에 맞먹는 폭음 소리와 함께였다. 불길 역시 더욱 거세게 일었다. 이어 궁궐 밖의 도처에서 징소리가 울려 퍼졌다. 순천부를 비롯해 병부아문, 선박영, 구문제독부의 대고大鼓 소리도 산이 떠나갈 듯 진동했다. 호각 소리 역시 이곳저곳에서 정신 사납게 들려왔다. 얼마 후에는 요란한 말발굽 소리가 궁궐 밖 어가御街의 꽁꽁 언 땅과 석판石板 길 위에서 귀청이 찢어질 듯 크고 다급하게 들려왔다. 그 사이를 뚫고 부녀자들과 아이들의 울음과 비명, 욕설을 퍼붓는 소리도 간간이 터져 나왔다. 모두들 단잠에서 깨어나 경황이 없는 듯했다. 북경의 성내는 삼시간에 공포와 불안의 도가니 속에 빠지고 말았다.

싸움을 거는 신호탄이 울린 만큼 이제 치열한 접전이 펼쳐질 것이었다. 도해와 위동정 등이 6, 7곳만 책임을 지고 사태를 잘 해결하면 될 터였다. 그런데 불길이 일어난 곳은 고작 세 곳에 지나지 않았다. 강희는 자신도 모르게 고개를 끄덕였다. 기분이 좋은 모양이었다. 그가 목자후에게 말했다.

"도해에게 주배공을 붙여줬으니 호랑이에게 날개를 달아준 격이지. 수괴만 잡아들일 수 있다면 그건 정말……."

강희의 말이 채 끝나기도 전이었다. 갑자기 궁중의 촉유고에도 불길이 치솟았다.

순식간에 황궁 안은 아수라장이 됐다. 궁중 어디나 할 것 없이 불안에 떠는 사람들이 뛰쳐나와 울고불고 아우성을 질러댔다. 양심전에서도 태감들이 불이 붙은 들판의 들쥐들처럼 우왕좌왕했다. 모든 촛불들이 갑자기 일제히 꺼졌다. 순식간에 궁중은 칠흑 같은 어둠에 휩싸였다.

"후문, 불 좀 켜봐! 불 켜라고!"

묵자후가 소리소리 지르면서 노새와 함께 칼을 뽑았다. 그러면서 강희를 양심전 유리 벽면으로 끼고 가다시피 했다. 이어 벽면에 찰싹 달라붙은 채 있게 했다.

후문은 마치 얼음 속에 빠졌다 나온 사람처럼 부들부들 떨면서 20여 개의 양초를 안고 왔다. 그러나 너무 당황했는지 양초에 불을 붙이는 것조차 힘들어 했다. 우선 성냥을 그으면 고르지 못한 숨소리 때문에 불이 꺼졌다. 또 불이 붙었다 싶으면 움직이다 꺼트리고는 했다. 보다 못한 묵자후가 나서서 거칠게 후문을 밀어제쳐 버렸다. 그러자 후문이 완전히 큰 대자로 벌렁 나가 떨어졌다. 묵자후는 황급히 성냥을 켰다. 그러나 양초에 불을 붙이려는 순간 깜짝 놀라고 말았다. 누군가가 양초의 심지를 전부 빼놓은 것이었다. 대로한 노새가 달려들어 땅에 넘어져 있는 후문의 배를 발로 짓밟았다. 그러더니 살기등등한 표정을 지으면서 물었다.

"너 주삼태자인가 뭔가 하는 그 자식 사람이지!"

"아, 아, 아…… 아닙니다……."

후문이 너무나 놀랐는지 대답도 제대로 못했다.

"이런 개 같은 놈! 아니면 심지는 왜 뺀 거야?"

노새가 이를 악물었다. 그러더니 순식간에 후문의 배를 칼로 찔러 버렸다. 궁내는 더욱 혼란에 빠져들고 있었다. 그 와중에 수화문이 우렛소리처럼 흔들리는가 싶더니 활짝 열렸다. 삽시간에 양심전은 더욱 아수라장으로 변해갔다. 태감들은 비명을 지르면서 더듬이가 떨어진 파리처럼 아무 데나 고개를 처박고 다녔다. 그때 태감 한 명이 칼을 휘두르면서 소리를 내질렀다.

"저 반역자를 잡아라!"

그와 동시에 신속하게 유리 벽면 쪽으로 덮쳐 왔다. 그래도 목자후는 미동도 하지 않고 강희를 막고 선 채 벽에 계속 붙어 있었다. 바로 그때 노새가 쏜살같이 내달렸다. 그는 눈 깜짝할 사이에 칼을 든 태감을 붙잡아 끌고 오더니 단칼에 찔러버렸다. 마치 물총에서 뿜어져 나오는 듯한 피가 강희의 옷에 튀었다.

수화문 쪽에서 다시 인기척이 들려왔다. 곧 5, 6명의 횃불을 든 사람들이 우르르 몰려왔다. 노새가 "어디 한번 죽어봐라!" 하고 달려들어 손을 쓰려고 할 때였다. 목자후가 갑자기 황급히 외쳤다.

"태황태후마마께서 오셨네!"

너무나도 위험천만한 장소에 홀연히 나타난 사람은 목자후의 말대로 태황태후였다. 강희는 감동을 받지 않을 수 없었다. 곧바로 뜨거운 눈물이 용솟음치는 것을 주체하지 못했다. 어둠 속에서 태황태후와 함께 모습을 보인 사람들 중에는 황후인 혁사리씨도 있었다. 또 귀비인 유호록씨 역시 모습을 보였다. 둘은 백발이 성성한 태황태후를 가운데 모시고 각각 한편에서 팔을 부축하고 있었다. 횃불이 곧 낭심을 비췄다. 그는 검을 빼든 채 두 눈을 부릅뜨고 주변의 동향을 예의 주시하고 있었다.

"묵국아, 횃불 몇 개를 더 준비하거라!"

황후 혁사리씨가 큰 소리로 명령했다. 그녀는 임신 9개월째인 탓에 숨이 차고 여간 불편한 게 아닐 터였으나 전혀 그런 티를 보이지 않았다. 너무나 침착하였으며 매서워 보이기까지 했다. 그녀가 덧붙였다.

"노새, 어디에 있는가? 빨리 나와 봐!"

황후가 부르자 노새는 태감 한 명을 붙잡아 한바탕 뺨을 후려치려다 말고 바로 달려왔다. 동시에 허리를 굽히면서 대답했다.

"황후마마, 노새가 왔사옵니다!"

"나는 육궁六宮의 주인이자 천하의 대모大母이다! 자네는 지금부터 무단武丹이라고 이름을 고쳐라. 그리고 오늘 궁중에서 무단이라는 이름으로 마음껏 죽이고 통쾌하게 한번 놀아봐라!"

황후가 준엄한 목소리로 명령했다. 그때 저쪽 어두운 곳에서 시커먼 그림자가 언뜻 비쳤다. 황후 옆에 서 있던 묵국이 횃불을 흔들면서 검은 그림자를 막으려 했다. 그러나 그 검은 그림자는 재빨랐다. 묵국의 저항에도 아랑곳하지 않은 채 칼을 마구 휘둘렀다. 급기야 묵국은 종아리를 찔렸다. 그녀는 바로 쓰러졌다. 그 바람에 황후 역시 비틀거리면서 쓰러질 뻔했다.

관동關東의 마적 출신인 노새, 아니 무단은 포악하기로는 둘째가라면 서러웠다. 타고난 성격 자체가 악랄한 면이 있었다. 강희의 시위가 되면서부터 많이 절제하기는 했으나 그 성질이 어디 갈 리가 없었다. 더구나 절체절명의 순간에는 그 본성이 유감없이 드러났다.

"소인, 황후마마의 명령에 따르겠사옵니다."

무단은 잽싸게 몸을 날렸다. 그는 곧장 검은 그림자의 뒷덜미를 덮쳤다. 곧 무단에게 목덜미를 잡혀 꼼짝 못하게 된 그의 배는 무단에 의해 잔인하게 갈라졌다. 무단은 전혀 머뭇거리지 않았다. 바로 그 자의 뱃속으로 손을 집어넣더니 피가 뚝뚝 떨어지는 심장을 꺼냈다. 그리고는 한편에서 신음하는 묵국에게 던져주면서 말했다.

"이걸 먹으면 상처가 나을 거야. 아프지도 않고!"

불과 몇 초 만에 벌어진 일이었다. 악랄하기 이를 데 없는 잔인한 살수였다. 명령을 내린 황후조차 놀란 나머지 눈을 감아버릴 정도였다. 태황태후 역시 황급히 합장을 하면서 염불을 외웠다.

무단은 낭심과 목자후가 황제를 제대로 보호하고 있는 것에 한시름을 놓았는지 괴성을 지르면서 칼춤을 추며 몰아치기 시작했다. 누군가 숨어 있을 법한 곳은 여지없이 달려갔다. 칼을 들고 있는 사람은 모조리 그의 희생양이 될 수밖에 없었다. 사실 궁중의 범규에 태감들은 흉기를 휴대하지 못하도록 돼 있었다. 때문에 눈 깜짝할 사이에 죽어나간 대여섯 명의 태감들은 그다지 억울하다고 하기 어려웠다. 그들은 하나같이 배가 갈라져 오장육부를 드러낸 채 죽었다. 먼발치에서 그 모습을 본 대부분의 태감들은 완전히 혼비백산해 그 자리에 얼어붙고 말았다. 그러나 20여 명의 태감들은 술을 너무 많이 마셔 이성이 마비됐는지 시뻘건 두 눈을 부릅뜬 채 마구 칼을 휘둘렀다. 그중 일부는 강희를 향해 덮쳐오기도 했다.

낭심은 전혀 당황하지 않았다. 위급할 때일수록 침착하고 치밀한 성격이 돋보이는 인물다웠다. 아니나 다를까, 그는 가운데의 주동자인 듯한 자를 눈여겨보다가 쏜살같이 달려가 정확하게 낚아챘다. 그런 다음 두어 번 가슴팍을 걷어차 칼을 떨어뜨리게 하고는 정신이 혼미해진 그를 약간 밝은 곳으로 끌고 나왔다. 낭심이 그를 짐짝 던지듯 땅바닥에 내동댕이치면서 위협했다.

"이자가 어떻게 되는지 눈 똑바로 뜨고 쳐다보라고!"

낭심이 태감들을 향해 엄포를 단단히 놓더니 칼을 높이 쳐들었다. 이어 주동자로 찍힌 사내의 머리를 힘껏 내리쳤다. 그리고는 마치 정육점의 고기를 썰 듯 난도질을 해버렸다. 아차! 하는 사이에 그야말로 목불인견의 광경이 펼쳐졌다. 저만치 떨어져 나간 채 뒹구는 머리, 순식간에 여러 등분으로 싹둑 잘린 팔다리는 불과 몇 초 전까지만 해도 사람의 몸이었다고 하기 어려울 정도로 끔찍했다.

태감들은 기절할 듯 놀랐다. 곧 모든 것을 체념한 듯 저마다 칼을 내던지고는 땅에 엎드렸다. 죽어라 머리를 짓찧어대면서 살려달라고 애원했다. 궁중의 태감들은 거의 대부분 명나라 전 황실이 남겨둔 태감이었던 것이 여실히 드러났다.

"우선 신형사愼刑司에 가두라고 해. 나중에 일괄적으로 처리하게!"

강희도 진동하는 피비린내와 여기저기 떨어진 살점에 비위가 상하는 모양이었다. 또 황실 가족들이 너무 놀라지 않을까 걱정도 되는 눈치였다. 곧 그가 시위들에게 살육을 그치라는 명령을 내렸다. 마침 그때 위동정이 땀범벅이 된 채 강희 쪽으로 다가왔다.

"그쪽은 어떤가?"

"여기하고 똑같았사옵니다. 전체 궁전 가운데에 이 두 곳만 소동이 벌어졌사옵니다! 저쪽은 거의 다 마무리됐사옵니다. 폐하의 안위가 걱정되어 달려왔사옵니다!"

위동정이 대답했다. 태황태후는 원래 그에게 남다른 신뢰를 가지고 있었다. 언제 봐도 기분이 좋고 믿음직하다는 생각을 늘 했다. 그녀는 그를 한참이나 쳐다보다 이상한 사실을 하나 발견했다. 그의 몸에는 핏자국이나 흙먼지 하나 없이 깨끗했던 것이다. 그녀가 신기하다는 듯 물었다.

"자네는 반란분자들을 죽이지 않았는가?"

"소인은 성명聖命이나 의지懿旨(황태후나 황후의 명령)가 없으면 함부로 사람을 죽일 수 없사옵니다. 그래서 그중 악질분자 10여 명만 골라 다리 힘줄을 잘라버렸사옵니다. 아마 더 이상 걸을 수가 없을 것이옵니다."

위동정이 황급히 무릎을 꿇으면서 대답했다. 그러자 태황태후가 합장을 했다.

"나무아미타불! 자네에게 황금 백 냥을 상으로 주겠네. 이쪽은 한 사람당 다섯 냥씩 주고!"

강희는 할머니의 처사에 대단히 흡족한 듯 밝게 웃었다. 위동정도 소리를 죽인 채 따라 웃었다.

도해와 주배공의 행동 역시 신속했다. 둘은 우선 북경의 각 주요 도로를 봉쇄했다. 성 밖의 반란군들이 들어오지 못하도록 일단 차단을 한 것이다. 그들은 또 극히 일부분의 병사들만 불이 붙은 지점으로 보내 북을 치고 나팔을 불면서 분위기를 교란시켰다. 그 때문에 빨간 모자를 쓴 반란군들은 지레 겁을 먹고 계획대로 움직이지 못했다. 도해는 그러면서 100여 명의 친병들을 거느린 채 장안가長安街에 주둔했다. 총사령관 역할을 자임했다고 할 수 있었다. 또한 주배공은 300여 명의 병사들을 거느리고 과수원果樹園으로 달려갔다. 반란의 총책을 잡기 위해 나선 것이다. 그곳은 양기륭이 성 안으로 들어오려면 반드시 거쳐야 하는 곳이기도 했다.

양기륭은 당초 13곳에 점화하는 계획을 세웠다. 그러나 단지 4곳만 성공했을 뿐이었다. 나머지 9곳은 손도 대보지 못한 채 황급히 도주해야 했다. 그러나 그게 끝이 아니었다. 도주하는 길에서도 청나라 병사들의 고함 소리는 심심치 않게 곳곳에서 들려왔다. 양기륭의 부하들은 저마다 빨간 모자를 벗어던진 채 뿔뿔이 살길을 찾아 흩어지지 않으면 안 됐다. 그러나 얼마 못 가서 순찰 중이던 군사들에 의해 대부분 체포되고 말았다.

"일이 이렇게까지 될 줄은 정말 몰랐어!"

양기륭은 달랑 200명의 부하들만 거느린 채 잔뜩 겁에 질려 과수원에 움츠리고 있었다. 꼴이 영 말이 아니었다. 얼마 후 날이 밝아왔다. 그는 인원을 점검했다. 또다시 반 이상이 도망가고 없었다. 심지어 오응웅과 낭정추의 모습도 보이지 않았다. 양기륭과 그의 부하들은 숲속에서 땀을 뻘질뻘질 흘리면서 거친 숨만 몰아쉬었다. 누구 하나 먼저 입을 여는 사람이 없었다. 양기륭은 자신을 비롯한 모두에게 화가 치밀었다. 울고만 싶었다. 또 몇 년 동안 야심차게 추진해온 계획이 단 몇 시간 만에 수포로 돌아갔다는 사실에 미칠 것만 같았다. 그는 가슴속의 울분을 깊은 한숨에 실어 토했다.

"나는 여기에서 죽을 수밖에 없게 됐군!"

양기륭은 괜한 말을 하는 것이 아닌 듯했다. 정말로 칼을 뽑아들었다. 순간 이주가 황급히 그의 팔목을 잡았다. 그 역시 온몸을 심하게 떨면서 처연하게 말했다.

"태자마마, 다 제가 무능해서…… 이 지경에까지! 하지만 한 번의 실수로 이렇게 자결을 하시면 안 됩니다. 태자마마가 안 계시면 대명의 복벽은 영원히 물 건너 가고 맙니다!"

마침 그때 밖에서 망을 보던 부하가 달려 들어와 아뢰었다.

"태자마마! 군사! 한 무리의 인마가 이쪽으로 달려오고 있습니다!"

양기륭 등은 잔뜩 긴장하지 않을 수 없었다. 벌떡 일어나 귀를 기울였다. 과연 멀리서부터 요란한 말발굽 소리가 들려오고 있었다. 그 소리는 시간이 갈수록 더욱 가까워지고 있었다.

"이제 어떻게 합니까? 여기는 곧 포위당하게 생겼네요!"

초산이 당황했는지 떨리는 목소리로 물었다. 장대가 말했다.

"하늘이 우리의 성공을 바라지 않는다면 인력으로 어떻게 할 도리가 없지 않겠습니까?"

그러자 주상현이 이를 악문 채 악에 받쳐 말했다.

"아무리 봐도 우리는 잠시 뿔뿔이 흩어졌다 나중에 다시 합치는 것이 낫겠어요. 나중에 재기를 노리는 것이 최선의 방법이에요!"

이주가 주상현의 말에 발을 동동 굴렀다.

"모든 게 더 이상 의미가 없게 됐어요! 주 형의 말이 일리가 있기는 하나 지금 당장 발등에 떨어진 불부터 끄는 것이 중요하다고 봅니다. 지금은 태자마마께서 무사히 빠져나가는 것이 그 무엇보다 중요하다는 말입니다! 여러분들이 죽기가 두렵다면 나는 아무 말도 하지 않겠어요. 아무튼 나는 최후를 각오한 사람이에요! 우리 가족은 청나라 병사들에 의해 깡그리 도륙을 당했어요. 나는 지금 당장 죽는 한이 있더라도 저 놈들과는 절대로 타협할 수 없습니다!"

"여기에 죽는 것이 두렵다고 말한 사람은 아무도 없습니다. 나도 그대와 같은 입장입니다!"

주상현이 약간 화가 난 어조로 말했다. 그의 말은 솔직히 틀린 것은 아니었다. 남아 있는 100여 명의 처지는 하나같이 거의 비슷했던 것이다.

"여러분들이 죽는 것이 두렵지 않다면 좋습니다. 내게 주삼태자를 살리는 방법이 하나 있습니다! 우리 모두 도해에게 가서 목을 들이대는 겁니다!"

이주가 눈물을 훔치면서 말했다. 그러자 장대가 너무 놀랐는지 펄쩍 뛰었다.

"미쳤습니까? 그건 죽음을 초개같이 여기는 것과는 차원이 다른 문제입니다. 그건 죽여주십사 하고 머리를 내미는 격이에요!"

이주가 그의 말을 받았다.

"그렇습니다! 우리가 한 사람을 가짜 주삼태자로 내세워 항복을 하는 겁니다. 또 진짜 주삼태자는 무슨 수를 써서라도 확실하게 보호해서 북경을 탈출하게 도와주면 됩니다!"

이주 등이 갑론을박을 벌이는 사이 말발굽 소리는 어느새 사라지고 들리지 않았다. 아마도 병사들이 과수원을 뒤지고 있는 것이 분명해 보였다.

장대를 제외한 좌중의 사람들은 더 이상 시간을 끌 수 없다고 생각했다. 마치 약속이나 한 것처럼 동시에 벌떡 일어나더니 이주의 손을 잡고 말했다.

"그…… 그렇게 하는 수밖에는 다른 방법이 없겠습니다. 이 장군 뜻에 따르겠습니다!"

그러나 장대는 여전히 아무 반응을 보이지 않았다. 그러자 주상현이 얼굴을 일그러뜨리면서 물었다.

"장대, 그대는?"

장대가 이를 악물고 한참 생각하더니 대답했다.

"아비가 죽으면 어미는 시집을 가죠. 각자 살 길을 찾아야……."

장대의 말이 채 끝나기도 전이었다. 갑자기 진계지와 사국빈이 장검을 뽑아들었다. 그런 다음 누가 먼저랄 것도 없이 동시에 장대의 심장부를 향해 찔렀다!

"여보게들……."

양기륭은 가짜 주삼태자인 자신을 죽을 각오로 살려내려는 부하들의 충성심에 놀라지 않을 수 없었다. 다시 재기를 도모해보자는 용기도 생기는 것 같았다. 그러나 이내 다시 감정이 격해지는지 눈물을 비오듯 흘렸다.

"자네들, 이러지 말게. 이러지 말라고……. 장대의 말이 틀린 것은 아니야."

"결정은 났습니다. 우리가 서직문으로 가서 투항하는 사이의 혼란한 틈을 타서 빠져 나가세요! 탈출하서는 우리들의 원수를 갚는 것만 잊지 말아주세요!"

이주가 단호하게 말한 다음 멍하니 서 있는 양기륭의 등을 힘껏 떠밀었다. 양기륭은 비틀거리면서 저만치 밀려나갔다. 그제야 이주는 두 손을 나팔 모양으로 하고 서직문을 향해 큰 소리로 말했다.

"이것 보세요! 과수원을 포위한 사람들은 다 들으세요! 날도 밝아오고 있습니다. 우리는 더 이상 도망가지 않기로 했습니다. 단 한 가지 부탁이 있습니다. 우리 주삼태자께서는 신분이 있는 만큼 도해 장군을 만나야 항복할 수 있습니다. 아니면 우리는 전부 여기에서 죽어버릴 겁니다. 하나도 생포할 수 없도록 말이에요!"

한참 후에 대답이 들려왔다.

"그러면 좋다! 칼을 버리고 한 줄로 서서 서직문으로 나와라!"

이주 등은 군소리 없이 투항함으로써 조용히 과수원을 떠났다. 그러나 양기륭은 차가운 서리가 맺힌 풀숲에 엎드린 채 터져 나오는 울분을 참느라 애를 써야만 했다. 자신의 가슴을 죽어라 쥐어뜯으면서 소리를 한껏 낮춰 울먹였다.

"강희, 내 목숨이 붙어 있는 한 이 철천지원수는 반드시 갚고 말 테다. 그렇지 않으면 내가 사람이 아니다!"

그가 강희에 대한 저주를 퍼붓고 있을 때에도 병사들 몇 명은 수색을 멈추지 않았다. 멀지 않은 곳에서 칼로 풀을 헤치면서 살살이 훑는 소리가 들려오고 있었던 것이다. 그는 황급히 몸을 더욱 납작하게 엎드렸다. 다행히 병사들은 양기륭이 있는 곳까지는 오지 않고 도로 돌아갔다. 그제야 그는 엉거주춤 일어나 겨울인 탓에 생기라고는 찾아볼 수 없는 과수원을 비틀거리면서 떠났다.

날이 완전히 밝았다. 서직문도 열렸다. 그러나 도해는 만일의 사태에 대비하기 위해 성문을 하나만 열어 놓았다. 그래도 마음이 놓이지 않았는지 직접 지키고 서 있었다. 낭정추는 도해의 옆에서 두 눈을 부릅뜬 채 드나드는 행인들을 살폈다. 가끔씩은 혼신의 신경을 곤두세우고 호시탐탐 노려보기도 했다. 그의 눈썰미는 적지 않은 실적을 올렸다. 교묘하게 위장한 채 성문을 빠져나가려던 반란군의 일부가 목덜미를 잡힌 것이다.

얼마 후 갑자기 거리가 들끓기 시작했다. 100여 명의 빨간 모자들이 주배공의 병사들에 의해 압송돼 오는 모습이 보였다. 사람들은 오랜만에 볼 만한 구경거리가 생겼다고 생각했는지 우르르 몰려들었다. 사람의 장벽이 순식간에 생겨났다. 빨간 모자들이 성문에 도착할 무렵 이주가 앞으로 나오더니 걸음을 멈췄다. 이어 그를 비롯한 반란군 전부가 차례로 무릎을 꿇으면서 큰 소리로 외쳤다.

"주자형이 패잔병을 이끌고 대청의 도 군문에게 투항하러 왔습니다!"

상황이 예사롭지 않아 보였는지 구경꾼들은 더욱 많아졌다. 성문을 지키고 있던 병사들조차 머리를 한껏 빼들고 빨간 모자들을 쳐다볼 정도였다. 당연히 행인들을 검문하는 일은 게을리 할 수밖에 없었다. 양기륭은 그 틈을 타 잽싸게 성문을 빠져나갔다. 주배공이 반란군들을 압송해 나타나자 도해의 기쁨은 이루 말할 수가 없었다. 그가 말 위에 있는 주배공에게 머리를 끄덕여 보이고는 빨간 모자들에게 물었다.

"누가 주자형인가? 나와!"

대답이 없었다. 그러자 도해가 다시 소리를 질렀다.

"전부 머리를 쳐들어! 낭정추, 이리로 와서 찾아보게!"

그러나 누구 하나 머리를 드는 사람은 없었다. 순간 주배공은 뭔가 이상한 낌새를 차린 듯했다. 급기야 성문을 지키고 있던 병사들에게 큰소리로 명령을 내렸다.

"속았다! 성문을 닫아걸어라!"

바로 그 순간 무슨 신호가 울렸다. 그러자 땅에 엎드려 있던 100여 명이 일제히 최후의 발악을 하겠다는 태도로 덮쳐왔다. 도해, 낭정추, 말 위에 앉은 주배공에게까지 그야말로 동시다발로 기습을 가했다. 깜짝 놀란 도해와 주배공 휘하의 병사들 역시 모든 것을 삼켜버릴 듯 무서운 고함소리를 내면서 마구 칼을 휘둘렀다. 그러나 병사들의 반격은 큰 도움이 되지 못했다. 무엇보다 도해가 악을 쓰고 달려드는 반란군을 연거푸 네댓 명 쓰러뜨리고 나서야 겨우 포위망을 빠져나올 수 있었다. 또 칼싸움에 재주가 없던 낭정추는 이성을 잃은 반란군들에게 바로 목이 졸려 현장에서 즉사하고 말았다.

"하하하하……."

이주는 마치 짐짝처럼 묶인 채 머리를 쳐들고는 정신없이 웃어댔다. 그러더니 마치 시를 읊듯 말을 내뱉었다.

"제 아무리 백양나무라지만 황토청산을 어찌 당하겠는가? 구름 잡아 당겨 향기를 꽁꽁 덮었네! 이별곡을 부르고 기지개를 켜는 순간…… 주 삼태자는 이미 멀리멀리 날아갔으니!"

도해는 이주의 말이 뭘 뜻하는지 아는 듯했다. 그러나 입가의 피를 닦는 와중에도 지지 않고 맞받았다.

"스님이 도망간다고 절도 따라 도망을 갈 수 있겠는가? 삼척三尺의 인생은 세상 어디에도 숨길 수 없다는 말은 못 들어봤는가? 까불지 말라고! 오응웅은 금패 영전을 두 개씩이나 가지고, 게다가 병부 통행증까지 가지고 있었는데도 끝내는 빠져나가지 못했어!"

도해는 이를 악물고 소리친 마침 다음 손짓으로 오응웅을 데리고 오도록 했다. 이어 포로 행렬에 그를 밀어 넣었다.

건청궁에서 도해를 접견한 강희는 한동안 별 말이 없었다. 오응웅과 양기륭에 맞서 싸운 경과를 자세히 보고받는 중이었다.

"소인의 불찰로 악당의 두목을 놓쳤사옵니다. 중벌을 내려주시옵소서."

도해가 머리를 무겁게 조아렸다. 그러자 강희가 도해에게 일어나라고 명령했다.

"자네와 주배공은 그 정도밖에 안 되는 병력으로 대란을 평정했어. 죄는 무슨 죄가 있다고 그래! 짐이 기분이 우울한 것은 어제 저녁 난리통에 소모자가 피살됐기 때문이네!"

강희가 한참 후 다시 입을 열어 물었다.

"어제 저녁에 얼마나 체포했나?"

"마음대로 궁전을 출입하고 명령을 어긴 자들을 이천사백 명 잡아들 였사옵니다. 오늘은 주동자들 일백삼십 명을 붙잡았사옵니다."

"죄질이 크지 않은 이천사백 명은 우선 풀어주게. 사후 조치를 기다 리라고 하고!"

강희가 차가운 어조로 덧붙였다.

"나머지 백여 명은 죗값을 톡톡히 치르도록 할 참이야. 오응웅만 대리 시로 압송해 감금하고, 나머지는 모두 허리를 두 토막 내어 죽여 버려!"

47장
저수궁의 비극

　음력 12월 23일의 저녁은 양기륭에게는 정말 악몽 같은 거센 파도
가 덮친 순간이었다. 그가 심혈을 기울여 조직한 종삼랑鍾三郎이 풍비박
산이 나고 말았으니 그럴 만도 했다. 그러나 그 덕분에 북경 일원은 점
차 안정을 찾아갔다. 그러나 운남 쪽은 여전히 감감무소식이었다. 강희
는 너무나 불안했다. 급기야 병부와 보군통령아문을 통합시키는 결단을
내렸다. 언제 또다시 닥칠지 모를 위기에 대처하려면 그게 최선이었다.
　주배공은 상서방과 병부아문 사이를 분주히 오갔다. 누가 봐도 정말
열성적으로 일하는 것이 확연히 느껴질 정도였다. 도해 역시 그에 뒤지
지 않았다. 선박영과 북경 각 아문의 아역들과 상의하며 내부 조사를 철
저하게 해 나갔다. 이에 따라 옥신묘獄神廟(감옥에 두는 묘당廟堂 같은 것을
일컬음. 보통 감옥을 일컬을 때도 씀)와 크고 작은 감옥들에 수용돼 있는
죄수들 중에서 죄가 가벼운 이들은 졸지에 풀려나게 됐다. 감옥이 전부

콩나물시루처럼 돼 있었으니 그렇게 하지 않을 수가 없었다.

양심전에는 반란이 일어났던 당일 저녁의 광란의 살인극으로 인해 어디나 할 것 없이 혈흔이 묻어 있었다. 대대적인 수리를 하지 않을 수 없었다. 이로 인해 강희는 건청궁으로 옮겨 일을 보아야 했다. 더불어 잠도 그 곳에서 해결했다. 강희의 옆에서는 주배공과 하계주가 늘 군무와 잡다한 일들과 관련한 시중을 들었다. 반면 태감들은 단 한 명도 곁에 가지 못했다. 대내大內(황제와 황후의 거처. 일반적으로 황후의 거처를 일컬음)에는 출산을 앞둔 황후 혁사리씨가 있었으나 상황은 비슷했다. 그러자 엉뚱하게 장만강이 몹시 바빠졌다. 내무부를 비롯해 경사방, 신형사 태감인 소납蘇納을 데리고 여기저기 박혀 있는 첩자들을 색출하느라고 여념이 없었던 것이다. 뿐만 아니었다. 종삼랑에 포섭된 나머지 태감들을 색출하는 것도 그의 몫이었다. 이처럼 황궁 안팎에서 큰 난리를 겪었으나 모든 것이 잘 맞물려 돌아가고 있었다.

강희는 이삼일 동안 태황태후가 보내준 산삼 달인 물을 정성스럽게 마셨다. 놀랍게도 효과는 좋았다. 정신이 번쩍 나면서 힘이 솟구치기 시작했다. 마음도 많이 진정되고 편안해졌다. 그는 건청궁 동난각의 온돌방에 앉아 멍하니 밖을 쳐다보면서 생각에 잠겼다. 즉위 이래 황궁 안에서 얼마나 많은 아슬아슬한 위기를 넘겼던가! 참으로 가슴 떨리고 위험천만한 순간들이 아니었던가!

그러나 주도면밀한 계획과 계산 끝에 어느 것 하나 제대로 해결하지 못한 것은 없다고 해도 좋았다. 강희는 자신의 위기 대처 능력이 탁월하다는 자부심을 떨칠 수가 없었다. 앞으로 더 큰일이 닥친다고 해도 두려울 것이 없을 것 같았다. 일을 벌이는 사람이 있으면 수습하는 사람도 있기 마련이다. 그는 그런 생각이 들자 험악한 환경 속에서 잔뼈가 굵어온 자신이 대견스러웠다. 자신이 황제라는 사실이 왕조로 볼 때 얼마나 다행스러운 일인지 모른다고 생각했다. 그는 마음이 편해졌다. 불현듯 맹자가 한 말이 떠올랐다.

하늘이 장차 이 사람에게 큰 임무를 내리려 할 때는 반드시 먼저 그 마음과 뜻을 지치게 한다. 뼈마디가 꺾이는 고난을 당하게도 하고, 몸을 굶주리게도 한다. 또 생활을 빈궁에 빠뜨리고, 하는 일마다 어지럽게 만든다. 이는 그의 마음을 격동시키고 참을성을 길러줘 지금까지 할 수 없던 일도 할 수 있게 만들기 위해서이다.

강희는 맹자의 글을 음미하면서 자신이 겪어온 파란만장한 삶을 돌이켜보았다. 그러자 구구절절이 들어맞는다는 생각이 들었다. 그는 예의 지혜가 번뜩이는 두 눈을 들어 창밖을 바라봤다. 궁궐의 붉은 벽과 황금색 기와, 흐릿한 하늘……. 눈 안에 들어오는 이 모든 것은 마치 고요 속에 새로운 위기가 내포돼 있다는 사실을 말해주는 것 같았다. 그는 거친 한숨을 내쉬면서 옆에 서 있던 주배공에게 물었다.

"자네, 주역周易에 대해 좀 아는가?"

주배공은 마침 강희처럼 깊은 생각에 잠겨 있었다. 그가 생각하고 있던 것은 다른 게 아니었다. 광동에서 보내온 군보軍報와 깊은 관련이 있었다. 부굉렬이 끝까지 버티지 못하지 않을까 하는 걱정이 들었던 것이다. 부굉렬은 편지에서 왕사영이 그를 찾아와서는 상지신을 설득해 조정에 귀순하게 한 다음 운남을 견제하자는 뜻을 전했다고 했다.

주배공은 그 사실이 달갑지 않았다. 너무 위험하게 느껴졌다. 그는 왕사영에 대해서는 부굉렬로부터 대충 들었으나 어떤 위인인지 정확히 알지는 못했다. 때문에 우선 병부의 비밀 자료실에서 그에 대한 정보를 자세하게 찾아보았다. 또 사람을 광서로 보내 공사정에게까지 뒷조사를 부탁하기도 했다. 그의 생각은 왕사영 한 사람에게만 머무르지 않았다. 변절한 왕보신, 친형님이나 마찬가지인 공영우가 어떻게 지내는지도 궁금하지 않을 수 없었다……. 이런저런 생각에 잠겨 있을 즈음 강희가 부르는 소리가 들렸다. 그가 황급히 대답했다.

"소인은 주역에 대해 별로 아는 것이 없사옵니다. 웅사리 대인에 비할 바가 못 되옵니다!"

강희가 주배공의 말을 곧이곧대로 믿는지 바로 머리를 끄덕였다. 그러더니 하계주를 불러 명령을 내렸다.

"가서 웅사리를 불러와!"

융종문 내의 북쪽 끝에 있는 방은 건청궁에서 가까웠다. 그곳에 있던 웅사리는 명령을 전해 듣자마자 부리나케 달려왔다. 그러다 건청궁 입구에 강희가 서 있는 것을 발견하고는 계단 밑에서 황급히 머리를 조아리면서 인사를 올렸다.

"웅사리!"

강희가 일어서라는 손짓을 보냈다. 이어 작심했다는 듯 칭찬의 말을 건넸다.

"자네가 그런 담력이 있는 줄 짐은 미처 몰랐네! 듣자하니 그날 저녁 그 난리통에도 자네는 꼼짝 않고 촛불 밑에 앉아 일을 봤다면서? 마치 아무 일도 없다는 듯 태연했다고 하더군!"

"폐하께서도 평소와 다름없이 침착하신데, 신하 되는 자가 어찌 우왕좌왕할 수가 있겠사옵니까? 이틀 동안 소인은 끊임없이 자책하고 반성했사옵니다. 잘못 처리한 일들도 많았다는 것을 뼈저리게 느꼈사옵니다!"

웅사리가 정색하고 대답했다. 한바탕 난리를 겪고 나서 느낀 바가 많은 모양이었다.

"그런가? 그런데 그게 무슨 말이야? 짐은 아무 말도 하지 않았어!"

강희가 뜻밖이라는 반응을 보였다.

"폐하께서 늘 관대하게 봐주시니 소인은 더욱 몸 둘 바를 모르겠사옵니다. 불안하기도 하옵니다. 소인은 이번 일을 겪으면서 자비와 용서는 마음대로 베푸는 것이 아니라는 사실을 실감했사옵니다. 양기륭이 저지르는 일을 보면서도 소인은 오삼계를 품어주고 인덕으로 감화시키자고 했사옵니다. 그러나 이제 보니 그것은 소인의 우매한 졸견이었사옵니다."

강희는 웅사리의 말이 반갑게 들렸다. 그래서 시원스럽게 웃었다.

"그런 얘기를 들으려고 부른 것이 아니네. 짐이 자네를 부른 것은 짐을 대신해 점괘를 좀 봐달라고 부탁하기 위해서네. 짐이 곧 오문에서 성대하게 군주의 권위를 떨쳐 보이는 열병식을 하려고 하네. 그러니 길일과 좋은 시간을 점쳐 주게. 이번 열병의 목적은 우선 삼번의 기를 죽이려는 데 있어. 또 백일 동안 북경 지역에 대한 숙청에 들어가려고 하는 것과도 관계가 있지."

웅사리가 주저하지 않고 대답했다.

"폐하께서 영명한 판단을 하신 것 같사옵니다! 소인 생각에는 이왕 숙청을 하는 김에 산동성 포독고 지역의 반란세력들도 함께 갈아엎어 버리는 것이 좋을 것 같사옵니다. 그럼으로써 조운漕運의 순조로운 운항을 확보할 수 있사옵니다. 그러면 남쪽 식량을 북쪽으로 운송하는 데 아무런 어려움이 없게 되옵니다. 완전히 새로운 전기가 마련되는 것이죠!"

"음!"

"제가 요즘 깨달은 말이 있사옵니다. 그게 바로 '작은 자비는 큰 자비의 적이다!'라는 말이옵니다."

"뭐라고 했는가?"

강희가 눈을 크게 뜨고 물었다.

"소인은 '작은 자비는 큰 자비의 적이다!'라고 말했사옵니다."

"좋아!"

강희가 돌아서서 온돌에 앉았다. 그런 다음 웅사리가 점괘를 뽑고 있는 틈을 이용해 조금 전 그가 한 말을 곱씹었다. 순간 강희의 마음속에서는 희비가 교차했다. 오차우가 요양을 위해 그의 곁을 떠난 이후 그렇게 실용적이고도 대도大道에 어긋나지 않는 말을 해주는 사람이 거의 없었던 탓이었다.

웅사리는 탁자 옆에 꿇어 앉아 점을 칠 때 사용하는 64개의 시초蓍草(흔히 톱풀이라고 함)를 아무렇게나 두 무더기로 나눠 놓았다. 그런 다음 그것을 각각 홀수와 짝수로 세어놓는가 싶더니 바로 헝클어뜨리고 다시 그 과정을 반복했다. 그러자 바로 점괘 괘상이 나타났다. '☲' 모양이었다. 웅사리가 다시 새 강희동전 8개를 여섯 줄로 배열해 놓은 다음 이마를 찌푸리고 눈을 감았다. 이어 생각에 잠기는 듯하더니 한참후에 입을 열었다.

"이것은 이괘離卦(64괘 중 30번째 괘명)로, 폐하의 생각과 일치하옵니다. '계획이 약간 빗나가기는 했으나 착오가 없음에 경의를 표한다. 노랑이 떨어져 나가고 원단元旦이 길하나 해가 저무니 노인의 한숨이 무겁다. 흥……'"

웅사리의 말이 채 끝나기도 전이었다. 강희가 재빨리 말허리를 잘랐다. 그러더니 발을 구르면서 다그쳤다.

"여보시오, 샌님! 누가 자네하고 학문을 논하겠다고 했는가? 잘 알아듣게 말해보라고!"

"다시 말하자면 깜짝 놀라기는 하나 위험은 없다는 점괘가 나왔사옵니다. 폐하께서 조심하시기만 하면 궁극적으로는 대길하실 것이옵니다!"

웅사리는 이어서 동전의 점괘에 대해서도 말했다.

"오늘이 계축년癸丑年, 을축월乙丑月, 병진일丙辰日이옵니다. 그에 따르면 물과 나무가 일제히 말과 개에게 형구形具를 입힙니다. 또 서쪽의 불꽃이 무기를 만든다는 조짐을 보이죠. 원래는 대흉大凶의 날이옵니다. 길일로 택할 수가 없사옵니다."

강희는 걱정스러운 듯 이맛살을 찌푸렸다. 그리고는 바로 생각에 잠겼다. 다시 웅사리의 말이 이어졌다.

"그러나 폐하께서 하시려고 하는 일은 총칼을 휘둘러야 할 뿐 아니라 병사를 풀어 피를 봐야 하는 일이옵니다. 기쁜 일이 아니기 때문에 오히려 액을 때려잡는 격이옵니다. 그러므로 오늘은 최고로 대길한 날이옵니다!"

웅사리는 되도록 강희가 잘 알아듣게끔 해석을 해주느라 진땀을 뺐다. 다행히 강희는 잘 알아듣는 듯했다. 그가 몸을 굽혀 탁자 위에 놓여 있는 신비로운 톱풀과 동전을 들여다보면서 말했다.

"그렇다면 시간대를 점치게!"

"신시申時가 좋겠사옵니다."

그러자 강희가 한참 생각한 다음 물었다.

"다른 시간대는 좋은 것이 없나? 신시는 아무래도 조금 늦는 것 같아."

웅사리가 강희의 말에 다시 한 번 점괘상을 바라봤다. 그러더니 웃으면서 대답했다.

"그러시다면 오시午時가 좋겠사옵니다."

"명령을 전하라! 오시에 오문에서 북경에 주둔하고 있는 금군에 대한 열병을 거행하겠다. 병부, 예부, 선박영에 즉각 열병 준비에 착수할 것을 통보하라!"

강희는 웅사리의 말을 듣자마자 바로 큰 소리로 명령을 내렸다. 하계주가 한쪽 무릎을 꿇어 보이면서 대답을 한 다음 쏜살같이 달려갔다. 장만강이 헐레벌떡거리면서 종종걸음으로 달려 들어온 것은 강희가 막 옷을 갈아입으려고 할 때였다. 그가 인사할 새도 없다는 듯 서둘러 아뢰었다.

"폐하, 태황태후마마의 명령을 받고 왔사옵니다. 폐하께서 괜찮으시다면 저 뒤편으로 다녀오시랍니다!"

"무슨 일인가?"

"황후마마께서…… 황후마마께서 난산이시라고 하옵니다……."

순간 강희는 다리에 힘이 쭉 빠지는 느낌을 받았다. 급기야 그 자리에 주저앉고 말았다. 놀라기는 웅사리와 주배공 역시 마찬가지였다. 사실 황후는 계속해서 이어지는 불안과 긴장 속에서 심신이 지칠 대로 지쳐 있었다. 건강을 해치지 않는 것이 오히려 이상할 정도라고 할 수 있었다. 결국 태기胎氣가 불안하더니 일이 터졌다. 강희가 후줄근하게 늘어져 있다가 갑자기 무섭게 발을 굴렀다.

"어서 태의원에 알리지 않고 뭘 하는가? 무릎만 꿇고 있으면 뭘 어쩌겠다는 건데! 색액도에게 들어가 병문안 할 준비를 하라고 해!"

강희는 말을 마치자마자 바로 황후에게 달려가려고 했다. 그때 명주가 땀범벅이 된 채 달려 들어왔다. 이어 막 나가려고 하던 강희의 발치에 엎드리면서 아뢰었다.

"폐하, 잠시만 걸음을 멈춰 주시옵소서!"

강희가 발걸음을 멈췄다. 그러나 머리는 돌리지 않은 채 물었다.

"명주가 아닌가? 무슨 일인가?"

"당무례, 살목합이 운남에서 돌아왔사옵니다!"

명주의 목소리는 크지 않았다. 그러나 강희에게는 커다란 우렛소리처럼 들렸다. 그가 몸을 홱 돌리더니 준엄한 목소리로 명령했다.

"들어오라고 해!"

강희는 다시 자리에 가서 앉았다. 그의 눈에서 눈물이 핑그르르 도는가 싶더니 순식간에 흘러내렸다.

당무례와 살목합은 완전히 폐인의 모습이었다. 혼자서는 잘 걷지도 못했다. 때문에 네 명의 시위들에 의해 발도 땅에 닿지 않은 채 들려오다시피 해서 상서방으로 들어오고 있었다. 둘 모두 일반 백성의 차림을 하고 있었는데, 행색이 초라하기 이를 데 없었다. 우선 땟국물이 떨어지는 듯한 솜옷은 물어뜯긴 듯 맞은 듯 여기저기 솜이 삐죽삐죽 나와 있었다. 또 살목합의 신발은 바닥이 떨어져 나갔는지 보이지 않았다. 터져서 훤히 드러난 발뒤꿈치는 터진 채 아이의 입처럼 벌어져 피가 흘렀다.

"자네들 죽을 고생을 했구만! 그러나 이제 집에 왔으니 긴장하지 말고 어떻게 된 일인지 천천히 말해보게."

강희는 몰래 쓱 눈물을 닦았다. 그리고는 거지 행색의 두 대신을 측은하고 연민에 찬 눈길로 바라보았다. 당무례와 살목합의 눈빛은 그제야 약간씩 생기를 띠는 것 같았다. 그럼에도 얼이 나간 듯 딱딱하게 굳어 있는 눈은 좀체 풀리지를 않았다. 그들이 완전히 거지꼴로 나타난 것은 풍릉風陵에서 황하를 건너올 때 뱃사공에게 모든 것을 빼앗기는 몹쓸 일을 당한 탓이었다. 어쩔 수 없이 걸식을 하면서 겨우 목숨을 부지하면서 북경으로 돌아왔다. 둘은 엉망인 모습으로 돌아온 자신들에게 강희가 부드럽고 따스한 온정의 말을 건네자 더 이상 참지 못하고 울음을 터뜨리면서 겨우 입을 열었다.

"폐하, 오삼계가 반…… 반란을 일으켰사옵니다!"

당무례가 울먹이면서 가슴 속에서 서류 한 뭉치를 꺼냈다. 그런 다음 부들부들 떨리는 손으로 강희에게 바치면서 덧붙였다.

"절이긍, 부달례, 주국치, 감문혼 등이 하나같이…… 잘못됐사옵니다……."

걱정했던 일이 드디어 현실이 되었다. 강희는 묵묵히 서류를 받아들고 한 장씩 훑어봤다. 땀에 찌들고 심하게 구겨진 너덜너덜한 문서들이었다. 그 속에는 오삼계의 격문, 감문혼과 주국치가 미리 써놓은 유서들도 포함돼 있었다. 특히 두 사람이 남긴 유언은 말 그대로 글자 하나하나가 활활 타오르는 불꽃이 돼 강희의 마음을 불태웠다. 강희는 조금 전에 이어 다시 허물어질 것 같은 나른함을 느끼면서 힘없이 손사래를 저었다.

"두 사람을 부축해 데려가 잘 보살펴 주도록……."

당무례와 살목합이 떠나자 웅사리가 무릎을 꿇고 자신의 생각을 아뢰었다.

"소인이 보기에는 두 가지 일을 한꺼번에 해치워버릴 수 있을 것 같사옵니다! 이번에 북경의 병력에 대한 열병을 진행하고 의장대의 훈련을 성대하게 실시하게 되면 대외적으로는 반란을 절대로 용서하지 않는다는 조정의 결연한 의지를 보여주는 것이 되옵니다. 또 대내적으로는 북경 지역의 민심을 안정시킬 수 있게 되옵니다. 때문에 이 두 가지는 일거양득의 효과가 있사옵니다."

그는 그러면서 눈물을 흘렸다. 과거 주국치와 함께 남원南苑에서 낚시를 하던 일과 동원東園에서 술잔을 기울이면서 정세를 논했던 순간들이 떠오르는 모양이었다. 강희는 조주를 만지작거리면서 깊은 생각에 잠겼다. 그러다 천천히 입을 열었다.

"자네의 말이 일리가 있기는 해. 그러나 정세의 변화가 있으니 임기응변을 고려하지 않을 수 없어. 아, 그리고 주배공 자네 말이야. 주전빈과 오응웅의 집을 수색해 압수한 문서와 편지들은 봉인했는가?"

주배공이 강희의 질문에 잠시 머뭇거리다 대답했다.

"전부 봉인해 대리시에 넘겼사옵니다."

주배공은 강희의 의도를 알 것 같았다. 그래서 황급히 덧붙였다.

"폐하의 허락이 없으셨기 때문에 소인과 도해는 감히 뜯어볼 생각조차 하지 않았사옵니다."

"전부 오문 밖으로 실어가. 그런 다음 명령을 기다려! 양기륭의 일은 되도록 크게 부풀리지 말게. 이게 첫째야. 둘째는 웅사리 자네와 관련한 문제야. 바로 복건과 광동의 두 번에게 잠시 철번을 중지한다는 내용의 조서 초안을 작성하게. 되도록 말을 투명하고 완곡하게 하게. 그러나 만만하게 보여서는 안 되네. 심장부를 공략하는 것이 아무래도 상책이야!"

"예, 폐하! 폐하의 가르치심이 너무나도 현명하옵니다. 심장부를 공략하면 주변은 저절로 조용해질 것이옵니다."

웅사리는 어느새 강희의 식견에 감탄하고 있었다. 때문에 자신도 모르게 오체투지五體投地를 했다.

시간은 이미 예정된 오시를 향하고 있었다. 강희는 서둘러 위엄과 존귀의 상징인 황제의 곤룡포로 갈아입었다. 그런 다음 거울 앞으로 다가가 얼굴을 비춰보고는 상당히 오래 됐을 법한 장백산長白山(백두산)의 산포도주를 따라 한 잔 마셨다. 그때 하계주가 정신없이 뛰어 들어오면서 아뢰었다.

"폐하, 지금이 오시이옵니다. 명령을 내려 주시옵소서!"

"명령을 전하라! 의정강친왕 걸서, 간친왕 라포, 안친왕 악락에게 북경에 있는 여러 왕들과 그 자제, 패륵과 패자, 백작 이상의 제왕의 측근들과 식솔들, 육부구경, 시랑 이상의 관직을 가진 사람들은 한 명도 빠짐없이 오문 앞에서 명령을 대기하라고 말이야! 또 오응웅을 감옥에서 끌어내서 오문으로 압송하도록!"

말을 마친 강희가 보검을 허리춤에 차면서 말했다.

"오봉루五鳳樓로 가자!"

곧이어 "폐하께서 오봉루로 납신다!"라는 외침이 연달아 퍼져나갔다. 강희는 그 외침을 뚫고 뚜벅뚜벅 걸음을 옮겼다.

오문에는 95개의 용기龍旗가 동시에 게양돼 있었다. 강희는 침착하게 계단을 걸어 오봉루 위로 올라갔다. 저수궁에서 급한 일로 강희를 찾아온 장만강은 그를 어떻게든 데리고 가려 했으나 어쩌지를 못했다. 신하들이 까마득히 엎드린 채 하늘이 떠나갈 듯 만세를 연호하는 바람에 그저 입을 벌렸다 다물었다를 반복하다 그냥 돌아서고 말았다. 강희는 장만강의 표정으로 미뤄볼 때 황후의 병세가 악화되고 있다는 사실을 바로 감지할 수 있었다. 그러나 일부러 아무것도 묻지 않은 채 이를 악물고 앞으로 나아갔다.

"만세, 만세, 만만세!"

땅바닥에 엎드려 있는 3000여 명의 엄선된 철갑鐵甲의 어림군御林軍들은 산이 송두리째 흔들릴 정도로 소리 높이 외쳤다. 하기야 그들로서는 하늘을 찌를 듯한 기개를 품고 의연한 모습으로 성루에 올라선 황제의 복잡하고 미묘한 속내까지 헤아릴 수는 없었으니 그럴 수밖에 없었다.

전고戰鼓 소리가 울려 퍼졌다. 이어 호각 소리가 흐느끼듯 흘러 나왔다. 곧 보병과 기병들이 각자 자리한 위치에서 도해의 손에 들려진 붉은 기의 움직임에 따라 앞으로 나서고 뒤로 빠지면서 이동하기 시작했다. 광풍이 황토를 무섭게 휘감아 치솟는 가운데 황제를 상징하는 용의 깃발이 바람에 지칠 줄 모르고 나부꼈다. 동시에 오봉루 밑에 있는 병사들도 장관을 연출했다. 질서정연하기가 이를 데 없었다.

강희는 그 장엄한 광경을 마주하고 선 자신이 더없이 대단하다고 느꼈다. 순간 가슴속에 쌓였던 우울함과 불안감이 깨끗이 씻겨나갔다. 마음도 더할 수 없이 홀가분해졌다. 그의 얼굴은 겨울 한낮의 햇빛을 받아서 그런지 발갛게 상기됐다. 그가 등 뒤에 있는 대신들에게 말했다.

"진시황은 바위를 방패로 삼았으나 짐은 천하의 신민臣民들을 만리장성으로 여긴다네. 바위로 만든 만리장성은 볼품없이 변했으나 천만 백성들은 어제나 오늘이나 여전해. 또 내일도 모레도 영원히 그 자리에 있어줄 거야. 여러분들은 짐의 이 말을 오래도록 가슴속에 아로새기기를 바라는 바이네!"

이어 강희가 명주에게 지시했다.

"자네, 가서 오응웅에게 물어보게. 마지막으로 할 말이 없는지!"

"예, 폐하!"

명주가 관포 자락을 들고 성루의 계단을 내려갔다. 곧바로 병사들의 행진 훈련을 멈추라고 지시했다. 그런 다음 동북쪽의 나무기둥에 꽁꽁 묶여 있는 오응웅에게 다가가 물었다.

"오응웅, 폐하께서 물으신다. 마지막으로 할 말은 없느냐?"

오응웅은 눈을 감았으나 얼굴에는 전혀 비굴한 기색이 보이지 않았다. 곧 그가 눈을 번쩍 뜨면서 대답했다.

"내 명은 하늘에 달렸소. 나는 운명에 따르겠소! 그러나 강희에게 한마디 전할 말은 있소. 나를 죽인다면 우리 아버지는 더 이상 거침이 없을 거요. 아무런 거리낌 없이 반란을 일으킬 것이라는 말이오. 조정에 있는 여러분들도 모두 전력을 다해 당신 집의 충실한 노예가 될 것이라는 생각은 하지 않는 것이 좋겠소! 나는 효도하는 아들이 된 것만으로도 충분하오. 그러니 무슨 유감이 있겠소!"

명주가 오응웅의 말을 그대로 강희에게 전했다. 그러자 성루에 서 있던 강희가 "흥!" 하고 코웃음을 치면서 지시했다.

"문서들을 가져와서 그자가 보는 앞에서 태워버려!"

곧 높이 쌓인 여러 개의 상자가 마른 장작 태우는 소리를 내면서 불길 속에서 신나게 타올랐다. 그 안에는 오응웅과 주전빈이 평소 문무백관들과 주고받은 편지들이 들어 있었다. 편지들의 내용은 다양했다. 정보를 주고받은 내용이 있는가 하면 온갖 아부를 떠는 내용도 있었다. 심지어 고관대작들이 자신들을 휘하에 받아줄 것을 적극적으로 요청하는 내용도 있었다.

오응웅은 모든 것을 포기한 듯 눈을 질끈 감았다. 수백 명의 문무백관들 역시 각자 다른 심정을 가슴에 안은 채 불기둥을 쳐다봤다. 놀라는 이가 있는가 하면 감격에 겨워 탄복을 터뜨리는 이들도 있었다. 강희는 좌중을 둘러보면서 가볍게 웃어보였다. 그러더니 손을 저으면서 큰소리로 명령했다.

"저 파렴치한 역신을 처단하라!"

어림군에 대한 열병을 마친 강희는 몇 필의 의장 어마御馬를 가져오도록 했다. 그런 다음 부랴부랴 계단을 내려와 걸서, 명주, 색액도 등과 함께 날렵하게 올라탔다. 주배공이 뭘 할지 몰라 망설이는 모습을 본 강희가 입을 열었다.

"자네는 건청궁으로 가서 당무례가 가져온 문서를 저수궁으로 가져오게. 여기 일은 도해와 웅사리가 알아서 할 거야."

말을 마친 강희는 일행을 데리고 저수궁으로 달려갔다. 저수궁에는 이미 많은 사람들이 몰려와 있었다. 태의 몇 명과 산파들도 들락날락하고 있었다. 분위기는 긴박하기 이를 데 없었다. 또 태황태후와 황태후, 귀비 유호록씨, 혜비 납란씨, 영비榮妃 마가馬佳씨, 덕비德妃 오아烏雅씨를 비롯해 10여 명의 귀비들이 밖에 앉아 있었다. 강희가 헐레벌떡 도착하자 그들은 태황태후만 빼고 전부 자리에서 일어났다.

"어서 들어가 보게. 아이는 무사하게 나왔네. 통통한 것이 예쁘더군. 그러나 황후는······."

태황태후가 한숨을 내쉬면서 말했다. 강희가 걸서 등을 데리고 저수궁으로 온 것은 조정의 일을 더 논의하기 위해서였다. 황후의 병세가 상상 외로 위중한 줄은 전혀 몰랐던 것이다.

강희는 태황태후의 말을 듣자마자 바로 허리를 굽혀 "예!" 하고 대답하고는 혼자서 안으로 들어갔다. 그러면서도 일행에게 밖에서 계속 기다리라고 당부하는 것은 잊지 않았다.

황후 혁사리씨는 이미 혼절한 채 조용히 침대에 누워 있었다. 그래서인지 얼굴과 입술이 백지장처럼 창백했다. 막 낳은 것으로 보이는 둘째 황자는 한편에 무릎을 꿇고 앉은 유모가 포대기에 싼 채 안고 있었다. 태의들은 어려운 상황에서도 최선을 다하는 듯했다. 저마다 얼굴에 굵은 땀방울을 흘리며 진맥을 하거나 침을 놓느라 그야말로 정신이 없었다. 궁녀 묵국은 다리에 상처를 입었음에도 억지로 버티고 선 채 약탕관을 들고 있었다. 커다란 두 눈에는 눈물이 대롱대롱 매달려 있었다.

강희는 목숨이 경각에 달린 황후를 안쓰러운 눈으로 내려다봤다. 순간적으로 11년 전 그녀와 처음 만났을 때가 떠올랐다.

강희 2년 때였다. 그날 강희는 색니의 집으로 가서 재미있게 얘기를 나누고 있었다. 마침 그때 앙증맞게 생긴 여자아이가 밖에서 뛰어 들어와 인사도 하지 않고 강희를 손가락으로 가리켰다. 동시에 색니에게 말했다.

"할아버지! 조금 전에 삼촌이 그러시는데, 이분이 강희라고 하네요!"

색니는 갑작스런 손녀의 실수에 난감한 표정을 지을 수밖에 없었다.

얼굴을 붉히면서 크게 나무랐다.

"버릇없이! 어서 무릎을 꿇지 못해? 이 분은 황제폐하셔! 조그마한 게 집안 망신이나 시키고! 헉헉헉……."

병세가 완연한 색니가 기침을 심하게 했다. 그러자 강희가 말렸다.

"뭘 그러세요? 짐보다도 더 어린 것 같은데요! 짐이 괜찮다면 괜찮은 거죠. 색 대인은 너무 격식에 얽매이는 것 같네요!"

혁사리씨는 강희와 색니의 대화를 통해 자신이 손가락으로 가리킨 사람이 진짜 황제라는 사실을 확인하고는 깜짝 놀라 바로 무릎을 꿇었다. 그리고는 똘망똘망한 두 눈으로 강희를 쳐다보면서 말했다.

"아, 그렇군요! 폐하, 폐하께서는 자금성에서 산다고 들었사옵니다. 사실인가요?"

"그럼 사실이지!"

"그 안에는 재미있는 것들이 많아요?"

"많지! 그러나 안에 있는 물건들은 밖에서는 볼 수가 없지."

강희가 웃으면서 대답했다. 그러자 혁사리씨가 느닷없이 부탁을 했다.

"내일 시간이 나면 저를 데려가셔서 구경을 시켜주면 안 되나요?"

"좋아, 그렇게 하지!"

강희는 어려서부터 궁중의 크고 작은 규율을 그다지 좋아하지 않았다. 아니 질색을 하는 편이라고 해야 옳았다. 또 매일 보는 똑같은 색깔의 비굴한 웃음도 정말 싫었다. 그런데 난데없이 천진난만하고 귀여운 여동생 같은 친구가 생겼으니 좋아하지 않을 수 없었다. 그가 몹시 기쁜 어조로 말했다.

"네 어머니에게 너를 데리고 들어오시라고 해! 태황태후마마와 황태후마마도 만나 뵙고 맛있는 것도 먹으라고. 재미나게 같이 놀자고? 짐의 장난감은 너에게 다 줄게!"

그렇게 해서 둘은 서로 소꿉동무가 됐다. 소박한 정도 키워나갔다. 마침 그 무렵부터 강희가 색액도의 집으로 수업을 받으러 다니게 됐다. 둘은 자연스럽게 만나는 시간이 더 많아졌다. 틈만 나면 같이 메뚜기도 잡고 반딧불이도 잡았다. 어떨 때는 개미가 파리를 잡아 나무 위로 밀고 올라가는 것도 함께 구경했다. 그때마다 둘은 까만 진주 같은 두 눈을 마주보면서 해맑게 웃고는 했다. 이갈이를 하느라 엉성하게 남은 하얀 이빨들을 드러낸 채……. 그렇게 백년해로를 약속한 그 사람이 이 지경에 이르다니……!

혁사리씨는 사실 입궁한 이후 하루도 마음 편한 날이 없었다. 거의 매일 강희를 위해 애를 태웠다. 열심히 국정에 몰두하는 강희를 먼발치에서 그저 바라볼 수밖에 없는 날도 많았다. 그녀는 그러면서도 육궁六宮을 다스림에 있어서는 탁월한 재주와 살림 솜씨를 자랑했다. 최근의 여러 가지 일을 겪으면서는 강희 몰래 더욱 속을 태우기도 했다. 강희는 이런저런 생각을 하면서 가슴 아파하다 마침내 눈물을 비 오듯 흘렸다. 허리를 굽혀 침대에 누워 있는 그녀에게 가까이 다가가서 울먹였다.

"황후, 짐이 왔네!"

놀랍게도 혁사리씨가 강희의 목소리를 듣자마자 갑자기 눈을 크게 떴다. 그런 다음 허겁지겁 강희를 찾았다. 그러다 자신의 병상 앞에 서 있는 강희를 발견했다. 그녀가 입술을 실룩거렸다. 뭔가 할 말이 있는 듯했다.

강희가 황급히 그녀의 입에 귀를 가져다 댔다. 그러나 그녀는 아무 말도 하지 못했다. 잠깐 동안 눈을 뜨고 있는 것도 힘든 듯 기진맥진하더니 곧 두 눈을 스르르 감고 말았다. 그녀의 볼에서는 두 줄기의 맑은 눈물이 소리 없이 흘러내렸다.

"도대체 상태가 어떤가?"

강희가 혁사리씨의 몸을 가볍게 흔들면서 애타는 목소리로 간절하게 물었다. 그러나 그녀는 여전히 대답을 하지 못했다. 강희가 오장이 타들어가는 듯한 고통어린 목소리로 다시 한 번 애절하게 외쳤다.

"황후! 짐이 한 발 늦었소, 늦었어……. 조금만 일찍 왔어도 좋았을 텐데……. 우리 둘은 진짜 서로를 사랑하였소! 우리는 부부 사이면서도 늘 소꿉동무 때의 순수함을 지키려고 애썼지. 우리 사이에는 결코 못할 말이 없었어. 그런데 왜 아무 말을 하지 않는 거요? 뭐라고 말 좀 해봐. 말을 해보라니까!"

강희는 고통의 나락으로 빠져 들어가는 자신을 주체할 길이 없었다. 급기야 실성한 듯 땅바닥에 주저앉아 혁사리씨의 이름을 부르면서 대성통곡하기 시작했다.

"폐하께 아뢰옵니다! 황후마마께서는 가래가 너무 심하게 끓어 더 이상……."

그때 진맥을 하던 태의가 울상을 지은 채 아뢰었다. 그러자 밖에서 귀를 기울이고 있던 태황태후가 황급히 달려 들어왔다. 죽음을 눈앞에 둔 가련한 손자며느리를 마지막으로 보는 그녀의 눈에서도 눈물이 하염없이 쏟아져 내렸다. 그녀가 황후의 손을 잡고 말했다.

"착한 내 새끼야. 다른 것은 걱정하지 말고 마음 편히 푹 쉬거라……. 그쪽 세상에 가서는 아프지 말고 잘 있어야 해. 흑흑……. 필요한 것이 있으면 꿈속에서 만났을 때 말해줘……. 내가 반드시 보내주마……."

강희는 망연자실한 채 다시 눈을 반쯤 뜬 혁사리씨를 바라봤다. 이상하게도 이번에는 뜬 눈을 감으려고 하지 않았다. 아마도 이승의 끈을 놓기가 아쉬운 듯했다. 강희가 무거운 발걸음으로 밖에 나와 색액도에게 말했다.

"이제 더 이상…… 가망이 없을 것 같네. 마지막 숨을 안 거두고 있어……. 얼마나 괴롭겠어. 자네들은 들어오게. 주배공, 자네도 왔으니 들어와!"

황후의 눈동자는 이미 움직임을 멈춘 듯했다. 그러나 천장을 향한 눈은 여전히 감기지 않았다. 그때 색액도가 그녀의 어릴 적 이름을 가볍게 불렀다.

"수아秀兒야. 집은 다 편안하고 잘 있어. 걱정하지 마. 폐하께서 또 멋진 집을 하사하셨어. 너의 사촌들도 다 잘 살고 있고. 황후마마, 걱……걱정하지 마시고 잘 가십시오……."

"황후마마, 소인 명주이옵니다! 황후마마께서는 현숙하고 덕망이 높은 육궁의 주인이셨사옵니다. 폐하께서 황후마마를 깊이 사랑하셨던 만큼 틀림없이 황후마마께서 남겨놓으신 분신을 더욱 더 사랑하실 것이옵니다……."

명주에 이어 걸서 역시 현명하고 지혜로웠던 인간 혁사리씨를 더 이상 볼 수 없다는 사실이 안타까운지 머리를 조아리면서 울먹였다.

"황후마마, 폐하를 위하시는 마음이 한결같이 깊고 따스했다는 사실은 하늘이 알고 땅이 아옵니다. 그런데 이렇게 고통스럽게 계시면 폐하께서 얼마나 괴롭겠사옵니까? 모든 것을 폐하께 맡기시고 편히 가시옵소서!"

그러나 주변에서 아무리 권고를 해도 혁사리씨는 눈을 감을 줄 몰랐다. 강희는 마음이 아프고 조급해졌다. 급기야는 상심에 젖은 어조로 태의들을 질책했다.

"뭐하는 거야? 이 바보 같은 자식들아! 어서 약을 쓰지 않고 뭐 해? 침이라도 놓아보라고. 평소에는 큰소리만 떵떵 치더니 정작 필요할 땐 밥값도 못하고 있잖아!"

태의들은 강희의 질책에 얼굴이 하얗게 질린 채 연신 머리를 조아렸다. 죄를 인정하는 모습들이었다. 그때 주배공이 갑자기 자리에서 벌떡 일어서면서 입을 열었다.

"황후마마의 속마음을 소인은 알 것 같사옵니다! 소인이 시 한 수를 읊어 황후마마의 서행 길에 조금이나마 위안이 돼 드리겠사옵니다."

"읊어 보게!"

"예, 폐하!"

티 없이 맑고 고운 얼굴만큼이나 아름다운 삶이었사옵니다. 20년 풍랑의 세월은 천애지각天涯地角 그 어디든 남아 있을 것이옵니다. 무엇 때문에 가시는 길에 눈을 감지 못하시옵니까? 막 탯줄 끊은 아드님이 떠도는 갈대꽃 신세가 될 것을 염려하시는 것이옵니까!

주배공이 시를 읊고 나자 기적같이 혁사리씨가 두 눈을 움직이더니 또다시 번쩍 떴다.

"아…… 그랬었구나!"

강희가 혁사리씨의 그 모습을 보고는 몸을 흠칫 떨었다. 그제야 모든 것을 알 것 같았던 것이다. 태황태후 역시 머리를 끄덕이면서 가볍게 한숨을 지은 다음 지시했다.

"즉각 웅사리를 들여보내도록 하라!"

"소인, 대령했사옵니다!"

원래 웅사리는 다른 일이 있어 저수궁으로 왔던 차였다. 그러다 모두들 경황이 없는 모습을 보고는 다시 나가려고 했으나 강희가 부르자마자 바로 대답을 했다. 강희는 곧바로 자신의 생각을 밝혔다.

"이 아이는 황후가 낳았다. 짐은 이 아이의 이름은 윤잉胤礽으로 하겠다! 원래 만주 조상의 가법대로라면 지금 황태자를 세울 수 없다. 그러나 지금은 나라의 기반을 튼튼히 다지고 민심을 안정시켜야 할 비상 시기라고 할 수 있다. 그런 만큼 짐은 둘째 황자인 이 윤잉을 황태자로 세우도록 하겠다!"

"예, 폐하!"

"웅사리는 인품이 단정하고 학문이 뛰어나다. 또 순수하고 선제 때부터 중용을 받아왔다. 짐은 전적으로 믿는다. 그래서 웅사리를 태자태보로 임명한다. 태자의 스승으로 자부심을 가지고 아침저녁으로 가르침을 주도록 하라. 짐의 크나큰 기대에 절대로 어긋나지 않게 하라. 황후의 자식에 대한 애틋한 정에 부응하기 바란다……."

강희의 말이 거의 끝나갈 순간 혁사리씨는 몸을 가볍게 떨었다. 동시에 미약한 한숨과 함께 반쯤 뜨고 있던 두 눈을 완전히 감았다. 강희가 눈물을 닦으면서 말을 이었다.

"황천후토皇天后土가 지켜보는 자리에서 다시 한 번 맹세한다. 짐은 절대 이 결정을 번복하지 않을 것이다!"

강희가 말을 마치고는 손을 저어 보였다. 그런 다음 한마디를 덧붙였다.

"주배공에게는 황금 백 냥을 상으로 준다. 자, 이제 그만…… 물러가게."

명주가 자리에서 일어서면서 주배공을 힐끗 쳐다봤다. 그러나 주배공과 눈길을 마주치지는 않았다. 그가 강희에게 감사인사를 올리기에만 급급한 탓이었다.

명주의 눈길은 대신 감격어린 눈빛으로 주배공을 바라보던 색액도의 시선과 허공에서 부딪쳤다. 두 사람은 순간 불꽃이 튀는 시선을 교환했다. 서로에게 부담이 되는 시선이었다. 그러나 강희의 물러가라는 명령을 듣자마자 곧 그런 눈길을 거두고 머리를 숙인 채 기어들어가는 목소리로 대답했다.

"황은이 망극…… 하옵니다."

48장

배신과 투항

삼번의 난이 불러온 전쟁의 불길은 2년 넘게 이어졌다. 자연스레 강희 16년을 맞은 산하는 어디나 할 것 없이 전쟁의 상처가 커다랗게 남아 있었다. 우선 장강을 따라 동쪽으로 길게 이어진 강서와 절강 등이 그랬다. 또 서쪽의 사천과 귀주 등도 예외가 아니었다. 그야말로 핏물로 장강이 시뻘겋게 물들 정도였다. 봉화가 하늘을 시커멓게 그을릴 만큼 거의 매일 올랐다. 게다가 왕보신의 반란으로 인해 섬서를 비롯한 감숙甘肅, 영하寧夏 등도 혼란 속으로 빠져 들어갔다.

오삼계는 강희 13년 정월부터 병력을 두 부분으로 나눠 각각 호남과 천섬川陝(사천과 섬서)을 공략한 바 있었다. 또 경정충은 직접 부대를 거느리고 복주福州에서 출발해 대만에서 상륙한 정경의 부대와 손잡고 각각 강서와 절강으로 진군했다. 다만 상지신은 꼼짝 못한 채 집안에 갇혀 있는 신세가 돼 있었다. 손연령과 뜻이 맞지 않는 데다 북쪽에 도사린

망이도와 남쪽의 부굉렬이 발목을 잡고 있었기 때문이었다.

호남 순무인 노진盧震은 전쟁이 일어나자 장사長沙를 버리고 도망을 가 버렸다. 그 바람에 상덕常德, 악주岳州, 형주衡州, 조주潮州 등이 눈 깜짝할 새에 함락되고 말았다. 또 사천 순무인 나삼羅森은 제독인 정교린鄭蛟麟, 총병인 담홍譚洪, 오지무嗚之茂 등과 몰래 모의한 다음 오삼계에게 투항했다. 이로 인해 삽시간에 동서남북 어디나 할 것 없이 전운이 무겁게 드리워지게 됐다. 강희의 정령政令이 북방의 몇 개 성省을 벗어나지 못할 정도였다.

다행히 강희가 복잡한 정세에 대비해 미리 후방을 공고히 하고 식량을 충분히 준비한 덕에 최악의 상황에까지 이르지는 않고 있었다. 호전될 기미도 조금씩이나마 보이기 시작했다. 조정의 반격도 눈에 띄게 효과가 나타났다. 우선 강친왕 걸서가 동로군東路軍을 거느리고 절강성과 감숙성으로 쳐들어갔다. 이후 총독인 이지방李之芳과 병력을 합쳐 구주衢州를 공략했다. 이어 패자貝子인 뇌탑賴塔이 정예부대를 거느리고 경정충의 식량 보급로를 차단했다. 부대 내에 식량이 없으면 병사들이 흩어지는 것은 당연할 수밖에 없었다. 경정충의 부대 역시 그랬다. 경정충 휘하의 주요 장군들인 증양성曾養性과 백현충白顯忠이 차례로 조정에 투항해왔다. 때문에 날개 떨어진 신세가 된 경정충은 어쩔 수 없이 다시 복건으로 돌아가지 않으면 안 됐다. 그 후 얼마 되지 않아 걸서가 다시 온주溫州로 쳐들어가서 선하관仙霞關을 점령했다. 정경은 불난 틈에 도둑질한다고, 이 기회를 이용해 장주漳州와 천주泉州 및 정주汀州를 탈취했다. 더 이상 오갈 데가 없어진 경정충은 도리 없이 조정에 투항하고 말았다.

안친왕 악락의 활약 역시 만만치 않았다. 감숙성에서 호남성으로 쳐들어가 우선 악주岳州의 관문인 영흥永興을 포위했다. 당연히 악주 역시 함락 위기에 내몰리게 됐다. 그때 오삼계는 악주를 잃어서는 안 된다는 판단을 하고 있었다. 중군中軍을 형주로 이동시킨 것도 그 때문이었다. 일전을 벌이려 단단히 마음을 먹은 것이다. 강희 역시 이 전투의 중요성을 모르지 않았다. 새로 만든 20문의 홍의대포를 황급히 영흥으로 보냈다.

이렇게 해서 70만 명의 양측 병력이 형주와 악주에서 사생결단을 내기 위해 집결하게 됐다. 대충돌은 이제 일촉즉발 직전이었다. 그러나 폭풍 속의 고요처럼 당장은 서로 팽팽한 줄다리기만 이어졌을 뿐 전화는 불타오르지 않았다. 양측이 서로를 의식한 데다 군사력이 비슷한 탓이었다.

그러자 오삼계는 오세종을 광동으로 보내 상지신에게 지원을 요청했다. 그러나 이상하게도 오세종으로부터는 아무 소식도 오지 않았다. 오삼계는 어쩔 수 없이 다시 왕사영에게 10여 명의 부하들을 거느리고 광주廣州로 찾아가도록 했다. 왕사영으로서는 화가 나지 않을 수 없었다. 그는 사실 지난 몇 년 동안 동에 번쩍 서에 번쩍 하느라고 고생을 밥 먹듯 해왔다. 그런데 오삼계가 자신을 그저 심부름꾼 정도로만 여긴다는 생각이 들자 시간이 지날수록 화가 치밀어 올랐다. 평소 박식까지는 몰라도 그래도 자부할 만큼의 지혜와 재치를 가지고 있다고 생각해온 그가 아니던가. 그는 하국상의 태도 또한 마음에 들지 않았다. 앞에서는 계략과 꾀로 똘똘 뭉쳤다고 칭찬을 하면서도 정작 오삼계 앞에 가서는 좀처럼 그의 공을 치켜세우지 않은 것이다. 어느새 불혹의 나이에 접어든 그는 아무것도 해놓은 것이 없는 자신의 삶이 측은하고 가엽게 여겨졌다.

왕사영이 광주에 도착했을 때는 오후 다섯 시 무렵이었다. 백운산白雲山 역관의 관원들은 밖에 앉아 차를 마시면서 바둑을 두고 있다가 왕사영을 발견하고는 저마다 일어나 인사를 올렸다. 곧 책임자인 듯한 사람이 한쪽 무릎을 꿇은 채 반색을 했다.

"왕 대인, 수고 많으셨습니다! 지난번 세종 군왕郡王과 함께 다녀가신 이후로는 이삼 년 만에 처음이시죠? 왜 이제야 오십니까?"

"오세종 군왕도 여기에 있는가? 있으면 어서 전하게. 내가 좀 보자고 한다고 말이야."

왕사영이 채찍을 부하에게 넘겨주면서 말했다. 그러자 역관이 이상야릇한 웃음을 지으면서 눈을 껌뻑거렸다.

"여기 있다고는 하나 저희들도 얼굴을 자주 보지는 못합니다. 툭하면 취선루聚仙樓의 꽃시장 아니면 춘류春柳 골목의 호胡 아가씨에게 가서 자고 오고……."

왕사영은 화가 치밀었다. 분노로 인해 두 손을 부르르 떨었다. 전방에서는 병사들이 입김 한 번에 10리나 날아가는 붉은 수수밥도 제대로 배불리 먹지 못하면서 피 흘리고 싸우고 있는데, 군량미를 재촉하러 온 인간이 여자의 치마폭에 휘감겨 낮잠이나 자고 있으니 그럴 수밖에 없었다. 하지만 보이지 않는 곳에서만 화를 낼 뿐 정작 만나면 자신의 힘으로는 어떻게 할 수 없는 것이 현실이었다. 그가 포기한 듯 손을 저으면서 말했다.

"자네들 대인과 김광조 총독에게 전해주게. 내가 내일 좀 만나 뵙고 싶어 한다고 말이야."

왕사영은 말을 마치고는 바로 드러누웠다. 피곤이 몰려왔던 것이다. 그러나 잠은 오지 않았다. 대신 옛 생각이 새록새록 떠오르고 있었다. 그는 손에 쥐어져 있는 통소를 쳐다봤다. 형수가 자신에게 선물한 통소였다. 출세를 위해 밖으로 떠돌아다니면서도 늘 손에서 놓지 않던 정표情表였다. 그가 강희 원년에 집에 돌아갔을 때 형수는 정말 외롭게 지내고 있었다. 형이 돈 버는 일에만 신경을 썼을 뿐만 아니라 항주杭州에 여러

첩을 두고 살면서 집에는 거의 오지 않은 탓이었다. 실제로 그의 형은 5년 동안 달랑 두 번 집에 와서 잔 다음 돈 몇 푼을 남겨 놓고 간 이후로 거의 소식이 없었다.

"도련님은 아직도 내가 준 통소를 가지고 있네요……. 우리는 언젠가는 늙어 죽겠죠. 그래도 그 통소는 영원히 그 모양을 간직하고 있을……."

집에 돌아온 그날 왕사영의 형수가 그의 방으로 들어와서 신세타령을 했다. 그는 형수의 주름 가득한 눈자위가 어느새 붉어져 있는 것을 보았다. 곧바로 형수를 위로했다.

"그때가 되면 나도 황토에 들어가 있겠죠. 그러면 형수께서 종종 오셔서 명복을 빌어주세요. 우리들은 죽어서 같이 묻힐 수가 없으니, 이 통소를 잘라 반씩 나눠 가지는 것이 어떨지……."

왕사영은 그렇게 말을 하면서 눈물을 비 오듯 흘렸다. 그리고는 자신도 모르게 형수를 부둥켜안은 채 하염없이 울었다. 두 사람이 좀체 떨어질 줄 모르고 있는 바로 그때였다. 갑자기 문이 활짝 열리면서 아버지의 둘째 부인이 내뱉는 냉소어린 말이 들려왔다.

"보기 좋군! 그럴 것 없이 둘이 한꺼번에 가지고 가지 그래! 큰며느리께서 웬일로 밖으로 나오지도 않고 있나 했더니, 다 이유가 있었군! 이런 보물을 품에 안고 있다니! 둘째 도련님, 나는 이 집에 들어온 지 얼마 되지 않았어요. 그러나 어르신의 성격은 잘 알아요. 아마도 이 일을 아시면 화가 나서 돌아가시지 않겠어요?"

왕사영과 형수는 깜짝 놀라지 않을 수 없었다. 그러나 놀라고 있을 수만은 없는 일이었다. 사태를 수습해야 했다. 결국 형수가 무릎을 꿇은 채 눈물로 애원하기 시작했다.

"어머님, 이건 모두 제 잘못입니다. 도련님은 잘못이 없습니다. 부디 우리를 용서……."

왕사영 역시 사태가 심상치 않다는 사실을 깨닫고는 바로 무릎을 꿇었다.

"……어머님, 저를 벌하시는 것은 좋으나 아버님께는 말씀하지 마십시오. 연세가 많으신 분이라……."

왕사영의 계모는 음탕한 눈으로 그를 쳐다봤다. 그런 다음 갑자기 왕사영의 손을 덥석 잡았다.

"좋은 일은 큰며느리 혼자 즐기면 안 되죠. 나눠 즐길 줄 알아야지. 나는 지금껏 죽 생과부로 살았어요. 이번 한 번만 눈을 감으면 집안이 편안해질 거예요……."

세 사람의 일은 얼마 후 왕사영의 아버지에 의해 발각이 났다. 그러나 집안의 추문이 밖으로 새어 나가게 할 수는 없는 일이었다. 괴롭더라도 삼켜야 했다. 그러나 그로 인해 그의 아버지는 한 달도 못 돼 병으로 쓰러지더니 바로 세상을 떠나고 말았다…….

왕사영은 과거를 회상하자 가슴이 답답해졌다. 그는 결국 통소를 꺼내 자신이 직접 작곡한 〈위하야〉渭河夜라는 부분을 불면서 답답한 심사를 달랬다.

"좋은 노래군! 그러나 선생은 기분이 별로 안 좋은 것 같소. 그렇게 처량한 곡을 연주하는 것을 보니 말이오."

갑자기 창문 밖에서 호탕한 웃음소리가 들렸다.

"누구요?"

왕사영이 자리에서 벌떡 일어나 앉으면서 물었다. 그러나 밖에 있는 사람은 대답할 생각은 하지도 않고 살며시 문을 연 채 촛불을 들고 서 있었다. 노란 용포龍袍를 입고 긴 장화를 신은 그는 상지신이었다.

"대왕!"

"대왕은 무슨 대왕! 오늘 선생은 왕 선생이오. 나는 그저 상지신일 뿐이고. 오늘은 우리 편하게 친구가 돼 보는 것이 어떻겠소."

상지신이 깜짝 놀라 일어나 앉은 왕사영을 도로 눌러 눕히면서 말했다. 그런 다음 얼굴에 웃음을 가득 머금은 채 왕사영의 맞은편에 앉았다. 왕사영은 너무나 뜻밖이었기에 어정쩡한 모습을 보이면서 엉거주춤 일어나 앉았다.

"대왕, 이건……."

상지신은 왕사영이 너무 예의 바르게 나오자 불편한 모양이었다. 가볍게 한숨을 내쉬면서 곧바로 용건을 입에 올렸다.

"왕 선생, 사실 나는 선생의 재능에 감복한 지가 오래요. 그러나 집에 오동나무가 없는데, 어떻게 봉황을 불러올 수 있겠소. 지금 정세를 선생이 나보다는 더 잘 알 것 같아 한 수 배우려고 왔소!"

왕사영은 난데없는 상지신의 말에 가슴이 뜨끔했다. 하지만 겉으로는 웃으면서 침착하게 대답했다.

"대왕, 제가 어찌 감히 대왕에게 뭘 가르칠 수가 있겠습니까?"

상지신이 다시 씁쓸한 웃음을 지어 보였다.

"선생은 충분히 나를 경계할 수 있소. 이쪽은 워낙 뭘 해먹기 어려운 곳이오. 그래서 내가 어쩔 수 없이 수작을 좀 부렸소. 그러나 진심은 아니오. 나도 힘들다오!"

상지신은 말을 마치자마자 소매 속에서 둘둘 말려 있는 종이를 꺼내 왕사영에게 건네줬다.

"이걸 좀 보시오!"

왕사영이 여전히 의혹에 찬 표정으로 종이를 받아들었다. 동시에 촛불 앞으로 가서 내용을 읽기 시작했다. 그러다 경악을 금치 못한 듯 소리를 질렀다.

"앗, 이건 조정……."

"쉿!"

상지신이 경계어린 눈으로 주위를 살폈다. 그러더니 목소리를 한껏 낮춰 말했다.

"바로 조정의 명령이오! 나는 삼 개월 전에 조정에 항복 의사를 비쳤소. 이 붉은색 조서는 보름 전에 부굉렬을 통해 전해받았소."

두 사람은 서로를 마주보면서 한참 동안 침묵을 지켰다. 서로의 속내를 점치기에 바빴던 것이다. 얼마 후 왕사영이 낙담을 하면서 조서를 상지신에게 돌려주었다.

"그렇다면 오세종 군왕은 여기 연금돼 있다는 얘기네요. 저도 마찬가지고요."

"그렇지는 않소!"

상지신이 껄껄 웃음을 터트렸다. 그런 다음 장황하게 최근의 정세에 대해 설명하기 시작했다.

"선생이 어찌 오세종 같은 등신, 머저리 같은 자들과 같은 선상에 있을 수 있겠소! 내가 선생을 감금하려면 말 한마디로 충분하오. 굳이 여기까지 직접 찾아올 필요가 있겠소? 더구나 이 밤중에 말이오. 내 말을 잘 들어보시오. 지금 경정충은 조정에 이미 항복한 상태요. 왕보신도 미친 듯 서쪽으로만 진군할 뿐 동진할 생각은 전혀 하지 않고 있소. 또 손연령은 부굉렬과 나의 손아귀에 있소. 솔직히 말해 아무짝에도 쓸모가 없소. 그러나 내가 호남을 지원한다면 손연령은 바로 광동을 빼앗기 위해 쳐들어 오지 않겠소? 오삼계는 호남에서 조정과 한판 붙었으면서도 나를 힐끔힐끔 쳐다보면서 밥그릇 빼앗을 준비를 하고 있소. 지금 대세는 바로 이렇소. 왕 선생께서 한 수 가르쳐주기를 바라오!"

순간 왕사영은 가슴이 쿵쾅거리기 시작했다. 온 몸의 피가 얼굴로 몰려오는 것 같았다. 그가 우물거리듯 말했다.

"대왕께서는 조정에 투항하기로 했습니다. 그러면서 저더러 무슨 말을 해달라는 겁니까?"

"선생은 아직 나를 믿지 못하는 것이오? 지금 강희와 오삼계는 악주에서 한바탕 붙었다고 하오. 내가 볼 때 이 싸움은 승자도 패자도 없소. 둘 다 망하는 길 외에는 없다는 말이오. 한마디로 호랑이 두 마리가 싸우는 격이오. 또 복건의 경정충은 진심으로 투항한 것은 아닌 것 같소. 그러나 병력이 없으니 말짱 헛것이 돼버렸지! 세 사람 가운데 오로지 나만 멀쩡하오. 자고로 똑똑한 새는 나뭇가지를 가려서 앉는다고 했소. 훌륭한 신하는 주인을 잘 택해야 하고 말이오! 왕 선생 뜻은 어떠시오?"

왕사영의 눈빛이 촛불 밑에서 반짝 빛났다. 상지신은 싸움을 하지 않으면 모를까, 일단 시작하면 맹수 같고 거칠다는 소문이 자자했다. 게다가 오화산에서 오삼계와 밀모를 한 뒤로는 간사한 계략을 꾸미는 인간이라는 좋지 않은 꼬리표가 하나 더 붙었다. 그러나 지금 그의 눈에 비친 상지신은 무식하고 거친 사람이 아니었다. 뛰어난 자질과 큰 꿈을 가진 사람이었다. 등잔불 밑이 어둡다고, 내가 평생을 찾아 헤매던 공명을 이 사람한테서 얻을 수 있는 것은 아닐까? 왕사영은 그런 생각을 하면서 느릿느릿 입을 열었다.

"비록 지금까지는 손해 본 것도 없고 사기도 꺾이지 않았습니다. 그러나 서쪽으로는 부굉렬과 손연령에게 견제당하고 동쪽으로는 걸서가 발목을 잡고 있습니다. 손바닥도 마주쳐야 소리가 난다고 했습니다. 하지만 대왕은 현재 마주칠 손바닥이 없지 않습니까? 만약 악주의 대접전에서 오삼계가 승리하는 날에는 대왕에게 지원을 하지 않은 죄를 물을 겁니다. 또 강희가 승리할 경우에는 신하로서 책임을 다하지 않은 죄를 물을 겁니다. 대왕에게는 지금 용맹한 장군들과 정예부대가 있기는 합니다. 그러나 여기에서 이렇게 웅크리고 있는 한은 별 볼 일이 없을 겁니다!"

"오, 그렇소?"

"지금처럼 실패도 성공도 아닐 때는 왕보신과 손을 잡고 악주 전투의 결과를 지켜보는 것이 좋을 것으로 생각됩니다. 당사자 모두 기진맥진할 때를 노렸다가 남북으로 협공을 한다면 틀림없이 큰 이득을 챙길 수 있다고 생각합니다…….."

왕사영이 말을 마칠 즈음에 두 손바닥을 맞붙였다. 자신의 생각이 어떤지를 묻는 듯한 자세였다. 상지신이 손뼉을 쳤다.

"동감이오! 그런데 그 중임을 누가 떠맡을 수 있겠소?"

"제가 직접 갔다 오는 수밖에 없을 것 같습니다."

"고맙소!"

상지신이 미칠 듯 기뻐하면서 자리에서 일어났다. 그런 다음 왕사영에게 허리를 깊숙하게 숙였다.

"잠깐만요!"

왕사영이 다시 황급히 입을 열었다. 아직 자신의 애기가 끝나지 않았다는 뜻이었다.

"대왕께서도 그동안 가만히 계셔서는 안 됩니다. 우선 쥐도 새도 모르게 손연령과 부굉렬 두 장애물을 제거해야 합니다. 악주 전투가 결판나는 대로 우리가 출병을 해서 처들어가면 원기가 상할 대로 상한 두 당사자들은 속수무책일 겁니다."

상지신은 자신의 가슴속에서 뜨거운 불길이 타오르는 것을 느꼈다. 그 불길은 이 순간 왕사영에 의해 기름이 끼얹어져 더욱 활활 타오르기 시작했다. 그는 손이 근질거려 견딜 수가 없었다. 하지만 냉정하게 생각해보면 흥분해서는 안 될 일이었다. 왕사영의 전략을 충실하게 실행하는 것도 보통 일은 아니라는 판단이 선 것이다. 사실 간사하고 교활한 손연령은 사태가 자신에게 불리한 방향으로 흘러가자 온다 간다는 말도 없이 쑥 들어가 버렸다. 또 부굉렬도 손을 쓰기에는 그다지 호락호락한 상대가 아니었다. 그런데 어떻게 쥐도 새도 모르게 한다는 말인가? 그러나 왕사영은 이미 그의 그런 생각을 간파한 듯 자리에서 일어나면서 덧붙였다.

"식량! 바로 그겁니다. 손연령이 지금 집구석에 처박혀 두문불출하는 것은 조정이 두렵고 오삼계한테 먹히게 될 것을 걱정하기 때문이라고 할 수 있습니다. 그러나 그보다 더 중요한 이유가 있습니다. 지금 말씀드린 대로 식량이 부족해서 그런 겁니다. 식량으로 유혹을 하면 그냥 따라오게 돼 있습니다. 부굉렬 역시 식량이 부족해서 고민하고 있습니다. 그는 저와 의형제 사이입니다. 제 말이라면 무조건 믿을 겁니다."

두 사람은 밤이 이슥해서야 자리를 털고 일어났다. 그리고 왕사영은 사흘 후 곧바로 섬서로 떠났다.

손연령의 처지는 왕사영이 추측한 것보다 훨씬 더 좋지 않았다. 그럴 수밖에 없는 것이, 무엇보다 경정충이 패하고 나자 오삼계는 손연령에게 전혀 신경을 써주지 않았다. 군비 한 푼, 군량미 한 톨 주지 않으면서 병력을 거느리고 북상하라는 재촉은 하루가 멀다 하고 이어졌다. 그랬으니 손연령이 초라하기 이를 데 없는 유명무실한 임강왕臨江王으로 하루하루를 불안에 떨면서 보내는 것은 전혀 이상할 것이 없었다. 오삼계는 또 그를 견제하기 위해 유성劉誠을 계림으로 파견해 김광조 대신 총독 자리에 앉혔다.

손연령이 가장 골치를 썩인 것은 말할 것도 없이 극심한 식량난이었다. 그로 인해 장병들의 사기가 천길 낭떠러지로 추락하고 부대의 군기 역시 수습하기 어려울 정도로 엉망이 됐다. 실제로 병사들은 온갖 핑계를 대면서 휴가를 가는가 하면 몰래 도망을 치기도 했다. 물론 그는 말썽을 일으키는 병사들을 죽을힘을 다해 타이르고 다독거렸다. 나중에는 그마저도 못하고 완전히 지쳐버리고 말았다. 이처럼 식량난이 거의 4년 동안이나 이어지는 사이 부꿩렬의 7000 병력은 시퍼런 백주대낮에도 계림을 향해 야금야금 쳐들어왔다. 나중에는 아예 보란 듯 계림에서 60리밖에 떨어지지 않은 곳에 둥지를 튼 채 들어앉아 버렸다. 더구나 북방에 있던 망이도의 부대 역시 코앞에까지 들이닥친 채 무언의 압력을 행사하고 있었다. 계림은 그야말로 사면초가의 위기에 빠져 있었다.

손연령은 수없이 많은 나날을 불안에 허덕이다 어느 날 드디어 최후의 결단을 내렸다. 얼굴에 철판을 깔고 공사정을 찾아가 매달려 보기로 한 것이다. 강희에게 사정해 자신을 다시 받아주도록 간청해 달라는 얘기였다.

손연령에게는 '부인'이 아니라 완전히 '할머니'가 돼버린 공사정은 계림에서 병변이 일어난 다음 행동이 자유롭지 못했다. 물론 그래도 성북쪽에 자리 잡은 백의암白衣庵으로 옮겨 가서 그다지 어렵지 않게 살고 있었다. 대량신을 비롯한 휘하의 장정들을 데리고 암자 뒤에다 두이랑의 작은 채소밭을 가꾸면서 유유자적한 생활을 하고 있었던 것이다. 사실 그녀의 생활은 생각을 조금만 바꾸면 무릉도원의 그것이라고 해도 좋았다. 전쟁의 위험이 사방에 도사리고 있다고는 하나 그곳만은 달랐기 때문이었다. 굳이 다른 말로 하자면 계림 속의 별천지 같았다.

손연령이 혼자서 백의암을 찾았을 때는 점심 무렵이었다. 문지기는 손연령을 보더니 대번에 안절부절 못했다. 공사정에게 알리기가 껄끄러웠던 모양이었다. 얼마 후 아예 멀리 내빼버리고 말았다.

백의암의 담벼락 주위에는 매화나무가 촘촘히 심어져 있었다. 하나같이 푸르른 것이 무척이나 탐스러웠다. 게다가 뜰은 잡초 한 포기 없이 깨끗하게 정돈돼 있었다. 무척이나 인상적인 모습이었다. 손연령은 정전을 돌아서 가다 대나무 숲의 품에 살포시 안겨 있는 것 같은 공사정의 정사靜舍 앞에서 잠시 망설였다. 그때 익숙하고도 낯선 목소리가 뒤뜰에서 들려왔다.

"매향아, 뒤쪽 창문의 주렴을 내려야겠다. 모기와 파리가 장난 아니게 많구나!"

손연령이 소리 나는 방향으로 시선을 돌렸다. 그의 눈에 동네 아낙처럼 평범한 옷차림을 한 공사정이 마당에 드리워져 있는 새끼줄에 야채를 말리는 모습이 들어왔다.

손연령은 황급히 공사정에게 다가가서 머리를 깊숙하게 숙였다. 그런 다음 얼굴 가득 비굴한 웃음을 흘리면서 말했다.

"공주, 내가…… 찾아뵈러 왔소. 그동안 너무 바빠서 이제야 여유가 좀 생겼소. 얼굴도 전보다 훨씬 좋아져서 못 알아볼 뻔했……."

"대량신!"

공사정이 호박 썰어놓은 것을 한 줌씩 새끼줄에 얹으면서 머리를 돌려 대량신을 불렀다. 그런 다음 천천히 덧붙였다.

"새끼줄이 부족할 것 같아. 두어 줄 더 가져와. 또 우물에 걸쳐 놓았던 물통이 다시 우물 안에 빠졌더군. 그것도 내가 일일이 챙겨야겠어? 알아서들 못하는가?"

"공주……."

손연령이 세상에서 그보다 더 어색할 수 없는 웃음을 지으면서 또다시 공사정을 불렀다. 그러나 공사정은 일절 대답을 하지 않았다. 그가 더 가까이 다가가 그녀를 도와줄 요량으로 호박을 한 줌 집으려고 했다. 그때 그녀가 갑자기 기겁하듯 소리를 질렀다.

"오, 세상에! 이분이 누구신가? 오삼계 일당의 잘 나가는 임강왕이 아니십니까? 그 대단하신 분이 이런 누추한 민가에는 웬일이십니까?"

손연령은 공사정의 온갖 비아냥과 조소는 이미 각오하고 있던 차였다. 때문에 마냥 웃음을 지어내면서 계속 비굴할 수 있었다.

"임강왕은 무슨……. 연령이 공주에게 인사를 올리겠소!"

손연령이 말을 마치자마자 바로 길게 읍을 했다. 녹음이 우거진 저편에서 누군가 키득거리는 소리가 들려왔다. 그러나 웃음의 주인공은 손연령이 눈길을 던지자 바로 몸을 숨겨 버렸다.

"임강왕이 아니라고요?"

공사정이 눈썹을 매섭게 치켜 올렸다. 그러더니 독기어린 눈으로 손연령을 노려보면서 물었다.

"그러면 왜 그 복장을 했어요? 전에 했던 그 머리채는 어디 갔어요? 신기하다, 정말! 전에는 액부였다가 나중에는 운 좋게 임강왕이 되더니, 이제는 왕도 아니라고요? 완전히 복이 넝쿨째 굴러와 황제 자리에라도 앉는다는 말인가요? 이거 올라가도 너무 빨리 올라가네요!"

"그게…… 그게…… 에이 참!"

손연령이 한참 동안이나 더듬거렸다. 그가 가까스로 쓴웃음이나마 유지하면서 덧붙였다.

"공주, 더 이상 나를 괴롭히지 마시오. 미친놈이 머리가 한번 도는 바람에 그렇게 됐소. 공주 말을 듣지 않은 것을 죽어라 땅을 치면서 후회하고 있소. 공주께서 마지막으로 나에게 살길을 찾아주시오. 부탁이오."

공사정은 손연령의 애원에도 불구하고 코가 떨어져 나가라 콧방귀를 뀌었다. 그런 다음 손연령의 얼굴은 처다볼 생각조차 하지 않고 반대편 바위 위에 앉았다. 그녀가 뭔가를 곰곰이 생각하다 한참 후 손가락으로 머리카락을 매만지면서 입을 열었다.

"여자들은 머리카락만 길다 뿐이지 생각은 굉장히 짧거든요! 그런데 나에게 살길을 찾아달라니요? 더구나 잘 나가는 임강왕이 왜 동네 아낙한테 찾아와 울상을 짓고 손이 발이 되게 비나요? 나는 그 이유를 도통 모르겠네요!"

"공주, 제발 나를 살려주시오. 이렇게 빌겠소!"

손연령은 아예 무릎을 꿇었다. 곧 머리를 쿵쿵 조아리면서 두 손을 맞잡고 흔들었다. 완전 애걸복걸이었다.

"지금 나는 앞에는 천길 낭떠러지요, 뒤에는 호랑이가 쫓아오고 있는 처지와도 같소. 내가 죽일 놈이기는 하나 그래도 한때는 한이불 덮고 자던 정분을 생각할 수도 있지 않겠소. 두 번도 아니고 한 번만 폐하에게 간청을 해주면…… 내가 그 은혜는 절대로 잊지 않으리다!"

손연령은 통사정을 마치고는 설움이 북받쳐 오르는지 눈물을 비 오듯 흘렸다. 마치 야수들이 출몰하는 황야에 혼자 내팽개쳐진 불안함과 외로움, 설움 등이 뒤섞인 듯한 울먹임이었다. 그러나 그게 끝이 아니었다. 그가 다시 젖 먹던 힘까지 짜내서 애걸하기 시작했다.

"솔직히 나는 마음놓고 울 곳도 없는 처지요. 우선 상지신의 십만 병력이 호시탐탐 노려보고 있소. 또 부굉렬과 망이도는 우리 문 앞에서 진을 치고 있소. 그런데도 우리 병사들은 좀처럼 싸울 생각을 하지 않아요. 게다가 식량도 없고 돈은 더욱 없고……."

공사정은 그동안 조정을 배신하고 자신의 뒤통수를 친 손연령에 대해 이를 갈고 있었다. 그러나 완전히 사색이 된 채 싹싹 빌고 있는 모습을 보자 자신도 모르게 동정심을 느꼈다. 역시 한이불 덮고 잔 인연은 보통이 아닌 것 같았다. 그녀가 길게 한숨을 내쉬었다.

"그러게 내가 뭐라고 했어요? 그렇게 알아듣게 말했으면 자기가 설 곳이 어디인지는 알아야 할 것 아니에요! 강아지도 손짓을 한다고 아무나 따라가지는 않아요! 왕 자리 준다고 하늘 높은 줄 모르고 까불 때는 언제고 이제 와서 살려달라고요? 파란 원숭이를 죽일 때는 왜 부부 사이의 정분을 생각하지 않았나요?"

공사정은 말을 하다 말고 자신도 모르게 설움과 분노에 휩싸였다. 갑자기 비참한 죽음을 당한 파란 원숭이가 떠오르면서 남 몰래 아팠던 자신의 과거까지 회상이 되는 모양이었다. 손연령은 심하게 흔들리는 모습을 보이는 그녀의 감정의 틈새를 놓치지 않았다. 바로 눈물 콧물을 닦는가 싶더니 가슴 속에서 작은 꾸러미를 꺼내 그녀에게 건네면서 말했다.

"파란 원숭이는 내가 죽인 게 아니오. 그 녀석이 연속으로 네 명의 천총을 죽여서 옆에 있던 자들이 달려들어 난도질을 했던 거요. 내가 비록 눈에 콩깍지가 씌어 나쁜 길로 들어갔으나 한시라도 공주를 잊어본 적은 없소. 믿지 못하겠다면 이걸 좀 봐주시오!"

공사정이 묵묵히 종이꾸러미를 풀었다. 금비녀였다! 결혼 3개월 후에 자신이 손연령에게 선물로 준 정표였다. 이걸 보면서 늘 내 생각을 해달라고 애교까지 떨면서 건네준 바로 그 정표였던 것이다.

"이 웬수가 왜 이걸 아직도 보관하고 있는 거야?"

공사정이 순간 자신도 모르게 중얼거렸다. 손연령의 진의가 몹시도 궁금했던 것이다. 사랑은 갔어도 흔적은 남는다는 말인가? 과연 그렇다는 말인가? 그러나 의문에 대한 답은 나오지 않았다. 그녀가 다시 어쩔 수 없다는 표정을 지었다.

"당신 말은 갸륵해요. 그러나 나는 받아줄 수가 없어요! 당신은 자신이 무슨 죄를 범한 줄이나 알고 이러는 거예요? 반역죄라고요, 반역죄! 목이 달아나는 죄를 지은 거라고요! 내가 태황태후마마와 폐하께 사정을 한다고 해도 달라질 것은 없어요."

손연령은 그러나 희망을 잃지 않았다. 공사정의 말이 끝나자마자 다급하게 다시 애원했다.

"태황태후마마께서는 공주를 제일 좋아하지 않소. 공주께서 직접 북경으로 찾아가면 분명히 들어주실 거요. 되든 안 되든 공주께서 북경에 한 번만 가준다면 나는 그것으로 만족할 거요. 그러면 그때 가서 조정에서 용서를 해주지 않는다고 해도 여한은 없을 거요."

공사정이 잠시 생각을 한 다음 대답했다.

"정 그렇다면 한번 가보기는 하겠어요. 그러나 큰 기대는 하지 말아요. 또 당신이 어떤 식으로든 공로를 세워야 내가 태황태후마마께 가서 얘기를 할 수 있어요. 그렇지 않으면 어쩔 수 없어요. 폐하께서 국법을 들고 나오면 모든 게 허사가 된다고요."

"내가 무슨 공을 세울 수 있겠소?"

손연령이 황급히 다그치듯 물었다.

"따라오세요!"

공사정이 주렴을 걷고 자신의 방으로 들어갔다. 손연령도 엉거주춤 따라 들어갔다. 얼마 후 공사정이 불상의 칸막이 앞에서 뭔가를 눌렀다. 그러자 한 척 높이의 관음신상觀音神像이 서서히 한편으로 움직이더니 작은 틈이 드러났다. 공사정이 그 안에서 쇠로 만든 여의如意를 꺼내 건네주면서 말했다.

"이건 부굉렬 대인의 신물信物이에요. 내가 북경으로 간 후에 당신이 직접 들고 가서 부 대인과 연락을 취하라는 말이에요. 먼저 조정 쪽으로 붙는 노력을 다시 해야 하니까 부 대인과 손잡고 상지신을 때려잡아야 해요. 그러면 그 다음은 훨씬 쉬워져요……."

손연령이 황급히 다가가 여의를 받아들었다. 그가 그제야 활짝 웃음을 지었다.

"이런 물건을 가지고 있을 줄은 몰랐소!"

"나는 조정의 시위이기도 해요. 언제까지나 조정을 위해 일해야 하는 것은 당연하죠. 아! 그리고 당신, 군비와 식량이 부족하다면서요? 부 대인도 식량난에 허덕이고! 그렇다면 총독으로 온 그 유 뭐라는 사람에게 좀 달라고 하지 그래요? 군비와 식량이 있으면 우선 싸울 수가 있어요. 특히 상지신과 맞서 싸우는 모습을 보여주면 공로를 인정받을 텐데! 더구나 오세종까지 잡아들이면 죽을죄는 면할 수 있을 거예요. 내 생각이긴 하지만 아마 관직도 보존할 수 있지 않을까 싶네요."

공사정이 다소 누그러지기는 했으나 여전히 차가운 어조로 충고를 했다. 어쨌든 기분이 많이 좋아진 것만은 확실했다.

"공주, 정말 고맙소! 솔직히 나는 어제 상지신의 편지를 받았소. 오세종이 오삼계의 명령을 받고 광서로 순찰을 온다고 하더이다."

손연령이 그제야 안도의 숨을 내쉬었다. 공사정 역시 더욱 풀어진 어조로 말했다.

"마지막 기회이니까 잘해요! 쓸데없이 머리를 굴릴 여유 같은 건 없다고요!"

그날 저녁 손연령은 공사정의 방에서 머물렀다. 오래도록 앞으로의 계획을 그녀와 상의하였고, 늦게야 잠자리에 들어 오랜만에 부부 사이의 회포도 풀었다. 다음 날 공사정은 바로 북경으로 향했다.

49장
천자검을 찬 주배공

　강희는 자정이 가까워지는 늦은 시각임에도 불구하고 잠을 자지 않고 있었다. 평소보다 진하게 탄 차를 두 손에 받쳐든 채 상서방에서 가부좌를 틀고 앉아 있었다. 칠흑같이 어두운 밤하늘을 멍하니 바라보면서 가끔씩 상념에 잠기기도 했다. 밖에서는 가을이 되면서부터 하늘에 구멍이라도 난 것처럼 그칠 줄 모르던 빗줄기가 어김없이 추적추적 내리고 있었다.

　호남에서는 그 빗속을 뚫고 전보戰報가 끊임없이 날아들었다. 강희의 책상에 상주문을 비롯해 온갖 문서들이 산처럼 쌓인 것은 다 그 때문이었다. 그 문서들 중에는 각 지역의 하천이 범람한다는 소식을 담은 것들도 잔뜩 포함돼 있었다.

　태감 이덕전李德全은 하북성 보정保定에서 새롭게 황궁으로 들어왔음에도 초보답지 않게 눈치가 빨랐다. 강희 앞에 일거리가 산더미처럼 쌓이자 몇 번이나 서류 처리하는 것을 돕겠다고 적극적으로 나섰다. 그러나 강희는 한사코 거부했다. 최근의 복잡한 정세를 한눈에 꿸 수 있는 사람은 자신 외에는 없다는 생각이 들었던 것이다. 더구나 어려울 때일수록 자신이 두 팔을 걷어붙이고 나서서 직접 차근차근 문제를 풀어나가야 한다는 생각은 변함이 없었다.

경정충이 조정으로 귀순한 이후 광동과 광서의 정세는 많이 좋아지고 있었다. 게다가 오세종의 행보도 고무적이었다. 비밀리에 부굉렬과 연락을 취하면서 퇴로를 준비하는 자세를 보인 것이다. 상지신 역시 손연령에게 사람을 보내 조정의 표정을 살피는 듯했다. 강희는 당연히 그들이 겉 다르고 속 다른 자들이라는 사실을 모르지 않았다. 변덕이 죽 끓듯 한다는 사실 역시 잘 알았다. 때문에 그들의 움직임을 조용히 지켜보고 있으면서 큰 기대는 하지 않고 있었다.

그러나 모든 것을 떠나서 그들의 행동을 통해 한 가지 분명한 사실은 읽을 수 있었다. 오삼계의 상황이 어려워지고 있다는 것을 말이다. 얼마 전부터 그의 명령은 권위가 잘 서지 않았다. 지휘 체계도 전혀 먹혀들지 않았다. 오삼계로서는 저마다 등을 돌린 채 딴짓을 하는 국면을 어쩔 수 없이 두고 보아야만 했다.

강희로 하여금 밤잠을 못 이룰 만큼 불안하게 만드는 곳은 역시 호남 일대였다. 그에 비하면 다른 곳은 상대적으로 괜찮다고 할 수 있었다. 실제로 오삼계는 악주에서 단 한 발도 물러설 움직임을 보이지 않았다. 심지어 운귀 쪽으로부터 끊임없이 병력을 보충하고 있었다.

'전에 주배공이 강절회관에서 호남을 사이에 두고 목숨을 건 치열한 접전이 있을 것이라던 예언이 거의 적중하고 있군! 호남 전투는 정말 이기지 않으면 안 되는 중요한 일전이야. 만약 이기면 광동과 광서가 고구마 줄기처럼 줄줄이 따라올 수 있어. 또 평량에 있는 왕보신도 허둥지

둥 백기를 들 것이 분명해. 그러나 만에 하나 패하는 날에는 정세가 완전히 뒤집혀질 가능성이 없지 않지. 경정충 역시 다시 조정을 향해 칼을 뽑아 들지 말라는 법이 없고.'

강희의 생각은 끝없이 이어지고 있었다. 그러나 완벽한 해답은 나오지 않았다. 그는 답답한 마음에 자리에서 일어나 저린 팔다리를 풀기 위해 가볍게 움직이면서 방 안에서 서성거렸다. 그런 다음 책상으로 다가가 잠시 생각에 잠겼다 바로 붓을 들었다.

밤은 이슥하고 빗줄기는 지칠 줄 모르는구나.
전사들을 떠올리니 애간장이 타는구나.
바다의 거친 파도 언제나 잠잠해질까.
고대하는 전쟁의 개가는 언제나 이뤄지려나.

강희가 단숨에 글을 써내려가다 말고 다시 생각에 잠겼다. 그러다 얼마 후 한 줄을 추가했다.

삼고三鼓(삼경三更의 다른 말. 자정)의 밤에 의정대신들의 상주를 기다리면서 느낀 바를 쓰다.

붓을 내려놓은 강희가 밖을 향해 소리를 쳤다.
"이덕전!"
"예, 폐하!"
스무 살 가량의 이덕전은 강희가 부르자마자 바로 큰 소리로 대답했다. 동시에 강희 앞에 다가와 무릎을 꿇었다.
그는 명주가 보정에서 선발해 보낸 태감으로, 큰 키에 긴 얼굴이 특징이었다. 또 언변도 뛰어나고 일처리 역시 깔끔했다. 뿐만 아니었다. 그는 투계鬪鷄나 도박에 관해서도 둘째가라면 서러울 만큼 일가견이 있는 인물이기도 했다. 더욱 놀라운 것은 매일 한두 시간밖에 자지 않는다는 사실이었다. 그래서 언제 어느 때건 부르면 즉시 나타나는 그런 놀라운 재주를 가지고 있었다. 그러나 불행히도 운이 없었는지 강희가 지난번 궁중의 변란 이후 태감들을 믿지 못하게 된 탓에 팔품의 정자밖에 받지 못했다.

"색액도 이 사람들은 왜 아직 오지 않는 거야?"

강희가 대뜸 물었다. 그러자 이덕전이 잽싸게 한쪽 무릎을 꿇었다 일어서면서 대답했다.

"폐하께 아뢰옵니다! 곧 도착하지 않을까 싶사옵니다. 도해와 주배공은 이미 밖에서 기다리고 있사옵니다."

"들어오라고 해!"

도해와 주배공은 밖에서 강희의 말을 듣고는 재빨리 시선을 교환했다. 그리고는 허리를 굽힌 채 안으로 들어갔다.

"왔으면 들어오지 추운데 밖에서 뭘 한 거야?"

도해가 황급히 정색을 하면서 대답했다.

"춥지 않사옵니다! 폐하께서 불철주야 부지런히 일하시는데, 소인들이 어찌 추운 것을 두려워하겠사옵니까!"

주배공은 도해가 대답하는 동안 뒤에서 무릎을 꿇은 채 입을 열지 않았다. 그럼에도 선비답게 아직 먹물이 마르지 않은 시구를 본능적으로 힐끗 훑어보았다.

"짐이 며칠 동안 쭉 고민해 왔는데 말이야…… 악주 전투는 절대로 져서는 안 돼. 병력을 더 늘려야겠어. 오늘 저녁 그대들을 부른 것도 이번 전투를 어떻게 하면 잘 치를까를 같이 고민해 보기 위해서야."

강희가 자리에 앉으면서 준엄한 표정으로 입을 열었다. 그러자 도해가 잠시 생각을 하다가 대답했다.

"폐하, 북방에는 그쪽으로 파병할 병사들이 없사옵니다. 북경에도 선박영까지 합쳐봐야 겨우 오천여 병력밖에는 없는 실정이옵니다. 더 이상은 절대로 안 되겠사옵니다. 지금 각 지역에서 순무의 직책에 있는 사람들도 임시로 민간에서 선발해온 상황이옵니다."

"당연히 북경에서는 안 되겠지. 내 말은 직예에서 어떻게 해보라는 거야. 몽고의 과이심科爾沁 부족이 기병 사천을 보낸다고 했어. 니포이尼布爾 부족 역시 삼천 기병을 보내준다고 약속했네. 또 전마戰馬 만 필은 이미 호남으로 보낸 상태야. 이 칠천 병력도 호남으로 투입하는 것이 어떨까? 짐은 또 서장의 달라이 라마 오세五世를 다독거려 오삼계의 후방을 괴롭혀보는 것은 어떨까 싶기도 해."

"칠천 기병이 가까운 곳에 있다면 그나마 도움을 받을 수 있을 것이옵니다."

도해가 쌍방의 전력을 심혈을 기울여 저울질하는 척하면서 대답했다. 그의 나름 정확한 분석은 다시 이어졌다.

"하지만 그들은 지금 전부 다 몽고에 있으므로 수천 리 길을 강행군해서 이쪽으로 와야 하옵니다. 그러면 체력이 많이 소모되옵니다. 오삼계가 운귀 쪽에서 증원병을 보내올 경우 아무런 훈련을 거치지 않더라도 체력 소모가 많은 우리보다 잘 싸우면 잘 싸웠지 못 싸우지는 않을 것이옵니다. 또 달라이 라마는 기대를 하지 않는 것이 좋을 듯하옵니다. 폐하께서는 달라이 라마가 어제까지도 조정과 오삼계가 강을 경계로 분치分治하는 것이 어떻겠느냐는 식으로 상주를 올렸다고 말씀하시지 않으셨사옵니까? 이런 마음을 품고 있는 사람에게 참전을 부탁하는 것은 의미가 없을 것 같사옵니다. 소인 생각에는 감숙, 절강에 있는 부대를 호남의 증원병으로 충당하는 것이 상책일 듯하옵니다."

강희는 도해의 말이 그럴 듯하다고 생각했다. 때문에 갑자기 머리를 돌려 주배공을 향해 짜증 섞인 말투로 물었다.

"자네는 자칭 선패 장군善敗將軍이라고 하지 않았나! 그런데 이럴 때에는 왜 입을 다물고 있는가?"

마침 그때 명주를 비롯해 색액도와 웅사리가 들어왔다. 그들은 강희의 표정이 심상치가 않자 겁을 집어먹은 듯 멀리서 무릎을 꿇었다.

"소인은 발언을 하고 싶지 않아서 이러고 있는 것이 아니옵니다. 이것은 분명 나라 전체의 운명과 직결된 문제이기 때문에 소인은 조금만 더 깊이 생각하고 싶사옵니다."

주배공이 황급히 머리를 조아리면서 대답했다. 그러자 강희가 냉소를 터트리면서 비아냥거렸다.

"그래, 오래오래 생각하게! 짐은 결정했네. 악주로 직접 출전하기로 말이야!"

좌중의 사람들은 강희의 느닷없는 결정에 까무러칠 듯 놀랐다. 막 들어서던 색액도도 안 된다고 생각했는지 무릎걸음으로 다가가 머리를 무겁게 조아렸다.

"그건 아니 되옵니다, 폐하! 북경은 조정의 심장부이옵니다. 폐하께서는 절대로 북경을 떠나실 수 없사옵니다. 오삼계가 분치分治를 운운하는 것을 보니 자신이 없는 게 분명하옵니다. 호남성 전투에서 조금이라도 역전의 기미가 보이면 그자는 바로 폐하께서 북경에 안 계시는 틈을 타 북진할 것이옵니다. 중원을 노릴 것이라는 얘기이옵니다. 그렇다면……."

"닥치지 못할까! 짐은 전사한 황제가 될지언정 안락하게 앉은 채 요행을 바라는 군주는 되고 싶지 않아!"

강희가 무섭게 고함을 질렀다. 이번에는 명주가 황급히 나섰다.

"직접 전쟁터에 가시는 것은 절대로 안 될 일이옵니다. 경정충이 꼬리를 내렸을 뿐만 아니라 상지신과 오삼계도 각각 다른 생각을 품고 있는 상황이옵니다. 이제 그놈들의 기세는 날로 추락하고 있사옵니다. 폐하께서 굳이 직접 출정하실 것까지는 없사옵니다."

웅사리는 명주와는 의견이 다른 것 같았다. 바로 명주의 말에 토를 달았다.

"오삼계는 갈 데까지 다 갔사옵니다. 더 이상 우려먹을 국물이 없는 상태이옵니다. 모든 것이 고갈돼 있사옵니다. 때문에 쌍방이 완전히 악으로 버티고 있는 이 시점에 폐하께서 직접 전투에 나서신다면 우리 부대의 사기는 백 배로 충천할 것이옵니다. 다시 말하면 폐하의 직접 참전은 우리 군을 성공으로 이끄는 원동력이 될 것이옵니다!"

웅사리의 말을 계기로 좌중의 대신들 사이에서는 의견이 분분해져 설전이 오가기 시작했다. 그때 하계주가 비를 흠뻑 맞은 채 헐레벌떡 들어왔다. 이어 봉함한 문서를 두 손으로 받쳐 올리면서 아뢰었다.

"고북구古北口에서 방금 들어온 문서이옵니다. 폐하께서 모든 서류는 도착하는 대로 들여보내라는 특지特旨를 내리셨기 때문에 곧장 달려 왔사옵니다."

"잘했어. 니포이 부족이 증원병을 보낸다는 내용일 거야! 짐은 먼저 그 삼천 기병을 거느리고 강남으로 직접 참전을 할 거야. 그러면 오삼계는……."

강희가 문서를 뜯으면서 말했다. 완전 신이 나 있었다. 그러다 갑자기 말을 뚝 멈췄다. 그는 자신의 눈을 믿지 못하겠다는 듯 비비고 또 비비면서 편지를 들여다봤다. 곧 그의 손이 가볍게 떨리기 시작했다. 그러다 서 있을 기운조차 없는 듯 그대로 의자에 쓰러지고 말았다.

상서방은 깊은 침묵 속에 빠져들었다. 빗소리는 한결 더 크게 들리고 있었다. 무거운 침묵이 계속 이어졌다. 결국 명주가 견디다 못해 조심스럽게 물었다.

"폐하, 무슨……."

"찰합이察哈爾(하북성河北省 거용관居庸關 밖 만리장성 북쪽 지역) 왕자가 반란을 일으켰어. 이미 니포이 부족을 장악…… 했다는군. 또 북경이 비어 있는 틈을 타서 만 명의 기병을 몰고 기습해 오겠다고 하네!"

강희는 말하는 것도 힘에 겨운 듯했다. 공포에 질린 탓인지 분노 때문인지 알 수는 없으나 목소리가 심하게 떨리고 있었다. 그가 다시 이를 악문 채 악에 받쳐 소리쳤다.

"그래, 잘 한다……. 모두 다 반란을 일으켜라……. 일으켜 보라고!"

좌중의 여러 대신들은 강희의 말에 쇠몽둥이에 뒤통수라도 얻어맞은 것처럼 멍한 표정을 지었다. 모두들 귓속이 벌집을 쑤셔놓은 듯 윙윙거리는 모양이었다.

도해 역시 가슴이 미친 듯 뛰면서 놀란 표정을 감추지 못했다. 금방이라도 숨이 멎어버릴 것만 같았다. 강희의 말대로 북경은 진짜 텅텅 비어 있었다. 이제 무슨 수로 발등에 떨어진 불을 끈다는 말인가? 그는 아무리 머리를 굴려도 좋은 계책이 떠오르지 않는지 고개를 세차게 흔들었다.

"폐하, 소인이 말씀을 드려도 되겠사옵니까?"

그때 주배공이 머리를 조아리면서 입을 열었다.

"뭔가? 말해봐!"

"찰합이 왕자의 반란이 현실로 나타나기는 했으나 그는 무좀 같은 존재에 불과하옵니다."

좌중의 사람들은 깜짝 놀랐다. 주배공의 침착함과 자신감이 보통이 아니었던 것이다. 이어 그가 자신의 생각을 천천히 개진했다.

"지금 호남 전역은 팽팽한 대치 상태에 있사옵니다. 때문에 폐하께서는 군이 직접 전쟁터에 가실 필요는 없사옵니다."

"제기랄! 지금 심심해서 장난을 치는 건가? 그런 말을 누가 할 줄 몰라서 하지 않는가?"

강희가 대뜸 발끈하면서 주배공을 윽박질렀다. 그러자 주배공이 연신 머리를 조아린 다음 말을 이었다.

"우리 군과 오삼계는 악주에서 치열한 접전을 벌이느라 어느 누구도 평량에 있는 왕보신을 활용할 생각을 하지 않고 있사옵니다!"

"뭐라고?"

강희는 주배공의 말에 화들짝 놀라 몸을 앞으로 내밀었다. 마치 쥐를 발견한 굶주린 고양이 같은 모습이었다. 그가 주배공을 다그쳤다.

"빨리 말해봐!"

주배공은 강희의 닦달에 바로 본론으로 들어갔다. 목소리가 카랑카랑했다.

"오삼계가 지금껏 버티고 있는 것은 경정충과 상지신이 도와줘서가 아니옵니다. 서쪽에서 왕보신이 우리를 견제하고 있기 때문에 어부지리를 얻은 덕분이옵니다! 만약 지금 이 시점에서 오삼계가 왕보신이라는 존재의 고마움을 느끼고 사천을 경유해 섬서와 감숙으로 들어간다고 생각해 보시옵소서. 그렇게 둘이 손을 잡는 날에는 호남은 그야말로 돌이킬 수 없는 위기에 직면하게 되옵니다. 그러나 우리가 선수를 치면 섬서와 감숙의 위기는 바로 해소되옵니다. 또 형주와 악주의 적군을 대처하는데 전력투구할 수 있사옵니다. 따라서 오삼계는 꼬리를 내리고 도망가기에 급급할 것이옵니다!"

주배공의 전략은 대단히 고무적인 방향을 제시하고 있었다. 강희는 자신도 모르게 머리를 끄덕였다.

그러나 섬서와 감숙에 있는 병력으로는 왕보신을 대처하기도 빠듯한 상황이었다. 그렇다면 당장 북경으로 들이닥칠 찰합이가 이끄는 반군을 대처할 병력을 어디에서 구한다는 말인가? 강희가 머리를 숙인 채 한숨을 내쉬었다.

"좋은 대안을 제시해줬네. 짐은 조금 전에는…… 너무 급한 김에 추태를 보인 것 같네. 그런데 지금 당장은 어떻게 하는 것이 좋겠나?"

"폐하께서 어지御旨를 내려주셨으면 하옵니다. 북경에 있는 여러 왕들과 패륵, 패자 및 기주旗主(팔기의 수장)의 모든 휘하 장정들을 모두 징병 대상에 포함시키면 한꺼번에 정예병 삼만 명은 확보할 수 있사옵니다. 그런 다음 도해가 통령統領이 되고 소인이 보좌를 하게 되면 보름 이내에 찰합이의 난은 평정할 수가 있사옵니다. 만약 보름 이내에 그들을 평정하지 못하면 폐하께서는 소인에게 군주를 기만한 죄를 물어주시옵소서!"

주배공이 머리를 조아리면서 말했다. 도해는 주배공의 말에 귀가 솔깃해졌다. 눈도 번쩍 뜨였다. 출정을 해서 한바탕 전투를 치르고 싶었으나 그러지 못하고 있었으니 그럴 만도 했다. 그는 주배공이 생각지도 못한 묘안을 내놓은 데 대해 크게 기뻐하면서 연신 강희를 향해 주청을 올렸다.

"소인도 군령장軍令狀을 받아 공을 세우기를 원하옵니다."

그러나 옆에 있던 주배공은 뭔가 할 말이 더 남아 있는 듯했다. 여전히 머뭇거리다 천천히 입을 열었다.

"그런데……."

그때 강희는 주배공의 제안에 힘을 얻은 듯 자리에서 벌떡 일어나 있었다. 그러면서 그의 주변을 한 바퀴 돌면서 흥분을 주체하지 못했다. 강희가 머뭇거리는 주배공을 보면서 다그쳐 물었다.

"그런데라고?"

주배공이 즉각 대답했다.

"그 사람들은 원래 팔기군 정예부대 출신들이라고 할 수 있사옵니다. 그 후손들 역시 타고난 용맹함을 자랑하옵니다. 또 그들은 권세를 누리고 위세를 부려오던 전통이 있사옵니다. 만약에 명령에 잘 따라주지 않으면……."

강희가 주배공의 우려에 대수롭지 않다는 듯 머리를 뒤로 젖힌 채 껄껄 웃었다.

"그걸 걱정했나? 짐에게 맡기게. 여봐라, 천자검天子劍을 가져오너라!"

강희가 부르자 밖에서 안의 대화에 귀를 기울이고 있던 이덕전이 황급히 들어왔다. 그러더니 황금색이 눈부시게 빛나는 천자검을 두 손으로 가져다 바쳤다. 그러나 강희는 두 손으로 천자검을 밀어내면서 얼굴을 돌려 주배공에게 물었다.

"자네, 아직 사품 직급에 있는가?"

강희의 질문에 주배공이 황급히 머리를 숙이면서 대답했다.

"소인이 천자검을 받는 순간부터는 폐하를 대신해 명령을 내릴 수 있사옵니다. 지고지존의 무품無品이라고 생각하옵니다!"

"그 뜻이 정말 가상하구나!"

옆에서 무릎을 꿇고 있던 명주 역시 강희와 마찬가지 심정이었다. 바로 찬탄을 터뜨렸다.

"주배공을 이번 기회에 종삼품으로 승진시켜야 한다고 생각하옵니다!"

"아니야! 정이품으로 승진시킬 생각이네! 주배공은 오 선생이 추천해 보낸 국사國士급 인재야. 국사라면 국사 대접을 해줘야 해. 지금부터 도해를 무원撫遠대장군, 주배공을 무원장군참의도參議道로 승진시킨다. 또 주배공에게는 시랑의 직급도 동시에 수여한다. 빠른 시일 내에 짐의 말대로 실시하도록 하라!"

강희가 큰 소리로 말했다. 그러자 주배공이 도해를 쳐다봤다. 도해가 황급히 입을 열었다.

"사흘 후 남해자南海子에서 열병을 거행하겠사옵니다!"

"짐도 가보겠네! 다른 걱정은 하지 말고 용맹하게 싸워주기만 하게. 짐이 홍의대포 두 문을 자네들에게 주겠네. 찰합이를 평정하고 나면 돌아올 것 없이 곧바로 과이심의 사천 병력과 함께 평량으로 쳐들어가게. 배은망덕한 왕보신의 문제를 해결하게!"

강희가 말에 주배공 등은 입을 모아 결전을 다짐했다.

"신……, 명령을 받들겠사옵니다!"

"가보게! 오늘 저녁 즉시 각 왕부王府에 명령을 전하게. 명부에 의거해 기노旗奴(팔기에 소속된 장정들)를 징병하라고 말이야. 명령을 어기는 자가 있으면 즉각 짐에게 알리도록 하게!"

불과 얼마 전까지만 해도 더 이상 어떻게 해볼 도리가 없던 속수무책의 상황이었다. 그러나 어느새 분위기는 바뀌었다. 좌중에는 전화위복을 꿈꾸는 새로운 희망의 기운이 솟구치고 있었다. 강희는 돌아서 나가는 주배공의 뒷모습을 바라보면서 머리를 흔들었다. 동시에 그의 입에서 감탄이 터져 나왔다.

"인재가 아니라 그야말로 귀재鬼才야! 오 선생의 혜안은 역시 대단한 것 같아……."

색액도가 맞장구를 쳤다.

"틀림없는 귀재이옵니다. 그런데 왜 폐하께서는 저 사람을 주장主將으로 삼지 않으셨사옵니까?"

그러자 강희가 묘한 표정을 지으면서 대답했다.

"그렇게 해도 되겠지. 그러나 도해와 같은 노련한 장군이 무게를 잡아주는 것도 중요해. 부대를 다루기가 편해진다고. 그 기노들은 잘 나가던 과거가 있기 때문에 자존심이 대단하네. 제대로 휘어잡지 못하면 질질 끌려가게 돼 있어!"

강희의 말에 명주가 아부조의 웃음을 지으면서 말했다.

"이렇게 훌륭한 인재를 발굴하고 키워주시니 폐하 역시 대단하시옵니다. 찰합이는 며칠 내에 백기를 들 것이옵니다!"

명주의 말에 강희가 기분 좋게 웃었다.

"오늘 저녁 자네들을 불러 직접 참전하는 문제에 대한 의견을 들으려던 참이었지. 그런데 뜻밖의 수확을 얻었어. 그런데 웅 노인께서는 무슨 생각을 그리 골똘하게 하는가?"

"소인은 군비를 마련하는 문제를 생각하고 있었사옵니다. 군대가 있어도 군비가 없으면 어떻게 싸우겠사옵니까?"

웅사리가 대답했다. 그러자 강희가 이맛살을 찌푸리면서 다시 생각에 잠겼다. 그런 다음 숨을 길게 내쉬면서 말했다.

"어찌 됐든 당장 큰일은 해결됐어. 군량은 우선 대내大內에서 오만 냥을 가져다 쓰는 수밖에 없지 않겠나……."

그 후부터 4일째 되는 날은 바로 열병식을 하기로 한 날이었다. 묘하게 이날도 어김없이 비가 내리고 있었다. 강희는 전날 도해로부터 징병 인원이 총 3만 1700명에 이른다는 사실을 전해들었다. 또 열병 예행연습을 한 번 마친 상태라는 점도 들어서 알고 있었다. 그들은 오늘의 열병식을 마치고는 바로 고북구로 출정할 예정이었다.

강희는 아침 일찍 일어나 우선 자녕궁으로 향했다. 태황태후에게 인사를 올린 다음에는 태묘太廟로 걸음을 옮겼다. 그는 그곳에서 향을 사른 후 사람들의 눈에 띄지 않게 위동정 등 몇 명의 시위만을 데리고 남해자로 향했다.

남해자는 원래 명나라의 상림원上林苑(짐승들을 놓아서 기르는 궁중의 정원)이었다. 당시에는 비방박飛放泊으로 불렸다. 순치황제 초기에는 그 옆에 동서로 두 개의 궁을 짓기도 했다. 그곳에는 또 구불구불하게 아홉 번 휘어진 판교板橋가 물 가운데 작은 섬으로 통해 있었다. 이름이 영대瀛臺였다. 인근 100리 길에 울창한 대나무 숲이 둘러싸여 있는 것도 남해자의 특징이라면 특징이었다. 그러나 굴곡이 심한 지형이었다. 남해자에는 명나라 초기부터 수없이 많은 호랑이와 곰, 사슴, 늑대, 표범 등을 가둬 길렀다. 그러나 나라가 혼란을 겪으면서부터는 어느 누구도 그곳에 관심을 기울이지 않았다. 때문에 잡초가 무성하고 황폐하기 이를 데 없었다.

넓은 정원은 10월이 가까워서 그런지 붉은 빛이 퇴색하고 있었다. 푸른 빛깔 역시 쇠잔해져 있었다. 게다가 비까지 쓸쓸하게 내리고 있었다. 을씨년스럽게 흩날리는 낙엽은 분위기를 더욱 황량하게 만들었다. 강희 일행이 의란전儀鸞殿에 이르렀을 무렵이었다. 앞에서 대포소리가 울려 퍼졌다.

비에 젖은 채 후줄근해진 큰 깃발이 찬바람을 맞으면서 서서히 하늘을 향해 올라가는 모습이 보였다. 그 깃발에는 '봉지무원대장군도'奉旨撫遠大將軍圖라는 글씨가 쓰여 있었다. 용이 수놓인 깃발 역시 나무로 둘러싸인 울타리 앞에서 하늘을 뒤덮고 있었다. 경계가 삼엄했다. 울타리 안에서는 저마다 창을 든 병사들이 새카맣게 사각형 대열을 이루고 있었다. 내고內庫에서 새로 가져온 군복들을 입어서인지 멀리서 보기에도 눈이 부시고 생기가 넘쳤다. 군영의 문 앞에는 그들을 지휘할 수십 명의 구문제독부 교위들이 저마다 두 눈을 부릅뜨고 칼에 손을 얹은 채 똑

바로 앞만 응시하고 있었다.

강희는 자신의 눈으로 직접 그 모습을 보게 되자 감개가 무량했다. 가슴도 뭉클했다. 그가 미소를 머금고 머리를 끄덕이더니 웅사리에게 말했다.

"도해 이 친구에게 주배공을 붙여줬더니 아주 호랑이에 날개가 돋친 격이 됐어!"

웅사리가 그에 대해 대답을 하려고 할 때였다. 갑자기 앞에서 누군가가 큰 소리로 고함을 질렀다.

"누가 이곳까지 말을 타고 들어오라고 했소? 내리시오!"

강희 일행이 깜짝 놀라 앞을 바라다봤다. 하급 군관인 한 기패관旗牌官이 손에 영기令旗를 받쳐들고 대문 앞에 서 있는 모습이 보였다. 무단이 욱하는 성질을 못 이겨 바로 달려들려는 자세를 취했다. 반면 목자후는 침착했다. 황급히 무단을 끌어당기면서 나지막이 말했다.

"가만히 있어! 동정 형님이 하는 대로 따르면 돼."

목자후의 말대로 과연 위동정은 이미 행동을 개시하고 있었다. 말 위에서 말고삐를 잡은 채 성큼성큼 다가가더니 기패관의 귓가에 대고 뭔가를 말했다. 기패관은 여전히 굳은 얼굴로 머리를 끄덕였다. 그런 다음 강희 앞으로 다가와 한쪽 무릎을 꿇고는 한 손을 가슴에 대면서 군례軍禮를 올렸다. 그가 입을 열었다.

"도 군문과 주 군문의 명령이 있었사옵니다. 폐하께서 시찰을 오시면 잠시 군영에서 기다리시게 하라고 했사옵니다. 지금 막 군법에 의한 처형이 진행될 예정이옵니다."

기패관의 태도는 여전히 뻣뻣했다. 그러자 새로 들어온 나이 젊은 시위인 과륜戈倫이 성질을 이기지 못하고 강희의 뒤에서 소리를 질렀다.

"폐하도 알아보지 못하는 그런 눈도 눈이라고 달고 다니는가?"

그럼에도 기패관은 기가 죽지 않았다. 여전히 고개를 꼿꼿하게 세우고 대답했다.

"하관下官은 폐하인 줄 알고 있습니다. 다른 사람이라면 군영 앞까지 말을 타고 왔을 경우 죽음을 면치 못했을 것입니다!"

과륜이 결국에는 성질을 이기지 못하고 콧방귀를 뀌면서 채찍을 날리려고 했다. 그 순간 강희가 얼굴을 일그러뜨린 채 소리를 질렀다.

"건방진 녀석! 말에서 내리지 못해! 썩 물러가! 너는 시위 자격이 없으니 화령花翎도 벗어!"

강희가 과륜에게 호통을 치면서 먼저 말에서 내렸다. 시위들 역시 조심스레 따라 내렸다.

주배공은 기패관의 말대로 군령에 따른 처형을 집행하고 있었다. 그가 극단적인 수단을 강구한 것은 자신이 징병한 팔기 장정들의 상황 변화와 무관하지 않았다. 그들이 처음 산해관에 들어섰을 때는 사실 아무것도 없이 적수공권이었다. 그러나 이제는 달랐다. 가족도 있고 저마다 딸린 식솔들이 적지 않았다. 때문에 그들은 출정을 해봐야 고작 은한 냥 남짓한 정도의 참전비를 지급받는다는 말에 완전히 집단적으로 의욕 상실에 빠지고 말았다. 게다가 가족들이 집에서는 울고불고 난리를 쳐댔다.

급기야 하루 전 예비 검열 때는 700명이나 군영에 늦게 나타나는 행태를 보였다. 오늘도 그랬다. 큰 교육 훈련이 있을 예정이니 반드시 시간을 지키라고 신신당부를 했지만 역시 100여 명이나 늦게 도착을 했다. 화가 머리끝까지 치민 주배공은 그들을 전부 결박한 다음 중군으로 보내 조치를 기다리도록 했다.

얼마 후 죄인들이 도착했다. 중군의 참좌장參佐將인 유명劉明이 바로 도해에게 보고를 올렸다.

"대장군께서 명령을 내려주십시오!"

유명의 말에 도해가 고개를 끄덕였다. 그러나 그는 자신이 주장主將임에도 직접 나서려고 하지 않았다. 아마도 주배공의 능력을 시험해 보고 싶어 하는 강희의 심중을 헤아린 모양이었다. 그가 곧 큰 소리로 명령을 내렸다.

"주 군문이 군법에 의해 처리하도록 하라!"

주배공은 도해가 자신에게 죄인들의 처리를 미루자 숯검정 같은 팔자 눈썹을 찌푸렸다. 하지만 주저하지 않고 성큼성큼 장대將臺로 올라섰다. 비를 맞아 그런지 그의 황금색 마고자는 흠뻑 젖어 있었다. 새로 하사 받은 쌍안공작령雙眼孔雀翎에서도 빗물이 뚝뚝 떨어지고 있었다.

그는 위엄스런 눈매로 좌중을 둘러봤다. 그러자 커다란 연병장이 순식간에 쥐 죽은 듯 조용해졌다. 3만 명의 군사 중에 누구 하나 기침소리 조차 내는 사람이 없었다. 완전히 무쇠로 만들어진 인형처럼 서 있었다는 표현이 과하지 않았다. 한참 후 그의 카랑카랑한 목소리가 울려 퍼졌다.

"지금부터 다시 한 번 무원대장군의 군령을 발표한다. 명령을 어기는 자는 처형한다! 전쟁에 나섰을 때 두려워하는 자 역시 처형한다! 시간을 어기는 자도 처형한다! 전우를 구원하지 않는 자도 처형한다! 양민을 학살한 자도 처형한다! 민간의 부녀자를 강간하는 자는 더 말할 것도 없다. 처형한다!"

연이어 몇 가지의 처형한다는 죄목이 발표되자 밑에 꿇어 앉아 있던 100여 명의 장정들은 얼굴이 사색이 되어 버렸다. 그때 주배공의 말이 다시 이어졌다.

"도해 대장군께서 이런 군령을 어제 발표했음에도 불구하고 오늘 여전히 정확하게 일백일곱 명이 늦게 도착했다. 군법대로라면 전부 처형하는 것이 마땅하나 나라에 써야 할 병력이 급하기 때문에 마지막 세 명만 처형하는 일벌백계를 하겠다. 나머지는 일인당 곤장 팔십대 씩을 안긴다!"

주배공의 말이 끝나기 무섭게 세 명의 장정들이 간단한 몸수색을 당하고 군영 쪽으로 끌려왔다. 그러나 곧 일이 터졌다. 셋 중 한 명이 괴성을 지르고 몸부림을 치면서 고함을 친 것이다.

"주 군문, 한 번만 봐 주십시오. 위로는 노모가 계시고 어린것들도 있습니다. 내가 죽으면……, 주 군문…… 살려 주십시오……. 솔직히 사적인 원한을 이런 식으로 풀면 안 되지 않습니까?"

"사적인 원한이라고?"

주배공은 끌려가는 장정이 내뱉은 말을 이상하다는 듯 되뇌었다. 궁금해진 그는 아는 사람인가 싶어 그를 쳐다보았다. 그러나 그로서는 전혀 모르는 사람이었다. 그때 그가 다시 고함을 쳤다.

"나를 죽이지만 않는다면…… 아쇄가 어디 있는지 가르쳐줄 수 있어요. 하지만 나를 죽이면 그녀는 영원히 못 볼 겁니다……."

주배공은 그제야 사내가 누군지 생각이 났다. 강희 9년에 정양문에서 맞닥뜨렸던 이친왕부理親王府의 유일귀였던 것이다! 그렇다면 난면 골목의 아쇄의 실종이 그와 깊은 관련이 있다는 얘기였다. 순간 주배공은 자신도 모르게 큰 소리로 물었다.

"이 빌어먹을 놈아! 아쇄를 어떻게 했어? 말하라고!"

"목숨만 살려주신다면 알려드리겠습니다!"

유일귀가 울상을 한 채 사정을 했다.

주배공은 순간적으로 다시 생각을 하지 않을 수 없었다. 아쇄는 유일귀의 말대로라면 이친왕의 손아귀에 잡혀 있을 가능성이 높았다. 그렇다면 유일귀를 죽일 경우 이친왕은 아쇄에게 복수를 할 것이 뻔했다. 그는 가슴이 아팠다. 그녀는 자신이 밥 한 끼 먹을 돈이 없어 걸식을 하면서 다닐 때 선뜻 모든 것을 툭툭 털어준 사람이 아니었던가! 어디 그뿐인가? 그러면서도 안쓰러움에 눈시울을 붉히지 않았던가! 그런 아쇄를 떠올리자 주배공의 마음은 마치 찢어지는 듯했다. 게다가 그는 그녀와 장래를 약속한 것은 아니었으나 이슬처럼 순수한 감정을 지금도 가슴속 깊은 곳에 간직하고 있었다. 하지만 그는 사사로운 감정에 치우쳐 대의를 그르칠 수는 없다고 자신을 다잡았다. 곧 두 눈을 매섭게 뜬 채 냉소를 터뜨렸다.

"나는 조정의 장군이다. 사적인 감정으로 감히 나를 협박해? 끌어내 처형해!"

주배공의 말과 동시에 군영에는 호각 소리가 일제히 울려 퍼졌다. 스산한 가을바람 속에서 흐느끼는 듯한 그 소리는 오래도록 진동했다. 이어 6명의 교위들이 사색이 된 세 명의 장정들을 끌고 가 남해자 변의 큰 버드나무 밑에 눌러 앉혔다.

곧 하늘을 가르는 듯한 대포소리가 울렸다. 동시에 칼날이 번뜩이더니 세 개의 사람 머리가 떨어져 나갔다. 담배 한 대 피울 동안의 짧은 시간이었다. 피가 뚝뚝 떨어지는 그 머리는 얼마 후 군영의 대문에 높이 내걸렸다.

"본 장군은 원래 일개 선비일 뿐이었다. 본시 사람 죽이는 것을 좋아하지 않았다. 그러나 폐하께서 너무나도 막중한 임무를 맡겨주신 이상 못할 것이 없다. 또 그래야 한다. 이제부터 나머지 죄인들은 전부 끌어다 곤장을 안길 것이다! 비명을 지르는 자는 스무 대를 더 추가하겠다!"

적막감이 감도는 군영 안에서 주배공의 목소리가 퍼져 나갔다. 이어 사정없이 내리꽂히는 곤장 소리와 살이 터지는 소리가 메아리쳤다. 그러나 어느 누구 하나 신음소리조차 내지 못했다. 웅사리와 색액도는 모골

이 송연할 정도로 긴장하지 않을 수 없었다. 그러나 명주는 적어도 겉으로는 웃고 있었다. 물론 가슴은 쿵쿵 소리가 들릴 정도로 뛰고 있었다.

"장정들은 들으라!"

혹독한 처벌이 끝나자 주배공이 다시 외쳤다. 그의 목소리에는 그새 더욱 무게가 실려 있었다.

"이번의 찰합이 토벌 전투는 일개 나부랭이들의 반란이기 때문에 우리 천병天兵만으로도 충분히 물리칠 수 있다. 그것도 콧노래를 불러가면서 물리치는 것이 가능하다. 그러나 폐하께서는 남방의 전투에 심혈을 기울이고 계시기 때문에 갑자기 불거져 나온 일에 신경을 쓰실 수가 없었다. 여러분 모두는 조정의 기둥이다. 그러니 만큼 나라의 운명에 무관심해서는 결코 안 된다. 어느 누구도 나라의 불행으로부터 자유로울 수는 없으니 이럴 때는 전부 일어나 싸워야 한다. 폐하의 심려를 덜어드리는 것이 곧 자신과 나라를 위하는 길이다. 이것이 내가 하고 싶은 첫 번째 말이다."

주배공의 말이 일단 끝나자 강희가 웃으면서 말했다.

"두 번째가 또 있는 모양이군? 어디 한번 들어보세."

"두 번째 하고 싶은 말은 여러분의 대우에 관한 것이다. 여러분은 모두 기노 출신이라 형편이 썩 좋을 것이라고 생각하지 않는다. 당연히 은한 냥 남짓한 참전비를 지급받는 것이 실망스러울 것이다. 그러나 찰합이와 목숨을 걸고 잘 싸워주기만 한다면 내가 책임을 지고 여러분들의 여생을 윤택하게 해주겠다!"

주배공의 말이 채 끝나지도 않았을 때였다. 장대 밑에서 기노들이 서로 수군대면서 순간적으로 작은 소란이 일었다. 강희는 그들이 무슨 소리를 하는지 궁금해 바짝 귀를 기울였다. 그러나 알아들을 수는 없었다. 그럼에도 크게 걱정이 되었다.

"얘기가 왜 이렇게 흘러가는 거야? 그럴 돈이 어디 있다고? 여생을 윤택하게 해준다고? 나 원 참!"

강희가 계속 어안이 벙벙한 모습을 하고 있을 때 주배공의 말이 이어졌다.

"니포이 부족은 원 세조元世祖(쿠빌라이)의 정통 후예이다. 집안에 금은보화가 그야말로 산더미처럼 쌓여 있다고 하지 않던가! 내가 조사한 바로는 황금만 천만 냥이 넘는다! 그러니 전 재산은 그것의 열 배라고 볼 수 있다. 그렇다면 그게 어느 정도가 되겠는가? 이번에 성공을 거두는 날에는 그 모든 금은보화를 반으로 나눠 반은 폐하께 바치고, 나머지는 여러분들에게 나눠주겠다. 대장군과 나는 단 한 푼도 가지지 않을 생각이다!"

강희는 주배공의 말을 듣다 그만 참고 있던 웃음을 터뜨리고 말았다. 군영은 삽시간에 들끓기 시작했다. 방금 전까지만 해도 참전비가 한 냥 남짓한 탓에 잔뜩 풀이 죽어 있던 병사들이 언제 그랬냐는 듯 웃고 떠들었다. 심지어 흥분하는 병사들도 있었다.

웅사리 역시 기가 막힌다는 표정으로 말했다.

"역시 소인배들은 돈이면 모든 것이 다 통하는구만. 당장은 이런 식으로 사기를 북돋워주는 것도 좋겠지."

명주도 웅사리의 말에 호응을 한다는 듯 입을 열었다.

"폐하! 폐하께서는 알아차리셨는지 모르겠사옵니다. 방금 발표한 여섯 가지 군령 중에 민간의 재물을 약탈하는 자는 처형한다는 말은 없었사옵니다."

강희는 명주의 말에 대답하지 않았다. 그러나 주배공의 속셈은 알고도 남음이 있었다. 주배공은 돈에 약한 자들에게 참전비라도 넉넉하게 주지 않는다면 제대로 싸워줄 리가 만무하다는 사실을 일찌감치 간파한 것이다. 한참 후 강희가 한숨을 내쉬면서 말했다.

"이건 임기응변의 계략이야. 성공하면 조정에서 조금씩 돈을 나눠주고 나머지는 몇 년 동안 세금을 면제해주는 식으로 하면서 천천히 해결해 나가야지……."

그때 북소리가 요란하게 울려 퍼졌다. 도해와 주배공은 그 소리를 듣고는 단정하고 엄숙한 자세로 강희 일행을 맞이하기 위해 군영의 대문 앞으로 걸어왔다.

50장
적이 되어 만난 형제

도해와 주배공이 찰합이의 반란을 완벽하게 평정하는 데는 고작 12일밖에 걸리지 않았다. 주배공의 말대로 금과 은 같은 전리품들을 엄청나게 획득했다. 강희는 반란 진압이 끝난 그날 저녁 즉각적으로 이 전리품의 대부분을 도해의 군비로 남겨두는 조치를 취했다. 그런 다음 일부를 낙양에 주둔하고 있던 와이격에게 보냈다. 동시에 와이격으로 하여금 당장 동관潼關으로 들어간 다음 서안西安을 공략해 왕보신의 후방을 칠 것을 명령했다. 또 한중漢中에 있는 왕병번을 견제할 것도 지시했다. 이뿐만이 아니었다. 도해에게는 승리의 여세를 몰아 내몽고의 이극소伊克昭에서 감숙성 동쪽으로 쳐들어간 다음 한발 물러나 난주蘭州에 나와 있던 장용張勇과 함께 평량의 왕보신을 안팎에서 몰아붙이라는 긴급명령을 내렸다. 이로써 서쪽의 정세는 곧 반전의 전기를 마련하게 됐다. 강희의 조정이 드디어 수비에서 공세로 전환하게 된 것이다.

왕보신은 그때까지 순조롭게 싸워나가고 있었다. 11월에 이르러서는 3만 대군이 연이어 공창鞏昌, 태주泰州, 평량平凉 등 20여 개 성으로 쳐들어갔다. 이로 인해 장용은 황망히 난주로 피신하면서 완전히 꼼짝 못하는 신세가 되고 말았다. 때문에 왕보신은 낙양과 태원太原의 청나라 병사들이 동관과 함곡관涵谷關을 거쳐 섬서로 쳐들어왔다는 소식을 처음 접했을 때 대수롭지 않게 생각했다. 한중을 지키고 있던 왕병번에게 나가 막으라고 얘기했을 뿐이었다.

그러나 그는 도해가 과이심 부족의 기병들과 연합해 이극소를 통해 쳐들어와 300리 밖에서 진을 치자 사태의 심각성을 느끼기 시작했다. 사실 그로서는 도해가 어떻게 그처럼 많은 병력을 보유하게 됐는지 알 턱이 없었다. 또 느닷없이 감숙성 북쪽에 나타나게 된 것 역시 당최 모를 일이었기에 황당하기만 했다.

병가兵家에서는 소리 소문 없이 치고 빠지는 것을 제일 부담스러워 한다. 왕보신 역시 마찬가지였다. 급보를 접하자마자 저녁 먹을 시간도 없이 왕병번에게 지원병을 보내라고 한 것은 그 때문이었다. 또 자신은 중군의 참좌들을 데리고 군영을 순찰하기도 했다.

그가 평량을 벗어났을 때는 이미 해가 서산으로 너울너울 넘어가고 있었다. 성 밖 군영에서는 모닥불이 군데군데 타오르고 있었다. 병사들이 저녁밥 짓는 연기가 모락모락 피어올랐다. 그런 가운데 한겨울의 백양나무는 마치 꽁꽁 얼어붙은 고드름처럼 꼿꼿하게 하늘을 찌른 채 서 있었다. 그래서일까, 주변의 육반산六盤山은 음침하기 이를 데 없었다. 경수涇水 연안은 두껍게 얼음으로 뒤덮여 있었고 얼음 아래 어딘가에서 물 흐르는 소리가 졸졸졸 들려 왔다.

"아버지!"

옆에 있던 왕길정이 한껏 굳어져 있는 왕보신의 얼굴을 걱정스럽게 쳐다보면서 불렀다. 왕보신은 대답을 하지 않았다. 왕길정이 내친김에 본론으로 들어갔다.

"병법에서는 천리 길을 강행군하면 아무리 용맹한 장군이라도 쓰러지게 된다고 말하고 있어요. 도해는 이번에 자그마치 삼천리 길을 쉬지 않고 달려왔습니다. 그러니 여기까지 오게 되면 아마 기진맥진하지 않겠어요? 그렇게 된다면 우리에게는 절호의 기회가 오게 되는 겁니다. 이번 싸움은 식은 죽 먹기가 될 수도 있어요."

왕보신이 드디어 깊은 한숨을 내쉬더니 아들의 말에 응대를 했다.

"너는 뭘 몰라! 지금 진동하는 이 냄새가 무슨 냄새인 줄 알고 있느냐? 우리 병사들이 군량미가 없어 말을 잡아먹고 있는 것을 모른다는 말이냐! 때문에 우리는 어떻게 하든 속전속결을 해야 해. 그러나 도해가 성 밑에서 똬리를 틀어버리는 날에는 한 달도 못 돼 우리 군의 사기는 확 꺾이고 말 거야. 그러면 풍비박산나게 돼 있어!"

그 시각 공영우 역시 마음이 편치 않았다. 10여 년 만에 만났던 동생 주배공이 지난번에는 북경에서 학문에 열중하면서 잘 있는 것 같더니 갑자기 병사를 거느리고 전쟁터에 나타났던 것이다! 이제부터는 형과 동생이 총칼을 맞대고 싸우게 생겼으니 누가 누구 손에 죽든 최소한 한 사람은 비참한 최후를 맞이할 수밖에 없지 않은가! 거기에까지 생각이 미치자 공영우로서는 바로 옆의 왕보신을 슬쩍 떠보기 위해 질문을 던질 수밖에 없었다.

"저는 군문께서 계속 서쪽을 치는 이유를 모르겠습니다. 그들이 북에서 쳐들어오면 우리는 잠시 동쪽으로 돌아가 피신할 수도 있지 않겠습니까?"

"서방은 극락세계 아니오! 《설악》說岳이라는 소설에도 내가 우습게 보는 사람과는 함께 하지 않는다는 말이 있소. 그래서 서쪽으로 가는 거요. 나는 오삼계가 이런 식으로 나를 가지고 놀 줄은 몰랐소. 군비와 군량미를 하나도 주지 않으니 우리 스스로 해결하는 수밖에 없는 것 아니겠소? 동으로 가서 왕병번과 합세하면 당연히 한동안은 얻어먹고 굶어죽지는 않겠지. 그러나 도해와 장용이 여기에서 합세해 동에서 쳐들어오고 와이격이 덩달아 호응하는 날에는 우리는 그 사이에 끼어서 죽는다고. 알겠소?"

왕보신이 씁쓸한 웃음을 지었다. 그러자 왕길정이 입을 실룩거리면서 뭐라고 말하려는 듯했다.

"아버지……."

그러나 왕길정은 바로 입을 다물어 버렸다. 왕보신이 고개를 돌려 그런 아들의 속내를 읽은 것처럼 되물었다.

"왜? 나한테 청 조정에 귀순하라고 얘기하려는 거야?"

공영우는 '청 조정에 귀순' 운운하는 왕보신의 말을 듣자마자 가슴속에서 뭔가가 쿵! 하고 무너져 내리는 느낌을 받았다. 삼군의 주장이 이런 생각을 가지고 있었다니! 공영우는 다시 한 번 왕보신을 쳐다봤다. 그랬다. 그가 볼 때 왕보신이 죽어라 서쪽으로 돌진한 데는 다 이유가 있었다. 그쪽의 한 모퉁이라도 재빨리 점령해 나중에 조정과 교섭을 하겠다는 속셈을 가지고 있었던 것이다. 또 최악의 경우에는 서부의 소수민족인 강장羌藏(강족과 장족)의 도움을 받아 자기 한 몸이라도 살고 봐야겠다는 계산도 했다고 할 수 있었다.

'정말 저자의 생각대로 된다면 내 상황은 불리해질 수밖에 없어. 어쩌면 영원히 노모와 이별을 할 수도 있겠어.'

공영우는 최악의 상황에까지 생각이 미치자 가슴이 아프기 시작했다. 그의 입장에서 왕보신은 완전히 빌어먹을 자식이었다. 그때 왕보신이 말했다.

"청 조정에 투항하는 것도 생각해 볼 만한 일이기는 해. 오삼계와 비교하면 그래도 강희는 영명한 군주이니까! 나는 이래봬도 다 속으로 생각하는 게 있다고!"

"장군께서 그런 생각을 가지고 계시다니 정말 삼군의 행운입니다. 부하들이 따라주지 않을 것 같아 걱정이기는 합니다만."

공영우가 자신에게 유리한 쪽으로 분위기를 몰아가기 위해 황급히 내뱉었다. 그의 말에 왕보신이 씁쓸한 표정을 지었다.

"그럴 리가 있겠소? 마일곤 같은 야생마도 이제 그만 길들여지고 싶어 하던데 뭐!"

왕길정은 공영우도 자신의 생각에 긍정적인 자세를 보이자 용기가 생겼다. 혼날 각오를 하면서 보다 적극적으로 의견을 밝혔다.

"그렇다면 아버지께서 미리 결정을 하시는 것도 좋을 것 같은데요? 도해가 오자마자……."

왕보신은 아들의 제안에 즉답을 하지 않았다. 그저 황급히 말고삐만 잡아당길 뿐이었다. 그의 얼굴은 날씨가 어두운 탓에 자세히 보이지는 않았지만 상당히 흔들리는 것 같았다. 그러나 한참 후에 그가 단호하고 결연한 목소리로 자신의 의지를 피력했다.

"안 돼! 목숨을 걸고 끝까지 싸울 거야! 이겼을 경우에는 그것도 고려해 볼 수 있어. 그러나 패하는 날에는 나에게는 죽음밖에는 없어!"

공영우와 왕길정은 왕보신의 결연한 태도에 바로 풀이 죽고 말았다. 이제 상황은 분명해졌다. 싸우지 않고 항복해도 강희의 엄벌을 피하기 어렵고, 싸움에서 패한 후에 항복해도 횡액을 당할 것이었다!

"정신 차려! 성 북쪽의 저 언덕 쪽을 보라고. 위에는 석루石樓와 우물이 있지 않은가!"

왕보신이 작은 구릉을 가리켰다. 마치 호랑이가 엎드려 있는 것처럼 보이는 곳이었다. 그가 다시 자신의 생각을 덧붙였다.

"이 언덕이 바로 평량을 지키는 명줄이야. 길정아, 무슨 수를 써서라도 여기를 잘 지켜야 해. 도해가 여기를 돌파하지 못하도록 해야 한다고. 그러면 이 추운 날에 식량 운반 길이 끊기게 돼. 그러면 우리는 꼼짝 못하고 독 안에 든 쥐 신세가 될 거야. 하지만 이번 싸움에서 승리하게 되면 우리는 숨통이 트이게 돼. 힘을 내자고!"

말을 마친 왕보신은 곧바로 채찍을 날리면서 어둠 속으로 재빨리 사라졌다.

행군에 나선 지 6일째 되는 날의 이른 아침이었다. 도해의 대군은 이미 경하涇河 기슭에 도착해 멀리 평량을 마주보고 있었다. 전투를 앞둔 도해의 전략은 복잡할 것이 없었다. 우선 밤을 새워 3000명의 기병을 거느리고 기습전을 전개해 왕보신의 진영을 흐트러뜨리면 성공할 가능성이 많다는 것이 그의 판단이었다. 또 그런 다음 대군을 성 북쪽에 주둔시키고 장용과 병력을 합쳐 천천히 뜸을 들이면서 목을 옥죄어 가면 모든 것이 술술 풀릴 수 있다고 생각했다. 그러나 주배공의 생각은 조금 달랐다. 그가 도해의 방안을 한참 동안 검토한 후 입을 열었다.

"장군께서는 상당히 좋은 생각을 했습니다. 그러나 오삼계 쪽에서 미리 움직임이 있지 않았을까 두렵습니다. 왕보신은 간에 붙고 쓸개에 붙는 소인배라 뭘 좀 준다고 하면 틀림없이 달려갈 위인입니다! 우리는 현재 그자가 군량미가 부족한 것을 노리고 있는 상황입니다. 만약 그자가 오삼계에게서 군량미라도 받아내는 날에는 오히려 우리가 불리해질 수가 있습니다. 우리는 군량미를 조금 가지고 있기는 하나 식량 운반 길이 멀어 속전속결을 하는 것이 유리합니다. 장군께서는 명장이십니다. 그런 만큼 왕보신은 장군의 전법을 이미 훤히 꿰고 있을 겁니다. 그러므로 방금 얘기한 그런 전법은 오히려 불리할 수도 있다고 생각합니다."

이렇게 해서 도해의 부대 병사들은 나머지 300리 길을 일부러 천천히 걷게 됐다. 나중에 속전속결을 시도하려면 먼저 체력을 비축해 둘 필요가 있었기 때문이다.

도해는 대군을 데리고 경하로 오자마자 바로 중군에 명령을 내렸다. 즉각 군영을 설치하는 작업에 착수하라는 명령이었다. 중군 병사들은 누구나 할 것 없이 취사 준비를 하거나 우물과 참호를 파기 시작했다. 또 장막을 치고 보초를 세워 주변 정황을 살폈다.

왕보신은 점심을 먹고 난 후 상대방이 군영을 설치했다는 말을 들었다. 당연히 즉각 마일곤, 장건훈, 하욱지何郁之 등 몇몇 장군들을 대동하고 직접 경하 남쪽 기슭으로 순시를 나갔다. 그는 도해의 중군 진영이 눈앞에 나타나는 순간 깜짝 놀라고 말았다. 강을 따라 좌우 10여 리에 걸쳐 평평하고 긴 장막이 쳐져 있었던 것이다. 한 무리의 장군들이 도해와 주배공을 둘러싼 채 서서 뭔가를 상의하는 모습도 멀리 보였다. 그들 역시 왕보신의 진영을 노려보면서 구체적인 작전을 짜는 듯했다. 예전에 왕보신이 자신의 명줄이라고 했던 호랑이 언덕을 손으로 가리키면서 뭔가를 적고 있었다.

그때 가까이 다가간 왕보신이 말 위에서 읍을 하면서 큰 소리로 외쳤다.

"도해 장군, 그동안 잘 지내셨습니까? 왕보신이 그냥 이렇게 인사를 드릴 수밖에 없습니다!"

"그대는 독수리가 아니신가!"

도해 역시 큰 소리로 대답했다. 이어 미리 준비했던 말을 힘껏 외쳤다.

"북경에서 차 향기에 머리 묻고 정세를 논하면서 우의를 키워가던 게 어제 일 같습니다. 그런데 몇 년이 지난 오늘날 이런 곳에서 혈전을 벌일 상대로 만나게 됐네요. 인생의 비극이 아닐 수 없습니다! 장군의 용병술을 슬쩍 보니 별로 재주가 늘지 않은 것 같군요. 그동안 뭘 했습니까? 단숨에 엎어버릴 생각만 하고 병서는 통 읽지 않았나요?"

그 말에 왕보신이 채찍을 흔들면서 외쳤다.

"장군께서 전에 지상담병紙上談兵(탁상에서 병법을 논하는 것으로 실제 쓸모는 없음)을 논할 때는 품品자 형태의 군영을 논했지 않습니까? 그런데 지금 보니 그저 품자를 거꾸로 놓았을 뿐인 것 같네요. 멀리서 보니 꼭 곡哭자 같군요!"

왕보신의 말에 주배공이 소맷자락을 휘날리면서 대꾸했다.

"곡과 소笑는 모양이 비슷하죠. 잘못 보지 말기를 바랍니다! 관상 서적에는 이른바 '마검용'馬臉容이라는 항목이 있죠. 그걸 보면 우는 것이 웃는 것이고, 웃는 것이 우는 것이라는 말이 있습니다. 한마디로 모든 것이 뒤바뀌고 희미해 알아맞히기가 쉽지 않습니다. 장군은 우리 대기大旗도 아직 보지 못했습니까? 도 군문은 말 그대로 무원대장군입니다. 무撫자에 역점을 두고 있죠! 바로 쓰다듬고 어루만져준다는 뜻입니다. 장군께서는 지금이라도 화해를 요청하고 조정에 귀순한다면 작위와 봉호封號도 받을 수 있습니다. 나라 전체가 인재를 중용하는 시기라는 사실을 간과하지 말기를 바랍니다. 도해 장군은 미리 좋은 술을 준비해두고 장군과 술잔을 높이 들고 승리의 노래를 부를 기회가 오기를 기대하고 있습니다!"

주배공은 그 와중에도 공영우가 어디 있는지를 살펴보는 것을 잊지 않았다. 그러나 공영우는 어디에도 보이지 않았다. 그때 왕보신이 냉소를 터트렸다.

"당신이 주배공이라는 사람이오? 더 이상 공자 앞에서 문자 쓰지 말고 돌아가서 책이나 제대로 읽었으면 합니다. 나라에서 인재를 중용하는 만큼 이렇게 하지 않아도 당연히 한자리 해먹지 않겠소이까! 그런데 왜 주제 파악도 하지 못하고 이런 곳에 와서 내 칼에 맞아죽는 귀신을 자처하려고 합니까?"

왕보신의 야유조의 말에 주배공이 하늘이 떠나갈 듯 웃었다.

"웃기는 말씀을 하시는군요! 내가 장군의 칼에 맞아 죽는다고요? 우리 폐하께서는 천하의 백성들을 부모처럼 섬기고 그들에게 좋은 세상을 만들어주기 위해 노력하고 있어요. 이 전쟁은 그걸 위해 싸우는 성스러운 전쟁입니다. 하지만 장군은 어떻습니까? 고작 평량이라는 고깃덩어리 하나 차지할 요량으로 있습니다. 백성들의 고통은 아랑곳하지 않고 민가를 군영으로 삼고 부녀자를 팔아 군비를 마련하고 있지 않습니까? 또 못 먹고 굶주린 삼만 병사들을 개돼지 취급하면서 서쪽으로 내몰지 않았습니까? 천벌을 받을 날이 눈앞에 닥쳤는데도 회개하기는커녕 큰 소리를 치다니요? 두고 보세요. 장군의 그런 심보와 패권을 잡겠다는 야심은 오강烏江에서 자결한 항우의 비극을 불러올 테니!"

왕보신 진영에서는 주배공의 말이 끝나기 전부터 화살을 간간이 날리기 시작했다. 도해 등은 어쩔 수 없이 천천히 물러나야 했다.

곧이어 양측의 군영에서 두 명의 장수가 발동을 걸었다. 그러자 서로의 진영으로 화살이 빗발치듯 날아가기 시작했다. 그러더니 마일곤의 군영에서 갑자기 공격 신호인 대포소리와 함께 싸움 잘하기로 유명한 유춘劉春이 1000여 명의 기병을 거느리고 서쪽에서 경하를 건너 돌진했다.

그것은 왕보신이 오랫동안 고심 끝에 생각해낸 전략이었다. 먼저 그렇게 도해 진영을 공격하면 전투력이 어느 정도 되는지 파악할 수 있겠다는 생각이었다.

경하의 서쪽에서 점심을 먹고 있던 도해의 병사들은 상대방 병사들이 칼을 휘두르면서 파죽지세로 공격을 가해오자 바로 뿔뿔이 흩어져 도망을 쳤다. 도무지 싸울 생각을 하지 않는 것 같았다. 막 설치해 놓은 도해 대군의 군영은 짓밟히고 불에 타고 말았다. 그야말로 아수라장이 돼버렸다고 해도 좋았다.

유춘은 순조롭게 도해 부대의 첫 번째 군영을 박살내기는 했으나 전과는 크게 올리지 못했다. 상대의 병력을 줄이는 데는 실패한 것이다. 그러자 그는 전과를 더 올릴 요량으로 방향을 틀면서 바로 여세를 몰아 도해의 중군 대영大營으로 쳐들어갔다. 그의 부대가 대영에 접근할 때였다. 갑자기 대포소리가 울렸다. 그러더니 전고戰鼓도 호응하면서 울려 퍼졌다. 곧이어 화살이 거센 빗줄기처럼 쏟아졌다. 유춘은 화살 공세가 끝나면 틀림없이 기병들이 달려 나와 공격을 해올 것으로 예상했다. 그러나 아무리 기다려도 화살 공세는 멈출 줄을 몰랐다. 병사들 역시 하나도 보이지 않았다.

순간 유춘은 상대가 화살을 쏘아대면서 시간을 벌려 한다는 판단을 내렸다. 상대가 곧 빠른 행군을 감행해 공격을 해올 것이라고도 생각했다. 그는 그런 생각이 들자 바로 신속하게 다음 행동에 나섰다. 300명에게 주영主營을 공격하게 하고 나머지 병력을 거느리고 뒤편에 있는 우영右營을 기습하기로 결정한 것이다.

대략 밥 한 끼를 먹을 만큼의 시간이 흘렀을 때였다. 갑자기 도해 부대 중영中營의 문이 활짝 열렸다. 미리 대기 중이던 기병 1000여 명 역시 밀물처럼 쏟아져 나왔다. 그들을 지휘하는 장군은 홍포紅袍를 입고 장검을 빼든 채 선두에 서서 기세를 올리고 있었다. 기세만큼이나 활약도 보통이 아니었다. 군마를 이끌고 왼쪽과 오른쪽, 중간의 세 방향에서 일제히 돌격해서 우왕좌왕하는 유춘의 병력을 일거에 포위해버렸다. 300명은 졸지에 완전히 독 안에 든 쥐 신세가 돼버렸다.

토끼꼬리만큼이나 짧은 겨울 해는 어느덧 서산을 넘어가려 하고 있었다. 모래벌판에서는 1000여 명에 이르는 기병들이 독 안에 든 쥐들을 잡느라 그야말로 여념이 없었다. 그와 함께 서슬 푸른 장검들이 부딪치는 소리와 말이 길게 울부짖는 소리가 어우러졌다. 광풍이 세차게 불어 닥치면서 황토를 휘감아 올렸다. 그 바람에 전장은 온통 희뿌옇게 변하고 말았다. 순식간에 꼼짝 못하고 위기에 노출된 300명의 병사들은 곧 머리가 떨어져 나가거나 말발굽에 무참하게 짓밟히기 시작했다. 또 악에 받친 도해의 병사들에 의해 수도 없이 난도질을 당했다. 급기야 형체를 알아볼 수도 없이 돼버린 채 비참하게 죽어갔다.

"역시 도 군문이군요! 전쟁터를 사로잡는 멋진 장군이라는 명망에 전혀 손색이 없어요!"

주변의 높은 구릉에 올라 관전을 하던 주배공이 흡족한 표정으로 말했다. 주배공의 칭찬에 도해가 쑥스럽게 웃어 보였다. 그가 막 입을 열려는 순간이었다. 군영을 지키고 있던 병사 한 명이 비틀거리면서 들어오더니 숨을 몰아쉬면서 보고했다.

"도…… 도 군문, 우영이 습격을 당하고 있습니다. 우리 후방이 곧……."

도해는 병사의 말에 별로 놀라지도 않았다. 오히려 말을 다 들어보지도 않고 장검을 뽑아들더니 그의 심장을 찔러버렸다. 주배공은 깜짝 놀랐다. 그러나 도해는 대수롭지 않은 듯 칼을 거둔 다음 손수건으로 피를 닦으면서 휘하의 한 병사에게 지시했다.

"군영을 지켜야 하는 놈이 그렇다고 자리를 뜨면 어떻게 해! 이것이 제자리를 지키지 못한 놈의 말로야. 중군의 기패관에게 군영의 문을 닫아걸고 홍의대포를 쏴서 쫓아버리라고 전해!"

"예!"

"잠깐만!"

주배공이 병사가 자리를 뜨려고 하자 바로 막고 나섰다. 그런 다음 도해에게 자신의 생각을 밝혔다.

"대장군, 저놈들은 지금 공격해오는 척하면서 우리 병력을 분산시키려고 하는 겁니다. 지금 죽어가는 300명을 구출하려고 하는 것이죠. 그러니 대포를 낭비할 것이 아니라 화살로 막아내야 합니다. 닭 잡는 데소 잡는 칼을 쓸 필요는 없지 않겠습니까?"

두 사람이 상의를 하고 있을 때였다. 뒤쪽 병영으로 상황을 살피러 갔던 병사가 달려와서 전황을 전달했다. 유춘이 서남쪽으로 증원병을 요청하러 갔다는 내용이었다.

그때 군영 서쪽의 전투는 끝나가고 있었다. 300명 가운데 살아남은 병사는 고작 열 몇 명에 불과했다. 그들은 모두 남쪽으로 도주했다. 얼마 후 유춘의 증원병이 파죽지세처럼 달려오는 모습이 보였다. 도해는 굳이 맞서 싸울 필요가 없다고 생각한 듯했다. 바로 유유히 병사들을 거둬들였다. 그는 이번 군영 서쪽 전투에서 적지 않은 전과를 올렸다. 무엇보다 적 280여 명을 죽였다. 반면 청나라 조정의 병사들은 고작 50여 명만 전사하거나 다쳤을 뿐이었다.

유춘은 왔다 갔다 하면서 무려 20리에 이르는 길을 죽도록 달려 증원병을 데리고 온 터였다. 하지만 또다시 속임수에 넘어갔다는 사실을 깨닫지 않으면 안 됐다. 전과 마찬가지로 군영 앞에는 여전히 사람은 없고 끝없는 화살 공세만 이어지고 있었던 것이다. 그는 악에 받쳐 말 위에서 길길이 날뛰면서 온갖 욕설을 퍼붓기 시작했다.

"기생년이 싸지른 놈들아! 고추 달린 사내대장부라면 나와 한번 겨뤄봐야 하지 않겠나!"

그러나 도해와 주배공은 유춘을 상대조차 하려 들지 않았다. 그저 중영의 토대土臺에 올라 술잔을 기울이면서 한가롭게 술만 마시고 있었다. 그러던 주배공이 바락바락 악을 쓰고 있는 유춘을 내려다보면서 비아냥거렸다.

"재미없지? 가서 왕보신에게 전해. 힘들면 쉬었다 하자고 말이야. 보름 동안 쉬고 나서 다시 붙어보는 것이 어떻겠느냐고도 물어봐 줘!"

유춘은 주배공의 말에 게거품을 문 채 길길이 날뛰면서 마구 욕설을 퍼부었다. 앞뒤 재지 않고 달려올 기세였다. 그러나 그럴 수는 없었다. 곧 맞은편에서 그만 돌아오라는 신호인 호각소리가 들려온 것이다. 그는 칼을 휘두르면서 도해에게 악담을 퍼부었다.

"야, 너 오늘 운 좋은 줄 알아. 에이, 퉤!"

도해와 주배공은 물러가면서도 씨부렁거리는 유춘의 모습에 배꼽을 잡고 웃었다. 승리를 만끽하는 유쾌한 웃음이었다.

이튿날 왕보신은 여러 장군들을 불러 모았다. 그런 다음 풀이 죽어 있는 유춘을 위로했다.

"자네의 공로가 컸네. 몇 명의 사상자를 내기는 했으나 그자들의 허와 실에 대해 완전히 알아냈네. 이제 보니 저것들은 중군만 쓸 만한 것 같아! 중군만 쓸어버리면 나머지는 그냥 뒤로 벌렁 자빠지게 돼 있어. 이제는 걱정할 것 없어."

그러나 왕길정은 아버지 왕보신과는 생각이 다른 듯했다. 유춘이 적진의 군영으로 쳐들어갔던 상황을 여러 번 상기하더니 뭔가 의미심장한 말을 했다.

"아버지 제 생각에는 저자들의 속임수가 만만치 않은 것 같은데요!"

"뭐라고?"

"오른쪽 날개의 앞쪽 부분은 어째서 텅텅 비었을까요? 너무 이상하지 않나요?"

"물론 사기를 치는 거겠지. 어제 나한테 방대한 군사력을 자랑한 것은 다 거짓이야. 그게 오늘 들통난 거지. 오늘 나는 매운지 짠지 맛만 보았을 뿐이라고. 그놈들은 이 사실을 모르지 않겠어? 그러니 오늘 저녁 중군 진영을 습격하자고! 내가 어떻게 한 방에 적을 날려버리는가 잘 봐!"

그때 마일곤이 큰 소리로 물었다.

"장군께서 그런 생각을 가지고 계셨다면 왜 어젯밤에 공격하지 않았나요? 그 빌어먹을 자식들이 하루라도 쉬어가게 한 결과가 됐잖습니까! 어쨌거나 오늘 저녁에는 저도 같이 가겠습니다."

"어젯밤이라?"

마일곤의 말에 왕보신이 머리를 저었다. 그러더니 웃으면서 덧붙였다.

"나도 그것을 생각을 하지 않은 것은 아니오! 그러나 도해에게도 병력을 배치할 시간을 줘야 하지 않겠소? 잘 정돈해 놓아야 우리가 오늘 저녁처럼 한꺼번에 소탕을 할 수가 있을 것 아니오. 그렇지 않고 여기저기 무질서하게 흩어져 있으면 얼마나 힘들겠소?"

말을 마친 왕보신이 갑자기 자리에서 벌떡 일어서면서 바로 명령을 내렸다.

"마 장군, 오늘 저녁 당신이 오천 병력을 거느리고 경하를 건너가 잠복하고 있으시오. 또 장건훈, 하옥지 장군은 역시 오천 병력을 데리고 하류에서 강을 건너가 이경二更 때를 기다렸다가 왼쪽 날개 부분과 중군 증원용으로 남겨 놓았을 병력들을 없애버리시오. 신호가 울리면 마 장군은 오른쪽 날개 부분을 공략하되 그것들을 끌어내기만 하면 되오. 힘을 빼지는 말고! 알겠소? 그 사이에 내가 일만 대군을 거느리고 본영으로 쳐들어가겠소. 공영우 장군은 성 안에 있는 삼천 병력을 잘 데리고 있다가 나를 따라 나서시오. 길정아, 너는 앞에서 어떻게 되든 신경 쓸 것 없이 여기 호랑이 언덕만 잘 지키면 돼!"

좌중의 사람들은 일제히 우렁차게 대답했다.

"명령에 따르겠습니다!"

드디어 밤의 장막이 드리워졌다. 꽁꽁 얼어붙은 경하의 양안에는 아슬아슬한 살얼음 같은 분위기가 감돌고 있었다. 강을 사이에 두고 길게 늘어선 진영에는 불빛이 어둠 속에서 유난히 반짝이고 있었다. 가끔씩 들리는 호각소리는 불안한 군영의 밤을 대변하는 듯했다.

갑자기 경하 하류에서 불기둥이 번쩍 치솟아 올랐다. 그러더니 바로 호각소리가 울려 퍼졌다. 동시에 하늘을 뒤흔드는 대포소리와 우박 떨어지는 소리 같은 전고 소리가 쉴 새 없이 들렸다. 화살도 밤의 정적을 타고 날카로운 소리를 쏟아내면서 청나라 병영으로 날아 들어갔다. 장건훈과 하욱지가 왼쪽 날개 부위를 공격하고 나선 것이다. 같은 시각 마일귀의 5000 병력은 밀물처럼 경하 상류를 건너 청나라 병영의 오른쪽 날개 앞부분을 향해 무지막지하게 화살을 쏟아 부었다. 화살이 날아가는 소리가 마치 사람이 울부짖는 소리 같았다.

순식간에 사방에서 시커먼 연기가 뭉게뭉게 피어올랐다. 여기저기에서 불기둥도 치솟았다. 빨갛고도 노란 자줏빛 불꽃이 하늘의 반쪽을 물들이고 있었다. 결국 군영의 천막에 불이 붙어 활활 타오르기 시작했다. 이따금씩 그 불빛 속에서 폭죽소리 같은 작은 폭발음이 터졌다. 대기 중에는 온갖 것들이 타는 냄새가 진동했다.

그때 도해의 각 진영에서도 대포소리가 울리기 시작했다. 하늘과 땅을 뒤엎어버릴 듯한 소리가 사방팔방에서 울려 퍼졌다. 좌영, 중영, 우영의 병사들은 각각 북쪽과 서쪽에서 횃불을 치켜든 채 일제히 앞 진영을 구원하러 달려 나왔다.

"바람이 거세게 부는 날에는 방화를 하고 달이 어두운 틈에 살인을 한다더니, 마일곤 진짜 멋지군! 마적 출신다워!"

왕보신이 땅에 엎드린 채 극도의 긴장감을 이기지 못해 식은땀을 흘리다 말고 흥분을 감추지 못했다. 적들을 유인하는 작전이 성공했다고 판단하는 듯했다. 그가 다시 큰 소리로 외쳤다.

"형제들, 승패는 이 순간에 달렸다. 돌격하라!"

왕보신은 말을 마치자마자 날렵하게 말 위에 올라탔다. 그리고는 청군의 중영을 향해 돌진했다.

그러나 불빛이 훤하던 중군의 천막 안은 사람 그림자조차 보이지 않고 텅텅 비어 있었다. 순간 왕보신은 말고삐를 잡은 채 멍하니 서 있었다. 이게 웬일일까! 그가 그렇게 어리둥절하고 있을 때였다. 갑자기 우렛소리 같은 폭음이 들리더니 천막 안에 묻혀 있던 화약이 폭발했다. 거대한 천막은 단번에 날아가 버리고 말았다. 왕보신의 병사들은 꼼짝도 못하고 우르르 무너지기 시작했다. 그는 뭔가 잘못 돼도 한참 잘못 돼 간다고 생각했다. 동시에 도해가 근처에 매복하고 있으리라고 판단하고는 여러 장군들에게 수비를 강화하라는 지시를 내렸다. 그때 마일곤이 보낸 병사가 달려왔다.

"대장군께 아룁니다! 마 군문이 그러시는데, 그쪽에서는 전투를 피하고 모두 도망을 갔다고 합니다. 적들의 속임수에 걸려들었지 않나 생각하고 대장군께 급히 알리라고 했습니다."

그때 장건훈도 소식을 보내왔다. 적들의 후영에서 전영에 증원병을 전혀 보내지 않았다는 전갈이었다.

"허튼소리 하지 마! 그렇게 많은 횃불이 전영에서 나오는 것을 나와 대장군께서 똑바로 봤다고!"

공영우가 고함을 질렀다. 그러자 병사가 황급히 대답했다.

"정말입니다. 저희들이 부랴부랴 상황을 파악해 봤습니다. 그 횃불들은 속임수를 위한 의병계疑兵計의 전략으로 드러났습니다."

"속았다!"

왕보신이 크게 놀라면서 말 위에서 구르듯 내려왔다. 그러더니 바로 여왕벌에 쏘인 것처럼 어쩔 줄 몰라 했다. 그는 곧 다시 뭔가 명령을 내리려고 하다가 주춤했다. 그들이 주영에 쳐들어온 지 꽤 오랜 시간이 흘렀는데, 왜 적들이 몰려오지 않는다는 말인가?

그가 그렇게 황당해하고 있을 때였다. 평량 쪽에서 불길이 치솟는가 싶더니 대포소리가 하늘을 가르면서 들려왔다. 왕보신은 식은땀투성이가 된 얼굴을 문지르면서 잠시 안도의 숨을 내쉬었다.

"어쩐지! 저것들이 밤을 이용해 평량으로 건너갔구만. 다행히 수비 병력을 남겨뒀으니 걱정할 것은 없을 거야."

왕보신이 상황을 분석한 다음 다시 명령을 내렸다. 목소리는 여전히 안도하고 있는 듯했다.

"마일곤, 장건훈, 하욱지의 부대는 속히 우리의 주영으로 돌아가 도해를 무찌르시오! 나는 그 퇴로를 차단해버릴 테니! 흥! 잘난 척을 하더니 너무 똑똑해도 탈이로군. 이제 퇴로를 차단당하고 여기에서 불귀의 객이 될 거니까!"

왕보신은 승리를 자신하는 듯했다. 다시 한 번 길게 안도의 숨을 내쉬더니 나른해진 다리를 꼬고 앉은 채 지시했다.

"술을 가져와라!"

그때였다. 부근의 숲속에서 연이어 대포소리가 울렸다. 곧 수천, 수만에 이르는 횃불이 왕보신의 주위를 대낮처럼 환하게 밝혔다. 순식간에 그의 군사 1만여 명은 꼼짝 못하고 손바닥만한 곳에서 포위를 당하고 말았다. 병사들은 곧 불난 집의 쥐들처럼 우왕좌왕하기 시작했다. 공영우는 분위기 반전을 위해 그들 중 몇 명을 끌어내 부하들이 지켜보는 앞에서 즉결처분을 해버렸다. 그제야 국면은 조금이나마 수습이 됐다.

사방은 온통 하늘에서 떨어지거나 땅에서 솟은 듯한 청나라 병사들뿐이었다. 도해가 주배공의 의병계에 힘입어 3만여 병력을 합쳐 왕보신의 부대를 중간에 가둬버린 것이다.

그러나 왕보신은 그 정도에서 순순히 물러설 위인이 아니었다. 일생동안 전쟁터를 누비며 살아온 사람이 아니던가. 때문에 위기일발의 위험 속에서도 재빨리 안정을 찾을 수 있었다. 그는 황급히 말 위에 올라탄 다음 여러 장군들을 둘러보면서 말했다.

"사내대장부는 죽음을 초개같이 여기는 거요! 죽는 것도 두려워하지 않는데, 무서울 것이 뭐가 있겠소? 마일곤 장군, 장건훈 장군은 내가 위험에 처한 것을 알면 반드시 달려와 도와줄 거요. 이번 위기만 무사히 넘기면 되오. 날 밝으면 저것들은 곧 죽음이오!"

그때 그의 말을 듣기라도 한 것처럼 불빛 속에서 도해가 껄껄 웃는 소리가 들렸다. 이어 그가 자신감 넘치는 목소리로 말했다.

"독수리! 아직까지 입은 살아있구만! 마일곤과 장건훈은 당신의 무능한 작전에 어지러워 쓰러졌을 거요! 그 병사들은 전부 모래처럼 산지사방으로 흩어진 지 옛날이오! 살아 돌아온다고 해도 짐짝이나 안 돼 있으면 다행일 거요! 이제는 믿고 까불만한 건더기가 전혀 없으니 좋게 말할 때 항복하시오. 그래도 예전의 우정을 봐서 목숨만은 살려줄 의향이 있소. 이렇게 말할 때 항복해, 내 마음이 변하기 전에!"

"거지발싸개 같은 소리 하고 있네!"

왕보신이 버럭 화를 내면서 악을 써댔다. 공영우 역시 이를 악물더니 "죽여라!" 하고 소리를 내질렀다. 이어 왕보신을 호위하면서 좌충우돌 포위망을 뚫었다. 왕보신의 용맹은 소문난 대로였다. 온몸에 피를 뒤집어 쓴 채 분투하고 있었다. 그러나 수차례 시도를 했음에도 불구하고 좀체 포위망은 뚫리지 않았다. 형세는 더욱 급박해지고 있었다. 그러자 왕보신이 다급하게 명령을 내렸다.

"조총수, 사격 준비!"

왕보신은 최후의 경우에 대비하고 있었다. 그의 중군에는 조총 100자루가 있었다. 정말 위급한 경우가 아니고는 사용하지 않기는 하나 그는 그중 50자루를 가지고 온 터였다. 더구나 조총의 사수들은 평소 혹독한 훈련을 거친 명사수들이기도 했다. 왕보신이 손짓을 보내자 그들은 곧 두 줄로 나눠 섰다. 그러더니 앞줄부터 우선 사격을 하기 시작했다. 또 다른 한 줄은 총탄을 채우면서 마구 쏘아댔다. 그바람에 청나라 병사들은 하나둘씩 맥없이 쓰러지고 자빠졌다. 눈에 맞아 쓰러진 경우도 있었고, 다리에 총을 맞고 절뚝거리다 자빠지기도 했다. 도해가 타고 있던 말 역시 총알을 맞고 펄쩍펄쩍 뛰면서 방금이라도 주인을 땅에 내리꽂아 버릴 것처럼 날뛰었다. 눈 먼 총알의 공세에 속수무책이 된 청나라 병사들은 어쩔 수 없이 조금씩 물러나기 시작했다.

"기병 부대를 풀어 후진後陣으로 돌격하라! 또 후영의 보병들은 뒤를 따라가면서 공격하라!"

주배공이 병사들을 독려했다. 동시에 슬슬 도망을 칠 생각을 하고 있는 듯한 왕보신을 보고 황급히 도해에게 말했다.

"기껏 해봐야 조총 오십 자루밖에 없을 겁니다. 우리 천여 명의 병력이 양쪽에서 협공을 가하면 쌍방이 한데 엉겨 붙어 총을 쏘기도 쉽지 않을 겁니다!"

도해가 머리를 끄덕였다. 그리고는 기패관에게 명령을 내렸다.

"뭘 꾸물거리는가? 일제히 돌격하라는 명령을 후영에 전하지 않고!"

도해의 전술은 그야말로 시의적절했다. 원래 후영의 병사들은 가둬두기만 하고 손을 쓰지 말고 대기하라는 명령을 받은 바 있었다. 때문에 손이 근질거리는 것을 억지로 참고 있던 중이었다. 공로를 세울 기회를 빼앗긴다면서 억울해하던 차이기도 했다. 그랬으니 그들은 명령을 받자마자 온 산하가 떠나갈 듯 함성을 지르면서 왕보신의 중영으로 쳐들어갔다.

왕보신의 병사들은 1000명이 넘는 병력이 달려들자 잔뜩 겁을 집어먹은 것 같았다. 그럼에도 죽기 살기로 저항하기 시작했다. 곧 쌍방은 한데 엉겨 붙은 채 서로 쥐어박고 뒹굴었다. 한바탕 아수라장이 벌어졌다. 그 바람에 50명의 조총 사수들은 피아를 구분할 수가 없어 사격을 하지 못했다. 결국 우왕좌왕하다가 청나라 기병들에게 전부 조총을 빼앗기고 사방으로 뿔뿔이 흩어지고 말았다.

왕보신은 중영이 허무하게 무너지자 겨우 남은 수십 명의 휘하 병사들을 향해 명령을 내렸다.

"성으로 돌아가자!"

왕보신은 말을 마치자마자 바로 포위망을 뚫고 나가려 했다. 그러나 그게 쉽지 않았다. 어디나 할 것 없이 청나라 병사들이 수풀처럼 늘어서 있었던 탓이었다. 게다가 잠깐씩 접전을 벌이는 동안에 그의 병력은 더욱 줄어들어 7명밖에 남지 않게 됐다. 공영우는 피투성이가 된 얼굴을 한 채 창백하게 질린 채 가쁜 숨만 몰아쉬고 있었다.

왕보신 일행은 죽을힘을 다해 겨우 일차 포위망을 뚫고 경하 북쪽 연안까지 도주할 수 있었다. 그러나 불행히도 그곳을 지키고 서 있던 주배공과 맞닥뜨리고 말았다. 주배공은 저마다 살기등등한 표정을 한 부하들을 잔뜩 거느린 채 장검을 빼들었다. 그런 다음 말 위에서 왕보신을 가리켰다.

"도망을 가기는 어디로 간다고!"

왕보신은 이제는 꼼짝없이 포로가 됐다고 생각했다. 마치 실성한 것처럼 머리를 뒤로 한껏 젖힌 채 미친 듯 헛웃음을 터트렸다.

"왕 독수리가 이런 비참한 최후를 맞이하고 말다니!"

왕보신은 그와 동시에 바로 창을 빼들어 자신의 목을 겨냥했다. 그때 공영우가 황급히 그의 손목을 잡고 울먹였다.

"장군께서 이렇게 가시면 나머지 삼군은 그야말로 한 줌의 재가 되고 말 겁니다!"

공영우는 말을 마치고는 바로 주배공을 향해 말을 몰았다. 그러더니 눈을 부라리면서 고함을 질렀다.

"동생, 그러지 말고 나부터 죽여주게!"

주배공은 그동안 경황이 없다가 공영우의 말에 정신을 번쩍 차렸다. 그제야 온몸이 피로 도배된 공영우를 알아보았다. 그는 곧 고통스러운 신음소리와 함께 눈을 감았다. 바로 그 순간이었다. 뒤에 있던 왕보신이 채찍을 날려 공영우의 말 엉덩이를 힘껏 내리쳤다. 그러자 공영우의 말이 네 발을 공중으로 쳐들면서 길게 울부짖더니 쏜살같이 앞으로 내달리기 시작했다. 곧이어 왕보신도 정신없이 달리는 말에 채찍질을 가했다. 말은 이내 경하를 건너 어둠이 깃든 저편으로 사라졌다.

51장
주배공, 호랑이 언덕을 불사르다

하룻밤 동안의 접전으로 인해 경하 일대는 온통 시체가 나뒹구는 끔찍한 현장으로 바뀌어 버렸다. 피가 낭자한 가운데 부러진 화살과 병사들이 내던지고 간 장검들만이 어수선하게 널려 있었다. 전투에서는 청나라 병사 4000여 명이 전사했다. 반면 왕보신의 부대는 1만여 명이나 목숨을 잃었다. 자신의 진영 앞에서 전사한 병사만 6000명이 넘었다. 외견적으로는 청나라의 승리였으나 서로가 기진맥진한 상태가 될 수밖에 없었다. 자연스럽게 휴전 아닌 휴전에 돌입하게 됐다.

도해는 그 일주일 동안의 기회를 틈타 삼군을 정돈했다. 그러다 병사들이 어느 정도 원기를 회복했을 즈음에야 강을 건너 평량으로 가서 주둔하기 시작했다.

병사들이 주둔을 다 끝냈을 무렵이었다. 도해가 부하에게 명령을 내렸다.

"내가 호랑이 언덕으로 시찰을 떠나려고 한다고 주 군문께 말씀을 드려라. 몽고에서 가져온 사슴을 잡아 주 군문 몸보신도 시켜드리고! 이번에 아주 혼이 났을 거야."

그때 주배공이 뒤에서 나타났다.

"제가 산후조리를 하는 산모도 아닌데 뭘 그러십니까? 몸은 크게 이상이 없습니다. 대장군께서 시찰을 나가신다는데 제가 어찌 골방에 앉아만 있겠습니까?"

주배공이 말을 마치고는 바로 따라 나갈 자세를 취했다. 그러자 중군 참좌인 유명이 수행원을 붙여 보내려고 했다. 그러나 주배공은 괜찮다는 표정으로 웃으면서 말했다.

"간덩이 하나 더 빌려준다고 해도 왕보신은 감히 성 밖으로 나오지 못할 걸? 아무리 톡톡 털어도 남은 병사가 만 명도 되지 않을 텐데, 죽으려고 기어 나오겠어?"

도해가 만사는 신중해야 한다는 입장을 표명했다.

"그래도 조심해서 나쁠 것은 없소이다. 여기 있는 열몇 명만 데리고 가는 것이 좋겠소!"

두 사람은 말을 탄 채 성을 한 바퀴 돌고 난 다음 서쪽 호랑이 언덕 아래에 이르렀다. 둘이 가까이에서 목도한 호랑이 언덕은 보통의 전략적 요충지가 아니었다. 무엇보다 멀리서 볼 때는 작은 흙더미 정도에 지나지 않은 것 같았으나 가까이에서 보니 지세가 험난하기 그지없었다. 병사들을 주둔시키기에는 그야말로 안성맞춤인 곳이었다. 실제로 왕보신은 '호랑이의 허리'를 깎아 평평하게 만들어 놓았다. 또 언덕 밑에 수많은 동굴을 파 놓기도 했다. 성문을 향한 곳에서만 돌계단이 있어 호랑이 머리 정상으로 통하게끔 돼 있는 것도 예사롭지 않았다. 그 위에는 서민의 집 한 채 크기의 작은 절도 있었다. 뒤쪽으로는 석루石樓도 하나 있어 성 안과 호응할 수 있도록 돼 있었다. 이처럼 가까이 와서 살펴본 호랑이 언덕은 완전히 호랑이 한 마리가 호시탐탐 평량을 내려다 보는 형상을 하고 있었다.

"평량 성곽은 아주 단단하게 만들어진 것 같소! 전부 큰 바위로 둘러싸여 홍의대포를 사용해도 무너뜨리지 못할 것 같소!"

도해가 한숨 섞인 어조로 말했다. 주배공은 도해의 말에 별다른 반응을 보이지 않았다. 그저 호랑이 언덕을 바라보기만 할 뿐이었다. 그가 한참 후에야 비로소 입을 열었다.

"이 성의 북쪽에는 육반산이 자리하고 있습니다. 감숙성 동쪽의 관문이나 마찬가지라고 할 수 있죠. 한나라 때부터 병가兵家들이 늘 차지하려고 했던 목표였습니다. 때문에 싸움을 하기 좋도록 수없이 다듬어졌습니다. 그러니 이 정도 견고하지 않으면 안 되지 않겠습니까. 하지만 침착하게 싸우면 그다지 어려울 것도 없습니다. 왕보신 정도야 굶겨서라도 투항을 시킬 수 있죠!"

"성 아래에 화약을 몰래 묻어두는 것이 어떻겠소? 돌파구 하나만 뚫으면 될 것 같은데 말이오."

도해가 자신의 의견을 피력했다. 그러나 주배공은 곧바로 머리를 저었다.

"전부 모래땅입니다. 호성하護城河(성 주변의 도랑. 해자垓字라고도 함)의 수면이 얼지 않아서 곤란합니다. 또 화약도 그다지 넉넉하지는 않아요. 땅굴을 파는 것도 곤란하고."

주배공은 그러면서 계속 호랑이 언덕에서 눈길을 떼지 않았다. 그 모습을 보면서 도해가 말했다.

"보아하니 주 군문은 호랑이 언덕을 들이칠 생각만 하고 있는 것 같소. 물론 그 위에다 대포를 설치하고 성 안을 향해 쏘아대면 더할 나위

없이 좋지 않겠소? 그런데 이 지세를 좀 보시오. 어디 육칠천 명의 사상자를 내지 않고서야 올라갈 수 있겠소?"

주배공이 머리를 끄덕이면서 대답했다.

"그러게요! 가장 완벽한 대책을 강구해야 하겠군요!"

그때 왕보신 역시 도해 등이 호랑이 언덕을 시찰하고 있다는 말을 전해 듣고 즉시 공영우를 데리고 달려왔다. 그러나 그는 이미 전의를 거의 상실한 것처럼 보였다. 그럴 수밖에 없었다. 무엇보다 그는 지난번 전투에서 엄청난 대가를 지불하고 건진 것은 아무것도 없다고 해도 과언이 아니었다. 성 안에 있는 병력이 고작 7000명, 호랑이 언덕까지 합쳐봐야 9천 명이 채 안 되니 그렇게 말해도 틀린 것은 아니었다. 그야말로 본전도 못 뽑는 낭패를 봤다고 할 수 있었다.

더구나 도통 마일곤은 전투 중 전사해버렸다. 또 하욱지는 나머지 부대를 데리고 어디로 도망갔는지 감감무소식이었다. 그나마 다행인 것은 지위로는 참장밖에 안 되는 공영우만이 부대를 완벽하게 보전하고 있다는 사실이었다. 그러나 성 안으로 도망쳐 온 3000명은 겁에 질려 잔뜩 움츠러든 채 완전히 전의를 상실하고 있었다.

왕보신은 도해와 주배공이 손가락질을 하면서 뭔가를 상의하는 모습에 화가 잔뜩 날 수밖에 없었다. 악에 받친 듯한 표정으로 그가 이를 악물더니 목소리를 낮춰 공영우에게 말했다.

"공 장군, 저기 있는 게 장군 동생 아니오? 저 친구 때문에 우리가 이번에 아주 혼쭐이 났잖소! 도해는 이런 식으로 싸운 적이 없었소. 나는 손의 상처도 아직 낫지 않았고 장군의 화살은 명중률이 높으니, 어디 한번 재주를 부려 보시오!"

공영우는 왕보신의 권유에 천천히 허리께의 주머니에서 화살을 꺼냈다. 쏘겠다는 뜻이었다. 하지만 그의 속내는 착잡하기 이를 데 없었다.

아무리 적이라고 해도 동생을 쏴야 하는 운명이 기가 막혔던 것이다. 그는 손목에 어렴풋이 남아 있는 상처 자국을 슬며시 들여다봤다. 어릴 적 주배공과 함께 냇가에서 물고기를 잡다가 거북이에게 물린 자국이었다. 졸지에 함께 한 수많은 아름다운 추억이 있는 동생이자 친구인 주배공을 쏘아죽여야 하는 입장이 된 그의 마음은 아프고도 저릴 수밖에 없었다.

공영우는 성벽 앞으로 다가갔다. 그런 다음 조용히 활시위를 팽팽하게 당겼다. 그런데도 주배공은 그 사실을 아는지 모르는지 호랑이 언덕을 가리키면서 뭔가를 의논하느라고 여념이 없었다. 사실 자신의 실력으로 이처럼 가까운 거리에서 화살로 주배공의 심장을 명중시킨다는 것은 식은 죽 먹기보다 쉬운 일이었다. 그러나 한참 동안 활을 당기고 있던 공영우의 손은 심하게 떨렸다. 그는 솔직히 주배공이 눈치를 채고 도망가 주기를 기대했다. 하지만 주배공은 여전히 그 자리에 서 있었다. 공영우로서는 더 이상 방법이 없다고 생각했다. 이윽고 그가 활시위를 놓았다.

주배공은 작전 구상에 한참 열을 올리고 있었다. 난데없이 날아오는 화살을 피할 수 있을 리 만무했다. 그러나 도해는 달랐다. 화살의 속력으로 거리를 가늠할 수 있을 만큼 전쟁터에서 잔뼈가 굵은 노련한 장군답게 화살의 울부짖음 소리에 뭔가를 직감하고는 뒤돌아보지도 않고 순식간에 주배공을 밀쳐냈다. 그런 다음 자신도 재빨리 몸을 날려 피했다. 주배공의 심장을 향해 날아오던 화살은 도해의 민첩한 대응 덕분에 주배공의 왼팔에 박히고 말았다. 그나마 다행이었다.

"어이쿠!"

주배공이 외마디 소리를 내질렀다. 거의 말에서 떨어질 것 같은 모습이었다. 그러나 그는 곧 다시 몸의 중심을 잡았다. 이어 황급히 머리를 돌려 활을 든 채로 멍하니 성 언저리에 서 있는 공영우의 모습을 봤다. 그는 눈을 감고 이를 악물면서 오른손으로 화살을 사정없이 뽑아 내쳤다. 그러자 시뻘건 피가 기다렸다는 듯 솟구쳤다.

도해와 주배공이 군영으로 돌아온 그날 저녁 무렵이었다. 북경에서 보내온 조지詔旨와 관보官報가 그들을 기다리고 있었다. 둘은 세 번 절하고 아홉 번 머리를 조아리고 나서 그것들을 펼쳐봤다. 그중 하나는 강희의 친필 편지였다.

무원대장군 도해, 무원참의장군 주배공에게!
짐은 두 장군이 경하대첩에서 용맹을 떨쳐 개가를 올렸다는 소식을 접하고 흥분과 감격을 금할 수 없었네. 악주의 오삼계는 패망을 눈앞에 두고 있네. 급보에 따르면 귀주에서 일만 명의 반란군이 그쪽을 지원하러 간다고 하더군. 그게 사실이라면 평량의 군대도 대치 상태에 처하지 않을까 우려가 되네! 이제까지 잘 싸워온 것처럼 조금만 더 힘을 내어 끝까지 위력을 과시하기 바라네. 그리고 평량을 하루빨리 함락시키도록 하게. 조정에서는 두 장군에게 모든 영광을 돌릴 걸세!

편지 밑에는 옛 시 두 편도 적혀 있었다. 그러나 도해와 주배공은 그것까지 읽을 마음의 여유는 없었다. 둘은 황급히 관보를 훑어봤다. 공사정이 북경으로 돌아와 궁중에서 강희로부터 극진한 보살핌을 받고 있다는 내용이 눈길을 끌었다. 또 손연령이 청나라 조정에 귀순했으나 군비와 군량미를 지원해 주겠다는 오세종의 속임수에 넘어가 계림 외곽에서 살해당했다는 내용도 들어 있었다. 또 하나의 비통한 소식은 부굉렬이 죽었다는 통보였다. 오세종이 왕사영의 가짜 항복편지로 그를 유인해 죽였다는 것이다. 주배공은 부굉렬과 깊은 인연이 있었던 만큼 마지막 내용에 큰 충격을 받았다. 얼굴도 창백해졌다. 도해가 그런 그를 바라보면서 말했다.

"전쟁터에서 죽거나 부상당하는 것은 비일비재한 일이 아니겠소."

사실 마음이 아프기는 부굉렬과 꽤나 두터운 교분이 있었던 도해도 마찬가지였다. 그가 주배공을 위로했다.

"전체적인 대세를 놓고 보면 이것은 아주 작은 일에 불과하오. 강직하고 지혜로우면서도 충성스러운 아까운 인재가 큰뜻을 펼쳐보지도 못하고 쓰레기 같은 놈에게 불의의 습격을 당했다는 것이 안타까……"

도해의 눈에서도 어느새 눈물이 흘러내렸다. 노력한다고는 했으나 아무래도 참기가 쉽지 않았던 모양이었다.

"왕사영!"

주배공이 천막 밖을 바라보면서 중얼거리듯 내뱉었다. 도해의 말도 듣는 둥 마는 둥 했다. 그가 다시 입을 열었다.

"이 이름은 수도 없이 들어왔어요. 이제는 어디 한 번 직접 봐야겠어요!"

호랑이 언덕을 공략하는 전투는 대단히 힘들었다. 비장의 무기인 기병의 경우 언덕이 너무 가팔라 아예 써먹을 수조차 없었다. 그럼에도 도해와 주배공은 뒤에서 전략을 짜면서 전투를 지휘했다. 나중에는 세 군영의 병사들을 번갈아가면서 작전에 동원하기도 했다. 그러나 아무 소용이 없었다. 오히려 공격에 나선 병사들이 이리저리 피해 다니기에 바빴다. 왕보신의 부대가 총을 비롯한 화살들을 전부 동원해 배치한 다음 미친 듯 공격을 한 탓이었다. 하기야 요새를 완전히 장악하고 작은 구멍을 통해 화살만 쏘아대는 상대를 어찌 한다는 것은 쉬운 일이 아니었다. 때문에 이틀 동안 고작 호랑이의 허리 부분만 공략했을 뿐인데도 사상자가 2000여 명이 넘었다.

"이대로는 안 될 것 같네요! 시간을 끌면 끌수록 우리는 묶이게 돼 있어요. 시간을 계산해 보세요. 귀주에서 증원 병력이 닷새 내에는 도착할 가능성이 있습니다. 그때 가서는 우리가 굉장히 불리해집니다!"

주배공이 이틀 동안의 전투에서 깨달은 것이었다. 도해가 바로 대답을 했다.

"내가 직접 나서 보겠소!"

성질 급한 도해는 말을 마치자마자 벌떡 일어섰다. 욱하는 성미는 여전했다. 그가 무슨 명령을 내리려는 순간 주배공이 그의 팔을 잡았다.

"특별한 전술이 없으면 이 상태로는 누가 나서나 결과는 마찬가지입니다. 우리 두 사람이 직접 나서야 한다면 제가 먼저 나가 보겠습니다. 그런데 여기 긴 대나무 막대기 얻을 데가 없을까요?"

주배공의 말에 도해가 어리둥절한 표정을 지으며 물었다.

"아까 쭉 둘러보니까 남문 밖에 대나무 잘라 놓은 것이 무더기로 있는 것 같더이다. 그런데 그건 어디에다 쓰려고 그러오?"

그의 말에 주배공이 익살스럽게 실눈을 깜박였다. 그런 다음 자신감 넘치는 어조로 농담처럼 뱉었다.

"대나무에 대장군의 걱정을 꽁꽁 붙들어 매시라고요. 호랑이 언덕은 오늘 내로 공략할 수 있습니다. 절대 빈말이 아닙니다."

그날 오전 모든 준비가 끝났다. 700개의 대나무 막대기 끝에 솜이 둥그렇게 감겼다. 기름도 끼얹었다. 드디어 오시午時가 지났다. 명령과 동시에 솜에 불이 지펴졌다. 순간 마치 700개의 횃불이 하늘에서 떨어지는 것 같은 장관이 연출됐다. 청나라 병사들은 그것을 네댓 명이 하나씩 받쳐든 채 바로 호랑이 언덕의 석루로 향했다. 삽시간에 호랑이 언덕은 불바다로 변했다.

호랑이 언덕을 지키던 왕길정은 주배공에게 그런 묘안이 있을 줄은 꿈에도 생각하지 못했다. 사실 지세가 험준해 그렇지 면적은 손바닥만한 호랑이 언덕은 어디 마땅히 숨을 데라고는 없는 곳이었다. 때문에 횃불 공격이 펼쳐지자 바로 숨을 턱턱 막히게 하는 매캐한 연기가 호랑이 언덕을 에워쌌다. 700개의 솜이 타는 불길은 모든 것을 태워버리기에 부족하지 않을 정도로 막강한 화력이었다.

왕보신의 진영에서는 물을 뿌리면서 불을 끄려고 했다. 하지만 허사였다. 밑에서 도해의 부대가 대나무 통을 이용해 무지막지하게 기름을 위로 뿌려대는 통에 석루 안은 그야말로 불구덩이가 되고 말았다. 급기야 석루 전체에 불이 붙기 시작했다. 병사들은 몸에 불이 옮겨 붙자 너나 할 것 없이 땅바닥에 뒹굴었다. 심지어는 죽음을 무릅쓰고 언덕 아래로 뛰어내리는 병사들도 부지기수였다. 왕길정에게도 예외 없이 불이 옮겨 붙었다. 그는 호랑이 언덕의 남쪽 담벼락으로 달려가 울면서 큰 소리로 외쳤다.

"아버지! 이 아들이 불에 타 죽게 됐습니다. 살려주세요……."

그러나 왕길정이 말을 마치기도 전에 사나운 불길이 날름거리면서 그를 마구 핥았다. 그는 한쪽 모퉁이에서 표주박처럼 서서히 오그라들기 시작했다…….

서너 시간이 지난 후 골치 아프게만 느껴졌던 호랑이 언덕은 결국 도해와 주배공의 손으로 가볍게 들어왔다. 그날 저녁 둘은 불에 탄 시신들을 처리한 다음 홍의대포를 호랑이 언덕으로 끌어올렸다.

얼마 지나지 않아 새날이 밝았다. 도해와 주배공은 석루에서 아래를 내려다봤다. 평량의 전경이 한눈에 들어왔다. 거대한 총독부의 건물이 성의 서쪽에 버티고 서 있는 모습이 가장 먼저 보였다. 또 식량창고와 감옥, 병영도 한눈에 들어왔다. 순간 도해는 삐죽삐죽 새어나오는 웃음을 참지 못했다.

"여기 좀 보시오! 여기에서 아래로 냅다 쏴버리면 대포까지 쏠 필요도 없을 것 같소. 화살로도 충분히 적들의 진영을 뒤덮을 수 있을 것 같지 않소?"

주배공이 조금 전처럼 실눈을 뜨고 턱을 괸 채 이맛살을 찌푸렸다. 뭔가 생각하는 듯했다. 그러더니 입을 열었다.

"막가는 사람이 무서운 이유를 아시겠죠? 왕보신은 저 꼴이 됐어도 막판에는 이를 악물고 최후의 발악을 할 겁니다. 더 중요한 것은 성 안에 사만 명의 백성들이 살고 있다는 사실입니다. 여기에서 싸움이 붙으면 옥석을 가리기가 힘들죠. 이것 참!"

주배공이 땅이 꺼지게 한숨을 내쉬었다. 그러자 도해가 말했다.

"이제 와서 보살이라도 되겠다는 말씀이오? 경하 전투와 호랑이 언덕에서 얼마나 많은 사람이 죽었소! 그러면 그 귀신들은 억울해서 어떻게 하겠소?"

"어느 한쪽은 희생을 감내해야 하는 치열한 전쟁터에서 인정사정 보지 말아야 하는 것은 당연하기는 하죠! 우리 병사들은 찰합이와의 전투에서 대단히 많은 전리품을 거둬들였어요. 이번에도 병사들은 하나같이 두 눈을 시뻘겋게 뜨고 한몫을 단단히 챙길 요량으로 성 안을 노려보고 있어요. 만약 또다시 무자비한 약탈에 나선다면…… 대장군, 나중에 승리를 하더라도 조정의 어사들이 우리를 가만히 놔두지 않을 겁니다!"

주배공이 천천히 입을 열었다. 그의 우려에 도해가 수염을 만지작거리면서 아무런 말이 없었다. 순간 찬바람이 불어왔다. 그는 오싹하면서 몸을 떨었다.

"두 분 군문께 아룁니다. 홍의대포 설치를 끝냈습니다!"

병사 한 명이 보고를 했다. 그의 말에 주배공이 중대한 결심을 했다는 듯 뒤도 돌아보지 않고 뒷짐을 진 채 명령했다.

"먼저 몇 방 갈겨버려! 식량창고를 집중적으로 공격해!"

"예!"

도해가 주배공을 의아한 눈으로 쳐다봤다. 조금 전까지 난데없는 자비심을 내비치던 그의 모습이 흔적도 없이 사라진 탓이었다. 그런 그의 생각을 읽기라도 했다는 듯 주배공이 덧붙였다.

"대장군, 먼저 대포 몇 방을 갈겨서 기를 죽여 놔야겠어요. 제 생각에는……"

주배공의 말은 곧 하늘과 땅이 박살나는 것 같은 대포소리에 짓눌리고 말았다. 서양 사람인 장성이 강희를 도와 만든 홍의대포는 원래 악주로 20문을 보낸 다음 황궁을 지키는 데 쓰일 예정이었다. 그런데 강희가 찰합이의 반란이 평정된 다음 그중 2문을 40필의 노새에 실어 보내왔다.

대포라는 말처럼 위력이 대단했다. 직사거리가 최장 7리(약 3킬로미터)에 이르렀다. 그러나 불기둥과 시커먼 연기를 만들어낸 대포는 식량창고를 명중시키지 못했다. 대신 애꿎은 민가를 여러 채 덮쳐서 순식간에 잿더미로 만들어 버렸다.

얼마 후 다시 한 번의 발포가 이어졌다. 그러나 이번에도 역시 식량창고를 명중시키지 못했다. 식량창고 동쪽의 물웅덩이에 떨어져 거대한 물줄기를 뿜어 올렸을 뿐이었다.

순식간에 조용하던 성 안의 거리에서는 소동이 벌어졌다. 성의 북쪽에 사는 백성들마저 무슨 영문인지를 몰라 거리로 몰려나왔다. 저 멀리 폐허더미 위에서는 웬 사람이 곡괭이를 들고 무너진 집 더미 속에서 뭔가를 열심히 끄집어내고 있었다.

집 더미 속에 사람이 매몰돼 있는 것이 분명해 보였다. 한 부녀자가 옆 길가에 나앉은 채 땅을 치면서 통곡하는 것을 보면 확실히 그런 것이 틀림없었다. 무서운 듯 두 눈이 퀭해진 어린 계집아이가 오열하는 여자의 목을 끌어안고 있는 모습은 더 말할 나위가 없었다. 상황이 예사롭지 않다는 사실을 보여주는 것은 그것뿐만이 아니었다. 몇 명의 노인들이 무릎을 꿇고 앉아 손을 모은 채 호랑이 언덕을 향해 중얼거리면서 기도하는 모습도 역시 그랬다. 도해는 대포 공격이 연신 실패를 거듭하면서 민가에 심각한 피해를 주자 화가 단단히 났다. 급기야 발끈하면서 소리를 질렀다.

"지금 장난을 하는 건가? 포수 나오라고 해!"

이윽고 얼굴이 하얗게 질린 포수가 엎어지고 뒹굴고 하면서 헐레벌떡 달려왔다. 그러더니 무작정 무릎을 꿇은 채 죽어라 머리를 조아렸다.

"군문, 그게…… 그게……."

"자네는 전에 대포를 쏴본 적도 없나?"

"오…… 오년 동안 쏴…… 봤습니다."

"그런데 이게 뭔가?"

"이런 대포는 처음…… 다뤄봤습니다."

포수는 겁에 질려 있었다. 아래위 이빨이 딱딱 부딪치는 소리가 크게 들릴 정도였다. 그가 부들부들 떨면서 덧붙였다.

"이렇게 멀리…… 멀리 날아갈 줄은 진짜 몰랐습니다……."

"꺼져! 이번에는 거리를 잘 조정해! 개머리라도 달고 살고 싶으면 말이야!"

도해가 냅다 고함을 질렀다. 그러자 주배공이 잠시 생각하는가 싶더니 얼굴을 돌리면서 말했다.

"우선 식량창고는 내버려 둬. 거기는 민가와 너무 가까워. 저기 동쪽에 낡은 관제묘가 보이지? 아무도 없을 것 같아. 오늘은 저쪽을 향해 발포 연습이나 해. 저 관제묘가 평지가 될 때까지 연습하면 거리감이 생기겠지?"

"예!"

포수가 안도의 숨을 내쉬면서 대답했다. 그런 다음 줄줄 흐르는 식은 땀을 닦으면서 부리나케 자신의 자리로 돌아갔다.

주배공은 도해의 뒤에서 돌계단을 따라 호랑이 언덕을 내려오면서 말했다.

"아무래도 성 안에 한번 들어갔다 와야겠습니다. 왕보신을 설득해서 전투를 하지 않고 투항시킬 수 있다면 더 좋지 않겠습니까?"

"뭐요? 방금 뭐라고 했소?"

도해가 발걸음을 멈췄다. 깜짝 놀란 것이 분명했다.

"세 치 혀로 이 성을 한번 공략해볼까 하는 생각이 있습니다! 도 대인, 굳이 수많은 원혼을 만들 필요가 없지 않습니까? 피할 수 있다면 피하는 것이 상책이라고 생각합니다!"

도해가 주배공을 한참 뚫어지게 쳐다봤다. 그런 다음 이해를 못하겠다는 표정으로 물었다.

"주 군문, 그까짓 어사 작자들이 우리가 무고한 사람을 많이 죽였다고 탄핵을 할까봐 두려운 거요?"

주배공은 도해가 명주를 꼭 집어 말하는 것을 모르지 않았다. 그러나 일부러 웃음을 머금으며 대답했다.

"자고로 승전고를 울리고 돌아가서 영웅 대접은커녕 콩밥을 먹는 경우가 적지 않았습니다. 그러니 어찌 그런 생각에서 자유로울 수 있겠습니까! 하지만 이번의 경우는 그것 때문이 아닙니다. 성 안에 있는 수많은 백성들이 우리의 실수로 아까운 죽음을 당한다면 그들은 자손대대로 우리 두 사람을 어떻게 평가하겠습니까? 그들의 눈에 비치는 우리는 뭐가 되냐고요!"

주배공의 군사적인 탁월한 재능은 도해가 있음으로 해서 발휘됐다고 할 수 있었다. 강희가 주배공을 도해의 휘하로 보내준 이후 두 사람은 수 년 동안 머리를 맞대고 생사고락을 같이 했다. 동시에 최고의 지기로 정분을 쌓았다. 당연히 도해는 그런 주배공이 혼자서 왕보신을 찾아 가겠다고 하자 기겁을 했다. 혹시 모를 소인배의 총칼에 또다시 절친한 전우를 잃고 싶지 않았던 것이다. 잠시 혼돈 속에 빠져 있던 도해가 천천히 입을 열었다.

"나는 한족의 문화가 저 바다처럼 깊고 넓다는 것을 모르지 않소. 또 내가 주 군문보다 여러모로 부족하다는 사실도 잘 아오. 그러나 지금은 전국戰國시대나 진한秦漢시대와는 다르오. 소진蘇秦이나 장의張儀, 육가陸賈를 본받았다가는 화를 입을 수도 있소."

"대장군, 꼭 그렇다고는 할 수 없어요. 지금은 우리가 강하고 적들이 약세에 처해 있습니다. 강화조약을 맺기에는 오히려 적절한 시기라고 할 수 있어요!"

주배공의 표정은 부드러웠다. 도해의 진심을 알고 있었던 것이다. 그가 다시 말을 이었다.

"이쪽에서 왕보신만 굴복시키면 섬서에 있는 왕병번은 그대로 따라오게 돼 있어요. 만약 싸워서 이기려면 며칠은 더 걸릴 겁니다. 그러다 그때 가서 증원병이 들이닥치면 정말 돌이킬 수가 없어요. 폐하의 간절한 기대에 부응하지 못하게 될 것이고요!"

도해가 주배공의 계속되는 강화 주장에 눈썹을 한껏 찌푸리면서 고민했다. 그러다 한참 후에야 깊은 한숨과 함께 허락을 했다.

"정 그렇다면 한번 가 보기나 하시오. 그러나 너무 위험하오. 잘못하면⋯⋯."

"내일 점심 무렵에 대장군께서 홍의대포로 총독부 건물의 뒤뜰을 냅다 공격하세요. 그런 다음 삼군에 명령을 내려 개선가를 두 곡 힘껏 부르게 하세요. 그러면 나머지는 제가 알아서 하죠! 또 성 동쪽에 있는 병사들은 잠시 오 리 정도 후퇴하라고 전해주세요. 동문으로 들어가야 하니까요."

이튿날 아침 진시辰時가 됐다. 주배공은 간편한 옷차림을 하고 말을 탄 채 성의 동문까지 갔다. 곧 그가 두 손으로 나팔 모양을 만들어 고함을 질렀다.

"여봐라! 성 위에 있는 수비병들은 들어라! 나는 대청의 무원참의장군 주배공이다. 대장군의 명령을 받고 성 안으로 들어가 왕보신 장군과 긴히 상의할 일이 있다!"

성 위의 수비 부대를 지휘하는 장군은 바로 장건훈이었다. 그는 성 동쪽에 있던 청나라 군대가 이유 없이 몇 리 밖으로 물러났다는 소식을 듣고 이상하게 생각하고 있던 차였다. 주배공이 나타난 것은 바로 그때였다. 장건훈은 황급히 사람을 시켜 왕보신에게 알리게 하고는 주배공을 향해 "퉤!" 하고 침을 뱉었다.

"또 무슨 사기를 치려고 그래? 호랑이 언덕에서 뒈질 날이나 기다릴 것이지, 어슬렁거리면서 뭘 하자는 거야?"

"점잖은 장군께서 왜 그러시나! 지금 형세는 장군이나 나나 손금 보듯 뻔히 알고 있지 않은가. 내가 온 것은 당신들에게 살 길을 찾아주기 위해서네."

"저게 정말!"

주배공의 대꾸에 장건훈은 화가 나서 어쩔 줄 몰라 했다. 급기야 그가 화살을 당겨 주배공을 쏘려고 했다. 바로 그때 기패관 한 사람이 황급히 달려와서 왕보신의 명령을 전했다. 장건훈은 그제야 어쩔 수 없이 다소 누그러진 어조로 말했다.

"마음 같아서는 당신 목을 잘라 성문에 걸어두려고 했어. 그러나 전장에서도 서로 사신은 죽이지 않는다는 불문율이 있어. 그래서 들여보내주는 거야!"

곧 성문이 덜커덩거리면서 빗장 벗겨지는 소리와 함께 빠끔히 열렸다. 주배공이 말을 달려 성 안으로 들어가려 할 때였다. 저 멀리에서 누군가가 말을 타고 정신없이 달려왔다. 이어 성문 앞에서 내리더니 주배공을 향해 공수를 했다.

"같이 들어가는 것이 어떻겠습니까?"

"그대는 누구시오?"

주배공이 달려온 사람을 향해 물었다. 마흔 살 가량의 나이에 준수하고 잘생긴 외모의 미남으로 긴 두루마기를 입고 허리에는 푸른 띠를 두르고 있었다. 평범한 옷차림이었으나 어딘가 모르게 남다른 멋을 풍기고 있었다.

주배공은 호감이 가는 첫 인상에 만족스러워 하면서 나란히 말을 타고 성 안으로 들어갔다. 그가 물었다.

"친척집에 가는 길인데, 난리통에 성문을 통과하지 못하고 있었던 겁니까? 마침 잘 됐군요."

주배공의 말에 미남의 중년이 대답했다.

"바로 그거예요. 그저께 도착했다가 너무 심하게 싸우는 통에 못 들어오고 있다가 운 좋게 형씨의 도움을 받게 된 거예요."

미남의 중년이 말을 마치고는 씩 웃었다. 주배공이 의아한 표정으로 물었다.

"무슨 급한 일이 있나 봅니다! 지금은 친척집을 찾을 정도로 여유만만한 때가 아닐 텐데요?"

"그런가요? 그런데 제가 보기에는 별로 위험할 것은 없을 것 같은데요?"

중년 사내가 껄껄 웃으면서 말했다. 주배공이 갑자기 경계심을 높이면서 탐색하듯 다시 물었다.

"어떻게 그렇게 단정할 수 있습니까?"

그러자 남자가 채찍을 날리면서 큰 소리로 대답했다.

"오삼계 휘하의 오만 증원병이 곧 도착할 텐데, 무슨 위험이 있겠어요!"

얼마 후 장건훈이 성문을 닫아걸다 말고 다가왔다. 두 사람이 큰 소리로 주고받는 일문일답이 이상하게 들린 모양이었다. 그가 준수한 남자를 살펴보더니 반가운 표정을 지었다.

"왕 형이로군요! 나는 또 이 사람이 데리고 들어온 수행원인 줄 알았네요!"

주배공이 고개를 갸웃거리면서 물었다.

"두 사람은 아는 사이인 모양입니다. 외람되지만 선생의 성함을 물어봐도 되겠습니까?"

"우리 둘도 사실은 잘 아는 사이라고 할 수 있죠! 나는 성이 왕, 자가 사영입니다. 원래 이름은 양신良臣이고요! 뜻밖이죠? 양측 사신이 이렇게 만나 어깨를 나란히 하고 평량성 안으로 들어가게 됐으니 말입니다!"

왕사영의 말에 주배공은 깜짝 놀랐다. 그러나 짐짓 아무렇지도 않은 듯 가볍게 인사를 했다.

"말씀 많이 들었습니다!"

그러나 주배공의 얼굴은 어느새 빨갛게 상기되어 있었다. 몇 년 동안이나 여러모로 정보를 수집해온 사람을 직접 만난 탓이었다. 그는 왕사영에 대한 얘기를 부굉렬로부터 가장 많이 들었다. 여자처럼 부드럽고 겸손하면서도 우아하다는 말을. 그런데 이게 웬일인가? 전혀 겸손하게 보이지 않았다. 그러나 주배공은 곧 알 것 같았다. 그는 오늘 왕보신에게 자신감을 불어넣어주고 담력을 키워주기 위해 온 만큼 속은 텅텅 비었으면서도 겉으로는 강한 척한다는 사실을. 잠깐 사이에 상황 분석을 끝낸 주배공은 급기야 냉소를 금하지 못했다.

왕보신은 주배공과 왕사영이 나란히 입성을 했다는 소식을 접하고는 깜짝 놀랐다. 또 나름 기쁘기도 했다. 사실 그는 불에 타 죽은 아들의 원수를 갚아주기 위해 자진해서 그물에 걸려든 고기인 주배공을 성 안으로 들어오게 허락한 터였다. 미리 기름이 펄펄 끓는 가마솥을 준비해 놓고 아예 주배공을 튀겨 버리려고 작정을 하고 있었다. 그러나 왕사영도 같이 왔다는 말에 그는 바로 생각을 고쳐먹었다. 양쪽에서 동시에 사람을 보내온 것은 반전을 시도할 수 있는 좋은 기회가 왔다는 사실을 의미하기도 했으니까.

공영우는 처음에 주배공이 찾아왔다는 말을 듣고는 불안에 떨었다. 그러나 왕보신이 생각을 고쳐먹는 기미를 보이자 바로 본인도 생각을 바꿔 틈새를 파고들었다.

"대장군, 제가 보기에는 강희, 오삼계와 우리는 모두 은원恩怨이 있는 사이예요. 경하 전투가 없었더라면 우리 처지는 이렇게 비참해지지 않았을 겁니다. 그리고 오삼계는 양심도 없이 왜 진작에 증원병을 보내 우리를 구해주지 않았을까요? 이번 기회에 두 쪽 사람을 다 앉혀놓고 얘기를 잘 들어보도록 합시다. 우리는 우리에게 유리한 쪽으로 선택하면 됩니다. 아마 의외의 수확이 있을 것 같군요!"

"몇 년 동안 헛공부를 한 것은 아닌 것 같소."

왕보신이 웃으면서 말했다. 솔직히 성 안에 있는 병력의 대부분은 공영우의 지휘하에 있었다. 게다가 공영우는 자신을 따라다니면서 변함없는 충성심을 보였다. 때문에 이번에는 공영우의 말대로 하기로 단단히 결심하지 않을 수 없었다. 그가 명령을 내렸다.

"후당에다 연회를 베풀겠다. 왕 선생과 주 선생을 모셔라."

52장
세 치 혀로 적을 죽이다

"대장군의 명령이 있었다. 왕 선생과 주 선생을 아문으로 모셔라!"

왕보신의 명령은 중당에서부터 연이어 전해졌다. 곧이어 예포 소리가 세 번 울렸다. 총독부 행원의 중문도 벌컥 열렸다. 안에서 두 줄로 늘어선 금의錦衣와 화모花帽 차림의 친병들이 저마다 칼날이 넓은 검을 비스듬히 찬 채 살기등등한 빠른 걸음으로 걸어 나오고 있었다. 그들은 재빨리 통로에 질서정연하게 줄지어 섰다.

정당正堂 앞에는 큰 가마솥이 있었다. 그 속에서는 기름이 파란 연기를 내면서 달아오르고 있었다. 온몸이 오싹해지는 공포감을 자아내기에 충분했다.

왕사영은 가마솥을 바라보고 있는 주배공을 힐끔 쳐다보면서 웃음을 참고 있었다. 마침 보검을 손에 들고 성큼성큼 걸어 나오는 공영우의 모습이 보였다. 그가 잠시 계단 위에서 멈칫 하더니 짙은 눈썹을 무섭게 움찔거렸다. 한참 그렇게 하는가 싶더니 차가운 목소리로 말했다.

"대장군께서 갑옷을 입고 계셔서 불편해 마중을 나오지 못했습니다. 어서 들어가십시오."

주배공은 몰래 숨을 골랐다. 그런 다음 옷매무새를 단정히 하고 팔자 걸음으로 왕사영의 뒤를 따라 들어갔다.

"보신 형, 오랜만입니다!"

왕사영이 들어서자마자 허리를 굽혀 인사를 했다. 동시에 좌중의 장군들을 향해 읍을 해 보이면서 큰 소리로 말했다.

"몇 년 만에 봬도 장군의 풍채는 여전히 늠름하군요. 전투가 약간 불리하기는 하나 위풍은 전혀 꺾이지 않은 것 같습니다! 그러나 걱정하지 마세요. 오만 증원병이 곧 온다는 소식을 전해드리겠습니다. 아마 이삼 일 내에 평량에 도착하지 않을까 싶습니다. 도해를 감숙성 동쪽에서 한바탕 오줌을 질질 싸게 만들어야 하지 않겠습니까. 우리 한족의 위풍을 온 천하에 알릴 순간이 곧 오게 됐습니다!"

"음!"

왕보신의 얼굴은 굳어 있었다. 웃음기라고는 하나도 찾아볼 수가 없었다. 그가 얼굴을 돌려 주배공에게 물었다.

"선생은 누구시기에 여기까지 와서 자기 소개도 하지 않는 겁니까?"

주배공이 왕보신의 말을 듣고서야 비로소 고개를 들었다. 그런 다음 갑자기 웃음을 터뜨렸다.

"나는 형문荆門의 선비인 주배공이라는 사람입니다. 방금 들어올 때처럼 주 선생으로 부르면 되겠습니다. 그런데 손님을 들어오게 했으면 예의를 갖춰야 되는 것 아닙니까? 왜 들어서자마자 시퍼런 장검과 펄펄 끓는 가마솥이 먼저 우리를 맞이하는 거죠? 게다가 얼굴을 보고도 꼼짝 않고 앉아 질문이나 해대고. 마치 범인을 심문하는 것 같군요! 솔직히 상국上國의 천사天使는 하국下國의 제후諸侯에게 무릎을 꿇지 않습니다. 장군께서는 뭔가 도리를 잘못 알고 계시는 것 아닙니까?"

왕보신은 주배공의 날카로운 언변에 갑자기 말문이 막혔다. 딱히 대응할 말도 생각나지 않았다. 그가 치밀어 오르는 화를 가까스로 참으면서 냉소를 날렸다.

"무서운 입담이군요. 왕 선생, 거기 앉으시오. 나는 주 선생께 묻고 싶소. 우리 양측은 총칼을 맞대고 있으나 아직 승부가 가려지지는 않았소. 그런데 무슨 일로 나를 보자고 하는 거요?"

왕보신의 말에 주배공이 간담이 서늘해질 정도로 크게 웃었다. 그런 다음 조목조목 반박하기 시작했다.

"승부가 가려지지 않았다니요? 장군께서는 삼만의 정예병으로 우리와 싸우기 시작해 얼마 못 가 열에 여덟은 잃었어요. 남은 군량미도 없고요. 삼군 병사들이 쫄쫄 굶어가면서 우리한테 포위당하고 있지 않습니까? 하루하루 중원병이나 기다리는 신세이기도 하고요. 그런데 무슨 승부를 논합니까? 사기꾼이라고 해도 과언이 아니네요!"

왕보신이 주배공의 말이 끝나기도 전에 탁자를 힘껏 내리쳤다. 그러면서 주배공에게 손가락질을 하면서 물었다.

"내가 묻겠소. 유춘의 일천 기병은 당신이 간계를 부려 전멸시킨 것이오?"

"사람을 죽이는 것이 취미는 아닙니다. 그 전투는 도 대장군께서 직접 지휘하셨소."

주배공이 대답했다. 왕보신이 다시 물었다.

"그러면 경하대전은?"

"그것도 당연히 도해 대장군의 공훈입니다. 나는 그저 작은 도움을 줬을 뿐입니다!"

"호랑이 언덕의 불은 당신이 싸지른 것이오? 그렇다면 내 아들 길정이는 당신이 죽인 것이 되는군!"

왕보신의 눈빛이 무섭게 빛났다. 목소리도 싸늘했다. 아들 왕길정의 비참한 죽음이 떠오르는 모양이었다. 주배공은 그제야 왕보신의 아들 왕길정이 석루에서 불에 타죽은 사실을 알게 되었다. 놀라지 않을 수 없었다. 그가 잠시 생각을 하더니 머리를 번쩍 쳐들었다.

"그렇습니다! 호랑이 언덕의 불은 내가 질렀습니다!"

"저기 저게 보이시오?"

왕보신이 창백한 얼굴을 한 채 손가락으로 밖에 있는 가마솥을 가리켰다. 주배공은 가슴이 뜨끔했으나 굳이 내색은 하지 않았다. 왕보신이 다시 말을 이었다.

"나에게 군량미가 있든 없든 상관없소. 증원병이 오거나 그렇지 않더라도 크게 다를 바 없소. 나는 선생을 저 기름솥에 넣어 죽이려고 했소. 내 아들을 죽인 원흉이니까. 저곳이 바로 선생이 마지막 숨을 거둘 곳이 될 뻔했다는 사실만은 알고 계시오!"

"나는 오히려 장군 자신이 아들을 죽였다고 생각합니다."

주배공은 전혀 주눅 들지 않은 어조로 왕보신을 노려보면서 반박했다. 그러자 왕보신이 오히려 그를 똑바로 쳐다보지 못했다. 그만큼 그의 눈빛은 매서웠다.

"폐하께서 장군에게 못해 준 것이 뭐가 있습니까? 비천한 신분에서 해방을 시켜줬어요. 또 표미창을 하사하며 진심으로 대해줬습니다. 심지어 대신의 직급도 주고 장래에 크게 중용할 것도 약속했어요. 그런데 장군은 돌아서자마자 반역에 나섰어요. 대신으로서는 최대의 죄악을 범했다고 할 수 있지 않습니까? 그래도 폐하께서는 드넓은 아량으로 천벌을 받아 마땅한 장군의 죄를 용서하고 왕길정을 돌려보내줬어요. 그랬으면 아들을 잘 건사했어야죠. 그러니 장군의 잘못으로 아들이 죽었잖습니까! 그런 부실한 아버지가 세상에 어디 있습니까? 나는 오늘 무원대장군의 명령을 받고 진실의 소리를 전함으로써 장군에게 살 길을 마련해 주려고 왔어요. 그런데도 장군은 이다지도 비우호적으로 나오니, 지혜라고는 조금도 없는 분이군요……."

"저 작자를 끌어내!"

장건훈이 주배공의 거침없는 말투에 화가 난 나머지 왕사영을 힐끔 쳐다본 다음 고함을 질렀다. 원래부터 주배공을 못마땅하게 생각했는데 더욱 화가 난 것이다. 그러자 친병 몇 명이 달려들어 다짜고짜 주배공의 팔을 뒤로 꺾었다.

"삼군의 병사들이 장군을 따라 십수 년 동안 고생한 결과는 비참한 죽음으로 끝났어요. 그럼에도 장군은 눈 하나 깜짝하지 않고 있어요. 이것은 전우에 대한 불의라고 단언해도 됩니다! 더구나 성 안의 백성들이 목이 빠지게 이 땅에 평화가 깃들기를 기대해마지 않는데, 장군은 자신의 사욕을 채우기 위해 평량을 피바다로 물들이고 있어요. 이것은 인간으로서의 불인不仁이라고 할 수 있습니다……."

주배공이 얼굴이 벌겋게 달아오른 채 몸부림을 치면서 일갈했다. 그러나 몸은 어느덧 꼼짝달싹 못하게 묶이고 말았다.

그 와중에 몸을 심하게 뒤틀면서 반항을 하던 주배공의 주머니에서 나한전 하나가 떨어졌다. 주배공은 땅에 엎드린 채 그 동전을 입으로 물어 주우려고 했다.

그때 장건훈이 갑자기 징그럽게 웃으면서 일어섰다. 동시에 나한전을 주워 손바닥 위에 올려놓고는 장난스럽게 물었다.

"어떤 년이 준 동전이야? 돈을 그렇게나 밝히는 줄 정말 몰랐는 걸? 황천 가는 길에서도 명주나 색액도처럼 매관매직을 할 수 있으려나? 그래도 관 하나 살 돈으로는 너무 적지 않나?"

주배공은 장건훈의 비아냥에도 두 눈만 부릅뜬 채 아무 말도 하지 못했다. 병사들은 계속 그를 밖으로 잡아끌었다.

"그 손 놓지 못하겠는가!"

그때 공영우가 갑자기 고함을 질렀다. 나한전을 보고 가슴이 미어질 듯 아팠던 데다 장건훈이 자신의 어머니까지 은연중에 싸잡아 욕을 한 것에 분노한 것이었다. 그가 다시 일갈했다.

"감히 머리털 하나라도 건드리면 내가 가만 놔두지 않겠어!"

공영우는 말을 마치자마자 바로 주배공에게 다가가 장검으로 포승을 여러 토막 내버렸다. 그런 다음 황당한 표정을 짓고 서 있는 장건훈의 손에서 나한전을 낚아채듯 빼앗았다. 이어 주배공에게 돌려주고는 왕보신에게 말했다.

"두 사람 모두 여기를 찾아온 손님입니다. 그렇다면 차별을 하지 않고 똑같이 예우해야 하지 않겠습니까! 하여간 나는 어떤 자식이든 이 자리에서 까불면 죽여버리겠습니다!"

공영우가 이성을 잃은 듯 마구 떠들어댔다. 그 바람에 좌중의 사람들은 약속이나 한 듯 멍해졌다.

같은 장군이기는 하지만 공식적으로 장건훈의 직급은 공영우보다는 높았다. 그럼에도 불구하고 장건훈은 부하들까지 있는 자리에서 무참하게 당하고 말았다. 마음이 편할 까닭이 없었다. 그는 자신의 부하들을 획 둘러봤다. 그러자 부하 몇 명이 눈치를 채고 바로 공영우에게 바짝 다가갔다.

동시에 공영우의 뒤에 있던 교위들 역시 뒤질세라 검을 빼들었다. 장건훈에게 달려들 자세였다. 그들의 눈빛에서 내뿜는 불꽃은 상상 이상이었다. 주변의 모든 것을 다 태워버릴 것처럼 뜨거웠다. 순간 총독부의 대당大堂은 쥐 죽은 듯한 고요 속으로 빠져 들어갔다.

"공 장군, 당신……."

왕보신이 갑작스런 공영우의 돌발 행동에 깜짝 놀란 반응을 보였다. 말도 제대로 잇지 못했다. 그리고는 잠시 머뭇거리는가 싶더니 화제를 돌렸다.

"오, 그래…… 솔직히 내가 잘못한 거요. 주 선생, 그러지 말고 어서 앉으세요. 방금 주 선생의 말씀은 나 왕보신을 조금 화나게 한 부분이 분명히 있었소. 그러나 아주 일리가 없는 것은 아니오. 그런데 주 선생 말대로 천벌을 받을 놈에게 무슨 볼일이 있는 거요?"

주배공이 포승에 묶였던 팔에 통증을 느끼는 듯 손으로 살살 어루만졌다. 그러면서 칼날 같은 예리한 시선으로 왕사영을 힐끔 바라봤다. 한참 후 그가 흥분을 조금 가라앉히면서 입을 열었다.

"하늘이 대로할 만큼의 죄는 하늘이 찬사를 보낼 정도의 공로를 세워 갚으면 됩니다. 장군께서 불순한 자들의 충동질로 인해 여기까지 온 것을 조정에서는 알고 있습니다. 지금이라도 개과천선할 용의가 있다면 조정에서 선뜻 받아주지 않을 까닭이 없습니다. 도해 대장군과 내가 목숨을 다해 장군을 보호할 것을 약속합니다!"

"여기까지 와서 그런 멋있는 말을 듣다니, 뜻밖입니다!"

왕사영이 주배공의 말에 껄껄 웃었다. 그러더니 갑자기 태도를 바꿔 차가운 어조로 덧붙였다.

"선생이 왕 장군을 보호하면 선생은 누가 보호합니까? 왕 장군, 저 사람은 듣던 대로 간사하고 교활하기 이를 데 없는 사람이네요! 장군은 전투에서 형편없이 깨졌습니다. 게다가 아들까지 잃었습니다. 그런데도 아직 정신을 못 차리는 겁니까? 도해에게는 이만 명의 병사가 있기는 합니다. 그러나 별로 힘을 쓰지 못하고 있습니다. 더구나 장군께서 고생하는 김에 이틀만 더 기다리면 우리의 오만 대군이 바로 도착하게 돼 있습니다. 그때가 되면 도해가 날개가 돋는다고 하더라도 어디로 날아가겠습니까? 섬서와 감숙은 바로 안정이 됩니다. 또 사천과 운남, 귀주의 병사들은 계속 이쪽으로 대거 몰려올 겁니다. 그때 가면 장군이 위업을 달성하는 것은 손바닥 뒤집는 것보다 쉬울 겁니다!"

좌중의 여러 장군들은 서로 번갈아 시선을 교환했다. 왕사영의 말 역시 그럴 듯하다고 생각하는 것이 분명했다. 그때 공영우가 나섰다.

"듣기 좋은 말이기는 합니다. 그러나 선생의 말이 어느 정도 신빙성이 있을까요?"

그러자 왕사영이 바로 반박을 했다.

"내가 여기에서 여러 병사들과 생사를 같이 하면 되지 않겠습니까? 나라고 왜 목숨이 아깝지 않겠습니까? 사흘 내에 대군이 도착하지 않으면 공 장군은 내 목을 쳐서 삼군을 위무해도 좋습니다!"

주배공이 바로 왕사영의 말을 못 믿겠다는 듯 비웃었다.

"나는 왕 선생에게 묻고 싶습니다. 선생은 어떻게 오만 명의 증원병이 올 것이라는 사실을 알고 있습니까?"

"지금 운귀에서 오는 길인데, 어찌 모르겠습니까?"

"그렇다면 오만 부대를 앞세우고 보무도 당당하게 나타날 것이지 왜 혼자 입성했습니까?"

"그게 뭐가 이상하다고 그러십니까? 나는 기쁜 소식을 전해주려고 먼저 왔을 뿐입니다……."

"증원병들이 뒤에서 밤낮없이 강행군을 하고 있겠군요? 하하하, 그렇다면 그쪽도 보나마나 맥을 못 출 수밖에 없겠네요!"

주배공이 고소하다는 표정으로 웃었다. 이어 마치 거짓말 하지 말라고 윽박지르는 듯한 태도로 반문했다.

"오만 증원병이 온다는 것도 대단히 의심스러운 말입니다. 오삼계의 총 병력은 오십삼만 명에 불과합니다. 그중 삼십여 만 명은 악주에 있습니다. 또 십칠만 명은 장강長江과 한수漢水 일대에 흩어져 있고요. 때문에 운남, 귀주, 사천의 주둔군은 육만 명도 되지 않습니다. 그런데 어떻게 갑자기 오만 명의 증원병이 생긴다는 말입니까? 하늘에서 떨어진 것도 아니고!"

주배공의 말은 왕사영의 급소를 찌르기에 충분했다. 왕사영이 강적을 만났다고 생각했는지 잠깐 당황하는 기색을 보였다. 그러다 이내 허리를 쭉 펴고 앉으면서 말했다.

"나 왕사영은 어릴 때부터 천하를 돌면서 공부를 했습니다. 진심으로 사람을 대하기로 이름이 나서 관서關西의 명사名士라는 호칭도 얻었습니다. 그런 내가 지금 거짓말이라도 한다는 말입니까? 또 내가 굳이 오만 증원병의 내력에 대해 주 선생에게 알려야 할 이유가 있습니까?"

두 사람의 주거니 받거니 하는 설전은 한참 동안 이어졌다. 그럼에도 왕보신은 거의 꼬투리 잡기 식의 난타전 같은 둘의 설전에는 신경도 쓰지 않고 자신만의 생각에 사로잡혀 있었다. 방금 전 주배공이 한 제안 때문에 머릿속이 몹시 복잡한 터라 생각을 정리할 시간이 필요했던 것이다.

"거짓말을 하는지 하지 않는지는 선생 자신이 더 잘 알겠죠. 허약자와 패잔병들을 빡빡 긁어모아 겨우 만 명을 채워 삼천리 길을 밤낮 구분 없이 끌고 올 수준밖에는 안 돼 보이는데, 오만 명이라고요?"

주배공이 지지 않고 맞받아쳤다. 그러나 그는 이렇게 해서는 도저히 왕사영의 기를 꺾어놓을 수 없다는 비관적인 생각을 했다. 단순히 공놀이를 하는 것이 아니었기에 소득 없는 논쟁을 할 필요가 없다고 판단한 것이다. 얼마 후 그가 드디어 다른 돌파구를 찾아내기라도 한 듯한 표정으로 말했다.

"자고로 흔하디 흔한 탓에 오징어 같은 것이 명사라고 했습니다. 물론 왕 선생과 같은 명사라면 이름이 날 법도 하기는 합니다. 선생은 섬서 일대에서 일찌감치 공부를 해서 이름을 날렸습니다. 또 오삼계와 오응웅, 오세종을 모두 따르면서 남쪽 나라도 누볐죠. 금릉金陵에서는 술도 마시고, 양원梁園에서는 유유자적 바둑도 뒀죠. 이 세상 어디에 왕 선생의 발길이 닿지 않은 곳이 있겠습니까? 왕사영을 모르는 사람은 아무도 없다고 해야죠!"

"아, 그 정도는 아닙니다!"

왕사영은 주배공의 말에 적지 않게 놀랐다. 자신을 너무나 잘 알고 있었기 때문이었다.

"솔직히 나 주배공은 왕 선생보다 적어도 세 가지 정도는 못하다는 사실을 인정합니다."

주배공은 이제까지와는 달리 자신을 한껏 낮췄다. 그러자 왕사영의 안색이 조금씩 변하기 시작했다. 마음을 공략하고자 하는 그의 전략이 일단 효과를 보는 듯했다. 뭔가 될 것 같다는 자신이 생기자 그는 뒷짐을 진 채 공영우를 힐끔 쳐다보는 여유도 되찾을 수 있었다. 공영우는 탄복어린 눈으로 주배공을 바라보다 시선이 마주치자 황급히 피해버렸다.

"어떤 세 가지인지 물어봐도 되겠습니까?"

왕사영이 비아냥거리는 투로 물었다. 그런 다음 자신 역시 주배공을 치켜세우기 시작했다.

"주 선생은 도해의 군영에서는 두 번째 가는 대단한 실력자입니다. 호기가 하늘을 찌르고 풍운을 가를 정도입니다. 그런데 나보다 못하다니, 그게 말이 됩니까? 머리에 달린 그 꼬리가 우리 한족의 그것보다 못하다면 모를까!"

"미풍이 흠뻑 배인 예의, 온화함과 우아함이 돋보이는 일거수일투족, 처녀 같은 자태와 아름다움은 나 주배공과 같은 거친 위인이 따를 바가 못 되죠! 아마 신발을 벗고 쫓아가도 평생 못 따라갈 겁니다. 이게 첫 번째입니다."

주배공이 손가락을 꼽으면서 잠시 쉰 다음 다시 말을 이어갔다.

"두 번째는 제후들 사이를 종횡무진하는 처세술과 사람을 다루는 법, 멋진 글솜씨와 예리한 말재주, 탁월한 위기 대처 능력은 옛날의 장량이 다시 살아난다고 해도 전혀 뒤처질 것이 없습니다. 그러니 나 주배공은 당연히 따르지를 못하죠!"

왕사영은 주배공의 입에서 엉킨 실타래 풀리듯 술술 나오는 자신에 대한 극찬의 말에 거의 소름이 끼칠 정도였다. 솔직히 누군가가 자신에 대해 손금을 보듯 잘 알고 있다는 사실만큼 사람을 혼란스럽고 두려움에 떨게 만드는 것도 없으니까 말이다.

"세 번째는……."

주배공이 손가락을 또 하나 더 꼽으면서 덧붙였다.

"선생은 교활하기가 여우와 같습니다. 황제를 배신하고 친구를 팔아먹고 있습니다. 의리는 또 어떻습니까? 헌신짝처럼 내팽개쳐 버렸죠. 불인不仁, 불의不義, 불충不忠, 불효不孝 등 기상천외한 나쁜 짓도 일삼고 다니고 있습니다. 나 주배공은 그런 방면에서는 열 번 죽었다 깨어나도 못 따라갑니다. 아마 나 주배공뿐만이 아니겠죠? 여기 앉아 있는 대부분의 사람들도 마찬가지일 거라고 봅니다!"

좌중의 사람들은 주배공이 왕사영을 입에 침이 마르도록 칭찬하기 시작할 때만 해도 어리둥절한 채 정신을 차리지 못했다. 저 사람이 왜 저러는가 하는 반응도 보였다. 그러다 갑자기 마지막 순간에 날카로운 비판의 칼날을 들이대자 하나같이 터져 나오는 웃음을 참지 못했다.

왕사영 역시 황당했는지 뒤통수를 강타당한 듯한 멍한 표정이었다. 자리에 앉으려다 곧바로 벌떡 일어난 것도 그 때문이었다. 그는 순간적으로 피와 눈물, 원한과 분노가 어우러진 씁쓸함이 한꺼번에 밀려드는 것 같은 감정을 느꼈다. 주배공의 날카로운 비판을 하나하나 되돌아보면 사실 크게 틀린 말도 아니었다. 그러나 절대 밀려서는 안 될 일이었다. 얼마 후 그의 노련함은 곧 무지막지한 반격으로 이어졌다.

"주 선생, 사람을 짓밟는 재주는 어머니 배 속에서부터 타고난 겁니까? 아니면 후천적인 노력의 대가인 겁니까? 그런 식으로 하면 나 역시 선생에 못 미치는 세 가지가 있습니다. 용병에 있어서의 종잡을 수 없는 교활함, 불난 집에 들어가서 도둑질하는 비열함이 우선 그렇습니다. 이름에서도 그런 게 나타납니다. 내 이름은 아시다시피 '양신'良臣이나 선생은 나중에 배신을 밥 먹듯 할 수도 있는 인재를 배양한다는 의미를 가진 '배공'培公이 아닙니까? 야심이 이름에 그대로 반영됐다고 할 수 있습니다!"

왕사영은 체면을 유지하기 위해 안간힘을 다해 반격하고 있었다. 그러나 어째 말에 억지스러운 점이 없지 않았다. 그래서일까, 그의 얼굴은 순식간에 창백해지기 시작했다. 장건훈을 비롯한 좌중의 사람들이 애처로워 머리를 저을 정도였다. 그런 그에게 주배공이 맹자의 말까지 인용해 결정타를 날렸다.

"맹자는 '오늘의 이른바 훌륭한 신하는 과거에는 백성들의 적이었던 자들이었다'라고 했습니다. 아시겠습니까?"

주배공의 말은 정말 적절했다. 좌중의 사람들에게 통쾌하고도 신랄한 느낌을 줬다. 왕사영은 할 말이 궁해져 얼굴이 붉으락푸르락해지면서 안절부절 못했다. 주배공은 최후의 일격을 날릴 요량으로 왕사영을 더욱 거칠게 몰아세웠다.

"나는 결코 선생이 억울할 만한 말은 하지 않았습니다. 오삼계는 선생을 거둬준 주인이었습니다. 먹여주고 키워줬습니다. 그런데 선생은 그를 배반하고 상지신과 암암리에 결탁했어요. 또 부굉렬 대인과의 관계도 한번 봅시다. 그 분은 선생의 재주에 반한 나머지 결의형제를 맺었어요. 이후 사적인 자리에서 선생의 인간성에 대해 나쁘게 얘기한 적이 없어요. 정말 손톱만큼도. 그러나 선생은 오세종의 칼을 빌어 그 분을 살해했어요. 그러니 주군도 친구도 생각하지 않는 사람이라고 할 수 있습니다. 어디 그뿐입니까? 어머니, 형수와도 음란한 짓을 저질렀어요. 선생의 조강지처는 그로 인해 엄청나게 마음고생을 했어요. 부모와 형, 부인도 생각하지 않는 사람이라고도 할 수 있지 않겠어요?"

주배공이 말한 내용 중 상지신과 왕사영의 결탁 부분은 어디까지나 추측에 지나지 않았다. 하지만 나머지는 모두 사실이었다. 그가 조정의 병부와 형부의 자료실에서 다 찾아본 내용들이었다. 왕사영의 죄상은 졸지에 백일하에 드러나고 말았다.

주배공의 말에 좌중의 여러 장군들의 예리한 시선이 일제히 왕사영에게 쏠렸다. 왕사영은 할 말을 찾지 못한 채 허공을 쳐다볼 수밖에 없었다. 마치 실성이라도 한 것 같았다. 그때 주배공이 숨 돌릴 기회조차 주지 않겠다는 듯 더욱 앙칼지게 덧붙였다.

"천지간에는 오륜五倫이라는 것이 있습니다. 선생은 그중에서 올바르게 지킨 것이 하나도 없습니다. 이 어찌 인간의 비극이 아니겠습니까? 선생은 정말 좋은 재주를 가지고서도 바른 길로 가지 않고 자신을 망가뜨리는 어리석음을 범했습니다. 살아서는 천하의 신뢰를 깡그리 잃었다고 할 수 있습니다. 죽어서는 무슨 면목으로 주변 사람들을 만날 수 있겠습니까!"

주배공은 말을 마치고는 바로 자리에서 일어났다. 그런 다음 길게 한숨을 내쉬면서 다시 말을 이었다.

"하늘이시여! 하늘이시여! 어찌 이런 짐승보다 못한 사람을 만들어 냈습니까?"

왕사영은 연이어 쏟아지는 주배공의 공세에 찍소리도 하지 못했다. 정신이 혼미해진 탓에 의미 없는 반격을 포기한 것 같았다. 그때였다. 오시를 알리는 대포소리가 기다렸다는 듯 울려 퍼졌다. 동시에 멀지 않은 곳에서 두 문의 홍의대포에서 포탄이 발사되는 소리가 들렸다. 곧 몇 개의 철탄이 날아오는가 싶더니 총독부 뒤뜰에 떨어졌다.

철탄의 위력은 대단했다. 동화청東花廳과 술상이 마련된 아문 뒤편의 심문실이 졸지에 평지가 되고 만 것이다. 곧이어 사방에서 씩씩한 개선가가 대지에 온통 울려 퍼졌다.

먼저 섬감陝甘 열두 개 주를 점령하니,
적들이 발악을 하면서 공격을 하는구나.
돌아보니 섬서는 말처럼 낮고,
황하는 점점 북으로 흘러가는구나!
황제의 위엄이 황하를 진동하니,
만리 평강平羌벌에 노랫소리 드높네.
둑 만들어 물길 돌리려 하지 말고,
서쪽으로 흘러가 은혜의 물결이 되도록 하자!

왕사영은 조용히 듣기만 하다 노래가 끝날 무렵 갑자기 피를 왈칵 토하면서 바로 의자 밑으로 고꾸라졌다. 그러나 주변의 여러 장군들은 누구 하나 왕사영을 부축해 일으켜 세우려 하지 않았다. 주배공의 말이 진심이라고 믿고 괘씸하게 생각한 때문인 듯했다.

주배공은 너무나도 무기력하기만 한 왕사영의 반응을 지켜보다 쓰디쓴 웃음을 머금었다. 동시에 모든 게 끝났다는 표정을 지었다.

그때 왕사영이 땅바닥에 엎드린 채 뭔지 모를 말을 중얼거렸다. 약간 정신이 드는 모양이었다.

"뭐라고 했습니까?"

주배공이 한 발 성큼 다가가서는 무릎을 굽힌 채 물었다. 이상하게도 그의 눈에서는 눈물이 솟아나고 있었다.

"말해 보세요. 내가 바로 해결해줄 테니까……."

"내 말은……."

왕사영이 처연한 미소를 머금은 채 간신히 입을 열었다. 그런 다음 온몸의 힘을 다 짜내면서 다시 말을 이어갔다.

"선생 손에 죽어 여한은 없습니다……. 나를 속속들이…… 다 알지 않습니까……. 내가 죽은 다음에…… 그걸…… 그걸 좀……."

얼마 후 왕사영이 미처 말도 다 끝내지 못하고 고개를 떨구었다. 그가 못 다한 말은 듣는 사람의 추측에 맡길 수밖에 없을 듯했다.

왕보신은 대경실색했다. 멀쩡하던 왕사영이 주배공의 날카로운 몇 마디 말에 찔려 피를 토하고 죽어갔으니 그럴 만도 했다. 그는 순간 저마다 목석처럼 앉아 있는 자신의 부하들을 바라다봤다. 왜 협박에 못 이겨 반란을 일으켰는지 후회가 밀려왔다. 또 뒤늦게나마 진지하게 강희의 얼굴을 떠올렸다. 표미창을 받으면서 나눴던 인간적인 대화, 아들 왕길정을 털끝 하나 건드리지 않고 돌려보내준 일도 더불어 뇌리를 스치고 지나갔다…….

그는 이것저것 생각을 하다 말고 자신도 모르게 찔끔 눈물을 보였다. 그러나 누가 볼세라 재빨리 소맷자락으로 눈물을 닦고는 손을 저으면서 말했다.

"주 선생, 약속대로 해주기를 바랄 뿐이오. 나…… 나는 그만…… 손을 들겠소."

53장
오삼계의 최후

왕보신이 투항하자 서부 전선은 바로 평온해졌다. 우선 왕병번이 섬서에서 왕보신의 친필 편지를 받자마자 그날로 와이격에게 받아줄 것을 요청했다. 사천과 귀주에서 감숙성으로 들어온 오삼계의 1만여 병력들역시 크게 다르지 않았다. 진퇴양난에 빠지자 바로 도해에게 투항했다.이로써 강희 17년 2월에 이르러 섬서, 감숙 경내는 완전히 정리됐다. 주배공은 그렇게 되자 바로 보고를 하기 위해 자세히 상주문을 작성했다.

상서방 주사인 하계주는 주배공의 상주문을 들고 부리나케 양심전으로 달려갔다. 그의 눈에 복도에 서 있는 위동정과 목자후가 들어왔다.그가 환하게 웃음을 지어 보이면서 인사를 했다.

"두 분 축하드립니다! 어제 색 대인한테 들으니 위 군문께서는 곧 광동, 복건, 운남, 절강 등 네 개 성의 해관海關총독으로 부임하신다고 하던데, 사실인가요? 세상에! 개국 이후 지금처럼 이렇게 막강한 권력을 가진 봉강대리가 배출되는 것은 처음이죠, 아마! 또 목 군문께서도 강녕江寧으로 부임해 포정사布政使가 되신다면서요? 그런데 왜 두 분은 아직 여기에서 폐하를 계속 보필하고 계시는 겁니까?"

위동정이 웃으면서 대답했다.

"우리 둘 다 가게 되면 열봉점의 옛 친구들 중 여기에 남는 사람은 하주사와 무단밖에는 없네요. 나중에라도 남쪽에 볼 일이 있어서 오게 되면 잊지 말고 들르시오."

그러자 목자후도 덩달아 입을 열었다.

"옛말에 어리버리한 사람들이 늦복이 터진다는 말이 있더니, 하 주사께서는 곧 후처를 들인다면서요? 그것도 젊고 예쁜 여자로 말이오! 이거 너무 잘 나가는 거 아닙니까?"

세 사람이 기분 좋게 얘기를 나누고 있을 때였다. 안에서 강희의 목소리가 들려왔다.

"밖에 하계주가 와 있는가? 들어오게!"

"소인 하계주, 폐하께 문안을 올리옵니다!"

하계주가 위동정과 목자후에게 눈인사를 하고는 이내 큰 소리로 대답했다. 그리고는 성큼 안으로 들어갔다. 안에서는 이덕전이 강희의 머리를 깎아주고 있었다. 또 양 옆에는 명주와 색액도가 무릎을 꿇고 있었다. 하계주는 안으로 들어가자마자 한쪽에 물러서서 무릎을 꿇었다.

"우성룡이 오문 앞에서 무릎을 꿇고 있은 지가 벌써 열두 시간째이옵니다. 운하나 강과 관련된 일은 자고로 힘들고 생색이 나지 않는 일이옵니다. 이번에 개봉開封에서 제방이 무너져 내린 것은 소인이 알기로는 확실히 우성룡이 최선을 다하지 않아 그렇게 된 것이 아니옵니다. 아무래도 돈이 부족했기 때문에……."

색액도가 우성룡을 변호했지만 강희는 안락의자에 반쯤 기대어 눈을 감은 그대로 쏘아붙였다.

"그런 말을 하려면 입 다물고 가만히 있게."

그러면서 강희는 이덕전에게 수염은 남겨두라는 손짓을 했다. 이어 차분한 어조로 다시 주위에 명령을 내렸다.

"무단을 보내 물어보라고 해! 죄를 인정하는지 하지 않는지 말이야."

강희가 다시 시선을 돌려 명주에게 물었다.

"방금 말한 그 여자에게는 무슨 벌을 내리기로 했나?"

명주가 강희의 질문에 황급히 머리를 조아렸다. 그런 다음 조심스레 안색을 살피면서 아뢰었다.

"잠정적으로 능지처참의 형벌을 내리기로 결정한 상태이옵니다. 의도적으로 자신의 남편을 모살한 죄에 대한 대청률大淸律의 처벌 조항에 따른 것이옵니다. 하지만 소인 생각에는 이 여자가 반드시 의도하지는 않았던 것 같사옵니다. 그러니 그냥 처형하는 것이 어떨까 하옵니다. 폐하께서 결정해 주시면……."

"좋은 사람 되기도 정말 힘들군!"

강희가 한탄을 했다. 그러더니 한참 동안 말이 없었다.

"그러면 폐하의 뜻은……."

명주가 조심스럽게 다시 물었다. 그제야 강희가 눈을 뜨더니 천천히 대답했다.

"이씨라는 자가 진씨의 마누라를 눈독 들인 거잖아. 급기야 진씨에게 돈을 주고 몰래 그 여자를 사기로 한 것 아닌가? 그런 다음 이씨가 밤중에 여자를 찾아가 강간을 하려고 했지. 그런데 여자가 강하게 반항을 했어. 나중에는 여자가 이씨를 죽이려다 실수로 자기 남편을 찔러 죽이고…… 뭐 대충 그런 얘기 아닌가? 딱 봐도 그 여자는 열부라고 할 수 있구먼! 그런데 자기의 정조를 지키려던 여자는 능지처참을 당할 운명에 처해 있어. 반면 암암리에 마누라를 팔아먹으려고 한 파렴치한 놈은 응분의 대가를 치렀고, 돈을 주고 사려던 놈은 멀쩡한 거지. 그게 말이 되는 소리야? 그래서 지금 짐이 좋은 사람 되기도 쉽지 않다고 했던 것이야!"

강희의 목소리가 갈수록 커졌다. 색액도와 하계주는 놀란 나머지 연신 머리를 조아렸다. 명주 역시 황급히 머리를 조아리면서 말했다.

"그렇사옵니다, 폐하! 소인이 제정신이 아니었나 봅니다!"

"자네만 그런 것이 아니야."

강희가 강하게 머리를 저었다. 동시에 자신의 생각들을 하나씩 풀어냈다.

"이 사건은 짐이 알고 있은 지가 꽤 됐네. 다만 어떻게 처리하나 지켜보려고 잠자코 있었던 거야. 그런데 인명과 관련된 일을 이렇게 소홀하게 처리할 수도 있는 건가? 당장 짐의 명령을 전해. 마누라 팔아먹은 죄인 진씨는 부관참시하라고. 또 진씨의 마누라는 열녀로 인정을 해서 표창을 하도록 해! 이씨라는 놈은 능지처참을 해버려! 이 사건을 잘못 처리하려고 했으니, 자네와 형부상서는 반년치 녹봉을 지불 정지하는 것으로 하겠어. 불만 있나?"

"아니옵니다. 폐하께서 현명하신 판결을 하신 것이옵니다. 정말 소인은 꼼꼼하지 못하고 경솔하게 일처리를 했사옵니다. 그로 말미암아 열부를 억울하게 죽일 뻔했사옵니다. 그 죄는 반년치 녹봉 가지고는 해소가 될 것 같지가 않사옵니다. 폐하께서는 더 큰 벌을……."

"됐어! 그 정도면 충분해. 자네도 일부러 그렇게 한 것은 아닐 것 아닌가! 또 자네는 짐을 도와 큰일을 하느라 사소한 일에는 신경 쓸 여유도 없었을 것이고……. 이 모두가 자네가 책읽기를 게을리 한 탓이야. 그러니 앞으로 시간을 쪼개 공부도 많이 하게. 짐이 지켜볼 거야!"

강희가 담담하게 말했다. 그런 다음에야 하계주에게 물었다.

"자네는 무슨 일로 왔는가?"

"폐하께 아뢰옵니다!"

하계주는 강희의 느닷없는 말에 깜짝 놀라 지나치게 큰 목소리로 대답했다.

"도해와 주배공이 소식을 전해온 바에 따르면 왕병번은 이미 와이격에게 투항했사옵니다. 감숙과 섬서는 이제 완전히 조정의 손에 장악됐다고 하옵니다!"

사실 하계주 역시 여러 번이나 강희에게 책을 읽으라는 주의를 받은 바 있었다. 때문에 똑같은 이유로 혼이 나고 있는 명주를 바라보면서 여러 번이나 곱씹었던 말을 정신없이 쏟아냈다. 하지만 입이 제대로 말을 듣지 않았다. 좌중의 사람들은 안간힘을 다하는 그의 우스꽝스러운 모습에 웃음을 참느라 죽을 고생을 하지 않을 수 없었다.

강희가 갑자기 자리에서 벌떡 일어났다. 이덕전이 그 서슬에 면도칼을 들고 있다 말고 황급히 비켜섰다. 그러나 순식간에 일어난 일이라 강희의 얼굴이 살짝 베이고 말았다. 조금씩 피가 배어나왔다. 이덕전이 기절하듯 놀라면서 누렇게 뜬 얼굴로 죽어라 머리를 조아렸다.

"소인, 죽을죄를 지었사옵니다. 폐하의 용안에 피가……."

"괜찮아. 좋은 징조야!"

강희는 하계주의 보고를 듣고 정신이 번쩍 드는 모양이었다. 흥분을 감추지 못했다. 면도칼에 살짝 다친 얼굴은 전혀 신경 쓰지 않았다. 대신 하계주의 손에서 상주문을 빼앗듯 집어 들고는 황급히 훑어봤다. 그는 상주문을 읽는 내내 다양한 반응을 보였다. 처음에는 눈을 감고 생각에 잠겼다가 때로는 눈썹을 찌푸렸다. 또 때로는 무서운 표정을 지었다가 다시 미소를 지으면서 머리를 끄덕이기도 했다. 좌중의 사람들은 그런 강희를 바라보면서 누구도 선뜻 끼어들 엄두를 내지 못했다. 그러기를 얼마나 했을까, 강희가 드디어 입을 열었다.

"선비 주배공이 이토록 대단한 공로를 세울 줄은 몰랐어!"

"폐하께서 혜안으로 흙 속에 묻혀 있는 진주를 발견하셨사옵니다. 그렇지 않았다면 어떻게 주배공이 나라에 공훈을 세울 수 있었겠사옵니까! 물론 그가 대단한 인재라는 사실은 온 천하가 인정하는 바이옵니다. 도해와의 관계도 원만하옵니다. 그러나 역시 오 선생님께서 추천하시고 폐하께서 직접 선발하신 사실을 잊어서는 안 되겠사옵니다. 그러니 이번 기회에 아예 승리의 여세를 몰아 운귀까지 쳐들어가 엎어버리는 것은 어떨까 모르겠사옵니다."

색액도는 평소 자신의 외증손자인 둘째 황자 윤잉을 황태자로 세우는데 크게 기여한 주배공을 좋게 생각하고 있던 차였다. 자연스럽게 그에 대한 좋은 말이 나올 수밖에 없었다. 강희는 색액도의 제안에 즉답을 하지 않은 채 골똘하게 뭔가를 생각했다. 그러자 명주가 정색을 하면서 아뢰었다.

"색 대인의 말이 지당하다고 생각하옵니다. 주배공은 재주가 비상하옵니다. 오늘날의 장량이나 한신이 되기에 부족함이 없사옵니다. 도해 역시 군무에 밝고 팔기와 녹영 장병들의 신임을 한몸에 받고 있는 사람이옵니다. 두 사람이 손을 잡으면 세상에서 최강의 군대를 만들어낼 게 틀림없사옵니다! 소인의 어리석은 생각으로는 이대로라면 천하를 호령하는 것은 식은 죽 먹기보다 쉬울 것이옵니다!"

명주의 말은 별로 가시가 없는 것처럼 들렸다. 표현을 완곡하게 했으니 그럴 만도 했다. 그러나 강희는 그 말속에 숨겨진 가시를 별로 어렵지 않게 찾을 수 있었다. 주배공이 정권을 위협할 호랑이가 될 수도 있다는 주장이었던 것이다. 강희는 명주가 무작정 사람을 의심하는 것이 비위에 거슬렸다. 그러나 나름대로 일리가 전혀 없는 말은 아니었다. 그런 쪽에 신경이 쓰였는지 그가 한참을 생각한 후에 드디어 입을 열었다.

"색액도 당신은 뭘 몰라 그러는 모양인데, 이번에 그 두 사람은 아주 힘을 있는 대로 쏙 뺐다고. 너무 힘들었던 만큼 조금 쉬게 해야 하지 않겠는가. 그래야 다른 사람들도 공을 세우는 참맛을 조금 볼 것 아닌가. 짐은 도해에게 감숙, 섬서의 군무를 맡길 거야. 유사시에는 사천, 호남과도 호응을 할 수 있도록 말이지. 주배공은 북경에 돌아온 뒤에 봉천奉天으로 파견할 계획이야. 봉천장군인 파해巴海와 함께 러시아의 남진에 대처하도록 할 거야. 자, 오늘은 기분 좋은 날이니 간만에 술이나 한잔 하지."

이덕전이 강희의 말을 멍하니 듣고 있다 화들짝 놀랐다. 그러나 다음 행동은 신속했다. 황급히 달려가 모태주를 가져와 강희를 비롯한 여러 사람들에게 따라줬다.

"이 술도 요즘에는 진공품으로 들어오는 게 뜸해졌다고 들었어. 창고에도 얼마 남지 않았다고 하더군. 그러나 이제는 됐어. 이 술의 고향인 사천성을 귀부歸附시켰으니 조만간에 여러분들에게 한 병씩 돌릴 수 있을 것 같군."

강희가 술잔을 들더니 단숨에 술을 입안에 털어 넣었다. 그가 술잔을 내려놓자 무단이 안으로 들어와서 아뢰었다.

"소인이 방금 폐하의 명령을 전했사옵니다. '우성룡, 죄를 인정하는가?' 하고 묻자 그가 '소인은 황은을 저버리고 직무유기죄를 범했사옵니다. 죽어 마땅하옵니다. 그러나 폐하께서 죄를 공으로 갚게 해주신다면 앞으로 치수治水에 목숨을 걸겠사옵니다. 황하와 운하를 잘 다스리지 못하는 날에는 강물에 빠져 죽을 각오로 일하겠사옵니다……'라고 대답했사옵니다."

무단이 우성룡의 말을 전하면서 안쓰러운 표정을 지었다. 성격이 거칠고 여간해서는 감동하는 법이 없는 그답지 않았다.

"우성룡에 대해서는 짐이 잘 알지. 장점이라면 청렴하고 강직한 것이고, 단점은 다른 사람의 말을 통 듣지 않는다는 거야. 원래대로 산동으로 돌아가 총독을 하라고 하게."

강희가 한숨을 섞어서 우성룡에 대한 조치를 결정했다. 잠시 후에는 명주를 바라보며 한마디를 덧붙였다.

"명주, 자네가 지난번에 추천했던 안휘 순무 근보斬輔라는 사람을 북경으로 불러오도록 하게. 짐이 우선 만나 본 후에 결정을 하겠어!"

주배공이 도해와 함께 북경에 돌아온 날은 3월 20일이었다. 날씨는 좋았다. 북경의 초입인 노구교蘆溝橋 양 옆에는 복숭아꽃이 만발해 있었다. 미풍에 흐느적거리면서 춤추는 버드나무에도 연초록 잎이 움트고 있었다. 다리 밑으로 흐르는 물 역시 푸르른 하늘만큼이나 맑고 깨끗했다. 강희는 그들의 공에 걸맞게 색액도와 명주에게 마중을 나가도록 지시했다. 두 사람은 한껏 분위기를 북돋웠다. 무엇보다 북경으로 들어서는 입구에 여러 색깔의 띠가 나부끼도록 했다. 북소리와 나팔소리도 땅이 울릴 정도로 크게 울려 퍼졌다. 진수성찬이 그득한 술상을 마련하는 것은 기본이었다. 때문에 사람들은 저마다 명절 아닌 명절 기분에 한껏 들떴다. 둘이 북경에 들어온 이후 최소한 열흘 동안은 이런 떠들썩한 분위기가 이어졌다. 강희 역시 가만히 있지 않았다. 주배공에게 아직 집이 없다는 사실을 알고는 동직문 내에 있는 집 한 채를 하사했다. 그 외에도 개선장군인 그에게 주어진 혜택은 이루 말할 수가 없었다.

하계주는 주배공의 자택을 정리, 정돈하는 책임을 맡게 됐다. 하지만 아무리 빨리 일을 처리한다 해도 당일치기로 입주하는 것은 불가능했다. 그는 할 수 없이 주배공을 억지로 자신의 집으로 모시려고 했다. 그러자 주배공이 성의를 못 이기는 척 따르면서 한마디 했다.

"그러면 나 역시 그 이름도 유명한 열붕점 손님이 되는 거군요! 그런데 지금 하 주사는 신혼살림에 깨가 쏟아질 것 아닙니까? 내가 방해가 되지 않을까 걱정이네요!"

"다들 친구처럼 지내도 되는 사이인데 어떻습니까? 아무것도 신경 쓰지 말고 오세요! 솔직히 나이 오십에 첩도 둘씩이나 있어서 후처를 들 일 생각은 전혀 하지 않고 있었어요. 그러나 여국주余國柱 대인이 여러 번 권하시고 명주 대인도 중간에서 다리를 놔주는 바람에 그냥 그렇게 됐네요."

하계주는 쑥스러운 듯 자신은 색을 밝히지 않는다는 말을 아주 그럴싸하게 했다. 하지만 태도는 그게 아니었다. 번들번들하게 윤기가 도는 얼굴에는 자랑스러운 표정이 묻어나고 있었다.

주배공은 나이 오십에 새 장가를 가는 하계주와는 달리 아직 혈혈단신인 자신의 처지를 떠올리자 갑자기 처량한 생각이 들었다. 얼굴에도 쓸쓸한 표정이 비치고 있었다. 사실 그는 여전히 아쇄를 잊지 못하고 있었다. 그녀가 준 동전은 싸움터 어딘가에서 잃어버리고 은비녀만 소중하게 간직하고 있었다. 그는 자신도 모르게 손을 안주머니에 넣어 비녀를 만져봤다. 소식이 끊긴 그녀에 대한 생각이 더욱 간절해졌다. 곧 그가 자신의 마음을 들킬새라 황급히 표정을 바꾸면서 물었다.

"어떤 대단한 가문의 규수인가요?"

하계주가 연신 싱글벙글 웃으면서 대답했다.

"저도 잘은 몰라요. 전에는 이친왕부의 하녀였다고 하는 것밖에는 아는 것이 없어요. 나중에 어떻게 과친왕科親王의 부인에게 보내진 다음 양녀가 됐다고 하더라고요."

하계주의 말이 채 끝나지 않았을 때였다. 이덕전이 어깨에 매 한 마리를 얹고 들어서더니 공수를 했다.

"하 아저씨, 축하드립니다! 그때 가서 제가 시간이 없어 못 갈지도 모릅니다. 그러니까 맛있는 음식을 혼자서만 드시지 말고 좀 챙겨놔 주세요!"

하계주가 실눈을 하고 웃으면서 이덕전을 반겨주었다.

"그야 물론이지! 이 태감은 소모자가 죽은 후 양심전에서 가장 잘 나가는 사람이 아닌가! 폐하의 이발, 면도까지 전부 시중을 든다면서?"

"태어나기를 그렇게 태어난 것을 어떻게 합니까! 우리는 남의 시중이나 들도록 만들어진 사람들이에요. 적어도 이것저것 못하는 것은 없어야 하지 않겠습니까!"

이덕전은 자금성에 들어온 지는 얼마 되지 않았으나 하계주와는 이미 친한 사이가 돼 있었다. 그래서 웃으면서 부담 없이 말을 주고받을 수 있었다. 곧 그가 주배공에게 말머리를 돌렸다.

"주 대인, 폐하께서 오늘 주 대인 칭찬을 아끼지 않으셨어요. 곧 봉천으로 파견해 다시 큰 공을 세우게 하신다는군요! 그때 가서 저를 잊어버리시면 안 돼요!"

주배공은 이덕전의 비굴한 얼굴이 너무 싫었다. 하지만 자신과 관련이 있는 일이라 궁금해서 묻지 않을 수 없었다.

"폐하께서 또 뭐라고 하셨는가?"

"오삼계가…… 죽었다고 하네요! 폐하께서 주 대인이 계략을 꾸미는 데 있어서는 신출귀몰이라고 칭찬하시면서 한…… 신, 그게 정확하게 뭐였더라? 워낙 기억력이 엉망이라 원……."

"한신!"

주배공이 눈을 반짝거리면서 말했다. 그제야 이덕전이 자신 있게 소리쳤다.

"맞아요! 한신이라고 하셨어요. 그리고 또…… 아무튼 과거 유명한 인물들에 견주셨어요!"

오삼계가 죽었다는 소식이 북경에 전해진 이튿날 조정에서는 즉각 관보를 발행했다. 조정의 육부와 각 사(司), 순천부 각 아문에서도 기쁜 소식에 명절처럼 분위기를 한껏 띄웠다. 또 집집마다 향을 사르고 절을 올렸다. 강희는 백성들까지 모처럼 찾아온 즐거운 소식에 마음이 들뜨자 술과 고기를 나눠주면서 한껏 흥을 고조시켰다. 폭죽은 밤이 새는 줄도 모르고 여기저기에서 터졌다. 여느 설날에도 보기 힘들었던 경축 행사들은 그렇게 줄지어 이어졌다.

"길일이 따로 있나. 이런 날이 길일이지!"

하계주는 오삼계가 죽었다는 소식을 듣게 되자 내친김에 달력도 보지 않고 바로 결혼식 날짜를 잡았다. 직급은 크게 높지 않았으나 인맥이 대단했으므로 하객들은 기라성 같았다. 그들 중에는 연락을 받자마자 만사 제쳐놓고 달려온 색액도도 있었다. 마을 사람들은 평소 쉽게 보기 힘든 하객들을 구경하기 위해서라도 더욱 물밀 듯 밀려들었다. 원래 주배공은 사람 많은 것을 별로 좋아하지 않았다. 그래서 몰래 혼잡한 식장을 빠져나와 새로 만들어진 화원 옆의 가산으로 향했다. 그의 시야에 곧 연못 속에서 노니는 금붕어들의 모습이 들어왔다.

"주 군문!"

그때 색액도가 웃으면서 다가왔다.

"저쪽에서 도 군문이 찾고 있더군요. 그런데 여기 와 있으면 어떻게 합니까? 어서 새색시를 보러 갑시다!"

색액도는 말을 마치자마자 주배공을 무작정 끌어당겼다. 식장에는 수십 개의 음식상이 다리가 휘어질 정도로 마련돼 있었다. 하객들은 그 기회를 놓치지 않고 저마다 볼이 미어터지게 먹어대느라 정신이 없었다. 하계주 역시 새신랑 노릇을 하느라 땀을 흘리면서 여기저기 불려 다니고 있었다. 반면 새색시는 안방에 크게 붙어 있는 '희희'囍囍자 옆에 빨간 수건을 드리운 채 꼼짝 않고 앉아 있었다. 하계주는 주배공과 색액도가 들어오자 황급히 달려와 상석으로 안내했다.

"아이고, 대인들! 왜 이제야 나타나시는 겁니까? 방금 명주 대인이 바빠서 못 온다고 전해 오셨기에 두 분도 못 오시는 줄 알았습니다. 얼마나 서운했는데요! 이리로 앉으세요. 도 대인하고 같이 앉으세요!"

하계주의 말에 도해가 짓궂게 말했다.

"늦게 왔으니 벌주 세 잔입니다!"

주배공은 마다하지 않았다. 술 세 잔을 연거푸 마셨다. 그리고는 방안 가득한 꽃다발과 저편에 아늑하게 꾸며진 신방을 훑어봤다. 그러다 목소리를 낮춰 도해에게 물었다.

"오삼계가 왜 죽었는지 상세한 내막을 아십니까?"

도해는 술기운이 올라 발갛게 달아오른 얼굴을 하고 있었다. 이미 술에 많이 취했는지 술잔을 주배공에게 밀어주면서 대답했다.

"나도 낭심에게 들어서 알았소."

도해의 말에 주위 사람들도 궁금한지 음식을 먹는 척하면서 귀를 쫑긋 세웠다. 그가 덧붙였다.

"오삼계는 처음에는 주삼태자를 황제로 세우느니 어쩌니 했소. 그렇게 오 년 동안이나 전투를 했소. 하지만 주삼태자는 지금까지 코빼기도 보이지 않았소. 사실 애초부터 오삼계 그 음흉한 놈은 자신이 황제가 되는 꿈을 꾸어왔소. 그러다 지난달에 섬서, 감숙에서 패했다는 소식이 형주에 도착하자마자 바로 등극을 시도했소. 형주 남쪽에서 제단을 쌓고는 자칭 대주大周의 황제를 자칭했다고 하오. 연호는 소무昭武로 하고. 그런 다음 형주도 정천부定天府로 이름을 바꿨소. 흉내는 다 냈다고 봐야지! 뭐 문무백관에 여러 장군들을 봉하고 새 달력까지 만들었다고 하더이다…….”

주배공이 술을 비우더니 비아냥거리는 어조로 말을 받았다.

“대세가 완전히 기울었으니까요! 그렇게나마 평생의 소원인 황제가 한번 되어보고 싶었겠죠!”

“그랬을 거요!”

도해가 맞장구를 쳤다. 그리고는 계속 말을 이어갔다.

“얼마나 급했으면 궁전의 기와도 갈지 않은 채 대충 덧칠을 했다지 않소. 또 조방朝房(대신들이 조회 시간을 기다리면서 쉬던 방. 황궁 밖에 있음)이라는 이름하에 임시로 수백 채의 초가도 지었다고 하오. 하지만 그가 길일이라고 택한 날은 확실히 길일이었던 모양이오. 그날따라 용좌龍座에 앉자마자 광풍이 몰아치고 먹장구름이 몰려들었다고 하니까 말이오. 장대비도 끝없이 이어졌다고 하오! 그 때문에 워낙 엉성한 조방은 모조리 무너져 볼썽사납게 되고 말았다죠? 기와에 덧칠한 것도 다 벗겨지고……. 하늘이 가만히 있었을 리가 없지!”

좌중의 사람들이 저마다 숨을 들이마시면서 놀라워했다. 그래도 옆자리에 앉아 있던 형부상서 오정치吳正治는 다그쳐 묻는 순발력을 보였다.

“그래서요?”

도해가 당신도 오삼계의 최후에 대한 얘기를 못 들었느냐는 식으로 묻는 표정을 지으면서 오정치를 잠깐 쳐다봤다. 그러다 다시 주배공의 얼굴을 보면서 말을 이었다.

“그러다가 그 쇠약한 몸이 결정적으로 골병이 들었지 않았겠소. 발열이 심했을 뿐만 아니라 온통 헛소리만 했다고 하오. ‘아버지, 나를 살려

주세요', '폐하, 용서해주시옵소서!' 뭐 이런 말을 했다더군요. 또 어떨 때는 '영력황제 오셨다!', '숭정황제도 오셨다' 뭐 이런 말까지 했다고 하고. 아무튼 정신이 반은 나갔었다고 해야 할 것 같소."

좌중의 사람들은 약속이나 한 것처럼 저마다 놀라는 표정을 지었다. 얼굴에는 천벌이라는 것이 그토록 무서운 것인가 하는 의문이 어리고 있었다. 주배공 역시 그렇게 생각했다.

'호남은 습기가 많고 더운 곳이야. 삼월에 폭풍우가 불어 닥치는 것도 이상할 게 없어. 또 오삼계는 나이가 많고 속도 편하지 않았을 거야. 감기에 걸리는 것도 지극히 당연한 일이기는 해. 그리고 평생 수없이 나쁜 짓을 일삼았으니 환각 상태에서 귀신을 보는 경우도 있어. 그런데 그 모든 것이 그자 한 사람의 몸에 집중됐으니 천벌을 받았다고 해도 과언이 아닐 거야.'

주배공이 그런 생각을 하고 있을 즈음이었다. 갑자기 저편 끝에서 누군가가 술에 취해 소리를 질렀다.

"하 주사 어른, 신부가 끝내주는 미인이라는 소문이 자자하더군요. 그런데 왜 구경시켜 주지 않는 겁니까? 저걸 빨리 벗겨보라고요. 숨 막혀 죽겠네요!"

조금 더 수위가 넘어가면 술주정이 되는 소란을 피운 주인공은 이부의 주사인 마성국馬成國이었다. 아니나 다를까, 그가 비틀거리는 걸음으로 신부에게 다가갔다. 그러더니 다짜고짜 얼굴을 가리고 있던 붉은 천을 벗겨 버렸다. 좌중의 사람들은 놀라 눈이 휘둥그레졌다. 그럼에도 술에 취한 마성국은 자신이 무슨 실수를 저질렀는지조차 모르고 헤헤 하고 웃기만 했다.

새색시는 갑작스럽게 붉은 천이 벗겨지자 쑥스러워하는 기색이 역력했다. 바로 얼굴이 발갛게 달아올랐다. 머리를 한껏 숙인 것은 너무도 당연했다. 그러나 그녀는 얼마 후 어쩔 수 없다는 듯 살며시 얼굴을 들었다. 그러다 그녀의 눈길이 묘하게도 가장 먼저 주배공의 눈과 마주쳤다. 갸름한 얼굴에 새카만 눈동자, 눈썹 위에 있는 검은 점, 그 옆에 춤추는 듯한 몇 개의 점…… 너무나 가까운 거리였던 만큼 잘못 볼 턱이 없었다. 더구나 불빛이 대낮처럼 밝지 않은가. 그랬다. 그녀는 바로 자신이 꿈에도 그리던 아쇄였다!

아쇄 역시 주배공 못지않게 놀라는 기색이 역력했다. 입술까지 바르르 떨 정도였다. 창백해진 그녀의 얼굴에는 어느새 눈물이 그렁그렁 맺혔다. 둘은 넋을 놓은 채 한참을 서로 마주봤다. 그러다 아쇄가 한숨을 지으면서 자리에서 일어서더니 주배공 앞으로 다가왔다. 이어 머리를 숙이면서 인사를 올렸다. 곧 나지막한 목소리가 주배공의 귀에 들렸다.

"은…… 은공! 누군가가 은공恩公이 평량전투에서 돌아가셨다고 하던데, 이렇게 만나게 될 줄은 정말 몰랐네요. 정말 기……뻐요!"

주배공은 순간 더 이상 몸을 지탱하지 못하고 휘청거렸다. 가만히 놔두면 그대로 쓰러질 것만 같았다. 그러나 그는 가까스로 정신을 차리고 낭떠러지로 치닫는 자신을 꽉 붙잡았다. 곧 좌중의 사람들이 수군거렸다. 척 봐도 별의별 추측을 다 하는 듯했다. 키득키득 웃는 소리도 들렸다. 그러나 주배공의 귀에는 웅웅거리는 소리 외에는 아무것도 들리지 않았다. 그는 앞이 캄캄하고 가슴이 터질 것 같은 답답함을 느꼈다. 그럼에도 억지로 어색한 웃음을 자아내면서 말할 수밖에 없었다.

"전쟁터에서 죽었다면 오히려 나았을 것 ……. 아니 그게…… 정말 놀랍소……. 새색시가 되어 만나게 되니 말이오. 진작에 알았더라면 선물이라도 준비를 했을 텐데……."

주배공은 더듬더듬 겨우 말을 이어갔다. 그러나 아쇄는 그의 말이 채 끝나기도 전에 원래 자리로 돌아가 버렸다.

"주 군문, 안색이 이상하네요. 취했어요?"

색액도가 주배공이 마치 실성한 사람처럼 그 자리에 꼼짝 않고 앉아 있는 모습을 보고는 물었다. 그러자 도해가 좌우를 살피더니 색액도에게 귀엣말을 했다. 색액도는 도해의 말을 들으면서 부지런히 머리를 끄덕였다. 그러더니 화가 치민 듯 이를 악물었다.

"그 사람은 이런 짓을 벌이는 것에는 일가견이 있어요. 소인배의 행각이라고 할 수밖에 없어요!"

그때였다. 이덕전이 부랴부랴 달려왔다. 그런 다음 곧바로 색액도에게 다가왔다.

"폐하께서 세 분을 부르십니다!"

색액도는 도리 없이 자리에서 일어나야 했다. 주배공 역시 맥이 쭉 빠진 표정을 한 채 자리를 털고 일어났다. 색액도는 그런 그가 안타까웠다. 연민에 찬 시선으로 주배공을 바라보다 하계주의 집 중문을 나서자마자 천천히 어깨를 두드려 주었다.

"여자는 어디에나 있어요. 주 군문이 어디 여자가 없어 장가를 못 들겠어요? 진짜 사내대장부는 이 악물고 돌아서면 그걸로 매듭을 지어야 해요. 며칠만 지나면 괜찮아질 거예요."

"지당한 말씀이십니다."

주배공은 말은 그렇게 했으나 시선은 저 멀리 촛불 아래 멍하니 앉아 있는 아쇄를 향하고 있었다. 그러다 억지로 웃어 보이면서 걸음을 재촉했다.

"폐하께서 기다리시겠습니다! 어서 갑시다……."

강희는 여자 하나를 놓고 주변 몇몇 신하들 간에 벌어진 미묘한 갈등과 음모라고 볼 수밖에 없는 행동에 대해 당연히 모르고 있었다. 연

며칠 광동과 광서, 사천, 호남에서 날아드는 승전보를 받아보느라 여념이 없었던 것이다. 하기야 알고 있더라도 나서기가 쉽지 않을 터였다. 그는 날씨가 꽤 쌀쌀한데도 비단저고리 하나만 입고 앉아 있었다. 반질반질 윤기가 도는 머리채는 목에 감고 있었다. 색액도 등이 들어서자 그는 요즘 들어 기르기 시작한 수염을 만지작거리면서 기분 좋게 말했다.

"어디에 가서 술을 마셨기에 모두가 얼굴이 시뻘겋게 되었나? 명주와 웅사리가 자네들을 오래 기다렸어!"

강희의 반가움 가득한 힐책에 색액도가 바로 하계주의 결혼을 축하하러 갔다는 얘기를 꺼냈다. 강희는 색액도의 말을 듣고는 바로 본론으로 들어갔다.

"짐이 오늘 여러분들에게 상을 내리려고 불렀어. 이번에는 사실 아주 큰일이 날 것 같았어. 그러나 다행히 여러분들이 힘껏 보좌를 잘해준 바람에 오웅웅과 양기륭을 제때에 제거할 수 있었네. 북경 일대의 우환을 제거하는 데도 성공했고. 전쟁이 본격적으로 터지고부터는 찰합이의 반란도 손쉽게 평정했어. 평량을 공격해 오삼계의 세력도 전면적으로 소탕했고 말이야. 여러분들의 공로는 내가 우리 대청의 역사에 멋지게 장식해 주겠어!"

색액도 등은 강희의 진심어린 칭찬에 일제히 머리를 조아린 채 감사의 뜻을 표했다. 그때 이덕전이 난각에서 노란 주머니 몇 개를 들고 나왔다. 그리고는 그것들을 하나씩 나눠줬다. 묵직했다. 그러나 당장 무슨 물건인지는 알 길이 없었다.

"그건 볍씨네. 짐이 직접 농사를 지어 수확한 거지. 짐은 몇 냥의 금을 주는 것보다 손수 농사를 지어 거둔 볍씨를 여러분들한테 선물하는 것이 훨씬 더 귀한 거라고 생각하네!"

강희가 어깨를 약간 으쓱하면서 말했다. 색액도 등은 강희의 말에 깜짝 놀란 나머지 믿지 못하겠다는 표정으로 강희를 쳐다봤다. 먼저 웅사리가 말했다.

"소인들은 전혀 눈치를……."

"자네들은 당연히 모를 테지! 이 일은 짐과 황후 외에는 자세하게 아는 사람이 없어. 강희 팔년 때부터 시험 재배에 들어갔었는데, 그동안에는 계속 실패했어. 그런데 작년 가을에 비로소 처음으로 수확을 했지 뭔가! 자네들, 짐의 마음을 알겠는가?"

강희가 환한 미소를 지었다. 그러자 색액도가 앞뒤 생각도 하지 않고 무조건 감탄을 토했다.

"이런 소중한 것을 하사하신 성은이 정말 망극하옵니다!"

명주가 색액도에 뒤지지 않겠다는 듯 말을 받았다.

"이것은 하늘이 내린 상서로운 기운이옵니다. 천하가 태평할 조짐이라고 할 수 있사옵니다!"

웅사리 역시 지지 않겠다는 표정으로 입을 열었다.

"소인 생각에는 볍씨에 폐하께서 농업을 중요하게 생각하시는 마음이 담겨 있는 것 같사옵니다. 또 천하태평을 지향하시는 웅대한 뜻 역시 있지 않나 싶사옵니다."

도해도 행여 질세라 나섰다. 그러나 마땅히 분위기에 딱 어울리는 말이 떠오르지 않는 모양이었다. 결국 그는 그저 무인다운 말을 입에 올리고 말았다.

"소인 생각으로는 전방에서 피 흘려 싸우는 병사들을 많이 걱정하시는 깊은 뜻이 담겨 있는 것 같사옵니다. 민생의 기본을 잊지 말라는 거룩한 뜻 말이옵니다."

좌중의 대신들은 다들 한 번씩 강희의 속내에 대한 자신들의 아부성 짙은 생각을 밝혔다. 하지만 강희는 내내 머리만 저었다. 아부보다는 자신의 진짜 생각을 맞춰보라고 말하는 것 같았다. 그렇다면 남은 사람은 주배공 외에는 없었다. 아니나 다를까, 드디어 그가 깊이 생각을 한 다음 입을 열었다.

"소인의 어리석은 생각을 한번 아뢰어보겠사옵니다. 앞에서 여러 대신들이 하신 말씀도 일리가 없지는 않다고 생각하옵니다. 그러나 폐하께서 농업에 대한 열정이 이 정도이시라면 우리 대신들은 그 뜻을 높이 받들어야 한다고 생각하옵니다. 북경에서 벼농사가 성공을 거뒀다면 직예, 산동, 하남, 산서, 섬서 등지에서도 충분히 가능하다는 계산이 나옵니다. 이렇게 차츰 벼농사가 전국으로 퍼지면 나라에서는 더 이상 식량 걱정을 하지 않아도 되옵니다. 백성들의 삶 역시 따라서 윤택해지지 않겠사옵니까? 뿐만이 아니옵니다. 나라가 부강해지는데, 대만인들 두렵겠사옵니까? 갈이단인들 무섭겠사옵니까……."

주배공의 말이 채 끝나기도 전에 강희가 껄껄 웃음을 터트렸다. 그런 다음 만족스런 표정으로 말했다.

"……강과 운하 등이 치수가 안 될 것을 걱정할 필요가 있겠나? 또 러시아 그 나부랭이들도 잡아 족치지 못할 이유가 어디 있겠어! 역시 내 마음을 가장 잘 아는 사람은 주배공, 자네야!"

강희와 대신들은 그에 이어 밤이 깊어가는 줄도 모르고 당면한 정사를 논했다. 나중에는 운남에 파병하는 문제를 놓고 한참 난상토론도 벌였다. 자리가 끝난 때는 달이 중천에 뜬 한밤중이었다.

어둠은 더욱 깊어만 갔다. 끝없이 맑고 넓게 펼쳐진 밤하늘의 장막에는 쟁반 같은 보름달이 걸려 있었다. 대전 앞은 그 달빛 때문인 듯 마치 대낮처럼 환했다. 강희는 은가루 같은 달빛을 밟으면서 혼자 거닐기 위해 밖으로 나왔다. 하늘 저 멀리에서는 뭇별들이 쉴 새 없이 움직이고 있었다. 그는 그 별들을 바라보면서 하루 전 어사 성기범成基范이 보낸 상주문의 내용을 떠올렸다. "최근 별자리를 보면 화성火星이 금성金星에 가까워지고 있습니다. 그러다 운남과 귀주 두 성에 이르러서는 벌판을 가르고 있습니다. 이는 사천, 호남에 있는 오삼계의 잔여세력들이 몇 개월 내에 깡그리 소탕될 것이라는 사실을 의미합니다"는 내용이었다.

강희는 희망에 부풀어 하늘을 뚫어지게 쳐다봤다. 그러나 하늘에서는 "불火은 금金을 퇴치한다. 그러므로 불은 금을 녹일 수 있다. 목木 역시 물리친다. 때문에 불길은 나무를 만나면 더욱 크게 타오른다"는 성기범의 상주문에 나오는 것과 같은 기운은 보이지 않았다. 강희는 한참을 거듭 생각한 끝에 드디어 오차우가 했던 말 중에서 답을 찾을 수가 있었다.

"평범한 사람이 어찌 망망한 천도天道를 깨달을 수 있겠는가? 오로지 인사人事에 열과 성을 다해 성도聖道에 응할 뿐이다. 또 인심을 얻는 것은 바로 천도에 순응하는 것이다."

〈2부 「삼번의 난」 끝, 3부 7권에 이어집니다〉